中国专业作家作品典藏文库

中国专业作家作品典藏文库

邹静之卷

宋莲生坐堂

邹静之／著

中国文史出版社

目　　录

一

长沙街上。生意人大声吆喝,兵民夹杂。

卖柑橘者:来啊,来啊,称柑橘啊,称柑橘啊,吃了不咳嗽!来,先生称柑橘吧!

宋莲生背了个包在人群中走,边走边看。从一条街走向另一条街时,猛见街上清兵抓人,人群大乱。

清兵甲:抓住!抓住,别让他跑了!

三个清兵冲上前去把一未剃头的书生抓了,上手将其帽子扯下。

宋莲生见怪不怪地继续走。

清兵甲:好小子,哪儿跑?为什么不剃头?

书生:身体发肤,受之父母,凭什么剃了?

清兵乙:好!头发不剃也成,那你这颗头可就留不住了!

书生:随便!

清兵甲:好后生!

清兵上手,把书生按跪下了,书生刚一跪下,清兵一刀就把书生的头砍了。街上大乱。

宋莲生竭力不看,但还是感受到了,差点儿摔一跤。

宋莲生自语:都说三湘之人,性格豪放,果然不假。

宋莲生转过街来,疾步而行。身边拉药之车,轰轰而过,有些药市的景象。宋莲生紧走两步,随手从药车上抽出一枝黄芪来,放在鼻下一闻。

宋莲生:嗯,好黄芪,地道蒙古货。哎,药材往哪儿拉啊?哎,问你话呢,药材往哪儿拉?

车老板:九芝堂。

宋莲生刚要再细问,一砂锅药渣子一粒不少地全倒他脚面上了。宋莲生看着倒在自己脚上的药渣子,看了一会儿,抬头看绣女二桃子。

二桃子也惊讶地看他鞋。

1

二桃子:先生,您这脚可真会挑地方,走路怎么也不看着点儿?

宋莲生看着整坨药渣子:问得好! 我眼瞎了。大街上左边也是空的,右边也是空的,走得好好的,我是非要伸脚接你的药渣子啊? 晦气! 我可不是瞎了!

二桃子:真是的。

二桃子说完回身要走。

宋莲生:什么真是的啊,哎,姑娘,别走! 你可真有理,我这新买的鞋子怎么办?

二桃子:哟,问我呢?

宋莲生:可不是要问你吗? 难道要问天吗?

二桃子:怕不是还想让我赔你的鞋子吧?

宋莲生:怕不是? 说对了,怕你不赔。不赔也可以,那一句好话总要说吧? 这脚上的药渣总要设法搞掉吧?

二桃子看着宋莲生站那儿怪怪的不动,好笑:你干吗不动动啊?

宋莲生:我怕。

二桃子:怕什么?

宋莲生:怕药渣掉了你赖账。

二桃子:你!

宋莲生:我怎么样? 姑娘,我可不是那种无赖不讲理的人,不赔鞋子也可以,说一句道歉的话,咱各走各的路。说吧,我听着呢。

二桃子:说不着,你就在那儿站着吧。

二桃子说完转身回了绣庄。

宋莲生:哎,这是谁家的姑娘啊? 怎么这么不懂人事啊,倒了人家一鞋药渣子,连句客气话都没有。哎,大家来评评理,哎给评个理。

路人无人应,抬头看见绣庄的字号——无双绣庄。

宋莲生:无双绣庄管事的出来说话,出来说话……

范宅堂屋。

范无同范老员外正在堂屋着急地走来走去。

范无同:阿弥陀佛,阿弥陀佛……

崔郎中坐在桌前也等消息。刘妈急了一头汗进去。

范无同:刘妈,怎么样了?

刘妈:老爷,快找人吧,不行啊。针也扎了,药也喝了,就是生不出来。

崔郎中一听,霍地站起来收拾药箱子就要走。

范无同:崔大夫。

崔郎中:范老对不起了,本郎中医术有限,实在束手无策,您再另请高明吧。

范无同:崔大夫,崔大夫,您再想想法子,再……

范无同刚追到门口,九芝堂东主劳澄进来,拦了范无同。

劳澄:范老,留步。有话跟您说。

范无同:劳兄,快想想办法吧,我可就这么一个女儿,可别外孙没抱上,女儿也没了……劳兄啊,快给想想办法吧。

劳澄:来坐下,听我说。

范无同:刘妈,叫外边的大夫再进来一个,快叫一个进来。

劳澄:等等,不叫了。

范无同:不叫岂不是等死?

劳澄:范老,医不三世,不服其药。这话您不懂吗?

范无同:怎么讲?

劳澄:不是行医三辈人的世家,那些郎中的药不能吃。

范无同:那让我怎么办?

劳澄:长沙城中只有去请吴老太医了。

范无同:劳兄,您不是不知道,在儿女亲家事上,我有负于吴家啊。

劳澄:恩怨归恩怨,救人归救人,再说吴家名医世家,不至于那么小气吧。

范无同:谁去请?

劳澄:只能您自己去请。

范无同:好,好,我……我给他低头赔不是去。备车!

坡子街绣庄前。

宋莲生那只接了一坨药渣的脚还没动。

宋莲生:嘿,有这么不讲理的吗?倒人一脚的药渣子,客气话没有,还说我眼瞎了。哎,出来个人,讲讲理,出来个人啊!

围观人看着笑。

观者乙:这位先生,算了吧,这绣庄里都是花红柳绿的姑娘家家的,自认晦气算了。

宋莲生:姑娘怎么了?姑娘家家的就不讲理了,大姑娘该更懂礼才是啊?大姑娘要是不讲理,那……

宋莲生刚说到这儿,透过人群看到应无双从前边街上过来,看都不看宋莲生一眼,衣裙华美,衣袂飘飘,飘进了绣庄。宋莲生想叫住应无双,人进了绣庄了。

宋莲生一急脚动了,药渣掉光了。宋莲生又赶快退回来,把药渣捧着放在自己的鞋上。放好之后,用手按着那只有药渣的脚往绣庄内去。

观者甲:你这是干吗呀?

宋莲生:干吗?评理。她不出来呀,本先生进去找她。

吴府门口。

马车飞快而至,范无同被范安急急扶下。范无同闯府,门子刚要拦,范无同一拐棍将人拨开。

范无同:快叫太医!快叫太医!

吴府堂屋。

范无同挥着拐棍大喊大叫,吴老太医正襟危坐看着他。

范无同:儿女之事,算是他们没缘分,我原是把我家的范荷应给了你家吴云,可谁知中间出了个书生文同,又偏偏是个骨气铮铮的东林党。女儿爱他,我也喜欢。什么也别怨了,你家吴云没福气。

吴府堂屋侧内间。

英俊的吴云手持一书卷,说是在看书,其实在听外边范无同说话。听到最后一句,双泪流出。

吴府堂屋。

吴太医:范老。

范无同:有话快说。

吴太医:你来就为与我谈这些儿女之事?

范无同:我才懒得谈这事,现在我女儿难产了,那文同命短死了,请你快快地去行医救人,快走啊!

吴府堂屋侧内间。

吴云听到此,站起又坐下。还是落泪,着急。

吴府堂屋。

吴太医:好,你女儿都有孩子生了,真好。

范无同作揖:真要我求你吗? 好,老范我求你了,快走吧。

吴太医:不急,请过别家大夫了吗?

范无同:请过,请过了,门口请的大夫排成行了,没有一个有用的。吴老,快请!

吴太医变色:送客!

范无同:这话怎么讲?

吴太医:范老,儿女之事,你讲得对,怨他们没缘。你来求医本不必说那么多的话,救人乃医家之德行,漫说没什么仇怨了,就有仇怨该救也得救。

范无同:那快请吧。

吴太医:但你先请了那么多的大夫,方已开乱,药已用杂,吴某就是有天大的本事,也无力回天了,恕不能去应诊了。

范无同:吴……吴老头,你……你见死不救,你这是见死不救! 你借儿女之事因怨生仇,见死不救。

范无同越说越怒,举拐棍砸东西,边砸边喊。家人冲进来给拦住,拖出。

范无同:你什么名医? 你小肚鸡肠,你见死不救! 你没一点医家之德!

无双绣庄后边作坊。

宋莲生小心地用只手按着那鞋面上的药渣往里走,动作怪异。一眼看见屋内美艳青春的三湘绣女,边绣边歌,飞针走线,窗外光照来恍若仙境。

宋莲生又要找二桃子,又要按住药渣,又看见青春姑娘高兴,情状更怪。

宋莲生:哎——哎,出来评理! 出来评理!

洪三燕:爱什么爱啊,爱谁啊? 姑娘们,咱这谁叫爱啊?

众姑娘笑:不知道。

洪三燕:这位先生,您找哪个爱啊?

宋莲生:我说是的哎,哎。喊人的哎,不是爱人的爱。

洪三燕:听起来都一样呢,先生。

宋莲生认真:哎,一个是哎(哀),一个是爱,怎么会一样?

宋莲生话刚说完一回头,应无双香气逼人地站在他的面前了。

应无双冷艳无比:先生,什么事?

宋莲生一见就动心:啊……啊,来,来,来评理的。

应无双:先生,我们这是绣庄,评理去衙门。

宋莲生:绣……绣,就找你们绣庄评理。

应无双:有人得罪你了?

宋莲生理直气壮:不错。你绣庄的姑娘一早上把这药渣全泼在本先生鞋面上了,汤汤水水的一点儿没浪费,都在这鞋上呢。

应无双:哪位姑娘泼的? 来过来让这位先生认认。

宋莲生:这里没有。

应无双:二桃子。

二桃子边说边从后院至,系着围裙:来了。是我泼的怎么样? 怨他那脚没伸对地方。

宋莲生:哎,听见没有? 泼了药渣,一句好听的话都没有。这理该不该评? 啊,该不该到你绣庄里来评理?

二桃子:天下应该的事儿多了。

应无双:二桃子,给先生赔不是。

二桃子:我赔,我赔他到庙里去坐坐。

二桃子说完反身就走,众绣女大笑。宋莲生也不计较,此时只是想与应无双说话。

宋莲生:您听见没有? 这……这,天下有这样赔不是的吗?

应无双:先生,实在对不起了,我代她给先生道歉了。

应无双说完从怀里抽出绣得素雅的白手帕,蹲下要擦宋莲生鞋面上的药渣。宋莲生也趁势蹲下了,一下抓住了应无双的手。

宋莲生:岂敢,岂敢……

应无双有些惊,然后缓缓将手抽出,白手帕却被宋莲生抓住了。

宋莲生深情地说:我来,我来。敢问小姐芳名……

这话刚一说出,一群姑娘都蹲下直直看着他。宋莲生不理,像没看见一样,还看应无双。

应无双:素昧平生,不问也罢。先生,可以了吗?

宋莲生顺手将白手帕装起:可……可……可以了。

应无双:先生,既然可以了,那就不留您了。对不起,您请吧。

应无双说完走了,众姑娘也起来,齐齐地叹了口气,回去干活儿。宋莲生呆站着,这才低头看药渣,看应无双要走进后院了,大喊。

宋莲生:哎,这是谁吃的药啊? 这药可不对。

吴府堂屋。

吴云站着,吴老太医大喊大叫地在训他。

吴太医:外科治癣,内科治喘,妇科难产,此为医家最难医之症,多少名医几世英名毁于一诊,他请了那么多的大夫都没办法,我去就有办法吗? 我去了都不会有办法,你去了就会有办法?

吴云:医家之训,救死扶伤。为虚名岂可见死不救? 再者范荷……

吴太医:你又提范荷了,人家已经嫁给别人,如今孩子都要生了,你还忘不了吗? 哎呀,我怎么生了个这么执拗的儿子啊。

吴云:爹,不是范荷,我也要去。何况是范荷。

吴太医:还是范荷。吴云啊,你……你怎么就不会恨啊? 你学着恨一恨,她弃你别嫁,你就不会恨她吗? 再说你如去了无功而返,我闻世堂的声名岂不毁了?

吴云:声名哪有人命重要? 爹,我不再多说了,救不了范荷,不回来见你。

吴云说完抄起了诊箱出门。

吴太医:回来! 啊,你个逆畜,你给我回来!

范府门口。

聚了一堆的大夫。范无同无功而返,下了车,大夫拥上来。

范无同:都走! 都走! 哪有一个顶用的? 都是骗钱的,都走!

范荷屋内。

范荷大汗淋漓,生不出孩子,脸色灰白。

范无同冲进来:儿啊! 儿啊! 可是让你受罪了!

范荷:爹爹,快救这孩子一命吧! 我不要紧,可惜文同死了……这孩子再不能死啊!

无双绣庄。

宋莲生正抓了一把药渣,边在手中翻检着边说,应无双看着他。

宋莲生:紫苏、羌活、桑白皮、木通、赤芍……吃这药的人心忧气滞,心肾不交,夜常惊梦,心中有事,而身边又无知己,是思也说不出来,忧也讲不出口,气滞心虚,人就一天天弱下去了。

众姑娘又围过来听。

宋莲生看应无双:我说得对不对?

洪三燕:看看药渣子就知道病啊? 你……

宋莲生:神了是吗? 不看药渣也知病。

应无双:对又怎样? 不对又怎样?

宋莲生:要是对了,不必吃药,这种药越吃越病。

洪三燕:哟,那不吃药,该怎么医啊?

宋莲生:找个心上人,疼他,爱他。治忧思最好的办法是喜乐,只要有喜,有真心,有乐,此病不医便好。

应无双:果然是个无赖,你请出去! 走!

无双绣庄门口。

包袱被扔了出来,宋莲生被推了出来,二桃子拍着手看着他。

宋莲生:哎,发怒也治忧思,倘若是你家小姐真这样啊,发发怒也好,肝火就通了,思也解了。

二桃子:什么野郎中啊? 说是看病其实是占便宜,还不快滚。

宋莲生站着不动:我……我哪那么爱占便宜? 那小姐,实在,实在有些让人心动。

范荷屋内。

范荷抓着爹爹的手,满头大汗地挣扎着。

范无同:范荷,范荷,千万挺住,为肚里的孩子,为肚里的孩子,挺住了。爹再去想办法。

吴府柴房。

门打开,屋内一口大黑棺材,霍然而现。门口逆光中吴云英俊的身影。

门从外边打开了,家人上手将棺材抬起。

吴府大门外。

吴云手提药箱,衣袂飘飘。药童小米在前。

风起,满街人似乎觉得要生什么事儿了,放下手中活计看他。只见吴云身后一口大黑棺材抬了出来,跟着他,向街中而去。

小米在前边赶开人众。

九芝堂药铺。

宋莲生边回身瞄着往无双绣庄看,边进九芝堂门。进了门还是背向药店看绣庄门口,九芝堂内可以清楚地看见绣庄。

方掌柜正在柜台上收拾,看着这逆光下的人影。

宋莲生:哈,这长沙真有待头,天助我也。你说怎么就这么巧,恰在绣庄门口,又有个药铺子。

宋莲生:什么字号?

方掌柜:九芝堂,先生您开方还是抓药?

宋莲生：开……方？你这儿有坐堂大夫了？

方掌柜：不巧，这会儿大夫不在。

宋莲生：那怎么可以啊？药铺子开着，大夫怎可以没有？病者和医家乃是个贼上墙、火上房的关系。

方掌柜：怎么讲？

宋莲生：危急相依，火烧火燎，性命攸关，怎么可以一时一刻地没有大夫？

宋莲生边说边随手拿起柜台上的药，抛入口中一嚼。

宋莲生：没有大夫就好比有兵而无将，有阵而无旗，有地而无农夫。降香……这味药可不太地道。

方掌柜：不地道？正经的海南货。

宋莲生：海南是海南，不是阴干的，是太阳晒干的。

方掌柜：这你也能尝出来？

宋莲生：当然，此味药性温、味辛，晒干的辛味没了。

宋莲生看着窗下一方桌，把包袱往上一放：你是这儿掌柜的？

方掌柜没好气了：是。

宋莲生：好，拿文书来吧。本郎中也不挑拣了，就在你这儿坐堂吧。

方掌柜气极反笑，抓起包袱：荣幸……荣幸之至，荣幸得很，本店不缺说三道四、指手画脚的野郎中，你给我请出去。

宋莲生：哎，你有眼不识泰山。

方掌柜：我们这是湖南，认得衡山就行了。你给我滚！

说罢一拉宋莲生，推了出去。

九芝堂门口街上。

宋莲生跌撞而出，正赶上吴云拎了个药箱子从这坡子街过。药童小米在将人拦开。那么英俊的后生，身后抬了一口大黑棺材，悲壮而行。看热闹的跟了一街。

宋莲生摔了出来，一看也惊了。

无双绣庄的姑娘们，洪三燕、二桃子、小兰、翠翠……都从绣庄中拥出来了。英俊的吴云从街上过，众姑娘贪婪地看着吴云。

这边九芝堂内包袱又飞出，宋莲生狼狈接住，怕姑娘们看见。后出来的应无双看到了宋莲生的狼狈相，宋莲生马上也无事人一样不但不躲，反而往绣庄中姑娘那边走了过去。

二桃子：翠翠，吴少医这是干吗去呀？看得我心怦怦跳。

翠翠早哭成个泪人了:去治病。

二桃子:治病抬棺材干吗?

小兰:他说,治不好,自己装棺材里不活了。

二桃子:这是为什么人啊?

翠翠:说是为原来相恋的人。

洪三燕:什么人这么有福气啊?

翠翠:范家小姐。

二桃子也哭了:多帅的人啊! 你可不能死。

洪三燕哗地一条绣绷子抛了过去:吴公子,等您捷报!

吴云拾起绣绷子,看到一朵海棠花,看了一眼,又抛了回来。在姑娘堆中的宋莲生一下接住了。

宋莲生:你不要,我要。

洪三燕脸一下挂不住了,从宋莲生手中抢回:谁说给你了? 还我。

宋莲生:姑娘们大可不必为此人在意。行医又不是演戏,哪用得了这么大张旗鼓的啊? 天底下有治得好的病人,没有治得好的病。治病最当有平常心,又不像打仗,这架势先就犯了医家的大忌了。这下怕是治不好病倒要命了。

二桃子:你说什么? 人家拼了命去治病,你在这儿说风凉话。

翠翠:打他。

小兰:对,打他,打他。

众姑娘齐上手,宋莲生抱住了头,被姑娘们一通乱捶,打得狼狈。

洪三燕被人将绣绷子扔回,生气跑回绣庄。应无双在旁边似想似看着。

吴云凛然前行。街上众闲人加上姑娘们跟在棺材后边拥向范府去看热闹。

人走了。宋莲生被打得坐在地上,起来拎起包袱。

宋莲生:今天算倒霉了,总被香拳捶。哼,早晚一天香拳换香唇。

范府堂屋。

吴云极为利落地打开药箱,摆放那些药瓶、家什。

条案上,香火高烧了。吴云举出医圣之像摆好,跪拜。

范荷屋内。

范无同拉着范荷的手。

范无同:女儿啊,延医救命,此时还管那么多啊?

范荷:不,不。爹爹,女儿与吴公子缘各天涯,还有前情后怨,此时让他来看病,女儿宁死也不应。

范无同:病不避医,好容易来了个世家大夫,你这不是要爹的命吗?

范荷:爹,实在不能。不要让他进来,千万不要,女儿宁可去死。

吴云在门口:范小姐,我是吴云。我进来为你诊病了。

范荷一下子盖住脸:啊,不行。

吴云一只脚刚进,一听这话又退了回去。

范荷外屋。

吴云:范小姐有什么避讳的吗?

范荷:我,不能让你来看。

吴云:我要进去。

范荷:我不让你看。

吴云进也不是,退也不是:范小姐,事到如今,咱们今生有没有姻缘先放在一边吧,我要治病救命。

范荷:不要。

吴云:范小姐,吴云我因儿女之事,不是没有怨过你,那段日子,度日如年,可以说是天天怨,时时怨。说句没出息的话,自见过一面,觉天下女子再没有一个能比得过你的,吴云怨你毁约别嫁,但吴云怨归怨,吴云思你、想你之心没变啊,吴云对你之意没变啊!

范府门口。

看热闹的人静看府内。黑棺材停在门口。

范荷外屋。

吴云:值此人命攸关之时,吴云怎么能袖手不管? 倘若你真有好歹,吴云还有什么心情在世上活着?

吴云边说边撩帘子进了范荷屋中。

范荷屋内。

吴云:范荷,吴云把棺材抬到贵府门口了,救不活人我也没退路。范荷,给吴云一个机会吧,哪怕病治好了形同陌路,吴云此时也要为小姐尽心。

范荷用手帕把脸遮上了,脸在手帕下抖动着,泪已流出。

吴云:说句泄气的话,吴云生若与你无缘,死愿与你同穴。

吴云一把将范荷手拉过诊脉。

范府门口。
小米在门口学吴云的话，众姑娘听到这一番荡气之言，都哭了。
宋莲生在人群之后坐在一个包袱上，也静静看着。
宋莲生：可是个好后生了，招得这么多人为他担心。哎，药童。
小米：什么事？
宋莲生：哎，你家公子下的什么药？
小米：打听那么多干吗？这也是你问的？
宋莲生自语：哼，世态炎凉，名医不移堂，我宋莲生不该总是挪地方，挪来挪去，遭人家白眼。
宋莲生找个台阶，包袱一放躺下了，睡。

范荷屋内。
吴云静心诊过脉，将手抽回。范无同已将纸笔准备好了，吴云庄重开方。
吴云：世上难产，往往因心郁之过，再有就是生活过于安适，范荷你因丧夫而心伤，气血不行，母气难运，致使无力将子产出。本郎中开一服紫苏补气汤，必然一帖见功。
吴云说完方子开好，给了范无同。
范无同：吴公子，几时能见效？
吴云站起往外走，边走边说，范无同听着。
吴云：范世伯请燃香一炷，倘若一炷香后，范小姐还未产出，在下愿以死谢罪。
范无同：好，那我就不客气了。
小米瞬间将药煮好，亲自滤汤。吴云正襟危坐，旁边香燃着了，吴云闭目养神。

范府大门外。
众人围在范府门口，大黑棺材依旧停着。
小米急急从府门出来。
小米：服药了，服药了，紫苏补气汤，闻世堂吴家的独门方子，百试不爽，大家等着告捷吧。
众人叫好，小米又跑回去了。

12

应无双看了吴云这么用心地救自己的心上人,不知为什么突觉失落,回身要走。

二桃子:无双姐,你干吗去呀?

应无双眼中有泪,低头:啊,乏了,我先回了。

二桃子:无双姐,等吴公子出来你再回吧。多动人的场面啊,为救自己爱的女人,把死都看淡了。

说罢大哭。

应无双:二桃子,人家一个有病,一个医病,你哭什么?

二桃子:我感动。

众人都感动,只有人群外的宋莲生睡着了。

范府堂屋。

香烧了一半多了。

吴云坐在旁边看似闭目养神,其实汗正滴滴出来。

范荷屋内。

范荷一头汗水,大声喊叫。

产婆:小姐用力,小姐用力呀!

范无同走来走去用拳打头。

范无同:老天啊,显显灵吧! 显显灵吧!

范府中堂。

范无同痛苦已极,冲了进来,一下跪在了医圣的面前。

范无同:医圣人啊,医圣人,求你保佑吧! 求求你了,让我死了吧,救救我的女儿和我的外孙子吧。让我死了吧。

范无同大哭。范安赶快冲上来拉。

吴云还闭目坐着,已是满头大汗,但就是不动,等那婴儿哭声。突然那香烧到头灭了,吴云两滴泪落下,无奈平静地收拾了东西,拎了药箱往外走。

范府大门口。

看热闹的人都在翘首等着。

突然府门大开,先听见范无同没有理智的骂声。

范无同:吴太医,你算什么医生? 记恨儿女亲家事,自己不出面,派这么一个黄口小儿来。我的独生的、没了娘的女儿啊,爹可怎么救你啊!

宋莲生被骂醒。

吴云在药童小米的引领下,面色苍白而出。众人拥向前。

范无同追出来喊,众仆给拉了回去。

众观者一下静了,看着吴云。

阳光灿烂,吴云的眼睛瞬间被晃了一下,似有一片梦中世界。

吴云:小米。

小米:在。

吴云:把棺材盖打开。

话刚一出,众姑娘大放悲声。

小米:公子。

吴云:快把棺材盖打开。

应无双看着吴云的英气,心中喜欢,在想:他……他真的要去死吗?

这时众人才上前去拦。人群外,宋莲生被人吵醒了,坐在墙根下看着。

几个人上手把棺材盖掀开了。

小米:公子,您……

吴云:让开。

众人往前挤,吴云分开众人,一下就爬进棺材里了。

众人大喊拥向前去。人群中只有两个人看着,一个是应无双,有种心仪敬重;一个是宋莲生,像在看戏。

吴云站在棺材中了,刚要躺下,突然一车飞至,车上吴太医大喊。

吴太医:儿啊!儿啊!不可轻生!不可轻生!

吴云一听喊来劲了,一下躺下。

吴云躺在棺材内看着蓝天白云,一闭眼泪又出来了。

吴云:小米,盖上棺材。快,小米盖上棺材。

众人:不能,你不能死!

吴太医:儿啊,你不能轻生!你死了我指望谁去?你不能轻生!

吴云生气地又站了起来:小米,盖上棺材!

棺材盖刚要盖上,又被众姑娘抢下。应无双远远站着,想让吴云看见自己,吴云视而不见。

范府门口正大乱时,突然宋莲生一声喊。

宋莲生:让他死去。他非要死,就让他死吧。

众人一下没声音了,回头看宋莲生。

宋莲生边抖着包袱上的土边不看众人说着:天底下救人不成自己去死,算是医生中最快的逃跑之法了。死有什么难的,一闭眼,想死就死了。救不活人,自己去死就更容易了,难的是活人。治有病的人,救不了人,自己去死,这算什么大夫?这种人还劝他干吗?让他去死,让他死吧。

众人听着,吴云也站在棺材里愣着。

宋莲生:老太爷,您这种儿子死就死了,别劝了。姑娘们,为这样的男人可不值得流泪。哎,来,来,躺下吧,我给您盖上。

吴云听了这番话,呆呆站着。

宋莲生:来,躺下啊。

吴云:你是什么人?你这一番话,让我活活不成,死……死不了了。

二桃子:他是个野郎中,说风凉话。

翠翠:对,打他。

小兰:打他。

众人又伸手来打宋莲生了。宋莲生一下子跳到棺材上。

宋莲生:哎,凭什么打我?

二桃子:你说风凉话。

众人:对,你说风凉话。

宋莲生:风凉话,看有没有理,有理的风凉话让人清醒,再说了,救不活人是风凉话,要是救得活人就不是风凉话了。

二桃子:你能救谁?

宋莲生:我这不是把吴公子救了吗?有我这话,他现在想死都死不了了。

应无双看宋莲生。

翠翠:那不算,公子要是不死也是我们劝的。

众人:对,对。不算,不算。

宋莲生:那要怎样?

二桃子:你不是能耐吗?你救了范家小姐才算不是风凉话。

路人甲:对,拉他出来,让他去救范小姐。

众人伸手一下把宋莲生拉了出来。

路人甲:他救不活范小姐,这棺材盛他。

众人:对,对,棺材给他留着。

众人拥着宋莲生往范府中推,孤零零的吴云还站在棺材中,看见了也是一人的应无双。

宋莲生:哎,哎,怎么这事又摊我头上了?哎,我的包袱。

宋莲生回头看应无双:哎,看着点儿我的包袱。

宋莲生挣扎着被推进。

二

范荷屋内。

宋莲生被人推进了范荷府中。此时范荷头发早汗湿了，一脸的憔悴，大大的眼睛瞪着天空，神志已恍惚。

范荷：文同夫君，范荷我对不起你……刚有了骨血，你便为复明大业而去了，到现在这一点骨血也将不保，范荷命相不好，克夫伤子。范荷一死都难谢罪了……夫君啊，九泉之下再会吧。

宋莲生在范荷庄重而语时，已诊上脉了：哎，别急，别急，想死啊，可没那么容易。

范荷：你是什么人？

宋莲生：被人强推进来救你命的郎中。

范荷：我命已不足惜，能救肚里孩子一命，范荷感激不尽。

宋莲生：小姐，说句稍有见识的话，人活着呢总是说活着不易。可话说回来了，人这口气想咽了去死，也不那么容易，不信你咽一口。想咽口气烦恼就没了，哪那么简单啊？不信你咽一口，对，再咽一口，还是没死吧？咽，再咽，对，狠狠地吸一口咽了。你不是想死吗？好好咽一口气，大不了死了。

宋莲生边说边摸出一根针来，手伸进范荷的衣下，摸准了地方针飞快地扎下。

宋莲生：对，咽气，咽，深咽。咽啊，看你能不能死。咽，咽。

只见范荷脸憋红了，用力，肚子一阵上下相通，宋莲生顺势一抽，一个男婴被他魔术般倒着抽出。宋莲生倒提着孩子，啪地一拍，孩子哭声大震。

范荷流泪，屋门猛开，范无同和产婆子、仆人听了哭声冲了进来。孩子被接过去，大家忙着。

此时再看宋莲生一头大汗，慢慢往外退。

范府大门。

空的大门，静的人群。

宋莲生蹭出来了，一副疲惫之相。话还没说，众人一看那垂头的样子，一定是败着出来了，发一声喊，拥上台阶要把宋莲生抬进棺材。

宋莲生先以为是欢呼，再看不像：干什么？干什么？

二桃子：干什么？说好了，你救不活人进棺材。

宋莲生：谁说我没救活的？谁说我没救活的？救活了，救活了。我把人救活了！

众人根本不理，抬了人就要往棺材里放。

突然身后一声喊。

范无同：大喜啊，上天有眼啊！

众人回头看，范无同抱着孩子出来了，小孩哭声响亮。众人一看孩子生出来了，齐齐一松手，把宋莲生摔在了地上。

宋莲生被摔得真狠。

九芝堂。

劳澄在开药柜，看药、尝药、查药。方掌柜恭敬候着。

劳澄：方掌柜，药这东西是入口治病的，一定要地道，要干净。治病救人，实为天下第一等仁德善事，做了这行，是咱的福气，当惜福，厚生啊。莫郎中今天怎么又没来？

方掌柜：劳先生，听说是近些日子他去了闻世堂了。

劳澄：怎么可以这样？说好了在我们这儿坐堂一年，我们也没亏他，怎么说走就走了呢？

方掌柜：劳先生你别气，这事情也怪闻世堂，他们看莫郎中在咱们这儿方子开得好，咱们的药又地道，生意起色，所以出了更高的价钱把人挖走了。

劳澄：那莫郎中就没有对咱有个交代吗？哎，人现如今怎么都这样了，仁义信用都不讲了。这样的德行，怎可救人？

劳澄刚说到这儿，小伙计山药偷偷跑进来。

劳澄：山药。

山药：东家，您好。

劳澄：药房下了板子，就不能离人，你去哪儿了？

山药：回先生，有……有个野郎中在范家治病，我去看热闹了。

劳澄：野郎中？

范府门口。

明明是宋莲生将孩子接下来了，众人还是不信。

小米：你说孩子是你接的，我们说许是你进去巧了，我家公子的药效正好到了，所以你捡了个便宜，看，你这副样子也能救人？先救救自己吧。

宋莲生：哎，人啊，就有那睁眼说胡话的时候，救人跟样了有什么关系？

无双看着，吴云也看着。

路人甲：都说你一味药也没用哎。

吴太医：是啊，补气汤原就来得慢。吴云啊，你怎么可以以一炷香为限？这功倒让人捡了。

二桃子：对啊，这孩子该算吴公子接的。

众人哄。劳澄也赶来了，在人群外看。

宋莲生：哼，有意思，医术输了也就输了，医德要输了那就彻底输了。是谁的功，不是谁的功，宋某原本无意争执。人救下了，母子平安，再没有比这更要紧的了。但话已至此，事关真伪，宋某做人闲散，但每遇关键必有原则，到了真伪之时就不得不说了。吴公子所开方子当然不错，难产母亲一定少气乏力，补补当然有用，但实在不要紧。

路人乙：什么要紧？你不用药就把难产治了，谁信啊？

宋莲生：算你问对了。难产之故有的是母亲的原因，有的是孩子的缘故，倘若是婴儿手抓住了脐带，他怎么能生出来？就是吃一车的药，也生不出来啊。手抓脐带，最简单的办法，让产儿松手才是要紧的。比如，你抓了我的带子，怎么让你松手？一根针下去扎在虎口上，婴儿一痛可不就松了？什么叫诊病啊，先弄清病因再施方，不是什么病都要吃药的，我治这病就不用吃药。

众人不语。

吴太医：真会讲故事。

二桃子：空口无凭，有什么证据？

范无同一直抱着孩子听着：有。看啊，这小宝贝的右手虎口有一红红的针眼呢。

众人一看果然如此。

路人甲：果然厉害，一针就见效了，厉害厉害啊！

宋莲生准备接受欢呼，不想没人欢呼。吴老太医拉着儿子上车走了。吴云一走，众姑娘也一句话不说回头就走了。众人一看没热闹也都走了，范无同回了府关了府门。

瞬时宋莲生一人站在台阶上，风起，黑棺材停在那儿。

宋莲生很失落，一人下台阶。

下边只有一人——劳澄在。劳澄突然一个人为宋莲生鼓掌。

劳澄:好,好个辨证之法。果然是神来之笔。这位先生贵姓?

宋莲生:姓宋,叫莲生。

劳澄:能否赏光一叙?

宋莲生:喝酒?

劳澄:对,喝酒。

宋莲生:好啊,好啊,好。

劳澄:先生你不必在意。

宋莲生:在意什么?没有欢呼,没有认可?这些要在意,宋某早就委屈死了。哎,我的包袱呢?

吴府书房。
吴云拎着药箱经堂过室,吴太医在后边追着说着。

吴太医:让你不要去,你偏要去。好,这下好了,闻世堂的名声,败在一名野郎中手下了。你小小年纪被儿女之事左右,将来还有什么出息?

吴云:爹爹,您别说了,吴云必要给闻世堂一个交代。

酒馆。
劳澄与宋莲生正在喝酒。

宋莲生:您说的是哪间铺子?

劳澄:坡子街的九芝堂。

宋莲生:九芝堂?无双绣庄对面的那间?

劳澄:对呀。

宋莲生:那不劳您请了,我已去过了。

劳澄:去过了?好啊,太好了,那算真有缘了。

宋莲生:不好。

劳澄:为什么?

宋莲生:我被人家赶出来了。哎,劳先生,您说我的包袱它会去哪儿啊?不行,我要去找包袱。

无双绣庄无双屋内。夜。
一盏灯下,无双选了两幅绣的诗文的绣片,小心地包起,悄悄地出了房门。

吴府书房。夜。

灯下,新写的一纸墨迹未干的字在桌上,是吴云写的遗书。屋中一人没有,后边的架子床床幔全放下了,很静。

屋门开,小米引无双进来了。

小米:无双姐,公子刚还在呢,不知哪儿去了。你坐这儿等等吧,我找找去。

无双:不碍的,也没什么大事,你去吧。

无双放下手中绣品的包,在桌旁椅子上坐下。

床幔放得很严实,无双看着那床幔,不知为什么有点吓人,猛地打一哆嗦,桌上的灯也闪了一下,无意间看见了桌上吴云留下的文字遗书。

无双拿起飞快一读,大惊:公子,吴公子……

无双冲向架子床,看那吴云歪着被一根绳子吊着,斜挂着,头垂下了,很像是死了。

无双:救……人。

无双上手就去抱,就看那斜吊的人两手一捞,把绳拉开了。

吴云:别喊,我没死。

无双:吴公子,你、你……你这是干什么呀? 你这……

吴云呆呆坐在床上,把绳解了:感受一下,这死也不好玩儿。

无双:吴公子,医人救命,有时是要有几分运气的,你不会因为今天这么一点小挫折,就……

吴云:事小,关系可大。闻世堂为此名声落败,对吴云倒不是第一要紧的。

无双:那就没什么要紧的了。

吴云:要紧的是,那范荷小姐是吴云一生所爱,一生所想,命之所倚,为她死我也愿意。谁想这机遇到了吴云手里,吴云都没有抓住,让一个外人占了先了。无双姐,我真是,真是好恨啊,好恨自己呀。无双姐,为此死十次我都愿意。可现在死又有什么意义? 无双姐,您说我死了,那范荷会不会为我流泪?

无双生气:不会。

吴云:为什么?

无双:你要就这么死了,不单范荷不会为你流泪,喜欢你的人都不会为你流泪。

无双绣庄。夜。

宋莲生敲绣庄关了的大门。

宋莲生:喂,开门,开门。

洪三燕:谁啊?

宋莲生:我,宋莲生。

洪三燕:有事明天吧,我们关门了。

宋莲生:哎,我的包袱在你们这儿吗?谁捡了我的包袱了?

洪三燕开门。

洪三燕:你呀,你今天可真是出了大风头了。

宋莲生:啊,在下宋莲生给……

洪三燕作态:洪三燕。

宋莲生:给三燕姑娘叨劳了,请问你们绣庄里的姑娘谁拿了我的包袱?

洪三燕:你给谁了?哎,听姐妹们说你有些本事。

宋莲生:谈不上,治病救人。

洪三燕:天下很多的人都等着救呢,你救得过来吗?

宋莲生:赶上一个救一个吧。

洪三燕一下晕倒,装的。

洪三燕:哎哟。

宋莲生想都不想上手就抱:姑娘,怎么了?

洪三燕睁眼看他:没事,试试你是不是真有救人的心。进来吧。

吴府书房。夜。

无双真是生气了,正说着坐在床边上伤心的吴云。

无双:兵有利钝,战无百胜,医家如兵家,吴公子你连这些道理都不懂吗?

吴云:这些我懂,胜也好,败也好,我无所谓,只可惜失去了与范荷再次交往的机会。每想至此,五内俱焚,想想就觉不如死了。

无双生气:那你怎么不死?还要装死吓人?

吴云:是想死来着,真要死时,又怕那范荷将来更会笑话我。

无双:吴公子,天下之大,心仪之人怎么会只有一个?再说了,那范荷已是人妻、人母,你早就该撇开了才是。

吴云:理是这么讲,到了情上就撇不开。

无双:我……我们绣庄中有那么多佳丽,你就……

吴云:看不见,看不见,一个都看不见。

无双:是啊,那我们下午看的热闹,都留给自己了。你这人啊招人恨也是这点,招人心疼也是这点。

无双绣庄绣室。夜。

绣室中,白天那些活泼的绣女,此时都在专注地绣活。宋莲生悄悄坐在一个凳子上,专注地看着面前的情景。

吴府书房。夜。

无双拿起桌上打开的绣品,一收要走。

吴云:无双姐,对,你干吗来了? 你是要诊病吗?

无双:用不着了,吴公子,你先把自己的病诊诊吧。

无双绣庄绣室。夜。

宋莲生又像自语,又像对姑娘们说:所谓眼是心之苗,眼用多了,心啊肝啊都会燥热,你们手捻着那么细的针线,白天做做也就做了,晚上灯光暗淡,不做也罢。

洪三燕:想不到你还会怜香惜玉啊? 可惜这是绣庄,不做活,吃什么?

二桃子突然把手伸了过来:你是大夫吧? 我们可不懂什么眼是心之苗,你看看我有什么病。

洪三燕上手拉回:呀,可不敢让他就那么摸手。应该学红线传脉,用根丝线缠在腕上让他号一号,就算给他面子了。

二桃子:不用,你就用手诊吧。病不避医,是吧? 诊吧。

洪三燕:你真是不懂闺中事,男女之情往往第一步从肌肤之触而生的,摸手是最最常见的。

宋莲生如逢美味般,高兴搓手:这……这是要考我了,小姐,得罪。

宋莲生说完三根手指搭了上来。众姑娘看着好玩儿,都不做活了,围过来看。一张张年轻的面孔,在宋莲生的左右,真是温柔乡。

宋莲生静心诊脉:你在家中是老二?

洪三燕:你这是看病还是算命啊?

宋莲生:病也看,命也算。我说得对不对?

二桃子:我叫二桃子,自然是行二了,这不算什么。还有吗?

宋莲生:昨夜你做梦了?

洪三燕:更不着调了,谁不做梦啊?

二桃子:梦见什么了?

宋莲生:南村放牛的叫什么什么哥。

二桃子:秋生哥,呀,你怎么会知道?

宋莲生:从小他就护着你,帮你打过猪草,晒过红薯……背你过河。

22

二桃子:还插过秧。

宋莲生:过家家、抬轿子也玩过。他现在娶了别人了。

二桃子伤心:娶了他表妹了,哎,这些你怎么都知道?

洪三燕:桃子别哭。

宋莲生:哭吧,要哭就大声哭,哭了就好了。我给你开个方子啊,一是想哭就哭,哭能舒心、安神;二是该笑就笑……

洪三燕:那不成了神经病了。

街上。夜。

无双打着个灯笼很沮丧地走着。

九芝堂。夜。

劳澄在与方掌柜说话,一盏灯亮着,两人有一句没一句的。

方掌柜:看着也不像个正经郎中,来了就挑咱铺子的毛病。

劳澄:挑什么毛病了?

方掌柜:说咱们有一味药,不是阴干的,是晒干的。

劳澄:那人家说得对啊。人不可貌相,咱九芝堂在江南四海也是数一数二的字号,随手一抓就能找出毛病来的人可不多见,那说明他是高人啊。今天范府排了队的杏林高手、名医世家,开了那么多的方子,用了那么多药,无一奏效,人家去了,一针下去,两条人命都救了。这种人我们九芝堂今天不请,明天怕抢都抢不来了。

方掌柜:总看他有一身的江湖气。

劳澄:那有什么不好?经得多,那一定还有见识呢。方掌柜,旁的话不说了,明天一定把他请到。歇吧。

无双绣庄绣堂。夜。

众姑娘都被宋莲生说蒙了,静静地围着他。此时他在给洪三燕把脉,众姑娘听着。

宋莲生:三燕,要不是现在在绣庄中,我该尊称你一声小姐。

洪三燕:怎么讲?

宋莲生:你是生在有钱人家里的。

众姑娘:呀,这么准啊?

宋莲生:可惜你家道中落了。

众姑娘:这可更准了。

洪三燕有点儿紧张:后来呢?

宋莲生:后来……后来……

洪三燕有点儿紧张,众姑娘也在听。

二桃子不怀好意:后来怎么样?

宋莲生:后来,你明珠暗投,坠落风尘了。

众姑娘:简直神了。

洪三燕一下把手抽回来了:宋大夫!

宋莲生:在。

洪三燕:你没什么了不起的,无非是走南闯北的老江湖,经得多见得广了。姐妹们,谁拿宋大夫的包袱了,给他让他走。

翠翠:什么包袱啊? 我可没见。三燕姐,再让他说说。

宋莲生:不想让说就不说了,怕……

洪三燕:快给他包袱让他走。

众姑娘:没看见。

洪三燕:宋大夫,我们这儿没您的包袱,您请回吧。

宋莲生:那我的包袱去了哪儿了?

此时身后无双不知什么时候进来了。

无双:包袱在我那儿呢,跟我来吧。都几时了,你们也不上门。

宋莲生:哎,我说了在吧,姑娘们,我走了啊。

二桃子:这人怪有趣的,常来啊,常来。

宋莲生:哎,少不了来,我开的药记着吃了啊。

宋莲生话没说完就跟无双高兴地往后院去了。

范府回廊。夜。

岳宣正背着一个受了伤的东林党人在回廊中快步疾行。

范安在前边打着灯笼,快步走。

岳宣:汉林兄,忍一会儿,快到了。

飞快走过。

范府中堂。夜。

范无同点了灯急急迎出来,岳宣背何汉林急入。

岳宣:范世伯,没有外人吧?

范无同:没有,都是自家人。

岳宣:范世伯,这是我们东林同人何汉林,今天为暗刺督军,不想中了洋

24

枪了。汉林兄,这是文同兄的岳丈范世伯。

何汉林:范世伯好。

范无同:好,好。不用见礼了,快后院歇息吧。

岳宣:范世伯,有件事相求,明日无论如何,要找一稳妥的大夫给汉林疗伤。

范无同:好,好,我来办,我来办。快请后边歇着吧,请……

范荷屋内。夜。

范荷缠着头,儿子安静地在她身边睡着。范荷甜美地看着儿子,突然两行泪下。

范荷:儿子,你爹爹要是能活到今天,该多好啊!

范荷眼泪滴在儿子的小脸上。

无双屋内。夜。

无双已经把宋莲生的包袱拿了出来,放在桌上。

无双:宋先生,您看看包袱对不对,要是对了看看里边缺了东西没有。

宋莲生:不用看,不用看,是些不值钱的文稿,丢也就丢了。在下宋莲生谢无双小姐看包袱之情,莲生这边有礼了。

无双:快免了吧,看包袱就是看包袱,可当不起一个"情"字。

宋莲生:看包袱事儿虽小,也算情意,也算情意。

无双:好。宋先生,东西璧还了,您请回吧。

宋莲生:不急,敢问无双小姐,今日的那些药渣可是你所服所用?

无双:又提药渣了,不是给您赔了不是了吗?

宋莲生:在下不是那意思,宋某人乃一郎中文士,知遇小姐,看管包袱之恩,无以回报,所谓秀才人情纸半张,我想给小姐诊一诊脉,开张方子,也算是礼尚往来的一番情意。不知小姐可否赏脸,让宋某人诊一诊脉。

无双:真没见过郎中有这么酸的,今天晚上您脉号得还不够多吗?

宋莲生:方才是玩笑,如今是正科。

无双:不劳宋先生费神了,也不必谢了,宋先生您请吧。

宋莲生:不急,中医讲望闻问切,不诊脉,宋某也可有方子开出。

拿过纸笔就写字,写过了就给了无双。

宋莲生:按此方服药必有成效。

无双看方子,笑:这种药也能治病?

宋莲生:药到病除。

无双突然变色,生气,啪把药方拍在桌上,只见药方上一行字"多与宋莲生大夫聊天"。

无双:哼,多与宋莲生大夫聊天。宋先生,这要是也算是药的话,无疑是这世上最难吃的一服药了。

宋莲生:难吃不怕,良药苦口,难吃一定治病,比如把你心里想说又说不出来的话,跟我说说,病自然就好了。

无双抓起包袱塞给宋莲生:夜深人静了,你,请吧。

坡子街。

几家药铺的掌柜边走边说。

掌柜甲:找了一夜都没找到。

掌柜乙:刘掌柜,跟您说,人呢是我先提到的,到时见了人可是我先开口。

掌柜甲:你开口有什么用? 去哪家药铺,要人家自己说了算。

正好方掌柜在门口扫地,听得一清二楚,不动声色。

掌柜甲:哎,方掌柜,听说昨天那宋大夫来过你家铺子,是要坐堂啊?

掌柜乙:你没收人家?

方掌柜:二位,九芝堂每天争着要来坐堂的大夫多了,想不起什么宋大夫、唐大夫了,不知道,不知道了。

掌柜甲:你这算是店大欺客了,走啊,咱找人去。

方掌柜一看人走了:什么东西? 真成了宝了。山药,山药。

山药从九芝堂跑了出来。

山药:哎,掌柜的叫我啊。

方掌柜:去对面绣庄问问,昨天那宋大夫住在哪儿了。

山药:哎。

对面绣庄二桃子正在外边扫地,山药跑去了。

山药:二桃子。

二桃子:叫姐。

山药:姐。

二桃子:连起来叫。

山药:二桃子姐。

二桃子:什么事儿啊?

山药:跟您打听个人。

二桃子:问吧。

26

范荷屋内。

岳宣在屋门口正跟屋内的范荷对话。

岳宣：嫂夫人，兄弟岳宣在这儿给您道喜了。

范荷：岳宣兄弟啊，你们在外边可安全？

岳宣：实话，情境不是很好，但东林同人反清复明之心没有动摇。嫂夫人，您安心养育侄儿吧，外面有我们呢。

范荷：可怜，你文同哥不在了。倘若……

岳宣：是啊，倘若文同哥还活着，是件多么高兴的事儿啊。嫂夫人您不要太过忧伤，文同哥虽不在了，但侄儿不是又出生了吗，总会代代相续的。

鸿宾客栈。

宋莲生一副不雅之睡相，沉睡。阳光照进来了。宋莲生睡着，突然若有所感，开一眼又开一眼，一看吓了一跳。

宋莲生：哎，你们干吗？

床的周围坐着甲、乙、丙、丁加上方掌柜五个药铺掌柜的，静静坐着，看着他半裸的睡相。

众掌柜：不干吗，您睡您睡，不急不急。

宋莲生赶快爬起。

宋莲生：你们这么早来有什么事儿啊？看病啊？

众掌柜：您醒了？

宋莲生：什么事？说吧，我可不欠人钱。

众掌柜都掏银票：您当然不欠别人钱了，我们有钱给您，请您去我们铺子坐堂啊。

方掌柜一看人多走了。

宋莲生：你们先出去等，我穿上衣裳。

街上食摊。

宋莲生吃着长沙的大菜包和汤水。甲、乙、丙、丁四个掌柜坐在一旁侍候着，看他吃。方掌柜在后边立着。宋莲生吃过了刚要抹嘴，众掌柜一下伸了银票过来，七嘴八舌要拉他去自己铺子。

众掌柜：走吧，走吧，去我那儿看看，去我那儿看看。

宋莲生：都别说了，我没那么大的能耐。再说了，你们都让我去，我一个宋莲生不能分八瓣吧。哎，我要去了你家，你们几家能高兴吗？

众掌柜：不高兴。

宋莲生:那不结了。我宋莲生从来就不愿得罪人,去你家他们不高兴,去他家你们不高兴,索性哪家也不去。

方掌柜在后边说话了:宋先生,昨日多有得罪,还是去敝堂一坐吧。

宋莲生:方掌柜,昨天我去过您那儿是吧?对不起,今天改主意了,您那儿我也不去了。去谁家再说吧,再说再说。

众人正闹着,突然人群外一声喊。

范安:请宋大夫复诊。范府请宋大夫复诊。

宋莲生:都别闹了,有病人了,病人第一啊。谁家啊?

范安:宋大夫,蒙您昨日救命的范府。

宋莲生:啊,那我得去,儿子生出来了,那红皮鸡蛋我还没吃上呢。几位多有得罪啊,告辞。哎,不对,忘了会钞了,小二多少钱?

众掌柜:哎,您走您的吧,这点儿钱我们会了。

宋莲生:多谢啊。

范荷屋内。

宋莲生诊着范荷的脉。诊后轻轻收手,一副专注之样。

宋莲生:产后虚症,不碍的,吃些补血益气的方子,很快会好的。

范荷:宋大夫,昨天再造之恩,万分感谢。

宋莲生:救死扶伤医家的根本,应当的……小宝贝睡了,啊,气色好呢。

范荷:可怜落地便没了父亲,一活下来就是个孤儿了。宋大夫……

宋莲生不想听人间事,开方子:是啊,这药呢,还是找稳妥的铺子抓啊。

范荷:宋先生您不是此地人吧?

宋莲生收了药箱想走:不是。

范荷:宋先生可恨清兵入关?

宋莲生故意把话岔开:啊,去九芝堂抓药就行了啊。

范荷:宋先生,孩子父亲是东林党,为清兵所害。现在家中还有一受伤义士,请先生诊治如何?

宋莲生惊住了,站着走也不是,不走也不是。

范荷:范安,给宋大夫带路。

范府回廊。

宋莲生拎着药箱,在范安引领下飞快地走着。

范府柴房内。

宋莲生撩开衣裳看何汉林的伤,岳宣在一旁。

宋莲生:打盆热水……所幸枪弹没有打进骨中。这位先生,我这儿可没有麻药。

何汉林:不怕,古有关云长刮骨疗毒,难道我们今人还输了古人不成?

宋莲生:我为您扎两针,止止痛。这位仁兄,等会儿找根木棍让他咬住,再帮我按一按人啊。

岳宣:放心。

岳宣抽出根柴火,一折,塞进何汉林嘴里。

无双绣庄,无双屋外。

洪三燕边绣着绷子边哼着小曲过来。

洪三燕:刘海哥,你是我的夫哎。走啊……行啊……

洪三燕偷偷往无双屋中张了一张。

洪三燕:无双姐,无双姐。

没人应,洪三燕拉门,门没锁,开了。

范府柴房。

何汉林嘴咬着木棍,一头大汗,岳宣死死按着他。宋莲生一头汗地在伤口中挖着弹头,何汉林闷闷地大声叫着。

岳宣:好兄弟,再忍忍。好兄弟,再忍一忍。

宋莲生:找到了,就出来了,就出来了。

宋莲生一下把带血的子弹拔了出来。

无双屋内。

洪三燕实在不愿再过绣庄的生活了,想在无双屋中偷些钱跑走,不管天南海北地去捞世界。她在无双床帐中边翻东西边自语着。

洪三燕:无双姐,实在对不起了,我……我实在不想在绣庄中待了。我……我拿点儿银子,我要出去闯闯。我不比她们,我是有钱人家出来的。对不起,实在对不起。您的钱藏哪儿了?钱藏哪儿了?

洪三燕正翻着听见外边无双说话声。

无双:二桃子,崔府的活儿送去了吗?

洪三燕飞快地把幔帐放了下来,自己在床上躺着不敢出声,攥着银票,又藏入怀中,假睡。

门响,无双进来了,先在脸盆那儿洗手。洗过手,就要撩幔帐了。手都

29

到了,撩了,洪三燕紧张。

二桃子的声音传来:无双姐,还没送去呢,货在哪儿呢?

无双放下帐子,出去了:怎么搞的? 全套的满月绣等着急用呢,怎么还没送去啊?

人声渐远。洪三燕悄悄从床上下来,开门溜出。

范府柴房外。

阳光灿烂,后院安宁。一小地桌有茶具,累坏了的宋莲生坐在那儿喝茶。

岳宣:宋先生,您有这么好的医术,何不起而救国?

宋莲生:在宋某这等小人物来看,救人与救国没什么两样,宋某人是医家,不是不想问天下,是问不过来,也不会问。

岳宣:你今天救的可是东林义士呀。

宋莲生:在我看来都是病人,所谓杖起弱者,药治人病。宋某一生尚能有些救人活命的本事,已知足得很了。

岳宣:大丈夫当雄飞,安能雌伏?

宋莲生:哇,早就不想了,不想了,能伏就伏,其实真飞起来时,也不是什么雄飞,也是一种无奈之飞。哈,这位仁兄,现在照顾好你的兄弟是第一,宋某仓促没带伤药,一会儿你去、去……去无双绣庄取一下吧。

岳宣:去绣庄取药?

宋莲生:对,去绣庄,派个人去也行。

无双绣庄门口。

二桃子正帮着宋莲生搬一张桌子出来。

宋莲生:二桃子,我在你家门口当大夫呢,也不白当啊。

二桃子:对,我们有病都找你治。

宋莲生:那是理当的,除了治病,我从每天的诊费里抽一成给你们啊。到时那钱许不比绣庄挣的少呢。

二桃子:这事儿还没跟无双姐说呢。

宋莲生:你放心吧,有这样的大利,她会不同意?

无双屋内。

无双正在幔帐中找那张银票,不见了。

无双:明明就在这儿的,昨天还见了,怎么会……谁进我的屋了?

30

无双想到只有宋莲生，下床出门。

无双绣庄大门口。

宋莲生：就在这儿了，就在这儿了。记得吧，这就是你倒药渣的地方。

二桃子：宋先生你可记仇啊。

宋莲生：不是，不是，是有缘分。这一坨药渣算是留下我了。

二桃子：哟，大白天的，宋先生，你怎么说这话啊？

宋莲生：我不是说跟你有缘分，不，不是跟你有，不，是跟你们这绣庄有缘。跟……绣庄，当然也包括你。

话没说完，应无双急急地从绣庄内出来了。

无双很严肃：宋先生，请借过一步说话。

宋莲生：有缘。什么事？

无双：此处不便，请进屋说吧。

三

无双屋内。

宋莲生听完了无双的问话,生气了:哎,你的意思是屋里丢了银票,是我宋莲生拿的?

无双:这屋内再没来过旁人。宋先生,绣庄租人家房子,艰难维持,那银票是欠东主本地恶霸齐大头的房钱。倘若……倘若……

宋莲生:倘若是我拿了,快快还给你,对吧?

无双:实在无奈。

宋莲生:这……这让我想救你都没法救了,想给你钱都没法给了,黄泥掉到裤裆里,不是屎也是屎了。我这会儿要拿出钱来,不是偷儿也是偷儿了。无双小姐,宋莲生虽行走江湖,但做人还是有准则的,所谓君子谋道不谋富,宋莲生有钱,但……但你不能这么样地看我。这不是把我看成偷儿了吗?我昨天来的时候你也在啊……

无双突然打住他的话头:好了。无双我错了,错怪先生了。先生你不要计较。就当方才的话我没说过,先生没听见过,请吧,请。

让宋莲生走,宋不走。无双生气自己出门。

宋莲生:真是树欲静而风不止。怎么这长沙城有点儿乱呢。

闻世堂。

药铺中颇清静。没客人,也没病人。伙计们懒散地在碾药。吴云头上扎了根带子,似十分勤苦地在坐堂读书。突然人影近,一张药方拍在他桌上,吓他一跳。

齐大头:放下书,看我。

吴云:齐壮士,您好,什么事?

齐大头:什么事?说是医不三世,不服其药。你们吴家倒是过了三世了,可你这方子里有两味药是犯冲的。你看看这方子开的什么药。

吴云:不用看。

齐大头:不用看,好大的口气!我说得不对吗?

吴云:常人庸医以为两药犯冲,可犯冲也有犯冲的药效,就如雷来会生电光一样,本大夫就是想让它犯冲生效的。

齐大头拿起手中的药包袱扯碎了,乱扔:他妈的,你开错了药还有话说。你有本事抬了棺材满街走,你倒是把人治好了?大张旗鼓的,不如野郎中手里的银针。你……你,药方开错了,还有说辞。你,还有脸坐堂吗?你……

齐大头把药全撒在吴云脸上。几句话正说到他的痛处,大怒。

吴云:读书之人岂可受此凌辱!

吴云拿起笔山砸过去,药童小米冲了上来,拉手。

小米:公子不可!

那齐大头正要激怒他。笔山根本没砸到,齐大头倒头便倒。

齐大头:打人了,打死人了!我犯病了!我抽羊角风了,闻世堂打人了!

药铺外就有人冲进来看热闹,齐大头倒地抽风吐白沫。

这边吴云还要上去打,众伙计拉住。那边齐大头大喊大叫,蹬腿。众人起哄。

吴太医冲出来:住手,住手!

一下静了。吴太医过来,齐大头停了一下喊得更凶了。

齐大头:打人了,打死人了,打死人了。

吴太医:齐壮士。

齐大头:啊,打人了,打死人了!我犯羊角风了。

吴太医:齐壮士,齐壮士,不碍,你犯病了,我给你医。别抽了,别抽了。

吴太医说着话掏出一锭元宝,塞齐大头手里:齐壮士,这味药如何?

齐大头偷眼一看,嫌少:不好,这点儿药治不好。

吴太医两锭银子扔他怀里。

吴太医:再治不好大夫就要开刀了。

齐大头揣了元宝:不,不开刀,不开刀。吃药,不开刀。

齐大头爬起来走了,看热闹的人跟他跑出去了。药铺中所有的伙计静静地看着,吴云发出抽泣之声。

吴太医稳稳站住。

吴太医:不许落泪。吴云,你看见了吗?杏林如战场。你偶出败着,就连这样的地痞流氓都要来欺负你。说是医者治病救人,救人不假,救人先要有本事救自己,你哭有何用?

吴云落泪。那只瓷笔山在地上并没有碎,吴云上手拾起,一下砸在地上,正赶上方掌柜进铺子,笔山砸在他脚下边。

方掌柜:哎,这是怎么了?

九芝堂。

宋莲生拿了方子进来给岳宣他们配伤药。

宋莲生:伙计,看方子。

山药:哎,来了,来了。

宋莲生:你家掌柜的呢?

山药:不巧出门了。宋大夫您抓药啊?

宋莲生:你怎知我姓宋?

山药:宋大夫,看你说的,昨日范府一针,长沙城都知道您了。我这跟您打头对面的,会不知道您?我们掌柜的有眼不识泰山,我这做伙计的哪能再看不出个好歹来呀。

宋莲生边听山药说话边看对面绣庄。

宋莲生:是啊,你这伙计有张好嘴,抓药吧。

只见对面齐大头来了,一群姑娘都冲了出来,左拉右迎地把齐大头迎了进去,宋莲生看着以为看错了……

宋莲生:哎……哎。

山药:我叫山药。

宋莲生:山药,那个要进绣庄的是什么人?

山药:谁啊?啊,齐大头。

宋莲生:什么关系,怎么会到了绣庄有如此礼遇?

山药:街面上的大混混,无双绣庄的房子租的是他的,看是收房钱来了。

宋莲生:收个房钱,也不至于如此对他啊?好得没边了吧?

山药:必是绣庄没钱给他了,热情一下好说话些。

宋莲生不听了,一下冲了出去。

山药:您的药?

宋莲生:等会儿来取。

绣庄绣室。

齐大头啪一拍桌子,众姑娘吓得站立一边,无双挂在脸上的笑一下凝住了。

齐大头:怎么着,又要让大爷白跑啊?看见没有,刚才大爷空手到闻世堂还白拿了两锭银子出来。你们敢欠爷我的钱了啊,问一问坡子街上,谁敢欠齐大爷的钱啊?

众姑娘:齐大爷,别人也欠我们钱,我们还没收上来呢,就再宽个两天吧。

洪三燕也在姑娘中,看着无双的苦痛,没说话,但心里激荡。

齐大头:齐大爷不是不给你们面子,你们这么花红柳绿的,齐大爷不给你们面子,齐大爷那还是个男人吗?但齐大爷给你们面子,你们也要给齐大爷面子啊,来,无双小姐带个头。

此时宋莲生跑过来,悄悄站在门口看着。

齐大头:都过来,伸出你们的小手,让大爷轻轻地捏弄捏弄,欠一天钱,让我捏一次,就是欠十年的钱,我都不催你们,怎么样,无双来吧……

无双站着不动。宋莲生在门口,紧张地看着。

宋莲生内心话语:一个男人在这世上安身立命都难,何况一弱女子?碰到这种不知怜香惜玉的臭男人,真觉这世界污秽。

无双无奈往前走,洪三燕内心矛盾。

齐大头浪笑,伸出手来:来啊,把小手伸出来啊。

无双突然站住了:齐大爷,欠钱还钱,还不起钱,我们搬家……

宋莲生好像比谁都松了口气。

齐大头:搬家?我现在就要钱。没钱我砸铺子。

无双头不回:砸吧。

齐大头动手就砸东西。

洪三燕:等等,齐大爷,好好的动什么火啊。不就是想捏捏姑娘们的手吗?齐大爷,我的手软,你捏捏吧。

说着,一屁股坐在齐大头的怀里了。姑娘们流泪或背身或逃出。

齐大头:嗯,好。三燕好,就三燕好。

洪三燕被齐大头抱着一亲,偏过头两行泪也流出了。

宋莲生呆看着,悄悄退了。

吴府中堂。

方掌柜与吴太医正密语。

方掌柜:吴老,行医之事,如台上擂争,胜负立现,闻世堂在范家之事上确实败了。

吴太医:那又怎样?我家几世名医,总不至一败涂地吧?

方掌柜:我们开药铺行医卖药的,说句实在的话,一为行医济世,二为盈利,病家大多盲目,投医也是听名声,看字号。你们闻世堂败了着,只要这宋莲生在,大概几年都难翻身啊。您想,长沙城内能治得起病的大夫就那么多。

吴太医:方掌柜,你到我这儿说这种话什么意思?

方掌柜:吴老,方某极为厌恶那游方郎中前来搅局,圣人言,成大事者不恤小耻,立大功者不拘小谅。

吴太医:你是有了主意才说这话的吧?

方掌柜:我们不妨与之再斗一回,以败其气焰。

吴太医:老夫还是不明白,你为什么要与我来商量这事?

方掌柜:再说句实话,我家东主要请宋莲生坐堂,我看不上他,想让他出了长沙城,能让他出长沙城的大概只有您吴家了。

无双屋外。夜。

无双屋内点着一盏小灯,无双呆坐的人影映在窗上。宋莲生悄然而至,看着无双的剪影轻轻敲门。

无双:谁?

宋莲生:我,宋莲生。

无双把灯吹灭了:我已歇了。

宋莲生:我知道你没睡。

无双:有什么话明天说。

宋莲生:我把你丢的银票还你,放窗台上了啊。

无双一下开门。

无双:请屋里说话。

宋莲生:我是真怕你说这"请"字,轰我走也是请,让我说话也请。不说请还自在点儿,亲近点儿。

绣庄卧房。夜。

对排两铺炕,姑娘们都睡下了。月亮照进来,一片安静。

洪三燕假睡。听见没有动静了悄悄爬起。

二桃子:干吗去呀?

洪三燕:起夜。

二桃子:三燕姐,白天多亏你了。要不大家可要吃亏了,谢谢。

洪三燕原想逃,一说心内又苦:不用谢,你们别恨我就行了。

下地出门。

无双屋内。夜。

无双依旧冰冷:宋先生,承您侠义,我想问一句,我那丢的银票是多少钱?

宋莲生:那,银票上不是写了吗?

无双看着拿回的银票:二百两?

宋莲生:二百两。

无双:我们哪儿来的这么多钱,你……

宋莲生:无双小姐您记错了,就是二百两。

无双:宋先生,那钱不是你拿的,干吗揽在自己身上?

宋莲生:哎,你管谁拿的。钱丢了,现在有人认账,送回来了,要是我啊一句话也不多问了。

无双:宋先生,应无双不是那种不明理的人,这钱我先收了,早晚有一天还你。

宋莲生:你可别放在心上。

无双:该放还得放,我就不留你了。

街上。夜。

洪三燕夹了个包袱飞快地跑着,边跑内心话语边吐出。

洪三燕:我没有什么对不起她们的,我不能再在绣庄里待下去了,洪三燕不能就这么窝囊地活一辈子。无双姐对不起了,三燕有大志向,三燕要好好活下半辈子。

洪三燕在街上飞快地跑着。

荒野。夜。

洪三燕慌不择路,正飞跑时突然地上绳索套脚,哗,收了起来。一下把她倒挂在路边的一棵大树上了。还没来得及反应,呼哨一声,火把举出。

洪三燕倒吊着挣扎。火把到了脸前边了,洪三燕这下有点儿绝望了。

匪甲:呀,老大,大喜! 不是个牛子,是个大姑娘。

呼哨声声,火把飞跑过来了。

老大:哎呀,哎呀哎呀哎呀。可不是个大姑娘吗? 快放下来,放下来。

老大自己抱着洪三燕,让人放绳,洪三燕落入老大怀中。老大看着洪三燕,身上都哆嗦起来了。

老大:祖宗有灵啊,祖宗有灵,这……这是送来个仙女啊,这可真是个仙女啊!

洪三燕:大……大王,我是良家女子,大王将我放了吧。我家中逢难了,

37

我有急事要去报亲戚啊,放了我吧。

老大:放了你?那怎么可以?天下哪还有什么急事会比大爷我见了你急啊?来,来跟爷我上山过快活日子。扯乎,走!

洪三燕无奈:人啊,不能做亏心事,我偷了无双姐的银票,这是报应了,三燕不如死了吧。

洪三燕说完看准了兵士之刀就夺。刀还没夺下,只见哗哗的几根袖箭飞出,三燕看着那些举了火把的人都一一倒下了。大王也中箭,倒了。

一骑马人倏忽而至,拉洪三燕上马而去。

街上。夜。

洪三燕坐前,壮士岳宣坐后,马在深夜的街上嗒嗒跑过。

无双绣庄前,马跑来了。

岳宣:敢问小姐可是在这儿?

洪三燕:就在这儿。壮士,可我不想再做绣娘了,你带我走吧。

岳宣:去哪儿?

洪三燕:世界如此之大,天涯海角愿与壮士同往。

岳宣:世界很大,但有时无英雄立锥之地。

岳宣单手一抱,把洪三燕放下:别多想了,做个绣娘已经很好了。

洪三燕:壮士留名,壮士留名。

岳宣:素昧平生,不问也罢。

洪三燕:总该让我看你一眼吧,以后好报答你呀。

岳宣取下罩着自己脸的披风帽。

洪三燕一看岳宣真是帅啊,喜悦地看着。岳宣打马而行了。洪三燕看他跑没了,还在看。

绣庄卧房。夜。

洪三燕无奈又悄悄地回来脱鞋,上床。一身寒气。

二桃子:你去哪儿了?身上这么凉?

洪三燕钻被子,没好气:梦游去了。

二桃子:梦见什么了?

洪三燕:一辈子都梦见了。

二桃子:有哥哥吗?

洪三燕:有。

二桃子:帅不帅?

洪三燕:帅。

二桃子一下坐起来了:是吗?那你怎么把他放过了?

洪三燕:没办法,梦醒了。

坡子街。

无双绣庄门口是宋莲生摆的一个看病的摊子,摊子隔街对面是九芝堂药铺,药铺旁边是三湘茶社。

此时宋莲生正在专心诊一人之脉,街上热闹视而不见,只见对面三湘茶社门前张了个大榜,门前人进进出出,一司仪不断喊叫。

司仪:五世名医何文田应诊,莲花堂莫大夫败出。三代圣手江悦余应诊,百剂房白大夫败出。

方掌柜从九芝堂出,往这边撩了一眼,抖东西回。

宋莲生诊过脉,边问边写病历:家中有几房太太?

病者甲:四房。

宋莲生:腰疼吗?

病者甲:腰间就像天天背了十贯钱似的,又累又疼。

宋莲生:吃过什么药啊?

病者甲:补肾的药都吃过了。

宋莲生:越补越痛吧?

病者甲:您说对了,越补越痛。大夫,街上传的都说您神了,救我一命吧。

宋莲生:自己的命别人救不了。

病者甲:你这是什么话啊?

应无双从门口过,看对面热闹,宋莲生专注看病。

无双:二桃子,对面茶社怎么那么热闹?

二桃子边吃果子边说:听九芝堂的山药说长沙的大夫在打擂台呢。有个病人在里边坐着,不许见人光号脉,说对了病才让过第二关开方子,这一上午,没有一人过得了第一关。

应无双看宋莲生给人开方。

宋莲生:您呀,房劳力役,先是腰脐之气不通,风湿入肾而不出的缘故,先用轻腰汤吧。通了气血再补才对。还有晚上自己睡啊。

司仪:五世名医何文田败出,回春妙手盖无极应诊。

39

九芝堂。

劳澄生气地进堂。

劳澄:方掌柜。

方掌柜:东家,您来了?

劳澄:三湘茶社在闹什么呢?

方掌柜:我也刚听说,医家打擂,也是长沙这二年因北地兵乱,行医的都到南边来了,人太多,争一口饭吃的缘故。

劳澄:这天下要是医生多了,可不是什么妙事……对面宋大夫的事?

方掌柜:劳先生,不是咱一个在请,几家铺子在抢。我也请了几次,宋大夫说他哪儿也不去,在街上摆摊就诊。

劳澄:他也去打擂了?

方掌柜:没见。

劳澄:咱们九芝堂不要参与这样的江湖乱事,专心卖咱的药。

方掌柜:记住了。

坡子街。

宋莲生正闭目养神,视对面热闹于不顾。一杯热茶放在他面前了。宋莲生抬头一看,应无双不看他站在旁边。

宋莲生:上天有眼,正想茶呢,茶来了。无双小姐谢了。

无双:你一天就诊五个病人?

宋莲生:就诊五个。

无双:为什么?

宋莲生:医家诊病要望闻问切,四诊下来颇费心力,还要斟酌开方,五个看过已然神不在舍,气不在丹田了,所以只能诊五个。

无双:这样让那些赶来投医而不得诊的人不是落空了吗?

宋莲生:急症治,不急的改天。病这东西诊不细,问不明,用错了药,害人病上加病。

无双:你倒是不贪。

宋莲生:钱这东西岂是贪得来的,你不贪钱自来。再说天下的钱不是挣完的,都是花完的,钱不花那就不是钱。

无双:茶凉了。

宋莲生:烦小姐再帮热热吧。

无双:你倒会得寸进尺。

无双不理,回身进绣庄。

宋莲生端茶自语:得寸进尺就对了。不得寸进尺,哪儿来的相依相偎?

对面茶社更热闹了,两个大夫打起来了。

大夫甲:你什么神郎中? 连《汤头歌》都背不下来,也来应诊?

大夫乙:你什么屁大夫? 治病十死九亡,早知你来,我怎么会来?

范府回廊。

岳宣身披披风挂剑凛然而行。

范府柴房。

岳宣轻轻打开柴房门,门里颇暗。

岳宣:汉林兄,汉林兄好些了吗? 好……

突然声音从另一边出来。

何汉林:岳宣兄,我在这儿。

再看人站在里边墙下。

岳宣:哎,你怎么起来了?

何汉林:岳宣兄,我已大好了。敷了那个宋大夫的药,两天就觉身骨都轻了,现在好人一样。再去斗清兵,依然汉子一条。

何汉林说着撩衣服给岳宣看。

岳宣:这倒是奇了。这……这药该多求些才好。

何汉林:没伤兵,也用不着那么多吧?

岳宣:汉林兄,贵州来信了。

何汉林:败了?

岳宣:败了,伤者无数。

无双绣庄绣室。

宋莲生正举了件精细玩偶,众姑娘围着他都伸手来抢,宋莲生左躲右躲……一片热闹。

宋莲生:就一件,就一件。不行,自己留的,自己留的。

洪三燕与大家不同,不抢,在那边看着。二桃子、翠翠、小兰等七八个绣女都举手抢。

二桃子:给我。

翠翠:给我。

宋莲生:就一件,就一件,不给,不给。

洪三燕:不给可不行。宋先生,就一件,你拿这儿来显摆什么? 你这不是逗我们玩儿呢吗？就一件也得给。

宋莲生：你们都要，给谁都不合适，我留下了，我留下了。

众姑娘：不行，不行。

二桃子：猜个谜，谁猜对了给谁。

宋莲生：问问大家可同意？

众姑娘：行。

翠翠：谁出谜啊？

洪三燕：当然宋先生出了。

宋莲生：行，行。我先出去找个谜去啊，我出去想想，出去想想。

众人：不行，就在这儿出。

翠翠：哎，猜字不行，我不认识字。

小兰：我也不认识，不能猜字。

二桃子：不认识活该。

翠翠：凭什么啊？

洪三燕：那就猜物，猜东西，小猫小狗的容易。

宋莲生：不猜字，不猜字，打一个动物啊，动物……有了，年纪不大，胡子一把，喜吃青草，爱……

众姑娘：爱叫妈妈。羊，羊。

宋莲生：都猜对了，都猜对了。就一件还是我留着吧。我走了，我走了。

宋莲生要出门又给拉回来了。

二桃子：不行，再出个难的。

宋莲生改说南京话：手撑圆圆伞，身居深泥中。有丝不织布，有孔不生虫。

众人都愣了，想。

应无双从绣房门口过，一下听见了他的南京话，站下看了一眼走过去了。

二桃子：有丝是蚕。对不对？拿东西。

洪三燕：有丝不织布，蚕丝是要织布的，也不想想？

宋莲生：不对。再猜，再猜啊。我数十下，猜不着是我自己的。

翠翠：身居深泥中，萝卜。

洪三燕：就是糠萝卜也没有孔啊？再说还有丝呢。什么脑子？

翠翠：你脑子好，你倒是猜啊。

宋莲生：六、七、八……

洪三燕：藕。手撑圆圆伞，身居深泥中。有丝不织布，有孔不生虫。可不是藕吗!

众姑娘一下没情绪了。

宋莲生:我这十都快数出来了,你……你倒真猜出来了。三燕敏捷,三燕敏捷。我不赖啊,阎王爷不赖小鬼账,给三燕了。

洪三燕:你不给也行啊?

二桃子:就你能!人家翠翠猜萝卜,都快猜出来了。

小兰:没翠翠说萝卜,你也猜不出藕来。

洪三燕:萝卜和藕可差得远着呢。小姑娘,你说对不对? 宋先生,谢谢了啊。

二桃子:有什么了不起的?

翠翠:不稀罕。

宋莲生:走了,你们玩吧,我走了,我走了。

绣庄外走廊。

宋莲生仓皇而出,刚要往外走,被走廊那边的无双叫住了。

无双:宋先生,真好兴致。

宋莲生:啊,无双小姐,你哪儿去了? 我这儿有件东西给你留着呢。

无双:是吗? 也要猜谜吗?

宋莲生深情地说:你要想猜也可以。莲生说个字谜,算是表达意思吧,"一入西川水势平"。

宋莲生说着深情地看着无双。

无双:当不起。

宋莲生:我说了什么无双小姐就当不起了?

无双:你说的是酬谢的"酬"字,一入西川水势平,一入了西,可不是个"酉"吗,川水势平可不是个"州"字吗,加起是个"酬"字。

宋莲生:真聪慧,一下就让你猜出来了。莲生在你绣庄门口,摆一医摊行医为生,容你不弃、不怨、不讨厌,当然该酬谢于你,请笑纳。

宋莲生说罢要把玉佩给无双。

无双:用不着,我也出个谜,先生猜一下,也表表我的心怎么样?

宋莲生:啊,好啊。有意思,我们今天对话颇为雅致,颇为雅致。

无双:"万事不经心",打一俗语。

宋莲生:万事不经心,俗语,万事都不经心……什么?

无双:宋先生,再走三步,你再猜不出,无双就算告辞了。

宋莲生:万事不经心,俗语,可……是"多没意思"? 万事当多讲,不经心,可不是没意思吗,加在一起多没意思。

无双:到底是宋先生,敏捷,多没意思。

宋莲生:多没意思……咳,这是说我呢。

三湘茶社门前。

司仪:什么长沙城啊。三天已过,一个好大夫没有啊。一关都闯不过去了,还开什么药堂?济什么世?救什么人?尤其是闻世堂,自喻宫中太医,其实狗屁不是,前些天一个小小的难产,风头倒是亮得足啊。连个小小的野郎中都比不过,那也配称自己是世代名医?狗屁!

宋莲生在对面医摊坐着,听着当没听见,发愣。

宋莲生:"万事不经心",多没意思,她怎么会那么变着方地说人啊?"多没意思",这不是把人的心说凉了吗?

山药:宋……宋大夫。

宋莲生:什么事?

山药:他骂你是野郎中呢。

宋莲生爱搭不理:是吗?他骂得对。

对面九芝堂中,方掌柜出门在掸身上土。

山药:人过留名,雁过留声,你要是这么认了骂,将来人家不来找你诊病了,这不是什么气不气的事儿,关乎生计。您不如上去把榜揭了,把病治了,堵他的臭嘴。

宋莲生:没人找我诊病,岂不是轻松吗?再说了,请问一句,没人找我诊病与你有什么相干?

山药:这不是为你好吗?我看不过去呀。

宋莲生:谢谢,我很好。日日是好日,没有比现在更好的时候了,多没意思,就不能给些意思?

司仪:闻世堂吴家,没人敢出头,真是缩头乌龟,让天下的病家伤心啊。

司仪正喊着,只见小米打了一支幡,上书闻世堂吴云,吴云在前,又从街那边过来了,看热闹的欢呼。

众人:啊,来了,吴公子来了。

吴云这时头上扎了根白带子,更加英武。吴云手拎药箱,小米举幡跟着。

出来倒脏水的二桃子一眼看见了。

二桃子:呀,吴公子出来了,吴公子出来了。哎,姑娘们快来看,吴公子出来了。

宋莲生坐在摊后桌上看了一眼,又把头偏过。

宋莲生:万事不经心,多没意思,她……她怎么想得出。

众姑娘冲出门,吴云飘飘而来。众人以为吴云会去三湘茶社揭榜,不想那吴云看都不看,径直向宋莲生这儿走过来。

绣庄中姑娘花红柳绿,你推我挤,围了一门口,眼睛直直地看着吴云。

吴云就那么走到了宋莲生的摊前抱拳。

吴云:这位先生,请了。

宋莲生这才回过头来:啊,请了,请了。

吴云:在下吴云,闻世堂传人。

宋莲生:在下宋莲生,没有堂号,游方郎中。

吴云:宋先生。

宋莲生:您讲。

吴云:对面医播,骂了我们闻世堂三天,也骂了您三天。先生是否听见了?

宋莲生:骂了吗? 吴公子,宋某以为骂人者可以不理。你骂我,我不听,你爸是个大头兵。大头兵,尖鼻子,你爸是个毛驴子。毛驴子,四条腿,你爸是个烟袋嘴。烟袋嘴,不通气,你爸是个小淘气……

方掌柜在九芝堂看着。

吴云:人生在世,被人骂实在不是一件快意的事,你我何不一起将那榜揭了,给他们些颜色看看?

宋莲生:颜色这东西,有时想抹给人家看的,不经意倒涂在自己身上了,那就不舒服了,不舒服得很。再说医家治病救人,为了给人理气顺心,何必为些小人斗气?

吴云:没想到宋先生倒是大度,那我们就去治人如何? 那播中有个病人,我们就当去治病吧。

众姑娘拍手。有人来拉宋莲生。

宋莲生:病应当去治,但不是这么治法。

众姑娘:不敢去,不敢去了。

方掌柜过来看了。

山药:没本事治就说没本事,何苦说那么多?

宋莲生:本事倒是有,但以争斗之法去诊病,犯了医家大忌。到时心不静,意不清,治不好人家,倒使病上加病了,何苦? 再说吴公子,请问一句,医大还是病大?

吴云:魔高一尺,道高一丈。当然是医家大。

宋莲生：话是这么说了。依宋某人之见，医家终归不如病大，就如天下有救不成的火，有治不了的病一样。

二桃子：什么火救不成？着的火早晚灭了。

路人甲：你怎么说这么泄气的话，这不是耽误我们看热闹吗？掀他的摊子。

吴云：等等，宋先生，什么火救不成？

宋莲生：火山着火，日夜燃烧。漫说人救了，天降暴雨都救不成。人有无力回天的时候，洪荒宇宙，阴阳运行，天道不悖。天也有无力回天的时候，天若想让白天出月亮，也是不行的。所以有病才有医，病比医大。

吴云：天也有无力回天之时，宋先生果然有见识，有……有心得。

吴云突然回身往三湘茶社而去。众人以为他去揭榜，小米打幡跟着，众人拥着而去。

吴云走到三湘茶社前，拨开司仪，一把把榜揭了。

吴云把榜扔在地上踩：哼，站街骂人，骂也就骂了，摆什么医擂？实在犯了医之大忌。

众姑娘：好啊。好。

司仪：你干什么！你干什么！

吴云：倘若他真有病，有本事去我闻世堂看，治不好养他一辈子。

众人：好啊，豪气！

山药：宋大夫，您真行，不但医术好，嘴也厉害。

宋莲生：怎么讲？

山药：几句话把吴大公子说出气势来了。

宋莲生：你不用夸我。

山药：怎么呢？

宋莲生：我是万事不经心，多没意思。

四

范府回廊。

无双夹了一包小孩子出满月的衣裳,在老妈的指引下,在回廊中小步向范荷的产房而去。正走着,突然看见了回廊那头岳宣昂扬而出。无双一见岳宣先是一惊,然后飞快地把头低下了,躲在老妈身后。岳宣倒是极有风范,见女眷来,低头肃立,让老妈带了无双先过去了。

无双过去后,头也不敢回,提防着往前走。岳宣虽没抬头,但等人过去,又走了几步,悄悄回头看了两眼,然后疾行。

九芝堂。

劳澄在查看每个抽屉中的药,方掌柜举了个账本跟着他。

劳澄尝了一片药。

劳澄:方掌柜,这人参是从什么货栈进的?

方掌柜:吉源货栈。

劳澄:不是早就说过了,不要进吉源的货吗?

方掌柜:东家,吉源的价便宜些。

劳澄:价便宜,货不地道,人参是主药,药不地道,治不了病,谁还会上你这儿来买药? 没人买药,你价再便宜又有什么用? 做医家开药堂,眼睛要看长,人生有限,百年难过,可这药堂,三百年五百年,开得好总要开下去的。不看远些,近的也没有了。

方掌柜:是,是。

劳澄:人参、三七、黄芪类药,平价进,平价出,一分钱不赚。就是赔钱,也要选地道之药,否则这药店漫说三百年五百年了,三年怕都开不过去。你不要总举个账本让我查账,那些账是死的,我查它有什么用? 宋大夫怎么还没请来?

方掌柜:请了,不来。

劳澄往门外看,宋莲生正在诊脉。

劳澄:不来就不来吧。

正说着在宋莲生那儿开好方子的人进九芝堂拿药来了。

顾主:掌柜的抓药。

劳澄:山药,接方子。

山药:哎,谁开的方子?

顾主:宋大夫。

山药:哎,好,宋大夫开的方子,照方抓。

方掌柜:东家,他开了药上咱这儿来抓药,那不是一样吗?

劳澄:绝不一样,能当一人而天下取,失当一人而社稷危,还要请。

范荷屋内。

无双把全套绣品服饰都给小孩穿上了,看着满月了的范荷的孩子。

无双:范荷妹妹,孩子长得可像他爹呢,多俊啊。

无双一句话把范荷招伤心了。

无双:范荷妹妹,瞧我这嘴,你可不该伤心,好歹你有了个儿子了。你想想我,家,家到现在杳无音信;人,人还是孤家寡人。

范荷:无双姐,你是不愿成家,话说回来了,天下哪有好男人能配你啊。不像我被他爹说话的样子打动了,说的什么都没听清,就嫁了,谁知东林党人不光说,还要去打仗,书生打仗,那还不就是个死。

无双:再嫁吧。

范荷:谁还要我?

无双:吴云不是还痴心不改吗?

范荷:快别说他了,吴公子,人虽好,但是……

无双:薄了一点儿。

范荷:对,就是太薄了,总像个弟弟,怎么也想不出他能是个夫君。

无双:我倒是喜欢他薄的样子呢,男人薄有薄的好处。

范荷:怎么好了?

无双:一眼就看透了,省得花心思。

范荷:一点儿都省不了,到时你得为他花心思呢,还是能依靠的好。来,把孩子给我。比如啊,前些天来的那个宋大夫,是不是小宝,没那个大夫也没你了,看着人就像个依靠。

无双:宋莲生啊?

范荷:是啊,人家手到擒来,药到病除了,什么事在人家那儿都不算个事儿了。

48

无双:快别说了,他那个人啊,可是有点儿不着调……

无双绣庄门口。

宋莲生筒着袖子在打盹儿,洪三燕从他身边过,他连头都不抬就说话。

宋莲生:三燕妹子,出去啊?

洪三燕惊讶,看宋莲生。

洪三燕:你也不抬眼看一眼,就知道是我啊?

宋莲生:那还用看啊?闻着香味就分辨出来了。

洪三燕:那你不是成……

宋莲生:狗?对,差不多,就是没狗的本事大。

洪三燕:宋先生,你呀,你这个人是有本事,但……但没威严。

宋莲生:有过。

洪三燕:有过?

宋莲生:有过。看见吴公子没有,比他还造势呢。

洪三燕:后来怎么样?

二桃子出来了,看洪三燕与宋莲生说话生气。

宋莲生:后来啊,后来发现其实架势啊,打个比方啊,就像站在悬崖口上差不多,危险得很,也脆弱得很。你想啊,在悬崖口上,那感觉会好吗?跳也是输,退也是输,不如脚踏实地来得稳当。

洪三燕:宋先生,说得生动,你……你这会儿倒是变得有点儿可爱了呢。

宋莲生:是啊,处长了我可爱处更多。

二桃子冲过来:宋先生,给我看病。

宋莲生指指桌上一个小木牌:五个看过了,没有急病不看了。

二桃子:我就是急病。

宋莲生:什么病?

二桃子:没话浪荡话。

二桃子瞪了洪三燕一眼,洪三燕高兴,作态走了。

洪三燕:宋先生再见。

宋莲生真给二桃子号脉:哎,再见。

范府范荷屋内。

范荷把睡着的孩子往里放。

范荷、无双两人同时说:问你件事。

无双:你先说吧。

范荷:无双姐,我想求宋大夫一件事,你能帮忙吗?

无双以为要说媒,有些不知所以……

范荷:听说他在你们绣庄门口摆医摊呢?

无双:什么事儿?说吧。

范荷小声附耳,无双听着有点儿惊愕。

闻世堂吴云书房。

吴云正高声朗读《楚辞》,边朗读边拿了柄剑在舞。小米躲来躲去地看着,听着。

吴云:愿沉滞而不见兮,尚欲布名乎天下。然潢洋而不遇兮,直怐愁而自苦。莽洋洋而无极兮,忽翱翔之焉薄?

剑舞来舞去,小米乱躲。

吴云:小米,你躲什么躲?

小米:少爷,不躲您砍着我了。

吴云:剑不叫砍叫刺,刺伤你了本少爷给你治。

小米:用不着。

吴云:那人没来找咱闻世堂诊病吗?

小米:没有。

吴云:不来拉倒。小米,今天咱们揭榜踩榜那事是不是做得非常英武?

小米:少爷好样,戏台上的吕布都比不上你。

吴云:吕布算什么,我是吴云。可惜今天事范荷小姐未见,哎呀,坏了。

小米:怎么了,少爷?

吴云:范荷的儿子该去看看才对。

无双绣庄外。

宋莲生手捧一册书在看。无双一会儿出来一趟,一会儿出来一趟,其实是想让宋莲生跟她打招呼,不想宋莲生就是不动,似无动于衷。

无双无奈站在宋莲生的桌旁,宋莲生沾吐沫翻书,还是不理。

无双:宋先生。

宋莲生:在。

无双:天气好啊。

宋莲生:好。

无双:宋先生。

宋莲生:嗯。

无双:您小气。

宋莲生:是……啊。

无双生气哗地把书抢了过来:您还记仇。

宋莲生:啊,对,理都在你们手里……多没意思,也是你说的,这会儿我不接话茬,又变小气了。无双小姐,有事儿吗?

无双:有。

宋莲生:什么事?请讲。

无双:我没事,范家小姐请你去一趟。

无双说完扔下书走了。

宋莲生:哎,传个话也要发脾气呀。

范府。范荷屋内。

岳宣正与范荷说话。

范荷:钱的事儿,你不用操心了,前方斗士用命,我们花些钱算什么?

岳宣:真是给嫂嫂添麻烦了。

范荷:自家人不必客气。

岳宣:嫂嫂,方才来过的那女子,她不是本地人吧?

范荷:不是啊。

岳宣:她是江南来的吗?

范荷:是啊,你怎么知道?

岳宣:她若是江南来的,许认识……

范荷:是啊,她叫应无双。

门口老妈子报。

老妈:小姐,宋大夫来了。

岳宣:嫂嫂,那事拜托了,我先走了。

范荷:放心吧。

无双绣庄前店。

无双正在张挂绣品,突然一张绣品掉了下来。无双捡起。

无双:听了范荷一说那宋莲生的好处,倒是有些对呢。这个口信,我真是不该给他传过去。现在两人不知在说什么。

吴云进来了,无双一看马上失态。

无双:呀,吴公子来了。

吴云不看人光看挂出来的绣品:啊,有没有给小男孩过满月用的绣品?

51

无双一听就是为范荷:有啊,吴公子是不是给范荷小姐送满月?

吴云:是啊,是啊。

范府。范荷屋内。

宋莲生与范荷争吵激烈。

范荷:宋先生也是读书人,遇事无难易,关键是勇于敢为。

宋莲生:范荷小姐,话不能这么说。夫子曰,暴虎冯河,死而无悔者,吾不与也。夫子都不赞同莽撞之行。

范荷:夫子不是英雄,而现在就是给你做大英雄的机会。

宋莲生:范荷小姐,宋某为医家,再说一遍,治人病,不治国病。宋某只想做个良医,没想当英雄。

范荷:倘若有百千东林义士伤痛而苦,难道你不是在救人吗?

宋莲生:范荷小姐,伤药官家查勘过于紧,您一次要那么多的药,宋某开出方子来岂不有生命之忧?

范荷屋门外。

岳宣披风在身,手握剑柄在听屋内对话。看来倘宋莲生不应,必然不可留活口。

范荷屋内。

范荷:宋先生,您救过我范荷母子,又救过义士汉林的战伤。范荷已将宋先生引以为知己同人,提此要求贸然是贸然了些,但实在也是范荷我对知己同人的一片信任及盼望,既然宋先生说到了自家的性命,那……那此事就算了,算我没说……算我多情,误认了知己,宋先生,请回吧。

宋莲生:对不起,人生不如意事常八九。宋某所历颇多,实在不想争论,不想争斗了,是非自有天论,宋某告退。

范荷门外。

岳宣躲起,抽剑在手。

范荷屋内。

范荷从身上取出一对金钗:等等,宋先生,等等……只顾说伤药之事了,你救我母子,还没谢你,这一对金钗难当"谢"字。这东西是我与文同大婚时戴在头上的,送给你略表心意,算……算个纪念吧。

宋莲生:不……不必了吧。

范荷:宋先生,事不办,再无不可,总不至连个"谢"字都不让范荷说出吧?再说看在这孩子一出生就没了父亲的分儿上……

宋莲生:我接,我接了。范荷小姐,医家救人原本是理当的。你既然这样的客气,好好,那药我也给你配好了送来,宋某不妨也英雄一回,伤药,我答应给你配齐了。

范荷屋外。
岳宣将剑插回,走了。

范荷屋内。
范荷一下泪就流出来了,宋莲生不知所措,走也不是,不走也不是。
范荷:宋先生,你……你真体贴。
宋莲生抓起桌上的手帕递给范荷。
宋莲生:范小姐,您好好的,我走了。

坡子街。宋莲生医摊。
宋莲生在怀中偷看着那对金钗,无双过来都没察觉。
无双:嗯哼。宋大夫,范家去过了?
宋莲生赶快藏起:哎,去了。
无双:病治过了?
宋莲生:也没什么病,复下诊,说了会儿话。
无双:当个大夫真好。
宋莲生:怎么讲?
无双:没有烦闷的时候,总有人跟你说话。
宋莲生:你要想说,也……有人跟你说啊,怎么有点儿酸酸的?
宋莲生一眼看见九芝堂门中方掌柜出来了,看准机会,拿了药方进九芝堂。

九芝堂。
山药正在打算盘,宋莲生进来了。
宋莲生像个主人:嗯哼。
山药:呀,宋大夫,您好,抓药吗?
宋莲生方子递上:抓。

山药:抓多少?

宋莲生:抓得多。

山药:不怕,库里药多呢。宋大夫,这是伤药啊。

宋莲生:对。内伤出血,外伤骨折,打架打得起不来床了,多抓几服。怎么了,有问题吗?

山药:宋大夫,伤药可是要去衙门里报的。

宋莲生:不报行不行?

山药:查出来要出事。

宋莲生本来就慌,要抢过方子:你抓不抓?

山药:抓,抓。

宋莲生:快抓,快包,抓好了给我送客栈去。

山药:哎。

宋莲生放上方子出门。

坡子街。

宋莲生刚从药铺出来,坐下,只见那边方掌柜又从街那边回来了,宋莲生貌似看书心觉不妙。方掌柜正要进药铺时,宋莲生急急把他叫住了。

宋莲生:方掌柜。

方掌柜:哎,叫我吗?

宋莲生:方掌柜,来来,有事请教方掌柜。

方掌柜:谈何请教啊,宋大夫医术莫测,仰之弥高,切磋都谈不上,何来请教?

宋莲生:哎,不是这意思。来来,问方掌柜这麦冬是四川的好,还是河南湖北交界的好?

方掌柜回眼看了一下自己的药铺:您说呢?

绣室。

众姑娘在绣活儿,洪三燕像自语又像讲故事地说着那夜的事。

洪三燕:真想不起,哗地一个绳套抄了底,一下子就被倒吊在了半空,心想,这下完了,原想那种轰轰烈烈的生活,可那样的生活一来,自己就悔了,就想能在那个温暖的小被窝里多好啊,干吗要跑到这风雨飘摇中来啊?

无双屋内。

无双正对二桃子交代事。

54

无双:把这张银票交给齐大头,什么话也别说,交过了记着要凭据回来销账。

　　二桃子:无双姐,您哪儿来的银子啊? 丢的银票又找着了?

　　无双:没有。二桃子……

　　二桃子:哎。

　　无双:房钱交上了的事,不要对姐妹们说,一句也别说。

　　二桃子:知道了。丢的钱是谁拿的?

　　无双收拾好桌上东西:不知道,快去吧。

　　绣室。
　　洪三燕还在专注地自语式地讲着。

　　洪三燕:眨眼的工夫,他就把我救下了。马都没下,伸手这么一捞,体贴地就把我抱在他的怀里了。虽然是黑夜,我知道我脸红了。我也能感觉到,他的心在跳。我坐在马上,后背傍着他宽大的前胸,他呼出的热气就在我耳边飘过,转眼就进了城了……

　　绣室外走廊。
　　洪三燕说到这时,无双正经过绣室门口。无双走过去了,觉绣室气氛不对,悄探头听。

　　洪三燕:真让人难忘,时间过得那么快,转眼到了咱绣庄门口,他把我放下了。

　　翠翠:要是我就跟他私奔了。

　　小双:谁说不是呢? 多像梦啊。

　　洪三燕沉浸地绣着,自语着:我也那么说来着,可他说,天下之大,有时无英雄立锥之地,就轻轻把我放在了地上,我要他把斗篷摘下,看他一眼,今后好相认。他犹豫了一会儿,摘下了斗篷。

　　众姑娘:长得什么样啊? 哎呀看清了吗? 认识吗?

　　洪三燕:天神一样,俊。

　　二桃子:像谁啊,像吴公子吗?

　　翠翠:天神什么样?

　　洪三燕:就是人中吕布。

　　众姑娘感叹:啊,那可真是俊啊!

　　无双一直听着,不知为什么也凝神了,突觉不妥,出绣庄。

坡子街绣庄门口。

无双失神般刚一出来,只见宋莲生收拾了药摊,急急地过街要走。

无双:宋大夫,这么早。

宋莲生头也不回:有事。

无双甚觉空落。

无双:有什么事儿啊? 这……这真是见了一次范荷,人都变得没魂了。

无双刚要回去,看洪三燕出来。

无双:三燕。

洪三燕还有点儿沉醉:……哎。

无双:三燕,你刚才讲的故事,是真的还是假的?

洪三燕有点儿惊:无双姐,您听见了?

无双:听见了尾巴。

洪三燕:当然是假的,编着给姐妹们解闷的,您别当真。

无双:三燕,假的说得这么像,你该去说书。姐姐我知道让你当绣娘,其实是委屈你了。但俗话说,一山自有一山歌,走到哪儿只能说到哪儿,忍一忍也许就过去了,以后会好呢。

洪三燕:姐,您放心,我……我想得通。

无双:上街干吗呀?

洪三燕:买线。

无双:那你去吧。

闻世堂吴云书房。夜。

吴云站直了悬着肘,煞有介事地在奋笔疾书,身体都动。最后一点点过了,笔一丢。

吴云:好笔墨,好文章!

砰,门被推开,无双进来了。

无双怀里抱着描样:吴公子,又写好文章了?

吴云:无双姐来得正好,刚写成的,好啊,心胸开阔、激荡,听我一诵啊。

无双:真巧,那你就诵一诵吧。

鸿宾客栈。夜。

山药担着担子在敲门。

小二:谁呀? 客满了,找别家吧。

山药:青子呀,我是山药,给宋大夫送药来了。

小二：他还没回来呢。不过交代了，让你放他屋里。

山药：是啊，药钱还没付呢。

小二：在我这儿呢，都交代好了。

山药担进去了，小二关门。这时在对面街上，方掌柜在暗处看着。方掌柜看过后，回身走。

闻世堂吴云书房。夜。

吴云吟完了最后一句，无双鼓掌。

无双：好，好。

吴云：值此佳夜，有此雄文相伴，真人生之乐事也。来，来，没酒喝茶，以茶代酒。心到了，也就陶醉了，来。

无双：只有雄文就够了吗？吴公子所求倒是单纯。

吴云：也不尽然，倘若范荷小姐能听到我这样气势磅礴的文字，该有多好。

无双脸一下就不好看了，杯子放下。

无双：吴公子，来，先不说文章了，你看看我给你的范荷小姐的儿子选了些满月花样，你看行不行？

吴云：范荷儿子花样，啊，忘了，忘了。无双姐，孩子满月，无非礼节而已，你看着行就行了，我就不看了。你也知道，给她儿子送东西，其实为的是见她。

无双生气，突然把花样包了起来：是啊，那我可真……多余，不该来了。行，那我走了。

吴云：无双姐，你生气了？

无双：不敢。

吴云：那你拍得那么响干吗？

无双：对，生气了。吴云，有句话我作为个女子，不妨对你明说了，以后，当着一个女子的面不要说对另一女子之情意，这样很乏味也很伤人。再有，你的范荷没有一天是你的，也没有一天是真的。

吴云：无双姐，吴云一直把你当姐姐看，所以心里话想说就说了。

无双：不敢当，你有一个范荷姐姐就够了。跟你说，你范荷姐姐现在并不太平。

吴云：此话怎讲？

无双：不说了，我走了。

吴云：无双姐，话不能说一半啊。那不是要我的命吗？快跟我说说。

无双:还用说吗?你范荷姐姐还在与南明东林党来往。

吴云:这……这可是要杀头的。

无双:你清楚,她未准明白。

酒馆。夜。

宋莲生正在跟全酒馆的人划拳喝酒。

宋莲生已有醉意:五魁首啊……赢了,赢了,喝。好了,今天到这儿了,不喝了,酒这东西,少饮是药,多饮不妙。走了,走了,都回吧。我说这话掌柜的不高兴了,别不高兴啊。常来喝你赚得多,喝死两个,你对不起佛。

酒徒甲:让他走,让他走,酒不能跟他拼。

酒徒乙:为什么?

酒徒甲:他是大夫,有解药。

小二:没听说过,跟酒有仇啊?边喝边解,那不是喝白开水了吗?

酒徒乙:对了,他有药喝不醉。

宋莲生:走了,你们不走,我走了,记住,别多喝啊,喝多了晚上回家老婆不让上床。

绣庄宿舍。夜。

洪三燕穿着衣服,正要吹灯。

二桃子:三燕,人家都睡了,你怎么还不躺下?又要去会二郎神啊?

洪三燕:你们睡吧,我给无双姐等门。

灯灭了,一片漆黑。

无双屋内。夜。

门悄悄被推开。月光下只见洪三燕进来了……

洪三燕进门先站在屋里,叫了两声:无双姐,无双姐。

洪三燕悄悄地撩开床幔看了一眼,床上确实没有人,洪三燕从怀里掏出银票,爬上床……

街上。夜。

宋莲生边走边唱江苏民歌《茉莉花》。

宋莲生:……我有心采一朵戴啊,又怕旁人笑话。

一舞,范荷送的金钗掉了出来。

宋莲生赶快摸,摸到了,拿在手里看着。

宋莲生:这……这种东西存在身上怕是不妙。

抬眼看,绣庄门口还亮着灯。

无双屋内。夜。

洪三燕左翻右翻找不到那个装银票的小盒子了,悄悄下地把灯捻亮了。刚刚捻亮了,就听见敲门,吓得又钻回幔帐中,哆嗦。

宋莲生:无双小姐,无双小姐。

洪三燕在幔帐中哆嗦,不应。

宋莲生:无双小姐,你要是睡下了,不用起啊,我走了。

洪三燕赶快伸头吹灯,不灭。

宋莲生:你要是方便呢,你就应一声,有件事给你交代后我就走。

洪三燕在床幔里是应也不是,不应也不是。这时,宋莲生推门进来了。

宋莲生:睡下了。不起,不用起,不方便,我也不看,非礼勿视,这我懂。

洪三燕在幔帐中赶快拉了被子躺下:嗯。

宋莲生:无双小姐,不是我多嘴啊,这女儿家家的真要歇息了,一定要把门闩上,世道不太平,邪恶之人多矣,不能让他们钻了空子。

宋莲生回身要插门。幔帐中洪三燕看了也惊,出了声音。

洪三燕:哎……

宋莲生:不对,门不能关,一会儿我还要出去,大晚上的一男一女在屋里关了门不好,开着点儿吧。无双小姐,对不起啊,酒喝了一点儿,人变得有点儿……无遮拦了……

宋莲生说着话抓起杯子就喝水。幔帐中洪三燕怕无双来了,但又出不去,急又不敢说话,只有出声。

洪三燕:嗯哼。

宋莲生:实话说了吧,宋某人应下了一件原不想做,又不得不做的事……明知不该做而要做,这就是命,性格使然……

宋莲生说着话把怀中的金钗掏出,撩幔帐就往里送。

洪三燕:你,你。

宋莲生:别怕,也不算什么信物啊……心仪小姐,而小姐拒宋某于千里之外,留样东西,万一出事了,算个纪念……再会,小姐别忘了关门。

幔帐中拿着那股金钗的洪三燕呆住了,银票没还回去,又来了一股金钗。

范府回廊。夜。

范安打着灯笼想拦住又是激昂无比的吴云,吴云边推边说,一意前行。

吴云:此事关乎人命,关乎范府,你要不让我见你家小姐,你们范家就没命。

范安:到底是什么事儿,您跟我说说就行了,这么晚了,小姐又在月子里。

吴云:别拦我,有病不瞒医,我隔着门跟她说,就说一句。

吴云推开范安,往里走。

无双屋内。夜。

无双把灯捻亮了,站在屋中看着,吸鼻子闻味。

无双:哪儿来的一股酒……是酒气吧,可不是酒气吗?

拿起杯子闻了闻,把水泼了。打起幔帐,一眼看见了放在床上的那张银票,拿起看着。

无双:这可奇了,这……这又是谁送来的?

风吹门开。无双把门关上。

范荷屋门里门外。夜。

门外吴云:范荷,吴云无能,当为你效力时无功而返,可今天这事你一定要听我一言。

门里范荷:什么话你说吧,快说快回。

门外吴云:你我虽一时无缘,不见得一世无缘,吴云虽未与你成婚,但心不死且不甘。

门里范荷:吴公子,你要为这话而来,请回吧,我不听。

门外吴云:等等,好,私情的话不说了,范荷你不可与南明东林党人再有来往了,你现在已是人母,不想自己,当想孩子。

一语惊了范荷。

门里范荷:吴公子何出此言? 你怎么知道我与南明有牵连?

门里吴云:岂止我一人知道。

门里范荷:谁告诉你的?

门外吴云:还用谁告诉吗? 整个长沙城大概都知道了。

花丛中穿着夜行装的岳宣按剑听着。

范荷:我知道了,你走吧。

门外吴云:能否见一面?

范荷:不见,你快走吧。

鸿宾客栈。

宋莲生把一包一包的中药打开了,细细查看。

宋莲生:三七、血藤……不错,药是不错……都是伤药。此为伤药,千万不可伤了自己……小二,小二。

小二:哎,来了。宋大夫,这都几更天了,您还叫呢,让不让人睡觉了?

宋莲生:客不睡店家岂有先睡之理? 问你,药谁送来的?

小二:九芝堂的伙计山药。

宋莲生:就他一人?

小二:宋大夫,这点儿药,还值得成帮打伙地送啊? 您睡吧,别再喊了。

宋莲生:哎,别走。明天记住了,买十个大砂锅来,有用。

五

范荷屋内。夜。

范荷正慌乱地给岳宣和伤好了的何汉林包银子。

岳宣:嫂子,这话是不是那个治伤的郎中传出去的?

范荷:不应该,他……他不像那种人啊。

何汉林:杀了他吧,省得日后给你添麻烦。

范荷:不……不见得是他吧。

岳宣:只他一人来疗过伤,这次又让他配那么多的药。整个长沙城除了他知道我们在,还有谁会知道啊?

范荷:他、他……他救过我们母子一命,就是他,我也不想追究,你们平安就好。你们趁夜里走吧,快走吧。

岳宣:嫂子,我们这么走了,有些放心不下。

范荷:走吧,我这儿没事。你们走吧。

何汉林:嫂子,有一句话你答应了,我们才能走。

范荷:什么话? 我应。

何汉林:我们走后,那郎中再来送伤药千万不要接了。

范荷:为什么?

岳宣:怕其中有诈,中了他的圈套。

坡子街药摊。

宋莲生看见山药出了九芝堂,马上喊。

宋莲生:山药,山药。

山药:哎,宋大夫,喊我啊?

宋莲生:来,来,过来。山药,药收到了。

山药:啊,没错吧?

宋莲生:没错。山药,问你句话,我开的那药方呢?

山药:药方毁了啊。

宋莲生:真毁了？

山药:毁了。

宋莲生:好,谢了。改日请你吃酒啊。

山药:不敢,不敢。

对面方掌柜在九芝堂门口,拿布抽子抽着土。宋莲生正呆看着,一下闻到了无双的香味。宋莲生闭眼看也不看,脱口出诗句。

无双:真闲在。

宋莲生:承平之世界,散得半日之闲,有一轮太阳暖身,有清香之女子,玉立于侧,实在神仙不换的一刻。

无双冰冷:昨夜你喝酒了？

宋莲生:然也。哎,你像是刚刚知道的？昨夜像是对你说过了的,还有那一股金……

无双:酒话,到现在还没醒,醒醒酒再想想你到底对哪一个说的。

宋莲生:你不好意思说也没关系,毕竟这大街之上,人来人……

无双:宋大夫。

宋莲生:洗耳恭听。

无双:那借的银子我会还你。

宋莲生:哎,不是说好了不提这事儿了吗？这么好的时光总银子银子的,不就是那点钱吗？可惜了,可惜了,说点儿流云啊、梦境啊,说点儿银子以外的话好不好？

无双:你真好品位。好,说一句告诫的话,以后晚上喝了酒不要乱闯,你不顾忌,有人还顾忌呢。

宋莲生:哎,你这话不对了,喝过了酒自然是要乱闯的,闯是闯了,但不至于乱,酒后吐真言,无非说些实话,送些似情非情之物而已。醒了,是梦也好,是酒也罢,就不管它了。无双,无双小姐……

回头看,人没有了,想往绣庄里追去,身后病人喊他。

歪嘴:宋大夫。

宋莲生:怎么了？

歪嘴:您看我这嘴。

宋莲生看了一眼:嗯,都是嘴不好。

歪嘴:宋大夫,您嘴也不好啊？

宋莲生:挨不上,来诊脉……

鸿宾客栈后院。

十个大号砂锅架好了。小二在挨个扇扇子,熬药。一个人管十个锅,忙来忙去的。

宋莲生在刷大锅。

鸿宾客栈宋莲生屋内。

宋莲生在揉药做蜜丸,搓一个包一个,又包了一堆了,人边做边困了……打瞌睡又醒了,搓。实在困,唱。

宋莲生大声唱:好一朵美丽的茉莉花……

咚,有东西砸在他的门上。

客人:他妈的几更了,还唱!

宋莲生:不唱我困。

客人:困了你他妈的睡觉。

宋莲生:这不是睡不成吗?

鸿宾客栈门口。

车水马龙,阳光灿烂。

宋莲生背了个药包袱打着瞌睡出来了。出来后,左右看看走了两步,突然转身向范府而去。

这边,胡同口方掌柜一直盯着,看宋莲生走后马上出胡同跟上。

范府大门。

宋莲生敲门,没人应,又敲。

宋莲生:开门,开门。

门子:什么人?

宋莲生小声:宋大夫,送药来了。

门子:你走错门了吧?没人要药。

宋莲生:哎,通报一下范荷小姐,就说宋大夫送药来了。

门子开门出来:退后,我家小姐吩咐了,宋大夫来了,概不接待,走吧。

宋莲生惊,退后看府门,突然醒悟有事儿了,退了两步回身就跑。

小河沟。

宋莲生边喘边看,见没人,急急地把包袱解开,往河沟里倒那些蜜丸。

突然背后一丝语风,让人冰凉。

方掌柜:宋大夫真菩萨心肠,连河里的鱼都要给药、疗伤。

宋莲生:方掌柜啊? 药配错了,吃了害人,索性倒了。

方掌柜:那这些鱼可不就是吃错药了吗? 宋大夫,错了害人,是方子错了,还是药堂抓错了?

宋莲生:方子?

方掌柜:是啊,伤药的方子。

酒馆。

宋莲生与方掌柜在酒馆中喝酒,两人各怀心思。

方掌柜:宋大夫,说句大不敬的话,你这人不识时务,虽有医术,但……但让人生厌,来喝酒。

宋莲生:方掌柜,让人生厌也不容易。

方掌柜:那当然,我是个平庸之人,我也喜欢平庸之人,有的人太过聪明,生活就不平衡了,让人不自在……委屈,无奈。

宋莲生:挨不上吧? 我诊病,你卖药。

方掌柜:不知道为什么,我看见你就心情不好。从第一次见你开始。

方掌柜把药方子掏了出来,拍在桌上:直说了吧,你这人太过趣味,也太过乐观。你让太多人喜欢了,我想让你不高兴一回,可以吗?

宋莲生看着那张自己开的方子:可以。

方掌柜:你出长沙城吧,越快越好。

宋莲生看着那张自己开的方子:这臭山药。

方掌柜:不怨山药,他毁的是假的。

宋莲生:方掌柜既然这样讨厌我,那我让你再讨厌一回。

宋莲生伸手抢过方子,就往嘴里塞,吃咽,方掌柜平静地看着。

方掌柜:多噎得慌啊,用水吗? 跟你说这张也是假的。真是兵不厌诈。宋大夫医术可以,权术你差一点儿。我终于看到了一点儿比你高明的地方,聊以慰藉,聊以慰藉。

宋莲生:方掌柜,我要不离开长沙呢?

方掌柜:要是你该如何?

宋莲生:去官府告我私配伤药?

方掌柜:告你有什么用?

宋莲生:那你告谁?

方掌柜:告范荷小姐,她孤儿寡母,还没出月子吧? 那样的人要是被抓进牢里颇让人伤心,也颇让人同情,害她的人颇受指责。

宋莲生惊了,但不想输气势。

宋莲生:方掌柜,你果然有惊人之举,你……你爱告谁告谁,小二。

小二:哎,来了您,会账啊。

宋莲生:跟这位先生要钱,多要啊。

宋莲生站起大摇大摆地走了。

当铺。

洪三燕排着队,左看右看地在当。把那股金钗递了进去。

朝奉:金钗一股,小姐,怎么当?

洪三燕:您能给多少钱?

朝奉:要是打算不赎了,给你五十两。

洪三燕:这……这么少?

朝奉:多一文没有了。

洪三燕:太少了,能不能多点儿?

朝奉:不行。

洪三燕左看右看:那当吧。

朝奉:哎,金钗一股五……

洪三燕突然觉对不起人:算了,不当了,你给我吧。

洪三燕接过朝奉手中的金钗急急地走了。

鸿宾客栈。

宋莲生急急回。

宋莲生:青子,把房钱结了,账放在柜台上。

青子:宋大夫,好好的您这是要走啊?

宋莲生:还没定呢。

鸿宾客栈宋莲生房中。

宋莲生急急进来,摊开笔墨写信。

无双小姐台鉴:

　　人生无常,突逢变故……我要走了,其实一句话不说这么走,也就走了……素昧平生,何必多言? 但我不能,刚一想到走,先一个舍不得的是你,再一个舍不得的还是你……

无双屋内。夜。

66

无双在读宋莲生的信。

  ……世上男女何止百千万人……芸芸众生,就那么巧,一抬头看见你了,心动了,春天一股脑儿地开花了……就那么巧,见了你就觉是个亲人了……

绣室。
众姑娘在叫无双读宋莲生的信。
无双:心脉突觉细碎,气喘而面赤,一夜难眠,舌苔肥厚,那不是病了又是如何?心仪啊是种病,心仪而无着落更是无药可医的病。莲生自认是个老江湖,已是刀枪不入,心如铁石,但值此将要离别一刻,想想分手,已觉肝肠寸断。对老江湖来说,肝肠寸断大不易也,莲生珍惜,莲生珍重……无双小姐,对你所言一时难尽……
换洪三燕读。
洪三燕:有句话转告绣庄众姑娘,不要在梧桐轻落的雨夜想我,不要在穿针拈线的一刻想我,不要在滑润的丝绳上缝上我的目光……
我今去了,你存心耐。
我今去了,不用挂怀。
我今去,千般出在无奈。
我去了,不再回来。
从读的洪三燕到众绣娘,都哇地哭起来了。

客栈。夜。
大炕上睡了一排的人。
宋莲生与车老板子们睡在一起。宋莲生睁眼,泪流下来。

长沙府衙大门。
方掌柜上来了,咚咚地敲鼓。
衙役冲出把他带进去。

大路上。
宋莲生怅然若失地上了一辆车。

长沙府大堂。

知府：堂下之人，你所言可实？

方掌柜：回大人，句句是实。

知府：现在那野郎中何在？

方掌柜：回大人，据小民所探，那郎中昨日已逃了。

知府：他逃了，你还来告有什么用？

方掌柜：他逃了，范家小姐还在。

知府：你是要将范家小姐捉拿归案？

方掌柜：知府大人，不应该吗？

知府：问得好。来人，将范家小姐捉拿归案。

路上车内。

宋莲生腾地从车内坐了起来，惊醒了，探身出车，坐在车上。

宋莲生：老板子。

车老板：哎。

宋莲生：赶了几年车了？

车老板：有十几年了。

宋莲生：老江湖了。问你件事。

车老板：说吧。

宋莲生：同案的人，男的跑了，女的还抓不抓？

车老板：那还用问吗？抓人哪分男女啊？男的跑了女的顶罪。

宋莲生：这女的刚出月子，正在哺乳。

车老板：那连孩子一块儿抓。

宋莲生：这样啊。

车老板：我就是这样过来的。

宋莲生：你……你可真是老江湖了。

宋莲生抢过鞭子抽，车猛跑。

绣室。

姑娘们正刺绣。二桃子跑了进来。

二桃子：哎，姐妹们知道吗？范荷小姐通了南明，官府要抓她问罪呢。
现在范府上下翻了天了。

翠翠：哎呀，不才满月吗？

小双：是啊。

二桃子：抓人还管你坐月子？知道谁害的吗？

众姑娘:谁啊?

二桃子:宋莲生宋大夫。

众姑娘:呀,不会吧? 他才到长沙几天啊,他害人家一个寡妇干吗?

翠翠:前天听读他的信,我还流泪了呢。

小双:我也哭了。

二桃子:男人啊,就是不能相信。听说啊他才是主犯……他不是救过范荷小姐的命,小姐一下被他迷了。

小双:真的啊? 宋大夫是有那么股劲。

二桃子:害了人就跑,得亏我二桃子……没那什么。

洪三燕:呀,是啊,跟你也有牵连了?

二桃子:那可不是我二桃子胡说的,要不是我那什么啊,他非那什么不可。

众姑娘:什么啊?

二桃子:他有意于我,我没动过心呗。你们知道吗? 后来啊,我一从他身边过,他不抬眼都知道我来了,写着方子都会叫我,二桃子啊,给我倒杯水好吗? 跟亲人似的。他给我号脉的手指我都能觉出来。

洪三燕:手指头说话了?

二桃子:他手指微微在抖。那种抖,是心里乱的抖,抖得我心里也乱乱的。

洪三燕:实话,指不定谁心里乱呢。

二桃子:得亏他走了,要么,要么,倒霉的怕是我呢。

翠翠:哎,对对,我也觉着跟他在一起那劲儿怪怪的。

二桃子:有你什么事儿啊?

翠翠:许你有事,不许我有事儿啊?

街上。

亲兵长枪拦阻,众人围观。范荷一女子,抱一褴褛中的孩子,押解过街。

知府大轿在前。范无同大哭在后。

人群簇拥,范家老少跟着流泪。

闻世堂书房。

吴云把自己打扮得又像个英雄,边系头上的白丝带边吟诗。

吴云:生亦我们欲也,爱亦我们欲也。二者不可得兼,舍生而取爱也。

哗啷啷抽出一柄剑来:剑啊,剑啊,今日当用你取情而舍生。英雄不言来路,今日我吴云救心爱之人去也。

吴云说完昂扬拉门走出。刚出到门外,一根大棒飞来打在头上,登时倒了。

闻世堂书房外。

吴太医扔了手中大棒,从太师椅上下来:儿啊,儿啊,你这等无用,还要去什么舍生求爱?不敌老夫一棒。吴安。

吴安:在。

吴太医:快拖进去,把门锁了。

街上。

押解范荷的队伍在走。看热闹的人越来越多了,众人同情,有老妇在哭。

绣室。

无双飞快地进来。

无双:姐妹们,快,准备点儿小孩用的被袄、大人用的铺盖,范小姐要从咱门前过了,咱们好歹送送。还有二桃子,快把后门打开,再叫一辆车在门外候着。

二桃子:叫车干吗?

无双:别多问了,让你去你就去。

姑娘们听到后,马上放下手中的活计,四散准备。

街上。

持长枪的兵士在往外赶看热闹的人。有人哭着,有人骂着。范荷手里的婴儿在哭。

绣庄里的姑娘们一下冲了出来,有拿被的,有拿衣服的,欲冲过持枪的兵士,兵士拦着。

婴儿更哭,饿了。

知府下轿,大喊。

知府:干什么,干什么?快拦住,拦住,兵士们。

无双:范荷姐受罪了,孩子怎么总哭啊?

范荷:怕是饿了,无双姐,能不能想想办法,给孩子喂口奶吧。

无双:知府大人,小女子无双,听那婴儿哭得实在可怜,能否让他吃口

70

母奶？

知府:长街之上,婴儿吃奶成何体统？不准。

无双:知府大人,这是小女子开的绣庄,能否让犯妇到绣庄内一避？

知府:不行。犯妇跑了谁能担待？快走!衙役,把人赶开,快走。

婴儿仍哭。突然洪三燕出。

洪三燕:知府大人啊,犯妇有罪,婴儿无罪。谁不是吃母奶长大的？这正好路过绣庄,我们又都是姑娘,让孩子吃过奶再上路,显得你官做得仁爱呢。

知府:话是不错,既如此,你们何不在当街把犯妇围住。来啊,让姑娘们把犯妇围住不是一样可喂吗？

知府话没说完,众姐妹上来把范荷围住了。

洪三燕:谢知府大人。

知府看着众姑娘:可以,可以,同情之心,本官与你们一样。很好,很好。那就站一站吧。

只听婴儿一下收声了。长街静静的,所有人都安静下来,听着婴儿吃奶之声。众姑娘紧紧围住范荷。不知谁先哭了,突然长街上一个圆圈,花红柳绿的姑娘们哭了起来,哭得众姑娘抹泪,围观的人也哭了。

九芝堂门口,劳澄呆呆看着,山药也哭了。

想不到知府也落泪了。

知府:哎,谁不是爹生父母养的。在这长街之上,千百众人静等,一母亲哺乳,实在感人。说句为官之外的话,本府也不愿捕一名还在奶孩子的妇人坐监啊。可实话说吧,那个主犯跑了,自然只有抓她来顶罪,否则本官无法交代啊。

无双:知府大人,要是那主犯抓住了怎样？

知府:主犯要抓住了,本府当街放人。

无双:此话当真？

知府:当着长沙一城的百姓,本府怎会开玩笑？

无双:好,宋莲生啊宋莲生,就是走到天涯海角也要找他回来。

知府:好了,散散吧,走了,散吧。

宋莲生:慢,人生只有这样才出味道,有无双小姐这句话,就是天涯海角,莲生也当赶回来才是啊,何劳小姐去找？

宋莲生分开众人到了知府面前。

宋莲生:知府大人,小民宋莲生前来请罪。

知府:你是宋莲生？

71

众人：宋莲生，宋莲生。他是要犯，他是要犯。

宋莲生：知府大人，我说了不算，大家都认了。刚才您话已出口，这会儿您把范荷小姐放了，我跟您走。

知府：好，真有意思，你这个人做人也不俗啊。

宋莲生：就怕俗。

知府：你不俗，本官岂能俗了。来人，将范家小姐当街放了。

众人欢呼。范家人冲上前围住了范荷。长枪手一下把宋莲生围住了。瞬间千百人围着范荷往回去了，众人跟着范荷欢呼而去……这边一下冷清，宋莲生被长枪对着，孤单一人，无人喝彩，无人喊好。阳光刺目。

宋莲生内心话语：人啊，往往如此，等待欢呼时，得来的却是长枪。

宋莲生睁眼看看，空空街上有两个人没有随范荷而去，一个是站在绣庄门口的无双，一个是站在九芝堂门口的劳澄。

知府：起轿。

中军：起轿啊。将人犯押入大牢。

长枪围住。无双目送宋莲生走。

牢内。

宋莲生坐着，牢头拉着他脖子上的铁链子，拉到栅栏边。

牢头：勒不勒得慌？

宋莲生：您用力就勒，不用力就好点儿。

牢头：嗯，是个明白人。长沙城里有亲戚吗？

宋莲生：抓我的那天你也见了，连个看的人都没有，哪儿来的亲戚？

牢头：好，那你没什么指望了。

宋莲生：怎么讲？

牢头：先是你这一百杀威棍就免不了了。来呀，弟兄们卖把子力气呀。

众衙役：来了。

宋莲生：这是要干吗？

牢头：打屁股。

话音未落，衙役们冲进门来，拉着宋莲生出去了，按倒了就打。

牢头数着：一。

衙役：牛子有钱没钱？

牢头：没有。

衙役：狠着点儿。

牢头：二。

72

宋莲生:哎呀,手下留情。

衙役:有物没物?

牢头:没有。

衙役:数着点儿。

牢头:一。

又回到一,宋莲生也是被打急了:已经五下了,哎,没钱没物,有病。

衙役:谁有病? 你有病就不打了吗? 有病照打。打!

宋莲生:是你有病。

衙役:小子胆大,你才有病呢。打!

宋莲生:你面色紫黑,肝气不舒,你吃不了一整顿饭,一天吃十遍,一遍吃不多,光打嗝不放屁,中间堵得慌。

那衙役听了后,真一个嗝打出来。

衙役:你怎么知道的?

宋莲生:我是大夫,大夫会不知道?

衙役:我这病看一眼,就能看出来了?

宋莲生:望闻问切,一望便知。

牢头:他说得对不对?

衙役:对,一点儿不错,这些日子我中腹不畅,吃喝不香。是啊,你可不是大夫吗,都说你脉诊得好,求你给开个方子吧。

众衙役:你也给我看看吧,你给我看看。

牢头:等等。一望便知,他有什么病?

宋莲生:他有痔疮。

牢头:有吗?

衙役乙:有。

牢头:怎么忘了你会看病了,这话说的。快拿把椅子给宋大夫坐,快!宋大夫对不起,打得疼不疼?

宋莲生:还好,还好。

宋莲生坐下看着伸到面前的一堆手腕:不急,不急,一个一个来,一个一个来。

无双屋内。

无双急着找来找去,哪儿有男人的用品啊。想想没办法,哗地把自己床上的被褥掀了起来,麻利地打包袱。

无双:二桃子、三燕、翠翠。

众姑娘在外边边答应边跑进门来。见无双这么大动作收拾东西,不明白。

二桃子:无双姐,您这是要干什么去啊?

无双:你们别站着了,有没有多余的毛巾、脚盆、牙粉、肥皂?还有三燕啊,快扯些白布做几件内衣,男人的,干净就成。

洪三燕:给谁啊?

无双:他一个外乡人,无依无靠的咱不管他,没人管他了。

二桃子:到底给谁?您这锦被自己不睡了?

无双:给谁,还能给谁?宋大夫。快去,快点儿。

二桃子:宋大夫啊?他不是罪有应得吗?犯了事还跑,让我们今天演了这么一大场戏,都快没主意了,他才出来,故意的。

翠翠:他没被子可以睡草啊,不去。

二桃子:对,不管。

洪三燕:无双姐,您这被子要是给他睡,他晚上怕睡不着觉吧?

无双:不管怎么说,宋莲生今天所为就是不算一个英雄,也算半个。

众姑娘:半个都不算。一点儿英雄的感觉都没有。

二桃子:我们心里的英雄该像吴云公子那样的,帅,有英气。

翠翠:他要真是英雄,他就不该跑,跑走了又跑回来,等着人给他喊好呢,没人给他喊好。

洪三燕:无双姐,不会因为他给你留了一封信,你就……动了恻隐之心吧?这样的姐夫……

众姑娘:我们不要。

终于收拾好东西的无双分开众人。

无双:你们想哪儿去了?姑娘们记住了,宋莲生是个游方郎中,他完全可跑、该跑,他跑了又回来了,不容易,让人敬重。姐夫不姐夫的不是我说了算的。

众姑娘:呀,还要倒追了,不要。

牢内。

范荷带了丫鬟,抱着孩子来看宋莲生。

宋莲生摸着全新的锦被,不好意思:范荷小姐,您……您这东西带回去吧。我……我在这种地方,有一捧草就能睡了,这么华贵的被子用不着,您还是带回去吧。

范荷:宋先生,您说什么话?原本这事就是范荷害先生受牵连了,关键

74

之时先生又当街将范荷母子救下了,如若不是先生英雄义气,如今坐在牢笼之内的该是范荷才对。

宋莲生:千万别这么说,千万别这么说,哪里谈得上什么英雄义气啊?应该的,应该的。我宋莲生也是个贪生怕死的人,胆怯而逃,以为跑了事儿就了了,半路想想不对才回来的,否则也不会使小姐、公子受惊吓。对不起,对不起。

宋莲生正说到这儿,无双、洪三燕也出现了。无双一探头见范荷与宋莲生正在缱绻,有些气,有些酸,站住,悄然而退,静静看着。

范荷:宋先生,您可千万别那么说了,范荷知宋先生诚信可依。范荷中途曾怀疑宋先生将范府中事透了出去,范荷小人,范荷对不起义士。

牢门口,洪三燕看着,对无双说酸话。

洪三燕:无双姐,咱们紧赶慢赶还是来晚了,人家可是有人疼呢。姐姐走吧。

无双:等等,看看。

范荷一下给宋莲生跪下了。

范荷:宋先生,您这是两次搭救我们母子了,再造之恩无以相报。有一事,宋先生一定要应下来。

宋莲生:不可,不可,小姐请起。

范荷伸手,丫鬟把孩子递过。

范荷:宋先生,我这儿子,生出来就没有了父亲,得宋先生活命之恩,您就认个义子,让这孩子认您做义父吧。

宋莲生:不敢当,不敢当,我这么个游方的郎中,配不上,配不上。小姐快起,小姐快起。我配不上,我不配。

范荷:宋先生您应了吧,应了吧。

两人搀扶有肌肤之触。无双实在是有点儿酸了,一下冲出,也过来了。

无双:真感人,真感人,怎么不配啊?般配。宋先生,我看这么有缘您不妨就应了吧。好歹等您出去了,我们还有顿喜酒喝呢。

洪三燕:也是的,宋先生您就应了吧,这看得我都落泪了。

范荷:无双姐,对,你快劝劝吧。

无双:我这不是劝呢吗?宋先生,真感人,您就应了吧。

宋莲生赶快放了托着范荷的手。

无双看见了,瞪他:多顺理成章啊。

宋莲生:啊,既然无双小姐这么说,我就勉强应了吧。义父,做个义父。

范荷:等孩子大了,叫你爹啊。

宋莲生:千万不可,玩玩的,玩笑。无双小姐玩笑的啊。你做证不能当真,不能当真。

无双:你玩笑,我们可不玩笑。

范荷:是啊,无双姐,你在吧,我们走了。

无双:哎,三燕送送。

洪三燕:别再来了啊,这儿不干净,千万别来了。

就剩宋莲生和无双两个人了。

无双:真抢手啊!招人喜欢啊!像刚出屉的热馒头一样。

宋莲生:哪儿的话啊?

无双:我们这紧赶慢赶没赶上热的。婚还没结呢,儿子已经定下来了。真有缘,哎,你们真的有缘呢,宋大夫。

宋莲生:无双你别开玩笑了,赶上的。

无双:我好像总没赶上啊。说走就走了,说回来就回来了,为的都是范家小姐,既然这样干吗写那么酸的信啊?

宋莲生:哪是为范荷,都是你啊。我这心苍天可鉴。

宋莲生情不自禁地上来想摸无双小手。洪三燕送完人过来,一眼看见,悄然而立,也觉心酸。

无双:骗人都不会骗,为我怎么人家来了?

宋莲生:莲生刚一走就知自己走错了,一是舍你不下;二是觉对不住人家母子。莲生也怕在无双眼中过于让人看低了,莲生其实从来不怕人家怎样看我,但不知为什么,见了无双小姐,这心思就变了。

无双拿被子往里送:你可真会说,这是我们姐妹们给你凑的东西,怕你外乡人没人照顾,拿着吧。

宋莲生指范荷送的锦被:谢谢姑娘们了,这不是有了吗?

无双生气:你要不要?

宋莲生:我当然要。回头范府的给他们送回去,我盖你的。

无双:宋先生,什么也别多想,今天来只是慕你在街上的救人行径。无双从来分得清好坏真假,不瞒你说,无双来看你也是出于一个"义"字,其他一概没有。

洪三燕:姐,咱走吧。

无双:走。

宋莲生:哎,多来看看我啊,多来……

无双回头看着在栏杆里的宋莲生。

宋莲生:多来啊!我想……

六

九芝堂。

劳澄和山药把药抽屉都拉了出来,在盘货。

劳澄边看药边对山药说:你看这味附子就不够地道,什么地方进的货?山药,问你呢。

山药:吉通。

劳澄:吉通,又是吉通! 吉通的货便宜但不地道,我说了多少遍了? 想我九芝堂,自前朝末期在苏州西山开小药店起至今也有几十年了,在西南也算个名店了,药这东西,贵贱先不说,治病是第一,为图一分小利,而使药到而病不除,将来谁还来你这儿抓药? 来人。

刘伙计:东家您吩咐。

劳澄:把这味药撤下,倒了。

刘伙计:哎。

劳澄生气:山药你过来。

山药:哎。

九芝堂侧屋内。

劳澄坐着,山药忙着要给倒茶。

劳澄:先别忙了,山药我问你,你给宋大夫配过药后,不是把他的方子毁了吗?

山药:是啊。

劳澄:那方掌柜怎么又拿出方子来去告官了?

山药:他知我要毁方子,他找个时机给换了。

劳澄:山药,有句话我要跟你说,咱家是卖药的,可不是抓人的包打听。

劳澄刚说到这儿,门被推开了,方掌柜进来了。

方掌柜:呀,东家您在呢,我拿个账本就出去。

劳澄:不用那么急,方掌柜,有句话刚才我对山药说了,这会儿对你说说也无妨。咱九芝堂是卖药的地方,可不是给官家开的捕快班。

方掌柜:东家,您这话我听明白了,您是怨方某举告宋莲生通南明错了,对吧?

劳澄:我不敢说你是错的,官家把人都抓了。但开药铺的就好好地开药铺,街上的事我管不了,这铺子里的事,我可说了算。我要是再查出你进那些不地道的便宜货,砸我九芝堂的牌子,我绝不客气。

劳澄说着话算盘一摔,珠子乱飞,气走了。

绣室。

众姑娘绣着活儿,洪三燕拉布二桃子剪。洪三燕边拉边深情地说着。

洪三燕:谁能想得到啊,宋先生坐在街边上一点儿看不出有什么不同来。他在监里坐着,手上有铐,脚上有镣。那范荷小姐抱着个孩子,流着泪跟他倾诉衷肠,过后咱无双姐生着气,也是跟他来言去语,他都不紧不慢、不温不火的,前前后后把两个女子都哄得满满意意的。话不说则罢,只要说出来就那么体贴,那么让人知心,那么有趣。那一刻啊,我不知为什么突然就有了种感觉,一种我都想不到的感觉。

众姑娘原在静静地听着,洪三燕不说了,众姑娘更想听。

二桃子:什么感觉啊?

众姑娘住了手里的活儿等着,洪三燕不说了,像没事儿一样,开始扯布。

翠翠:哎,倒是说啊。

小双马上倒了水过来。

小双:三燕姐,喝水。

洪三燕喝水,还不说。

小红:三燕姐,你倒是说啊。回头那只喜鹊我给你绣了啊,你别管了。说啊。

众姑娘:倒是说啊。不说等你半夜睡着了,我们拿针扎你啊。

二桃子:说啊。

洪三燕:说不出口。

二桃子:什么话说不出口啊。你可真急人。

洪三燕在地上走来走去,突然站下:说也就说了,那种感觉啊,是还没嫁给他,就觉得他像老公。

众姑娘:呀呸! 大姑娘家家哪有这么想的? 不害臊。

二桃子:我当什么话,就为宋大夫啊? 本姑娘还没掺和呢,本姑娘要再掺和,你们可没什么想头。坏了,布裁小了。

78

牢内。

众衙役忙着给宋莲生脱衣服。

牢头：快着，快着吧，老爷要过堂了，回头一验身上没伤，我们几位可就吃不了兜着走了。

宋莲生：这是要打我啊？

牢头：这会儿可舍不得打你了。快把猪血拿过来，兑胶了吗？

衙役：兑了。

牢头：得，刷上。

拿笔就给宋莲生画伤痕。

牢头：头发弄乱点儿，头发弄乱点儿，不打看着更像打的，就当唱戏了啊。宋先生委屈您了啊。

宋莲生：几位药都吃了吗？

众人：吃了，吃了。

牢头：救命救命啊，屁也能放了。

衙役：痔疮也不犯了。

衙役：我老婆也高兴了。

众人：谢宋大夫，谢宋大夫。

宋莲生：不谢。记住了？

众人：哎记住了，记住了。

衙役：快点儿，老爷升堂了。

牢头：来了。宋大夫穿上衣服，到了堂上，可得像啊。

宋莲生：放心吧。

绣庄厨房。

无双正忙着大火炒菜，洪三燕进来了。

无双起锅忙着往食盒里盛菜，洪三燕看着。

洪三燕：姐，你是要去牢里边看宋大夫吗？

无双：啊，一个外乡人，怪可怜见儿的。

洪三燕：姐，我也想去。

无双：你去干什么？家里的活还忙不过来呢，你别去了，咱们给关师爷家的活儿都拖了，快干活去吧。下次，下次带你去啊。

洪三燕：姐，我想跟你说句话。

无双：说吧。

洪三燕：姐，我……我喜欢宋先生，想他，仰慕他……

无双:你……你,哈,可真够热门的,好。下次去了当面跟他说,当面告诉他,跟我说没用,别跟我说。

长沙府大堂。
知府看着堂下的宋莲生。宋莲生披头散发,满身是伤。
知府:堂下之人可是宋莲生?
宋莲生:回大人,小民宋莲生。
知府:知罪吗?
宋莲生:不知。
知府:好,打得不够,竟敢嘴硬。来人,打。
牢头:嗻。
上来人飞快地把宋莲生推倒了,架势很冲,上板就打。其实板板主要打在地上了,有点儿蹭在衣服上了,知府看着,宋在挣扎,表演。
知府觉有诈,看了看,突然端了茶杯下座。
知府:住手。
知府上来就扯开衣裳。众衙役慌了。
牢头:老爷,您交给我吧。
知府大人一杯水泼在宋莲生画了伤口的背上,拿手一摸,好皮好肉立现。
知府:好啊,你个刁民,竟然买通公干,躲过杀威棍。堂下来人。
堂下冲进兵士七八人。
兵士:听候大人吩咐。
知府:连这些刁蛮的衙役一起给我打,打。
兵士一下把牢头、衙役也按倒了。

街上。
无双拎着食盒快步走着。

知府大堂。
板子砰砰地落在宋莲生的身上,落在牢头、衙役身上。
宋莲生疼得大汗淋漓。

牢内。
一盏油灯下,被打得遍体鳞伤的宋莲生躺在草堆中。

无双挑了个灯笼来送饭。进来一看,赶快把灯笼吹了。

无双:宋先生,宋先生,莲生。

叫宋先生不应,叫莲生应了。

宋莲生挣扎起来:哎,哎。无双,你来了。

无双哭:好好的怎么被打成这样?

宋莲生强颜欢笑:没事,没事。假的假的,自己画的,你别来了,我挺好,挺好,不疼。

无双伸手一摸,想探真假,宋莲生疼得后缩。

无双哭了:明明是真伤,还骗我是假的,宋先生,你……

宋莲生:别哭,别哭,你一哭比打我还疼呢。听我说,先是画了些假伤,不想被知府识破了,加倍打了回来。

无双:可是疼吧?

宋莲生:你来了就不疼了。

无双:都这会儿了,还说疯话。这种话听多了,可让人麻木呢。

宋莲生:见了你不由不说,我有病,你是治我病的药。

无双:呸,可是做大夫的,比什么不好,非要比作药。快吃吧,凉了。好好的,干吗受这罪啊? 最想平安的人反而不太平。你这人有时真的……

宋莲生:怎么样?

无双:没正经。

宋莲生:无双,别那么说,要是没有范家小姐让我配伤药,我这会儿岂能这么近地跟你说话,还有你做的饭菜吃,这么亲切地看你为我伤心。生活没亏吃。

无双:你真会说宽心话,吃吧,凉了。

宋莲生:哎。

宋莲生刚要吃,就看牢头、衙役都拉着胯地进来了。

牢头、衙役:哎哟,哎哟,可打死我了,可打死我了。

宋莲生:对了,无双啊,我给你开个伤药的方子,你快去给我们抓点儿药啊。

宋莲生说到这里,突然又觉不妥:你别去了,我让别人去。

无双:为什么? 你都这样了,我给你抓伤药有什么可怕的? 开吧,我去。

九芝堂药铺内。

方掌柜正看账。啪,一张方子拍在了他面前。

方掌柜:无双小姐,怎么这么冲啊?

无双:方掌柜,轻了怕你看不见,抓药。

方掌柜:山药,拿方子。

无双:山药不行,得你看。不但看,还得看清楚了。

方掌柜:呀,这可是伤药啊。

无双:对了,伤药。方掌柜,您拿了方子去报官吧。

方掌柜:无双小姐,我不去。

无双:为什么?

方掌柜:无双小姐,就是伤药也得看谁抓,我不恨的人我不害他。山药抓药。

坡子街茶社内。

各药材商、药铺的老板在喝茶聚会。人来人往,店小二忙活。劳澄和几位老板在喝茶。

劳澄:按理说呢,咱开药铺的成般都好,就是有一点事儿最回避不了。

掌柜甲:什么事儿啊?

劳澄:想躲都躲不开。

掌柜乙:到底什么事啊?

劳澄:哪家哪府哪个人,大姑娘也好,老太爷也罢,他得了什么病,你不想知道也得知道了。

掌柜乙:话是这么说,有些人知道也就知道了,有些人知道多了终归不好。

掌柜甲:什么人知道了不好啊?劳掌柜你今天说话怎么吞吞吐吐的?

劳澄动心眼套话:比如知府大人、道台大人得了病,知道了就不好。

掌柜乙:你还别说,知府大人包括他家里人啊,得什么病啊我们堂上的伙计都知道。没办法啊,我们铺子正对他们家后院门。

掌柜甲:什么病啊,说说。

掌柜乙:怕不好吧?

掌柜甲:那怕什么,就咱们这么几个人,说吧。

劳澄细听。

牢内。

师爷被牢头和衙役请来了。

宋莲生正在给师爷号脉。

宋莲生号了会儿脉:崔师爷……

师爷:怎么样?

宋莲生:您没病,您家里的有病。

师爷:宋大夫,这我就不明白了,你号我的脉怎么知道我家里的有病啊?

宋莲生挪挪身子:几位退退后,我有话跟崔师爷说,师爷请附耳。

师爷:您说得一点儿也不错,对,对。宋大夫,多余的话我也不说了,您给开方子吧。谢谢您,我谢谢您。

众人马上过来凑趣。

牢头:对,开方子,给师爷开方子。师爷,宋大夫说得对吗?

师爷:神了,说得对极了。

宋莲生恭恭敬敬满身是伤地在给师爷开方子。

牢头:师爷,您看宋先生这么一个好大夫,救死扶伤的,要是有个三长两短,可惜了,您给指条生路啊。

师爷:几位,宋大夫,不是我说丧气的话,您这么实在地对我,我不能在这关头再说假话。实话说了吧,运气不好,一是赶上了这么个认真理论的知府;二是皇上刚下了旨,通南明的,格杀勿论。赶上这两条,宋大夫,我不说假话宽您的心啊,您想活着出去不大容易了。

宋莲生一听,一笔把字写花了。

牢头:您给想想办法啊。

众衙役一下哭了:宋大夫……

宋莲生也抖了,强忍着:哎,没事。大不了我这一腔热血,让人蘸了黑馒头,去治痨病了。没事,没事,几位别拿我当回事,死就死了。

九芝堂内。

劳澄用钥匙开了底下的一个抽屉,一看空了。

劳澄:山药。

山药:哎,东家你说。

劳澄:那根老山参呢?

山药:不在了吗?前几天还在呢。

劳澄看着,动心思:你,知道了就行了,这事跟谁再别提起了。山药,给我四服补气血的药,放在柜上。

山药:哎。

劳澄用钥匙把抽屉锁上了。

牢内。

宋莲生知道自己必死之后,有些消沉了,缩在草堆中,假装睡了,其实睁着眼,看着那鲜艳的被子,看那上面精细的刺绣。宋莲生把被子拉过来,看着伤心,盖在脸上。

劳澄:宋先生,宋先生,劳澄给宋先生问安。

宋莲生:谁啊?

劳澄:我,九芝堂的劳澄。

宋莲生一下坐起来了:劳先生啊,对不起得很,这种地方真是的,烦您惦记了。我很好……您不该来。

劳澄:说什么话?是劳澄用人不当,把你给害了。来看看你多吗?

宋莲生:别那么说,命里带的,不怨别人……不是自己愿意的,谁还能害你?

劳澄:宋先生,给您带了个补气血的方,让牢里煎了喝了吧。这儿可潮冷啊,那么多的被子,干吗不盖上?

宋莲生:怕给人家弄脏了。

劳澄:宋先生,您太多体贴了。要么我给你带几床素的进来。

宋莲生:谢劳先生,用不着了,一切成烟云。

劳澄:判下了?

宋莲生:判不判都躲不过一死。

劳澄看着宋莲生,一时说不出话。

宋莲生:劳先生,您那么看重我,非让我去坐堂,没有答谢您的知遇之恩,算一憾事吧,真对不起了。

劳澄:不说这些,算我没福气,不过宋先生,我九芝堂一时没等着你,不见得以后等不着你啊。

宋莲生:不说宽心话了。劳先生,这些天我记起欧阳修的一句话,宁以义死,不苟幸生,而视死如归。话是这么说了,说得也不错,比吃黄花还补气呢。可要真摊在自己头上,想想难啊……眨眼这个眼前的世界突然就没有了,虽然这世界并不那么美好,但毕竟乐啊苦啊都是实的,摸得着,想想一闭眼就没有了,有些不舍。其实生死就差这么一点儿对吧……那些亲爱亲朋再不得见了,更有不舍。英雄这名头,喊一声容易,真想着视死如归,难啊,真有些难……

劳澄:宋先生您是为友而累,又为救友而挺身,算得上个义士了。

宋莲生:义士不义士的倒没想过,明知有难,还要往这儿走,不是因为义士英雄勾着你,就像人家画了一条道,你不走也不行一样,这是命。义士英雄也不是自己想当的,实在是命引来的,你不当都不行。有时内心之信比命重。劳先生,这会儿我算想通了,义士也不是挺着脖子就如归了,义士也有无奈。

劳澄:干吗想这么多?

宋莲生:劳先生,这话对您说说,您以后做个证明,我是怕人家给我想歪了,其实说句心里话,我……我很不想死。

劳澄:没有人想死。

劳澄说着话把一个病历单子递了进去:宋大夫,您看看这。

宋莲生:谁有此症?

劳澄:先不问谁,您看看开什么方子能活?

宋莲生:劳先生,都这时候了,您还让我给人治病吗? 您可是真不拿我当要死之人啊!

劳澄:宋先生请附耳。

宋莲生贴耳过,劳澄小声说着,宋莲生点着头。

闻世堂大堂。

吴云之表姐如月正在堂上坐等,长得周正、高挑、淑女样。脚下一堆行李。

吴太医急急地从后边来了。

吴太医:呀,如月你可来了,接着信了?

如月:接着了。姑父,我妈妈爹爹问您好呢。

吴太医:累了吧? 好,好,我很好。快坐,看茶。

如月:店里的生意好吗?

吴太医:好,再也没有这么好的时候了。

如月:吴云表弟呢?

吴太医:别提了,就是你表弟让你姑父操心啊。

如月:为什么呀? 怎么没出来?

吴太医:如月呀,人也不是生人,你先坐下听我说,你表弟啊,喜欢上了一个女子,人家都结婚生子了,他还是放不下。你姑妈死得早,你姑父实在管不了了,想我闻世堂也不知将来会有什么下场。

如月:姑父,您不是太医吗? 这病您该给他治治啊。

吴太医:我治不了他的病,如月,你来了就好了,姑父知你知书达理,你救救闻世堂吧。

如月:姑父,我去见见他。

吴太医:好啊,吴安啊,房子收拾好了,先把行李搬进去。

如月:不急,姑父您请前边带路吧。

吴太医:哎。

闻世堂吴云书房外。

吴太医和如月刚到门边就听里边吴云在慷慨吟诵。

吴太医:你听听,你听听,这种样子像个杏林中的大夫吗?跟台上演戏的差不多。

吴太医上去敲门。

吴云:滚开。

吴太医:混账!是我。

屋内没声音了,过了会儿门开了,头上绑着绷带的吴云开门,看也不看就回头。

吴太医:孽障,等等,有话跟你说。

吴云回头看见了在阳光下发丝被吹拂的如月,看了一眼不是范荷就回头。

吴太医:这是你表姐如月,你们小时见过的,快见礼。

吴云目光一下就散,应付:如月姐,吴云这边有礼了。

如月赶快还礼:都是表姐弟,不要这么认真吧。

吴太医:好了,你们谈谈吧,我去堂上照看了。

吴太医说完不打招呼就走。两人在廊下的阳光中站着,吴云也不说话,也不请如月进去。

如月:不请我进去吗?

吴云:请吧,表姐。

如月:以后叫我如月吧。

绣室。

众姑娘在绣活儿,轻声哼唱,一片安静。

门砰的一声被推开了。

二桃子:不好了,不好了!无双姐呢?

洪三燕:不在。

二桃子二话没说,又跑出去了。

翠翠:这是怎么了?一惊一乍的。

洪三燕:别理她,小双把门关上,好好的喊两声就跑。

小双放下针线过去关门,还没关上门,门砰的一声又被推开了。二桃子又跑回来了。

二桃子:不好了姐妹们,不好了!

翠翠:怎么不好了,你倒是说啊。

二桃子:我先喝水,宋先生问了死罪了。

翠翠:是砍头吗?

小双:在哪儿砍啊?

二桃子:不知道。

小双:什么时候砍啊?

二桃子:只知道活不成了,好好的一个人,我可不愿让他死了。

洪三燕:天底下还有愿意让人死,愿意看砍头的?

二桃子生气:哎,三燕,对了,你不是喜欢上宋先生了吗? 你怎么连眼泪都没有? 你哭哭吧。

洪三燕呆呆绣着,自语:宋先生要死了?

二桃子:这可是对门的山药说的。你不哭?

洪三燕:人要死了,流泪有什么用。

二桃子:是不是真的? 三燕,我不是说你啊,你就爱自己编故事骗自己,也骗我们,前些天编个什么英雄义士把你救回来了,这会儿去牢里看了一次宋先生,就说喜欢上了。听着人家要死了,你连一滴眼泪都没有,你叫个什么喜欢啊,编派人。

众姑娘:编着话儿,玩笑的。

二桃子:生怕自己没有惊人语。

洪三燕突然哭起来了:笑吧,三燕我早晚让你们笑话够了。这一个咱都认识的人要死了,你们还忘不了蹭高枝,踩别人。你们笑吧。

吴云书房。

吴云与如月坐着有点儿尴尬。

如月没话找话:云表弟,你在读《楚辞》吗?

吴云:春秋至如今,唯屈子之心音与吴云合拍。

如月:生不得志,为献媚所陷,有美人香草之比,倒是有情有怨。

吴云:如月姐,你对屈子也有心得吗? 今后我们不妨多谈谈。

如月:读读而已,终归不是什么男儿气象。

吴云:这话怎么讲?

如月:前不见古人,后不见来者,是男儿气概。大风起兮云飞扬是帝王心胸。看似怀才不遇,实是怨妇之情,人正值青春年少,不起而论道,治家兴国,整日在这斗室中,读一些忧怨之辞,有什么出息?兴邦救国之朝臣,偶读一下屈子尚情可原,你一个医家,不去坐堂医病,救死扶伤,在这儿读什么路漫漫……不是让人觉得大而无当吗?

吴云:我……我,如月姐,你……

如月:都是亲戚,我不瞒着,说真话了,没想到七年不见,你……你竟这般地见小了。

吴云:我……我有病。

如月:伸出手来。

吴云:做什么?

如月:我给你治。

吴云无奈将手伸出,如月轻露玉指给吴云诊脉。吴云一下子就被拿住了。

绣庄宿舍。夜。

众姑娘都睡着。

洪三燕又悄悄醒了,听见左右都在打呼,悄悄起来。

洪三燕起来后,悄悄穿衣下地,推门而出。

洪三燕刚一出门,门里假睡的众姑娘一下子就坐起来了。

二桃子:小双,看看她往哪儿走了。快,姑娘们穿上衣裳跟上。

绣庄后院无双屋门口。夜。

洪三燕悄然而至,先在门口站了会儿,看屋里还亮着灯,上手敲门。

无双:谁啊?

洪三燕:无双姐,是我,三燕。你要没睡下,我有话跟你说。

无双:进来吧。

绣庄宿舍。夜。

众姑娘忙着披衣裳、穿衣、找鞋,很快。

小双:去后院了。

二桃子:去后院干吗呀?小声点儿,跟上。

翠翠:看她到底干什么去了,别以后又编故事蒙咱。

众姑娘悄悄推挤出门。

无双屋内。夜。

无双听过三燕说的话大感惊讶。

无双:三燕,你……你说什么? 你是想昏头了吧? 整天活在故事里,这会儿把自己编进去了吧。

洪三燕:无双姐,你先听我把话说完。

无双屋外。夜。

众姑娘穿着单薄,二桃子带着悄悄地往窗根、门边靠。

洪三燕:无双姐,三燕家道败落,不幸坠入风尘,有幸被无双姐救出,现在绣庄中原本该知足了。

翠翠:说什么呢?

二桃子:听着吧。

无双屋内。夜。

洪三燕:但三燕我终归是大门大户出来的,做这样的檐间燕雀实在心有不甘,三燕恨不是男儿,做番惊天动地的事。可惜天不遂人愿,但惊世骇俗的事,三燕一定要做的。无双姐,我明天就跟你去。

无双:我不管。

洪三燕:这事,你应也好,不应也好,我心已定了,一定要做。

无双:这事是想做就能做的吗? 三燕,你怎么会这么想啊? 我……我真是服了你了。

洪三燕:三燕自信必成。

洪三燕猛地推门出,一下吓住了。从门里看一院子的姑娘在月亮地里,二桃子、翠翠、小双等都不好意思了,也惊讶地看着。

无双也看见了。

无双:大晚上的你们这是干什么?

众姑娘不说话。

洪三燕:无双姐,这事若做不成,岂不更让姐妹们笑话?

洪三燕说完头也不回,径直往回走了。

无双:你们还不回去。乱了,真是乱了。

牢内。干净小屋。

无双来探宋莲生,往外拿着吃食。

宋莲生:你来就是菜,能来一趟宋某已是感激不尽了,不用再带这些好吃的好喝的了。

无双:你先吃,吃了有话说。

宋莲生:你先说吧,说完了再吃。

无双:菜会凉的。

宋莲生:不怕。

无双:宋先生,你……你的事我们都知道了。

宋莲生:什么事?

无双:你不用再瞒我了,我知道这通南明难逃一死。

宋莲生深情,无所谓:让你跟着操心了,莲生对不住了。你哭了? 不哭不哭,有你这些眼泪,死就死了。

无双:你这人真没正经,让人没法心疼你。宋先生,有句话问您,您有没有后人?

宋莲生:什么?

无双:你有没有孩子?

宋莲生:看你问的,居无定所,婚又未配,哪来的孩子啊? 你问这干吗?

无双:好,宋先生,倘若有一人慕你,真心爱你,知你不久人世,她……她……她想为你留下一后,你愿不愿意?

宋莲生以为是无双:莲生何德? 坐了一回牢,坐出这么多温暖来。无双,愿意愿意,哪有不愿的道理?

无双:愿意我就让她进来。

宋莲生:哎,谁啊?

无双:你认识的。

话音未落,打扮新鲜有点儿怯的三燕进来了,夹着随身衣裳包。

宋莲生:这……这不是三燕吗?

洪三燕:宋先生,洪三燕给宋先生施礼了。

宋莲生:不敢不敢,快起快起。无双,这……这……这怎么是三燕啊? 无双,这不合适。

无双:宋先生、三燕,你们谈,无双先告退。

宋莲生:哎,无双你不能走。坐下,都坐下。梦,梦,此时此刻,我宋莲生连掐自己几下都觉是梦。宋莲生我就是一个郎中,哪受得了这么抬爱,我觉自己对不起,对不起得很。漫说我宋莲生还没死,就是现在立时把我宋莲生的头砍下来,我真是死不足惜,死而无憾,够本了,有这么一出我够本了。谢谢,谢谢!

无双以为他应了,表情很怪,要走。

无双:我先告退了。

宋莲生:等等,话没说完。

洪三燕沉浸在幸福中。

宋莲生:但是我当不起,三燕妹妹,我……我当不起啊。

洪三燕:宋先生,三燕心慕于你,三燕不怕人言,三燕做不成什么轰轰烈烈的大事了,三燕要惊世骇俗。

宋莲生:三燕妹妹,这,好,说得好,但……但,这……这是牢房,莲生虽是个俗人,但生死可不顾,于情这……这个字颇为看重。

洪三燕:宋先生,您说我不配?

宋莲生:不是那么说,你……你青春年少,如花似玉,将来必有好人家好生活等着你呢,何必为一将死之人,而将今后的大好时光荒废了? 是莲生不配,三燕妹妹,是莲生不配。

洪三燕:我愿意。

宋莲生:三燕妹妹,你听我说,你对我好,我知道,可我不能因为你对我这么好害了你是吧? 三燕妹妹,我给你磕头了,谢谢,你先出去,你先出去吧,谢谢了。

洪三燕失神地听着,真伤心,转身走。

宋莲生:无双……

无双:……

宋莲生:哎,你怎么能这样? 有欲无情的事要做我早就做了,你……你这不是害宋莲生于不义吗?

无双:……

宋莲生:说话啊? 真心疼我,要给我留个孩子,咱俩生啊……

无双流泪:……

宋莲生:无双,这……这要真办了这事,让我怎么面对自己,面对还想着我的人……

无双拿起东西,走到门口回头:宋先生,您待着吧,我错了。

宋莲生:无双,别再来了,就当我死了。

七

长沙府大堂。

知府大人出,坐于案后。

知府:带人犯宋莲生上堂。

衙役喊堂:威——武——

宋莲生长枷镣铐上,跪下。

知府:堂下何人?

宋莲生:小民宋莲生。

知府:宋莲生,本府所审之罪,你可都认了?

宋莲生:小民认罪。

知府:你私通南明,图逆谋反,本官判你个死罪。你要是认可,就在状子上画押吧。你要是不认可,也是个死,识趣些吧。

宋莲生跪接状词。

宋莲生:回大人,宋莲生请笔墨一用。

知府:你用朱笔一句既可,要笔墨何用?

宋莲生:大人,宋莲生有话要说。

知府:就在这堂上说。

宋莲生:大人,莲生说不出口。

知府:来人,给人犯笔墨。

崔师爷下堂给宋莲生笔墨。

宋莲生:请将大枷卸下。

知府:得寸进尺。还给你卸枷,就这么写。

宋莲生无奈只得写。

宋莲生内心话语:劳先生,能不能救我就看你这方子了。

奋笔疾书。

绣庄门口。

风吹着,受了打击的洪三燕在绣庄门口站着。风吹她的衣袂。街上人来人往,她茫然若失地看着,很失神,很空落。

绣室。

无双正在与众姑娘说话。

无双:听好了,三燕跟你们不一样,她是大门大户落魄出来的,她心高,她受的委屈比你们多,咱得学会心疼人家。这件事再不许提了,要比以往十倍地对人家好才是,可不能再伤姐妹的心了。二桃子,听见了吗?

二桃子伤心同情,哭了:听见了,以后我比谁对她都好还不成吗? 姐你放心吧。

翠翠:无双姐你放心吧。

正说到这儿,洪三燕失神般地进来,根本就没听见人说什么,径直走到自己的位子上去绣花。

小双赶快过去:三燕姐,我刚劈好的丝线,你用吧。

翠翠:三燕姐,我的针刚磨尖了,你用吧。

洪三燕:你们不用心疼我,我活该。

长沙府大堂。

宋莲生写好了文字,呈上。知府拿起文字远远看着,越看越近。衙役等着。宋莲生低头收拾笔墨。

知府看着宋莲生的文字:怨小民多嘴,您婚配多年而无事,求医多年,而百药无效,小民从第一次见大人,便觉您此症,实在可医,只是医家未到……

众衙役也不知写了什么,等着。知府转过身去又看了一遍,突然转身。

知府:嗯哼,人犯近前来。

宋莲生假装没听见。

衙役:人犯,老爷叫你,快去。

宋莲生:啊,老爷您叫我?

知府:上前来。

宋莲生上前:大人。

知府低声:此病可有方剂可治?

宋莲生:借大人脉一诊。

知府看着衙役:你们都背过身去,我有话说。

衙役都背身朝外,知府把手伸出。

宋莲生诊脉,大人觉他有枷诊着不方便。

知府:来人,将人……宋大夫大枷卸下。

牢头:哎。

牢头赶快上来把宋莲生的枷卸下了。

范府回廊。

范荷抱着孩子晒太阳,正等岳宣。远看岳宣满身风尘而来,范安在前引路。

范荷看人来了,站起往自己的房间走,哄着孩子。岳宣追上问候。

岳宣:嫂子,一向可好?

范荷:你来了,跟我来吧。

岳宣:孩子可好?

范荷:好,只是太缠人。

范荷快走,岳宣跟上。

范荷厅中。

范荷:岳宣兄弟,前方可有捷报?

岳宣:回嫂子话,清兵加上吴三桂,咱的人少而伤多,实在难以支撑,连战连败。

范荷:恨不为男儿身,上战场杀敌。

岳宣:嫂子,您已经尽力了。

范荷:伤病多吗?

岳宣:多,可惜无处求药。

范荷:兄弟,嫂子找你来就为此事,宝儿已经满月了,我想将孩子托付给你……

岳宣:嫂子,这怎么可以?

范荷:我去牢内,换宋大夫活命,他是救命的郎中,换他出来,你们想办法让他上前线,他活着比我有用。

岳宣:嫂子,您想哪儿去了?再说,这孩子我不能收。

范荷:为什么?

岳宣:岳宣身在东林,生死转瞬之间,这孩子是我文同哥的遗苗,我没有能力照看他,还望嫂子把这个想法打消了吧。

范荷:孩子交给东林,也算承他爹爹一个遗愿,生死看他的命了。

岳宣:嫂子,你已是孤儿寡母,岳宣当呵护有加才对。这想法请一定打消,药的事,您不用急,我自有办法去筹。从今天起没有急事,我也不再来

94

了,怕牵连嫂子。您能带着宝儿好好活下去,就算我对得起文同哥了。再别多想了,岳宣就此别过。

范荷:岳宣,你要还是东林志士,你遂了我的愿。

范荷起身去追,一下拉住岳宣的衣裳。岳宣飞快抽刀,一刀把衣裳割破了。

岳宣:嫂子,对不起了,您多为文同哥遗苗想吧,我走了。

范荷拿着个衣角呆呆地站着。

牢内。

牢头、衙役忙着为宋莲生端饭倒酒。

牢头:宋大夫,您这么一篇纸就把知府大人给说变了,什么事儿让您抓着了? 跟小的们说说,跟小的们说说。

宋莲生:没什么事。我把自己的罪好好辩了辩。知府大人是个明白人,一看就懂了。他原就不该判我有罪,到时候可不是态度就变了吗? 来,喝酒。

牢头:宋大夫,您别蒙我们了,您一定是抓着知府大人的病根了,把他吓住了。

宋莲生:胡说,瞎猜,咱可不是那种人。来,喝酒。

牢头:喝酒,喝酒。

坡子街。

方掌柜从九芝堂出来,在九芝堂门口站着看了看,转身再走。

三湘茶社。

茶社中,劳澄正捧一册书在看,看到方掌柜过去了,叫在一边侍候的山药。

劳澄:山药,你去看看。

山药:哎。

书馆内。

方掌柜坐在正中的一张方桌旁,正听台上花姑唱常德丝弦。边喝茶边看着,人家喊好,他也不动声色,人家鼓掌他也不鼓。

花姑刚唱好,方掌柜一个大元宝掏出来就扔了上去。弹弦的人接了,花姑赶快朝方掌柜行礼。

花姑:方先生多谢了。

这一切全被立在柱子后的山药看见了。

牢内。

宋莲生酒也喝了,高兴地给来看自己的劳澄磕头。

劳澄:哎,不是地方。宋先生,您可别谢我,这隔着栏杆我也扶你不起,再说要谢也不是这么个谢法。

宋莲生:劳先生,还要怎么谢您?

劳澄:忘了劳某求你的事儿了?

宋莲生:去九芝堂坐堂是吗?

劳澄:请宋先生大驾光临。

宋莲生:去不成,去不成呀。

劳澄:宋先生,请讲个缘由。

宋莲生:说实话,要去早去了,你那方掌柜与莲生实在有些不太相合,宋某一生的准则,不与小人治气。我说这话不厚道了,但是实话,请劳先生见谅。

劳澄:你若来了,他有他的归处。

宋莲生:怎么讲?

劳澄:请宋先生附耳。

劳澄小声对宋莲生说了一会儿。

宋莲生:劳先生,宋某还有一原则,治病不治人。

劳澄:宋先生差矣。人不治,你病也治不了。

宋莲生:这话怎么讲?

劳澄:看这人混迹于何处了。倘若此人在医家药家中混,你病看得不错,他药给你抓错了,你治病从何谈起?这两个字不是白说吗?这种人混于药家,不是耽误一个人的病治不了,是十个人百个人的病都治不了。治一人而救百人这是小事吗?这人不该治吗?所谓妙手仁心,先有医德再有医术,自己的德行坏了,还怎么治病?这种人当然要治。

宋莲生:好,有理,慷慨,那你为什么不治非要来找我?

劳澄:宋先生,治害人之人,还分什么你我?宋先生,现在你这刀一出,乱麻既解,一举奏效。

宋莲生:看你把我说的,劳先生,跟您实说了,这会儿我还在牢里呢。

劳澄:我也实说,这就是牢里办的事。

知府书房。

啪的一声,方子拍在桌上了。

知府生气,走来走去:江湖郎中就是江湖郎中,来人,将人犯重新枷上。

牢头等上来,将宋莲生按头又给枷上。

宋莲生:哎,慢,慢!

知府:还要慢吗? 三服药吃下去了,毫不见效,再慢本府老矣。枷上,带走。

宋莲生:等等,大人,小民请问一句,您可是按此方抓的药?

知府:一些不错。你还有什么说的? 快快押下去。什么大夫,江湖郎中。

宋莲生:等等,小民能否请出药渣来一看?

知府:方子写得清清楚楚,难道药会抓错? 好,本府仁至义尽,看你还有什么说的? 李全,把药渣倒给他。

一砂锅药渣倒在宋莲生面前,宋莲生跪在地上看着。

宋莲生:枸杞、红枣、杜仲……老山参……老……

发现不对,拿起一块塞进嘴里一尝:大人,不是方子不对,是药不对。此一味不是老山参。

知府:不是老山参,那是什么?

宋莲生:你一嚼便知了。

宋莲生拿起吹吹,递给知府。知府放在嘴里嚼起来,边嚼边品吃了。

宋莲生:尝出来了吗?

知府:像是……红薯干。

宋莲生:对了。老山参乃此方中主药,为补气血,为增肾经。你这换成红薯干可不是病治不了吗? 大人,方子没错,药错了。

知府:来人,将那害人之药商抓来。快去。

书馆内。

花姑最后一声刚唱罢,方掌柜一只元宝又扔上去。不想被上了台的牢头一把接住了。

牢头:好风光,拿着红薯干当老山参卖,倒是到这儿捧坤角儿来了。来人,给我拿下。

知府大堂。

方掌柜跪于堂下,知府走来走去地说着。

97

知府:好,很好,本官五两银子抓的一服药,你用一大包红薯干来骗本官。怪不得本官吃了总放屁,精气全泄,精气全泄。掌嘴。

方掌柜自己抽自己。

知府:你个败坏医德之人,有什么说的吗?

方掌柜:实在不知是知府大人要抓的药,若知……

知府:混账话,若是小民你就给他红薯干吗? 所谓医家当有割股之心。医家见了病人要恨不能割下自己的肉来治人家的病,这才是良医之德,本府爱民也一向如此。你……你竟用红薯干来充老山参,不治你的罪实在贻害百姓。你……你叫什么?

方掌柜:小民方无忌。

知府:好,本官想让你改个名字叫有忌。我想起来了,那个宋莲生也是你来告的吧?

方掌柜:他私通南明,望大人念在小人举报有功的分儿上,将功折罪吧。

知府:休想,你这么个昧心之人,告的人必是好人,我抓错了,我抓错了。崔师爷,将宋莲生之卷宗全数撤下,写上恶人诬告,查无实据。

崔师爷:嗻。

知府:将人犯杖后收监。

牢头:嗻。

闻世堂内。

如月正在张罗着收拾店里卫生,用掸子在拂尘。

如月:说是吃的药,那是要进口的,洗又不方便洗,所以一定要看着干净了才行。

如月偷眼看去,吴云正在坐堂,给人开过方子后,就着光读书,如月看着高兴,掸土。

范荷抱着孩子进来了,径直向吴云走去。吴云看见范荷一下起来了,赶快让座。

如月远远看着,第一反应就觉不对,先看。

吴云:范荷小姐,想不到你……来了。

范荷:吴公子。

吴云:叫吴云吧,叫吴云。您坐,请坐。

范荷:吴公子,范荷有事相求。

吴云:你我之间还……还讲一个"求"字吗? 你说吧,吴云赴汤蹈火在所不辞。

范荷:吴公子,范荷想来想去,有一事只有求你了。

如月也过来了,正听见这话。

吴云以为终身:何……何言托付? 相依,相依。我们到后堂去说吧。

范荷:好。

如月看着,跟在后面。

范府中堂。

范荷抱着孩子走来走去的,正跟吴云说着。

范荷:人生之事,最苦莫过于早年丧父,这孩子,生出来连父亲都没见,原该努力疼他,以告慰亡夫。但范荷虽生为女子,总想学前辈巾帼战死疆场。可怜孩子小,我父亲又老了,再无人托付,吴公子,这孩子托付给你吧,也算不负你时时的慷慨之心。

吴云听着也激动,而不知所措:你……你只要把这孩子托给我吗?

范荷:对。

吴云:那范荷你呢?

范荷:我已托给东林党人,吴公子……

吴云:好好,我……我收下了,我收下了。

吴云刚要接过孩子,如月从门口进来。

如月:我看不妥。表弟,这孩子你不能接。

吴云接也不是,不接也不是。

范荷:你是什么人?

如月:我是吴云的表姐,如月。

范荷:表姐? 接不接是吴公子的事,与你何干?

如月:等等,听我把话说完。范小姐,我家吴云尚未婚配,这当不当正不正地接了人家的孩子来养,他会养不会养的先另说着。有了这孩子,以后管他叫叔呢,还是叫父呢? 他要想娶妻生子了,这孩子是一块儿带过去,还是在家里呢? 您要拿件东西来寄托一下,都好说,抱了个孩子来给人家未婚之男子,你想想这妥当吗?

范荷:我与吴公子间的事,不用旁人管。

如月:等等,让我不管也可以。

范荷:要怎么样?

如月咬牙说出:就看这花灯殿堂,你大大方方地嫁过来。嫁过来,你就是吴公子的妻,这孩子也就是吴公子的儿子。要能这样,不是更好吗?

吴云:范荷,表姐所言不无道理。

范荷：……

如月：可是有一条，真嫁过来了，就别再提什么南明啊、反清的事了，好好地为人妇吧。

范荷：吴公子，你……你也是这意思吗？

吴云：我……我还没想好。范荷，你这好好的，托付儿子到底为什么呀？

范荷：我要到牢里去把宋大夫换出来。

吴云：什么？换他？你是为了换他，才把儿子托付给我的？

如月：呀，就为了这事儿啊？现在听我一句话吧，你的孤不用托了。

范荷：怎么讲？

如月：刚才街上传出话了，宋莲生放出来了。

范荷：是吗？

如月：我何必骗你。

范荷抱起孩子就出门了。

吴云马上要追出去：范小姐，范小姐。

如月：表弟，我看你也不用追了。我算见识了，就这样的一个孩子妈，也值你朝思暮想？

吴云：你……你不懂，她有大志向。

如月：表弟，你是要娶老婆，又不是要娶志向。

九芝堂堂内。

宋莲生在查看药堂。拉出抽屉来抓片药尝尝。

宋莲生：连翘这味药啊，白露前采的色尚青绿，为青翘，寒露前采收的为黄翘，这一定要分清。

劳澄：方掌柜走后，大堂清了两遍，你不妨再看看。

宋莲生：劳先生，哎，我该改口称您为东家了。

劳澄：不必，还是互称先生显得平易。

宋莲生：咱们俩有缘啊。按理说，我进长沙城来，就该在您这儿坐着的。哪知绕过了那么多的事，躲不开又回到您这儿坐着来了。有缘啊，躲都躲不开。

宋莲生坐下一眼就从打开的窗户看见了对面的绣庄，更高兴了。一眼看见了低头戴斗笠的岳宣从绣庄门口过，走过去了，又走了回来。宋莲生一下站起来看。

劳澄：宋先生，您看什么呢？

宋莲生：啊，没什么。

劳澄:那宋先生咱们说定了,前堂有什么事尽管吩咐山药,后堂找得贵,九芝堂从江苏到长沙也有几十年了,还望能在杏林之内有大作为啊。咱们到后堂去看看吧。

宋莲生:好,好。

有点儿不放心又回头看,岳宣进了绣庄了。

绣庄内。

无双正在为买绣品的女客介绍。

无双:大嫂,我多一句嘴啊,结婚选这白的看似好看,但终归不合适,当了妈妈再换这款是最好的。先是要这红的吧。

大嫂:是啊,那就听您的吧。

岳宣进来,戴着斗笠,头低得很低,悄悄站在角落。岳宣一进来,无双就有感觉,看了一眼,马上给大嫂包东西。大嫂拿钱,无双都不细看了。

大嫂:谢谢,谢谢啊。

无双:您再来啊,有什么不合适的来换也行。

无双送走客人,发现岳宣在角落看绣品。

无双:先生,您选绣品吗?

岳宣:无双小姐,别来无恙。

无双:岳壮士,果然是你。

岳宣轻轻把斗笠掀开:一别五年,想不到在这长沙城内又见到你了。

无双:是啊,真……真巧呢。是啊,江南一别,可不是有五年了吗? 五年来可好?

岳宣:当不起一个"好"字。活如鼠盗,可以用四个字来说,一败涂地。

无双假装高兴:哎,怎么就找到绣庄来了?

岳宣:偶在人家见到过你,在范府一问就来了。

无双:真……真巧。如果方便,无双请岳壮士喝杯水酒如何?

岳宣:叫我岳宣吧。

无双:五年过后,有些叫不出口了。那我关了铺子,你在长丰楼等我吧,我……我这就过去。

岳宣:承无双情了,我在长丰楼等。

无双看岳宣走后,突然打了个激灵。门砰地被吹开,绣品刮起。

九芝堂内。

宋莲生坐在医案后看对面绣庄,二桃子在给铺子上板。

宋莲生跑了出去。

宋莲生：二桃子，大白天的怎么刚开了张就关门啊？

二桃子：呀，宋先生，恭喜你没事了。你看，你在里边的时候，二桃子也没找到机会进去看你，对不起呀。其实心里惦记着呢。

宋莲生：没事，没事。那种地方不去最好。你无双姐呢？

二桃子：出去有事儿了。

宋莲生：去哪儿了呀？

二桃了：没跟我说。

宋莲生进绣庄。

绣庄后院。无双门口。

树下洪三燕静静地在绣着绣品，阳光很好，人很孤单，安静。

宋莲生急急地进来了。宋莲生一进来，一眼看到的是洪三燕。宋莲生想起牢里那一出，有点儿不知如何面对，退又不是，只有迎着上。

宋莲生：三燕妹妹，三燕妹妹，绣活儿呢？

洪三燕抬头看了他一眼，不理。

宋莲生：三燕妹妹，看见你无双姐了吗？

洪三燕仍是不理。

宋莲生很觉无趣：那……那我走了，你绣吧，绣吧，我走了啊。

宋莲生走了几步，突然又回来：三燕妹妹，有些话，我……我不知该怎么说，莲生要是有什么事儿对不起你，那也是出于好心，都是好心。这会儿看不出来，路还长呢，将来就……就看出来了。莲生不对，莲生认，莲生是好心，三燕妹妹，你听着呢吗？牢里那事就当风吹走的梦，咱们还是像原来一样，好吗？你要听见了应一声。

洪三燕就是不说话，眼泪流出。

宋莲生：得，三燕妹妹，我不招你了，我走了，我走了。

绣庄门口街上。

宋莲生刚一出来，对面九芝堂的山药正在门口张着，喊他。

山药：宋先生，有人候诊。

宋莲生：啊，我过去。

九芝堂内。

病人已坐好了。

宋莲生:您看病啊,您先坐会儿啊,我静静心。

宋莲生闭目静心。过了一会儿,伸出手搭在病人的腕上,闭目诊脉了。堂里的伙计在轻手轻脚地包药,一片繁忙。

宋莲生诊过脉后:看看舌苔。

病人伸舌。

长丰楼上雅间。

无双、岳宣正在吃饭。

无双:岳壮士,您多吃些吧。

岳宣:无双,干吗那么客气,还是像原来一样叫我岳宣吧。虽有五年未见,但江南细雨中那些日子,偶一想起还历历在目。要不是战乱,你我大概不该如此。

无双马上抢过:没想岳壮士记得那么清楚。无双这两年忙于生计,大多都忘了。来吃菜吧,吃菜。

岳宣:其实五年都过了,情境也换了,我们就是在街上见了面,像路人那样过去就过去了。情这东西想起来算份情,忘起来就什么都不是呢。捡起旧账来那种感觉,时过境迁,怪怪的。

无双:哎。

岳宣:无双,你也有同感吧?

无双:这会儿一时也说不清,您喝酒吧。

岳宣:说不清好,说不清就对了。来,为重逢干一杯吧。

无双:你知道我不会喝酒,你喝吧,你喝。

岳宣仰头干了:无双,岳宣此次找你,说是为叙旧,你一定不信,我也不信,实在有事相求。

无双:有什么事你说吧。

岳宣:无双,岳某虽为大丈夫,但落魄之时,也就顾不了许多了,岳宣也是为南明东林大事计,想想也只有开口求人了。无双,能不能帮我找一个落脚的住处? 再有能不能为前方战事筹些钱款?

无双:住处? 绣庄边上有一小院,你可暂时住在那儿,但绣庄人多嘴杂,你白天最好不要出来,能住多久我也说不好。钱,绣庄这些年勉强支撑,也许不会有你想的那么多。

岳宣:能不能从别人那儿想想办法?

无双:尽力吧。

自己拿起酒喝了,有些愁了。

九芝堂内。

宋莲生正给另一病家诊过病后开方。

宋莲生：你原来酒喝得可多？

病者：多。

宋莲生：你是豪饮无度，使肠胃不适，我以四物汤加条芩、防风、荆芥、白芷、槐花，先服三日，然后用橡斗烧灰，调原方的药汁再服，血一定会止的，以后酒暂且别喝那么凶了。

病者：不喝了不喝了，想喝也喝不成了。宋大夫，实在开不了口，我一时手头拮据，没有带钱，这有一对祖传的镯子，您权当诊费药钱收下吧。

山药本来上来要说话，一看正好。

山药：行了，收下了。

宋莲生扇子打下去：等等，没带钱先治病，祖上的东西拿回去吧。山药，以后九芝堂的病人，没钱先治病，尤其急症，不问钱先问病。都是街里街坊的，谁有了钱还不还给你啊？你治好了他的病，他会为一点儿小利而得罪你吗？好了拿走。

病者：宋大夫，您可是活菩萨了。

宋莲生：不敢当，我再说一句话，庙你尽多去，但大夫你最好少见，多自重。

病者：啊，明白了，明白了。宋大夫，您这哪是治病啊，您是连我这人都治了。谢了，谢了。

宋莲生：不要谢我，谢九芝堂。

病者：谢九芝堂，谢九芝堂，老少爷们儿们，我这儿给您行礼了。

山药把包好的药送来了。

劳澄在柜后站着，看这一派君子国的气象高兴。

劳澄：宋先生，您这一服药就算给九芝堂传了名了。以后就是这规矩啊，街坊邻里都可赊欠，急症伤症来问病不问钱。这可不是到了君子国了吗？好，好。

庙门口。

如月强拉吴云前来烧香。到了庙门口，吴云不想进去。

如月：表弟，来已经来了，进去抽根签如何？都说这儿的签可灵了，香火也好。

吴云：你进去吧，我就不去了。

如月：表弟，人生之事，不是咱们想怎么过就能过出来的。人不与命争，命里没有的,你争也争不来,命里有的你躲也躲不去。

吴云:那我更不去抽了。

如月:拜佛烧香,心里有话对佛讲讲就好了,签不签的当个话听一听吧。来吧,咱们一起进去吧。

庙后花园。

吴云拿着签边走边读。

吴云:上上签,哈,这是什么意思? 上上签,表姐,什么意思啊?

如月:刚才师父不是给你说过了吗? 就是说你这人啊,人很好,命运平安,但过去的事当结则结,不结则乱。还有啊,你这一生不要离家,不要离开身边的亲人,你不离家则功名利禄都在,你离了亲人啊,独木难撑。

吴云:是这么说的啊? 那我的凌云之志呢?

如月:在家又怎么不可以有凌云之志啊? 是亲上加亲的意思。

吴云:亲上加亲,和谁亲上加亲啊?

如月:不知道。

吴云:表姐,跟你说啊,听说我们长沙吴家与范家沾亲呢。

如月:没听说,不知道。

坡子街。

无双抱了床新买的被子在街上走,尽量不让人看见。宋莲生也抱了范荷在牢内送的被子在街上走,跟上。

宋莲生紧走两步追上:哎,这大街上那么多的人,有两个人都抱着被子,真是少见啊。有缘呢。

无双疾走:宋先生,您好。

宋莲生:无双,你又给谁送被子啊? 你真有被子送啊? 什么人跟我说说,不说必是男人。

无双:宋先生,请自重。

无双头也不回进了绣庄。

宋莲生:这……这是让我说准了,必是那戴斗笠的人留下了。

105

八

范府回廊。

丫鬟春红正引着抱了被子来还的宋莲生往范荷屋中去。

宋莲生:春红,我就不见小姐了,这被子你代还了就是了,不麻烦了。

春红:那怎么行啊? 回头小姐知道了,我们做下人的没法交代。

范荷屋内。

香烟袅袅。范荷正把孩子交给春红,要给宋莲生行大礼。

范荷:宋先生,您坐好了,受范荷一拜。

宋莲生:千万不可,千万不可。范小姐请起,范小姐请起,请起。

宋莲生扶不起来,只有也跪下。两个都跪下了,脸不对脸地说。

范荷:宋先生,为范荷事,害你受了牢狱之灾了,范荷一定要拜谢。

宋莲生也拜:不敢,不敢,千万不敢。

春红:哟,小姐,我看都起来说话吧。这样子,让人看见知道的是在互相致谢呢,不知道的还以为拜堂呢。

宋莲生:对,对,春红说得对,起来说,起来说。

范荷:宋先生,嘴上说谢,膝上跪跪,这些都是虚的,实在不足以表达范荷心意,范荷原是务实的。

宋莲生:有个"谢"字就算实了,原本这事我该谢您。

范荷:宋先生,事到如今,我说也就说了,为先生事,我原本是要向吴家托孤,然后以己身去牢狱中换你出来的。谁知道,事儿才行到一半儿,您就出来了。宋先生,您没给我一个真心谢您的机会。

宋莲生:可不敢,可不敢,那样哪里是谢我啊,是在害我了。您要真这么谢我了,我可怎么谢回给你。

春红扑哧笑了:你们这么谢来谢去,早晚谢到一起去不就不用谢了。

宋莲生不知说什么好:春红,你……

范荷:春红多嘴。你先出去吧,我跟宋先生还有话说。

106

宋莲生:我也走吧,我也走。

范荷:宋先生,迟一会儿吧。

无双绣庄柴房。

岳宣正就着窗外的光擦着剑,突然听到门口有动静。

岳宣:谁?

洪三燕:送饭的。

岳宣警惕地提剑到窗口一看,去开门,洪三燕拎了饭菜立于门边。岳宣退回正襟危坐,洪三燕放下食盒行礼。岳宣收了剑赶快还礼。

岳宣:有劳小姐了。

洪三燕:不必客气。

洪三燕略一抬头,一下认出正是夜晚救自己的那人,惊住了。

岳宣看在眼里:小姐,请问芳名?

洪三燕:洪三燕。

岳宣:小姐方才为何惊惧? 我们认识?

洪三燕:不……不……不认识。

岳宣:我看也不认识。

洪三燕内心高兴,激动得坐立不是:只是,只是你……你像个熟人。

岳宣:是吗? 那可巧了,小姐如没事,您请自便吧,岳某要用饭了。

绣庄厨房。

二桃子正忙着炒菜起锅,一个影子靠在了厨房门口。

二桃子边忙边问:送去了?

洪三燕沉醉不语。

二桃子:人见了?

洪三燕还在沉醉,脸有笑意。

二桃子:人长得什么样?

洪三燕:我原以为生活已过到了头了,了然无趣了,美好时刻都像梦一样地过去了,谁知梦如花落花流水花开去了还会回来。

二桃子:哎,你说什么呢? 这是送了一顿饭,怎么送神经了。三燕,三燕。

洪三燕:真的神经了也好,真的想发神经。

二桃子:刚让你去还不愿去,你这是怎么了? 下回饭你别送了。

洪三燕:那可不行,那样会要了我的命。

二桃子:呀呀,打住。你这副样子会要了我的命。

吴府大堂。

吴云正兴高采烈地给无双讲自己的上上签。无双原本是想来筹钱的,无心听讲。

吴云:无双姐,你看我从不抽签,偶一抽就抽到了一个上上签。人生已被写定,倒省去了多少烦恼。无双姐,你来有事儿吗?

无双看堂下有人探头探脑,觉得不是说话的地方:啊,没事,闲来坐坐。

吴府堂外。

如月假装看花,撇着眼看堂上无双。

如月:红云。

红云:小姐,您说。

如月:堂上那女子是谁啊?

红云:那是无双绣庄的无双小姐。

如月:咱家少爷还真招人啊,一天来一个小姐,二天又来一个小姐,红云你送茶去,听他们说什么。

红云:哎。

吴府大堂。

无双:吴公子,我们可否到花园走走,去看看花?

吴云:太阳很热呢,无双小姐,看花要么早,要么晚,中午看花,花也无精打采。无双小姐,且有什么话尽管说。

无双:吴公子,我遇到难处了,想借些银子急用。

刚说完话,红云端茶上。

吴云:啊? 这话签中倒是一点儿天机也没露……要借钱是吗?

红云都听见了。

吴府堂外。

红云跟在外边的如月咬耳朵。

如月:这可倒好,先一个来的是要托个孩子,这一个再来是要钱,咱家公子可是招人了,拿我们吴家当什么地方了? 公子傻,还有不傻的人呢。

如月说完急急上堂而去。

吴府大堂。

如月进来就假装热情大呼小叫。

如月：我这才一回头，家里就来人了，怎么也不说一声啊？表弟，回头让人家说姐姐我不懂事，失礼，这位小姐……

无双：小女子无双。

如月：呀，真就是无双呢。表弟，把我这姐姐引荐给无双小姐吧。

吴云：无双，这是我表姐如月，她来得可正好，我们家管钱的人是她，跟我说不如跟她说。

如月：呀，什么事儿啊？这么好的天气，男男女女的还提到钱了，无双小姐说给我听听。

无双：啊，没事，没事。我随口说着玩儿的，我说着玩儿的。吴公子、如月姐，我店里还有事，我告辞了，我告辞了。

无双站起仓皇走。

吴云：哎，无双小姐，你不是说要借钱吗，你……

如月：走了，别喊了。表弟，哪有追着借钱给人家的？

吴云：她……她像是有难处呢。

绣庄柴房外。夜。

无双打了盏灯笼过来，刚要进柴房，突然被暗处的二桃子叫住了。

二桃子：无双姐。

无双：二桃子，你在这儿干吗？

二桃子：先别进去，三燕在里边呢。

无双：这么晚了，在里边干吗？

二桃子：听说话呢。

柴房内传来岳宣吟诵的声音，无双看到了岳宣舞剑的身影。

无双：你在这儿干吗？去，回去。

无双说完轻咳一声，在外边等了一刻，推门就进去了。

柴房内。夜。

岳宣一柄剑刺了过去，吓得无双灯笼掉地上了。洪三燕高兴，鼓掌。

岳宣：无双来了。

无双惊魂未定：来了。你们这是在干什么？

洪三燕：无双姐，岳壮士在吟诗舞剑，真是摄人魂魄，像台上的大武生一样。

109

无双:是啊。

岳宣已回到柴草上正襟危坐。

无双:三燕啊,饭吃好了吧,你收拾收拾去厨房吧。

洪三燕:哎。

洪三燕收拾好东西,行礼而退。屋内只剩无双与岳宣两人了。

无双:岳壮士还惯吧?

岳宣:岳宣每到一地只求养气养意,只求平静,不敢说不惯。

无双从身上拿出两个元宝,摆在岳宣面前:岳壮士,连跑数日,长沙城对我也是个陌生之地,只筹得这两只元宝,岳壮士倘若不嫌弃就收下吧。

岳宣行礼:实在添麻烦了。无双,南明军在广西虽说残部,也有千军万马,二十两银钱杯水车薪,不值得回去。

无双:那……

岳宣:我不急,再过些日子也可以。

无双:……

岳宣:人生当立德、立言、立行。无双,像吾辈人物,德言难说可立,立行总还是可以的吧?为大明天下死犹不惧,何况奔波操劳?

无双:我……我再想想办法。

九芝堂内。

正是没客人的时候,宋莲生悄悄在桌下把那股金钗拿了出来,偷看着,突然一只玉腕伸了过来,吓了宋莲生一跳,抬眼看正是无双。

宋莲生赶紧藏起:哎,无双啊,找你你不理,这会儿倒自己来了,有何贵干?

无双:看病。

宋莲生:巧,正要找你去呢。

无双:你先诊脉吧。

宋莲生:你二寸微脉,睡不着觉。

无双:彻夜不眠。

宋莲生:食不甘味。

无双:一口也不想吃。

宋莲生:忧思,积虑,有什么话说出来就好了。

无双:这儿不是说话的地方,我在鸿来茶社雅间等你啊。

宋莲生:我随后到。

鸿来茶社雅间。

只无双、宋莲生两人,无双已说会儿了,还在说。

无双:清军破关,顺治称帝,南明逃到南京时,我正好十七岁,那时的弘光帝不知怎么想的,国都将亡了,还要遍寻美女以充后宫。当时满街上尽布选官,家里家外的少女,凡被选中的,脸上就贴上一张黄纸,被拉入宫中,一进街上鸡飞狗跳。

那天我为久病的母亲抓药,无奈跑到街上,还扮了个男装,无奈被人识破,脸上贴了黄纸。小小年纪,家中有久病老母在床,刚抓的药还在手上,就要被人拉走,我大哭大叫,死的心都有了。许是叫喊得太过凄惨,感动了一名过路的武官,他看着我,上手就把我脸上的黄纸揭了,他对选官大吼,这明明的男孩,抓他何用? 他拉着我一直把我送回了家……

以后的日子他常来家中看我,那时我正值青春,情窦初开,一是他救过我命,二是他英俊威武,无双内心真是倾慕得不得了,暗下私心,想以身相许。

宋莲生看上去比无双还紧张:许了吗?

无双:谁知他突然又不见了,南明南逃,我大病一场,接着是清兵骤来。那天我像以往一样去街上,等他,谁知回来后家被烧了,父母至今生死不明。我只身逃到了长沙。谁想到五年过了,那人……

宋莲生:那人你又碰到了。

无双:你怎么知道的?

宋莲生:你这脉上写了的。

无双:你可真成仙了。

宋莲生:我还知道他戴了个草帽,很落魄的样子。突然进了你的店门,摘下草帽,深情款款地叫了声无双。

无双:你见他了?

宋莲生带着醋意:好事啊,这不是好事吗? 他乡遇故知,不是好事吗? 多好的事,该庆祝去酒馆才对。小二。

无双落泪:你正经点儿好不好?

宋莲生:呀,怎么哭了? 小二别进来,没事没事了。

小二进来:爷,您……

宋莲生:出去。无双,你接着说,这事不当忧思啊。

无双:女人凄楚,被人爱又被人不爱,心喜心碎都无人知。按理见了该高兴,但毕竟时过境迁,陌生了,再看山不是原来的山了。第一眼我就看出来了,他走时根本没顾及过我,他的心是整的,我的心是碎的。再见的第一眼就看出来了。

宋莲生:看出来好,看出来明白。

无双:但他毕竟救过我的命,他又那样的英气逼人。他现在有事求我,我怎么能不应? 怎么能不报答他?

宋莲生:无双,你对我说了这么多话,是……是要做什么?

无双:借钱,向你借钱。

宋莲生:嘿,巧了。我还想把给你的那股金钗要回来还给范荷小姐呢,你倒问我借起钱来了。

无双:什么金钗? 宋先生,敢不是我问你借钱,你没钱借我也就罢了,不至于再无中生有地问我要什么金钗吧? 无双什么时候拿过你的金钗了? 你真是个老江湖,害我说了一上午的话,你还倒过来冤人。不说了,我走了。

宋莲生:无双,莲生在这儿哪还有什么江湖啊,就剩醋海了。

宋莲生说着把那股金钗拿了出来:原来范家小姐为配伤药给我的两股金钗,那夜趁着酒遮脸给了你一股,说的什么话都还记着呢,说完了你就接了。

无双:等等,等等,我在什么地方接的?

宋莲生:在你床上。

无双:床上?

宋莲生:你在幔帐之中,我在幔帐之外,就那么伸手送进幔帐,可不是你接了?

无双:你见我了?

宋莲生:床帏之中,就是喝了酒也不敢见啊? 莲生一般不动情,真动了情是极认真的。

无双:那怪了,谁把金钗接了?

宋莲生:给错人了? 那里不是你? 坏了,我原想把金钗要回还给范荷的。

无双:为什么又要还?

宋莲生:范家小姐还是执意让我为她配伤药,莲生有些退却了。

无双站起来:放心吧,真是绣庄里的事,我找来还你。

绣庄绣室。

众姑娘在绣活儿,无双进来。

无双:姑娘们停一停,我有句话问大家。

无双说着从怀里把宋莲生的那股金钗掏了出来:看好了,谁在我的房中

112

冒领了宋先生的这股金钗,看清楚了,现在你们不必回我,晚上放在我房中,我谢谢她。

二桃子戴着围裙才进来。

无双:二桃子,你怎么才来?

二桃子:我不是做着饭呢吗? 无双姐,什么事?

无双:这金钗你可见过?

洪三燕不抬头绣活儿。

二桃子:见过。

洪三燕紧张。

无双:在哪儿?

二桃子:梦里。

无双:我不多说了,见到了快还回来,宋先生等着它救命呢。

九芝堂内。

宋莲生:山药,今后不管谁来买药,一人看方,一人抓药,药抓过后,一人必要再验一遍。这样表面看似费时,其实省事,真要像闻世堂一样,药发出去了,让人找回,说药错了一味,病家不但没好,反而死了,那你真是不知要费多大的力呢。多大的钱财,才能把事儿了了? 还有,抓药者要边抓边唱着,比如党参五钱……要喊。不为别的,让病家听着呢,听着他自然放心。来,演练一遍,就这个方子。

山药:党参五钱。

抓药的应了一声,抓药。

伙计:过称,党参五钱。

山药:山药一两,称啊。

伙计:山药一两。

宋莲生一眼看见无双进来了。

宋莲生迎了过去:无双,来了,好点儿吗?

无双:不好。

无双说着从怀里掏出手绢包着的金钗,给宋莲生:哎,你是不是给错人了? 谁知你那天去了谁家?

宋莲生:那怎么会错? 全长沙城除了你那儿我去过,我大晚上的能去哪儿啊?

伙计一听不抓药了,看他们俩。

宋莲生:来,无双小姐先坐,不急,不急。宋某再为你开个方子,再为你开个方子好吗？

无双坐下。

宋莲生拿笔在纸上写字：钱的事不急，我想办法。

写完把方子推了过去，无双看着。

无双：你有什么办法？

绣庄宿舍。夜。

二桃子正在大声喊着。

二桃子：不是我二桃子为无双姐出头，无双姐为了咱们整日忙前顾后，现在我见了她着急，我也着急。既然大家都说没有，我建议搜搜。

翠翠：我不让搜。我又没去过无双姐的屋里，听说还是在幔帐子里手递手的，我更没去过了。我不让搜，要搜搜别人。

小双：我也没去过。既要搜了就都得搜，要么谁也别搜。

二桃子：翠翠，你别以为你没去过就没事了，要搜先搜你。

翠翠：我不让。

二桃子：你不让，先搜你，姑娘们上手。

有人上手就按翠翠，翠翠不让，闹起。

洪三燕：先搜我吧。

众姑娘不闹了，洪三燕先把外衣脱了，又要脱里边衣服。

众姑娘看着。

九芝堂宋莲生屋内。夜。

宋莲生自己也在翻箱倒柜，脱衣裳翻兜儿地在往外掏钱，零钱整钱都往桌上堆。

有人敲门。

宋莲生：进。

劳澄拎了壶酒，拿了两盘菜进来：宋先生，您这是忙什么呢？

宋莲生：您坐，您坐，我找找钱。

劳澄：钱丢了？

宋莲生：没有。我看看凑了多少，不够了，我找人借。

劳澄：还用找人吗？缺多少，我先凑给你。

宋莲生：那不用，那不用，全长沙的人，谁的钱都能借，就您的钱不敢借。

劳澄：为什么？

宋莲生：原本就欠您的情了，要再用了您的钱，我就算是走不了了。劳先生,我这人漂泊惯了,不愿意被束缚……差不多有三十两啊。

劳澄:够了?

宋莲生:差得远。不劳您惦记,实在不行了,我杀口猪。劳先生,杀猪懂吗?

劳澄:懂,向富者取利。宋先生,医家治病救人,为利也是取之有道,左道旁门大概不该是您这样的人所为吧?

宋莲生:劳先生,我是江湖中人,有些无伤大雅的事,偶尔为之,愿打愿挨的事,也不是为我,为别人。来,来喝酒,您喝着吧。劳先生,您放心,此事与九芝堂绝无干系。

坡子街上棺材铺。

胖掌柜正在打小伙计,拿鸡毛掸子打得小伙计钻来钻去地在棺材与棺材的缝隙之间乱跑。

胖掌柜:跟你说了多少遍了,来客人都告诉他是柏木的,你非要说底是松木的,就你能耐是吧?就你认识木头?让你倒我买卖,让你倒我买卖。过来,过来,钻进去,躺下,我让你躺在装死人的东西里好好想想。躺下,我让你变个死人好好想想。

宋莲生:人就不怕夜里做梦?

胖掌柜:我夜里做什么梦。

胖掌柜回头一看是宋莲生,宋莲生在看棺材。

宋莲生:做神仙梦。

胖掌柜:我他妈的天天做梦,还梦见过仙女呢。

宋莲生:那可不好。

胖掌柜:有什么不好?

宋莲生:那你的两枚腰子就会像秤砣一样地往下坠,只要一梦见,白天一定起不来床了。

宋莲生这么一说那掌柜就像有感觉,腰往后坠,差点儿摔倒。

胖掌柜:秤砣往下坠,我他妈的不信。

宋莲生:没让你信,你试试,明天我再来。

胖掌柜:哎,你是哪儿的?你是哪儿的?

宋莲生:别打听,打听明白了心里多块病。

胖掌柜按了按腰,真就觉难受了,坐下。

绣庄柴房。

洪三燕正在给岳宣摆饭,岳宣正襟危坐,拿碗吃饭。

洪三燕伤感:岳壮士,我从明天起,也许就不能来送饭了。

岳宣听着慢慢吃饭,不说话。

洪三燕:三燕在见到壮士前,觉生之天地已到尽头,再走不出新鲜来了。三燕自再见到壮士,觉生活一下辽阔,每天绣活儿,一针一线缝的都是壮士的目光、壮士的颜色、壮士的话语……三燕觉壮士就是三燕的前程,三燕,三燕愿为壮士活着。可不知壮士是什么想法。

洪三燕说完就往岳宣那儿凑,岳宣吃饭不理。洪三燕无依无靠想投怀送抱,岳宣不给她机会。

岳宣:干吗说那样的话?岳宣此时是英雄走路,哪敢言情?哪敢说爱?岳宣有岳宣的大志,岳宣的大志不能为小情所碍。三燕姑娘,那番话就当没说吧。

柴房外。夜。

无双在窗下什么都听见了。

棺材铺后院。掌柜屋内。

胖掌柜躺在床上起不来了:哎哟,真让他说准了,我这腰上真就像坠了千斤一样,起不来了。快,快叫伙计把那人请来啊,把那人请过来。

瘦老婆:好好的,怎么人家说一句你就起不来了,来起一个试试。

胖掌柜:能起我还不起?快去叫那位神仙,快来啊。

宋莲生在给胖掌柜号脉。

宋莲生:昨天梦见了?

胖掌柜:大夫,我昨天实在不信你的话,就等着梦来。左等不来,右等不来,刚一闭眼梦来了……大神拿了根钢鞭往我这腰眼上一指,一下子醒了,腰疼起来,起不来了,先生救命吧,先生救命。

宋莲生:救命可以,要花钱。

胖掌柜:花。

宋莲生:你现在是脉乍大乍小,乍长乍短,气血不匀,邪气伤了正了,除了药,本郎中要给你做道场。

胖掌柜:做,只要活命,做什么都行。

瘦老婆:大夫,要多少钱?

宋莲生:五百两。

胖掌柜一听就背过气了,在床上抽搐。

宋莲生:哎,怎么了? 怎么一说钱您就抽啊?

胖掌柜翻白眼,张嘴不出声:没……没。

宋莲生赶快取出针来,飞快地几根银针上去。人平复了,不动了。

胖掌柜光出气,小声说话,瘦老婆凑上去听,边听边点头。

宋莲生:他说什么?

瘦老婆:他说要五百两,还不如让他死了。

宋莲生一下愣了,杀猪不成,又得给人治病,拿出两个大火罐来。

宋莲生:行了,玩笑呢,翻个身吧。

胖掌柜:干什么?

宋莲生:让你下床,走路,开买卖,挣钱。

胖掌柜:先……先说好了,五百两我没有……要不我死就死了,我不值五百两。

宋莲生:你有没有啊?

胖掌柜:我有,但我不出。五十两我也舍不得,我死,我不活。

宋莲生:这可真是杀猪不成反赔医,不要你钱了。

胖掌柜:那我治。

宋莲生:倒霉。

胖掌柜:哎,大夫,我病了,你倒什么霉啊?

宋莲生:我差点儿害病。

胖掌柜:什么病?

宋莲生:以医害人的心病。

九芝堂后院宋莲生屋内。夜。

宋莲生正在对劳澄说心里话。

宋莲生:劳先生,那天不听您劝,医家之心当是割股之心,以医家之便害人生病蒙钱,实在是他妈的天杀的。多亏没做成,这是上天有眼,碰上个守财奴。要么我可开了杀猪之道了。我……我错啊,错。

劳澄:谁的钱也不是大风刮来的,守财奴的钱更是如此。

宋莲生:说的是,要么这钱我拿到了,也要遭报应。

劳澄:你怎么知道他腰有病?

宋莲生:一看便知,肾肚不畅,身上有些肿。再加上人就有这样,三分病,七分怕,日有所思,夜有所梦。

劳澄:宋先生,我再问一句,谁需要这么多钱?

117

宋莲生:我也说不清,一个朋友。

劳澄:我一时拿不出这么个数,凑一些吧。

宋莲生:再等等吧,这钱就是给了,也给得不清不楚。

绣庄柴房。夜。

岳宣佩剑掌灯正在写诗词,突然从窗外扔进一个小包来。

岳宣:谁?

没有声音,只见窗纸洞在呼啦动。岳宣看着那只包,用剑挑了一下,打开一看,是一股金钗。

绣庄前。夜。

齐大头喝多了,摇摇晃晃地往里闯。无双赶着拉着。

无双:齐大爷,姑娘们都睡了,我欠您房钱我还,这么晚了,不劳您惦记了,您请回吧。

齐大头:来了就得看看,要不你欠着我钱,卷包都跑了,我还没地方找人去呢。我看看都在不在啊,都在不在?

无双:我这么大的店,能跑哪儿去呀?齐大爷,您留步,这么晚了,都是姑娘,不方便。

齐大头边说边推开姑娘们的宿舍门:有什么不方便的啊?你欠我钱,我不方便了都没说,你还有不方便的了?

绣庄宿舍。

齐大头推门,众姑娘惊吓。有捂头的,有看着他的,有换了衣裳赶紧钻被子里的。

齐大头:无双小姐,后辈子托生啊,我也变个绣娘,天天地在花前月下飞针走线,哼哼小曲,想想情郎,多有滋味。真好真好,一、二、三、四、五……三燕呢?

二桃子:没在。

齐大头:哪儿去了?藏起来了吧?我得找找。我想她了,我看一眼就走,我看一眼就走。

无双怕他去柴房:起夜去了,齐大爷,您回吧,您回吧。别再闹了,行不行?

柴房内。夜。

118

岳宣正在读洪三燕扔进来的信。

　　岳壮士，无法给你送饭，也无法再见到你了，无法再见到你，我的天地就没有了。这是一股金钗，我无意得到的，送给你，不算信物，算是为复明大业尽一女子微薄之力，收下吧。我不能再在绣庄中待下去了，知你在身边又无法见你，真让人煎熬。我想去大天地里见识一下，我虽天天在绣庄中，但时时忍不住想跑出去。你读信时我已跑了，我盼望你也来，我们离开这里吧，去疆场抛头颅洒热血多痛快。我会在岳麓山亭等你，等你一夜，你如不来，我……我也许会死。不是吓唬你，也许是真的。

三燕

岳宣读过信，听人吵闹声往后而来，把灯吹了。

齐大头：我就不信她能去哪儿？你们是不是把她藏了？我非找到她不可，我要看三燕，三燕在哪儿？

无双：您回吧，您回吧，明天我还您钱。

齐大头直奔柴房而来：呀，怎么还上了锁了？肯定在里边呢。三燕，三燕，开开锁我看看。

岳宣嚓啷啷抽剑。

柴房外。夜。

齐大头：我就不信她不在里边，无双拿钥匙。

无双：这是柴房，有什么好看的？

齐大头：柴房上锁干什么？里边不是有三燕就是有别人了吧？

柴房内，岳宣紧张。

齐大头拿东西要砸锁。

无双：等等，我还你的钱，现在就还，你跟我来。我不欠你，你也给我走人。

齐大头：晚了，我先砸开看看再说。

齐大头正要砸门时，无双后边一棒子把齐大头打昏了，齐大头倒地。

九

岳麓山下。小屋。夜。

穿着单薄、拿了一只包袱的洪三燕在夜色中抖动着,等着。

洪三燕:三星都高了,他……他一定读了信了,他怎么还没来? 他要是不骑马,走,也该走到了。

洪三燕突见山下一火点儿,一人骑马从山下大路奔来。

洪三燕:哎,来了,来了吧。是我,我在这儿。

山风吹,什么也没有反应,骑马人一下远了。

洪三燕无奈坐下。

绣庄柴房外。夜。

无双打昏齐大头后,飞快地把门打开了。岳宣利索地从房内持剑而出,挺剑要刺,吓得无双躲。

无双:是我。

岳宣:那人呢?

无双:我打昏了。

岳宣:结果算了。

无双:不可,事儿已经够乱的了,让官府觉察了,你就更待不住了。这人一会儿就醒了,怎么办? 你……你把他背到翠花楼扔在门口吧,等他醒了,再说什么,咱也不认账,快!

岳宣:无双,刚才你说有钱还他了?

无双:诓他的,有钱当然先留给你。

岳宣:添麻烦了。

岳宣背起人走,无双跟上,两人灯笼也不打,穿过绣庄街门去。

坡子街绣庄门口。夜。

岳宣背人出。

无双小声:经东再往南,有红灯笼的地方就是了。

岳宣:你回吧。

无双站了一会儿,看人走远了,刚要往绣庄走,一回头,吓了一跳。宋莲生跟着看了半天了。

宋莲生:什么人?

无双:吓死人了,你……

宋莲生:什么人啊?

无双:你既看见了,跟你说也无妨。是齐大头,他喝醉了来要账,我给打昏了。

宋莲生:打得好。我问那背他的是什么人。

无双:找的力巴。

宋莲生:蛮有力气的啊,好力巴。

无双:宋先生。

宋莲生:哎。

无双:今夜的事,不要对人说啊。

宋莲生:放心,用不了明天我自己都忘了。

岳麓山下小屋。夜。

洪三燕呆呆地抽泣。

洪三燕:三岁时,有位道士从我家门口过,说这小姐,将来命苦……谁都不信,现在想想让他说准了,三燕想惊世骇俗都惊不起来,三燕是个命苦的人,三燕想把一片痴情交出去,都没人接着。一片痴情啊,一片视死如归的痴情,我可以为你死,你一点儿也没察觉吗?是三燕错了,还是这世界和我想的太不合拍? 岳宣哥,你要不愿走,你不妨来跟我告个别,你不会冰冷地等着三燕去死吧?

柴房内。夜。

无双拿灯照着,一眼看见一个小皮匣,还有旁边三燕扔进来的包金钗的小包。无双看着那小皮匣觉眼熟,放下灯飞快地打开了,里边是一沓粉红的信笺。无双拿起读。

无双一张一张地读着,读得面红耳热,正要翻笺下的东西,一个声音在耳边响了。

岳宣:都是写给你的。

无双羞涩,赶快放好。岳宣适时地抓住无双的手,就势把三燕扔来的那

121

个绢包袖起。

无双:真当……当不起,当不起。

岳宣把信笺拿起收好:真有一天,岳宣有幸战死疆场,留给你也算个念想。

无双:干吗说这话? 坏日子太多了,好日子还没开始呢。

两人静静地在灯前坐着。

岳宣:日子不用太好,不动就好。就这样坐着有多好。

岳宣握着无双的手,吻她。

九芝堂后院宋莲生屋内。夜。

宋莲生腾地坐起来,就要穿衣服,找白纸、印泥。

宋莲生:现在的猪不杀一刀,怎么就放跑了? 光想了一了,没想二……

没穿整齐就急急地出屋了。

柴房内。夜。

无双悄悄把手抽了出来。

无双流泪:是啊,就这么静静地坐一辈子也好。就两个人,就一盏灯,坐一辈子,知足了。

岳麓山下小屋。夜。

洪三燕一滴一滴地流泪。

洪三燕:其实,真的不用等到天亮的,这会儿不来,他就永远也不会来了。

洪三燕拿出配好的毒药,一颗一颗地看着,数着。

洪三燕:一颗为三燕的命,一颗为三燕的情,一颗为三燕的怨,一颗为三燕的不平……够了,三燕够了……

洪三燕一张嘴把四颗药都吃了进去,眼泪哗哗流。

柴房内。夜。

岳宣揽住无双,还要吻。突然无双想起一件事。

无双:三燕。对,三燕哪儿去了? 看把三燕丢的事儿忘了。

岳宣也像忽然想起,猛地站起,转了一圈,又复归平静。

岳宣:啊,对了,她能去哪儿呢?

无双:快找吧,三燕心高,可不敢给她委屈。你别动了,我叫姑娘们去找找。

岳宣冰冷地坐回到柴堆上。

翠花楼大门口。夜。

齐大头躺在了地上,刚要醒,一根棒子又打在他头上。

宋莲生打过后把棒子一丢。

宋莲生:这么好的一口猪不杀,还要满天下找猪杀,这不是舍近而求远吗?

掏出印盒,抓过齐大头的大拇指蘸上印泥,往白纸上一按。吹了吹指纹,收了印泥。

宋莲生:起码这一年的房钱,无双有着落了。

绣庄屋内。

乱了。灯笼火把都点着了,姑娘们都起来了。无双边组织边说着。

无双:姑娘们快去街上找找,能走多远走多远,见了人问问啊。

众姑娘忙乱出:哎。

绣庄后院。

天亮了,无双边进来边把灯笼吹灭了。

无双走到柴门口:岳宣,岳宣。

岳宣:哎。

无双:我们出去了,你别出声。

柴房内。

岳宣端坐草堆上,狠了狠心。

岳宣:哎,找着给我报个信。

岳宣说完收拾,准备躺下,一躺,被三燕给的绢包硌了一下,掏出来看了看,把三燕的信放在嘴里吞了,金钗放在了小匣内,心安理得地躺下睡了。

岳麓山脚下。

一个打柴人正摸着三燕的鼻息。一摸还有气,背起就往山下跑去……打柴人的柴刀和三燕没吃完的药丸都扔在了地上。

长沙街上。

众姑娘三三两两地在街上跑着,问着路人,路人不知。

无双正从坡子街过,宋莲生从九芝堂出来喊她,想告诉她昨夜让齐大头按手印的事。

宋莲生:无双,无双,你去哪儿? 我跟你说件事。

无双头也不回:对不起,有急事。

宋莲生:什么事儿那么急啊? 哎,跟你说句话,这是怎么了,绣庄像是出了事儿了。

山药从堂内出来:听说三燕姑娘丢了。

宋莲生:三燕? 大活人怎么会丢啊? 怕是去哪儿了吧?

宋莲生说完回九芝堂,还是担心,回头看绣庄一眼,那幌子被风吹着,晃着。

闻世堂。

打柴人累得进闻世堂就跪倒了,三燕还在他身上背着。

打柴人:快,快叫大夫。姑娘要死了,姑娘要死了。

如月听见先冲出来了。

如月:怎么了? 怎么了?

打柴人:请郎中快救命,我背上的姑娘要咽气了。

如月赶快上来一探脉:手心都凉了。呀,怕是不行了,你是她什么人?

打柴人:我不认识。郎中,快先救命,她怕是寻短见吞了毒了。

吴云:我来,来人,将病人放倒。

一张席子铺下,洪三燕被放倒,吴云上手号脉。

如月:怎么样?

吴云:脉已似隐似现,快,还魂丹。

吴太医问打柴人:治病要钱,你带钱了没有?

打柴人:哎呀,大恩人啊,我不认识她,我是山上打柴的,哪有钱? 您先救命吧,好好的一个女子,好好的一条命啊。我给您磕头了,您先救命吧。

吴云:这……这不是绣庄的三燕吗? 爹,这人我一定要救。他没钱,我出,还魂丹。

如月:姑父。

吴太医:我……我岂是那么爱钱的,有还魂丹,你就能救活?

吴云:救得活是她的命,救不活也是她的命,还魂丹。

伙计:还魂丹来了。

吴云接过丹药,赶快倒水化开,吴云一口将药吞进嘴里含住,然后两手

124

掰开洪三燕的嘴,把自己嘴里的药饲进了洪三燕嘴中。

如月看着有点儿不高兴,回头不看。

打柴人感动,看着。

众人都看着。

九芝堂内。

二桃子冲进九芝堂。

二桃子:宋大夫,三燕吞了毒了,现在闻世堂,怕是不行。你快过去看看吧。

宋莲生:什么?三燕吞毒了?

宋莲生起身往外就跑,劳澄飞快跟上。

坡子街上。

众姑娘围着宋莲生,劳澄从街上急急走过。

闻世堂。

吴云呆呆地看着三燕。三燕没有一点儿动静。吴云紧张地拉过脉来号,如月、吴太医看着。吴云紧张得出汗。

吴太医:是不是没有脉了?

吴云:越来越弱了,爹。

吴太医:还不快让人搭出去?吴云啊,吴云,你当断时不能断,当怜时不能怜。花钱不要紧,还魂丹下去,人不见活,这让外边知道了不是坏了我还魂丹名声吗?以后这种秘门的药还怎么卖?快快把人搭出去,来人。

吴云:爹,她还有气。

吴太医:等她没气就死了,快搭走。

打柴人不让搭:救命啊,救命。

吴云:爹,再想想办法。

吴太医:快搭走。

伙计上来搭人。正这时宋莲生、劳澄及众姑娘拥进堂来了,众姑娘进来就喊:三燕,三燕。

如月上前拦住:哎,干什么?

宋莲生:干什么?救人。

吴太医:救人救到闻世堂来了?出去。

宋莲生一下站住了:救人还要分堂号吗?

劳澄:吴老太医,如今救人要紧,倘若我们九芝堂束手无策,病人谁能救谁救。

吴太医:好,这话说得有境界。好,你们把人抬走,倘若救不活,你九芝堂担承。

众姑娘上手要抬。

如月:等等,病人还没死。我们闻世堂还在救治,闲杂人回避。来人呀,清场。

伙计们上来轰人:出去。

洪三燕躺着,死了一般。宋莲生、劳澄和众姑娘看着躺在地上的洪三燕,被往外轰着。宋莲生看着毫无血色的洪三燕,又看着沮丧的吴云大喊。

宋莲生:吴公子,还能救吗?

吴云:不行了。

打柴人:哎呀,你们放着病人躺在地上不管,打嘴架,什么大夫啊?你们哪里是在救人啊?你们是在害命。

宋莲生:好,你说不行了。这洪三燕救不活,我宋莲生不用你劝自己滚出长沙城。

劳澄:好,姑娘们抢人!

众姑娘冲过去抢人,伙计被众女子抓挠得往后躲着。宋莲生背起洪三燕就跑,姑娘们一拥而逃。

坡子街。

宋莲生背着洪三燕跑,劳澄紧跟。

劳澄:宋大夫,人还有救吗?

宋莲生:热的,劳先生,您快一步,准备粪汁、银针、肥皂水,快啊。

闻世堂。

人抬走了。吴太医、如月、吴云加上伙计都呆着,半天不知说什么。

如月:姑父,不该让他们把人抬走。

吴云:为什么?

吴太医:还问为什么,你为什么说人不行了?

吴云:爹,孩儿是束手无策了。

如月:死也该让她死在闻世堂。倘若咱们不行了,真被九芝堂把人救活了,闻世堂就……

吴云:病人当前,你们不拿办法,还想的是堂号?

吴太医:傻儿子啊,你什么时候才能长大啊! 你什么时候能明白事儿啊! 没有堂号就没有名声,没有名声,你吃什么?

如月:表弟,咱开的可是药铺,讲究的就是招牌、名利,名利名利,有名才有利。

吴云:我不明白。也许我……错了,我想的只是病怎么治。

打柴人站起来,不屑:你没错,这位公子,你虽医术不精,但你是好人,我走了。我给你传名,闻世堂的公子是好人。

九芝堂内。

洪三燕手上、腿上扎了很多针,宋莲生满头汗,一根针最后扎进人中……众姑娘都围着看着。

洪三燕动了一下。

劳澄:呀,好了。醒了!

宋莲生:吐出来的都是什么?

劳澄:有砒霜。

宋莲生:好好的这是为什么呢? 姑娘们,没事了,你们回吧。无双呢? 哎,无双呢?

二桃子:在后院哭呢。

宋莲生:快回去吧,让她过来吧。劳先生。

劳澄:您说。

宋莲生:咱在后院腾间房吧,让三燕姑娘静养几天。

劳澄:现成的干净屋子,山药、刘青,来,连竹床一起抬过去,轻点儿。

二桃子:宋大夫,真没事了?

宋莲生:没事了,都吐了。姑娘们,看见了吧,死不好玩,可不敢乱想啊,记住了。

翠花楼。

齐大头头上绑着绷带,来回走着。问权杆儿话。

齐大头:王五。

王五:爷,您说。

齐大头:今儿个早上你们是在翠花楼门口抬我回来的?

王五:爷,可不是吗? 您就躺在大门东边了。爷,您听我声劝啊,以后少喝点儿酒。

齐大头:放屁,是喝酒喝的吗? 没看我头上有大疙瘩啊? 打的! 他妈现在还疼呢。我……我怎么觉着,我昨天夜里去了绣庄啊? 是去了绣庄了。我……我怎么又从绣庄到了这儿了?

王五:那得问您自己。

齐大头:想不起来了,现在光头疼了。

王五:爷,您要非得想,我沏碗茶,您慢慢想想。

九芝堂后院。洪三燕屋内。

洪三燕发着汗,一下醒了。宋莲生正擦她脸上的汗。洪三燕睁眼,一眼看见了宋莲生。

宋莲生晃了晃手:醒了,看得见吗? 吃了砒霜,怕伤了眼呢。

洪三燕:干吗救我?

宋莲生:干吗不救你? 你真死了,该有多少人伤心你知道吗?

无双悄悄进屋。

洪三燕:我真可怜……

宋莲生:不想那些了。

洪三燕:想死都死不了。

宋莲生:三燕可别那么说。三燕,你是好姑娘,好姑娘有好日子过,咱得踏踏实实地等着。你伤心,别人也伤心。

洪三燕:有人不伤心。

宋莲生:谁啊?

洪三燕:你就不伤心。宋大夫,你第一个看不起我。

宋莲生:没有的事,我拿你当块玉呢,没有一点儿瑕疵的玉。你干净,我不配。三燕,以前的事,别想那么多,你是个赤子,磊落。有些话不说了,每个人都有一些无奈的道理,不说了。

洪三燕:宋大夫,你看不起我,我心里知道。

宋莲生:不说这个了,想吃东西吗?

洪三燕转头流泪:真不想睁开眼,这生活又回来了,真不想看见了,死都死不成。宋大夫,你要看得起我,你就亲我一下,让我有点儿力气想着活。

宋莲生:这……这,这真荣幸……

宋莲生回头看无双,无双假装没听见,布碟。

宋莲生真就亲下去了:行,我就当着你无双姐的面,亲你一下啊。好了,起来坐好了,吃点儿东西。

无双有醋意,摆碗碟。摆好了碗碟,冰冷着脸,出去了。

宋莲生推门赶快跟出去了。

128

九芝堂后院。

无双站在院子里,宋莲生怕无双生气,蹭过来,跟她解释。

宋莲生:大夫就是这样,对病人有时得百依百顺,尤其这要死要活的病人,刚才我那什么……其实你也看见了,那我就是一味药,就是一味药啊。

无双:什么药啊?人参、燕窝,你还真拿自己不当萝卜籽呢?

宋莲生:我这味药叫宋莲生,申请给一个叫无双的小姐当一味解忧、相伴终生的药。

无双:我这味药啊,无成双,这辈子啊也许跟所有药都犯了。别等了。

宋莲生:无成双,听着怎么跟丢了一只不成双的袜子似的?无双,可不能这么叫啊。

无双:宋大夫,有时你真让人感动,有时真让人觉得你无聊。

二桃子跑了进来。

二桃子:无双姐,不好了,齐大头又来闹了,快回去吧。

无双:坏了,答应给他钱的。看看,让三燕这事一搅就闹忘了,坏了,坏了。

宋莲生:什么钱?

无双:房钱。

宋莲生:哎,我有……我有,有些人就是觉我宋莲生好,有些人啊就是不把我宋莲生当盘菜。

绣室。

齐大头上绑了绷带,正在用一把小刀割一幅绣得差不多了的绣品,众姑娘躲在一边敢怒不敢言地看着。

齐大头边慢慢划着边说:啊,这朵牡丹绣得不错,可惜色太艳了,我不喜欢,这鸟跟活的一样,我想杀了它吃肉。

无双:十两银子的绣活儿,您都给划了。姑娘们,把绣的活儿都给齐大爷让他划,让他划着高兴。来划吧,划吧,划。

齐大头:哎,无双,你别以为你漂亮、美,天下无双,厉害是不是?要女光棍啊?你欠我钱,你不但欠大爷钱,你还用棒子把大爷打昏了,扔在街上了,今天大爷来你这儿,一是要让你送大爷钱;二是要锁你跟大爷去见官。

无双:哟,真是齐大爷啊,有本事,跟你说,跳河跳井,你说去哪儿,我手拉手跟着。

无双返出去。

坡子街上。

齐大头：二位官爷，受累。人带出来了，上官衙吧。

人群中两名衙役出来了，要锁无双。

衙役甲：无双小姐，对不住，问一句，欠他房租吗？

无双：是。

甲衙役：那我们就得锁人了。

无双：用不着，我跑不了，我跟你们走。

九芝堂内。

山药从门口看见了外边情景，赶快跑到宋莲生那儿去。

山药：宋先生，不好了，穿官衣的把无双姐带走了。

宋莲生正忙着给那张印齐大头手印的白纸上添文字，边添边说：啊，是吗？

山药：您还不去救救？来了穿官衣的，要锁没锁。

宋莲生：干吗不锁啊？

山药：您问那么多干吗？您快去吧。

宋莲生：不着急，我这儿正开方子呢。

山药：她没得病，您开什么方子啊？

宋莲生：救人的方子啊。本郎中是郎中，不管如何，救人都要开方子的。

山药：您开的什么药啊？我瞧瞧。

宋莲生：休想。

知府大堂。

知府正在升堂问案。

知府：堂下无双，你可是租的齐大的房子开店？

无双：回老爷，租的是齐大的房子，开的绣庄。

知府：好，这实了。齐大那头上的棒伤可是你所为？

无双：回老爷，不是。

齐大头：老爷，就是她打的。我这会儿记起来了，我正要在她绣庄后院砸锁，突然她给我上棒子，后边的事我就记不住了。

知府：欠账还钱。好好的你为什么要砸人家锁？

齐大头：她藏了人。老爷，我怀疑她藏了南明……

无双赶紧截断：我是藏了，怎么样？我一个姑娘家家的，真要藏人了，也不用你管啊？你凭什么到本姑娘的房子里来砸锁？

130

知府惊堂木一拍:放肆。这么说他真的砸了你的锁?

无双:砸了。

知府:那你也真的砸了他的头?

无双:没有。

知府:有没有,老爷一会儿就知道了。来人,先给人犯无双上刑。

衙役:嗻。

齐大头高兴。刑具上来就夹上无双的指头。

知府:无双,你若现在认了打人还不迟,倘若不认,老爷只有让你受皮肉之苦了。认不认?

无双:回老爷,无双既没有藏人,也没有打人,无双冤枉。

知府:动刑。

宋莲生冲上堂。

宋莲生:来晚了,来晚了。冤枉,冤枉。

知府:堂下何人喊冤?

宋莲生:回大人,宋莲生。

知府:带上来。

宋莲生:宋莲生叩见青天大老爷。

知府:宋莲生,你不在九芝堂好好诊病,为何人喊冤?

宋莲生:回知府大人,为无双小姐。

知府拍惊堂木:宋莲生,这儿可是知府大堂,可不是你的中医药堂,说错话本官是要罚你的。

宋莲生:小人知道。

知府:冤从何来?讲。

宋莲生:知府大人,我想问他齐大被打之后在何处。

知府:齐大,你被打之后倒在何处?

齐大头:翠花楼门口。

宋莲生:可有人证?

齐大头:有,清早王五给我拖进了楼内。

宋莲生:那老爷这事就再明白不过了,刚才他说为了砸锁被人打了一棍……

宋莲生边说边似不经意地拿过一根衙役手中的水火棍,砰打在齐大头头上,齐又被打倒。

宋莲生:他这样地被打倒在绣庄后院,怎么会在翠花楼门口被人发现呢?

131

知府:是啊?齐大,你被打倒后怎么去的翠花楼,从实招来。

齐大头:知府大人,不是小人去的啊,一定是她将小人打倒之后,背了昏头的小人给扔到翠花楼门口的啊。

知府:哎,也有道理啊。

宋莲生:大人,有理没理,再听我问,这无双一弱女子背这么重的人走得动走不动另说,据莲生所知,他是从无双那儿讨得房钱后,高兴而返,半途而……

齐大头:我什么时候拿到房钱了?她现在还欠着我呢。知府大人,此人无理乱搅,请大人明察。

知府:宋莲生,你说话可有凭据?

宋莲生:回大人,有。

无双也惊。

知府:呈上来看。

宋莲生从怀里掏出收条:现有齐大所据全年房钱的收条,请大人过目。

齐大头:假的,假的。她没有给我房钱,我也没写收条。大人,一定是假的。

宋莲生:齐大,你不是说昨夜好多事忘了吗?这就是你忘的事之一。

知府:宋莲生,你怎么能证明这收条是真的?

宋莲生过去拉住齐大头的左手,把大拇指扬起来,给大家看:回大人,有齐大的指印为凭。大人您看,齐大昨夜按过的红印泥尚未洗掉,不信你再看,他按的指纹与昨夜按的毫无两样。这还有假的吗?他齐大昨夜酒醉,闯入无双绣庄以催逼房钱为由,欲非礼绣庄之女孩。绣庄无奈先应了他一月房钱,他又要全年房钱。这边要砸锁那边要抢人,无双无奈,将宋某从对面九芝堂请出,当庭对面将一年房钱付清了,宋某为中人,字据写了,他齐大无奈也将银票揣起走了。谁知他深夜回家,不知被什么人劫打,抢走银票,打倒在翠花楼门口。

无双都愣了,齐大头更蒙了,摸自己怀中,以为真收过钱了。

宋莲生:当然,此为另案,坏就坏在拿了钱不认账,今日复又冤枉无辜,实在是刁民恶棍。此等人不罚,还等什么呀?大老爷,请附耳。

知府:上来。

宋莲生上去耳语一阵,全堂人不明究竟。

知府:嗯,当罚当罚。来人!

衙役:有。

知府:将齐大打三十大板,轰出堂去。

衙役:嗻。

齐大头:冤枉,冤枉!我没拿钱,我冤枉!

知府:你冤什么冤?红指头都按了,还有什么话可说?打。

绣室内。

宋莲生当着众绣娘的面,正在给无双夹了的手指头上药,缠纱布。边吹边小心地上药。无双看着。众绣娘都停了手里的活看着。

宋莲生:忍忍啊,一会儿就不疼了,我这药叫动筋伤骨一杀膏,一上就好。疼了没关系,该叫就叫该哭就哭啊。

二桃子:宋大夫,看着你这么精心呵护,二桃子我也恨不得动一回刑,让你照顾呢。

众姑娘:就是。

宋莲生:不说傻话啊,不说傻话。大夫扶持病人原本就该如此,理当如此。

无双:二桃子,看看你们这些没良心的,姐姐我为了护着你们跟齐大头斗,斗得绣花的指头都夹烂了,你……你们倒说起风凉话来了。

二桃子:呀,玩笑呢,真生气了?姐,无双姐。

众姑娘:无双姐,无双姐,不是那意思。

众姑娘站起来要去劝,宋莲生拦住。

宋莲生:不用急,有我,有我,你们做你们的事,我去,我去。

无双屋内。

无双生气坐在床上。宋莲生进来。

宋莲生:他们都是小姑娘,看见咱俩这样缠绵,有点儿羡慕,羡慕而已,大可不必认真。啊,药还没上完呢。

无双:我没跟她们生气,我生的是你的气。

宋莲生:平白地生我什么气啊?

无双:你能耐大啊,你有办法救人啊,你把知府都说得老老实实地听你的话啊。

宋莲生:那不是为你吗?

无双:为我?我问你,你什么时候进的大堂?

宋莲生有点儿气不壮:就……就喊冤那时候啊。

无双:喊冤的时候?堂下审我的话听了一溜够了,连砸锁这事儿都编好

133

了,你早就到堂下了。非要等人家给我上刑了,非要等我被夹得大喊大叫出汗,你才出来是不是？显得像台上演戏对不对？像说的书对不对？我这只袜子再成不了双,也不找你那只臭袜子。你给我出去,给我滚。你委屈死我了,你委屈死我了。

无双扔东西把宋莲生砸了出去。

十

九芝堂。

宋莲生沮丧地在诊桌上趴着睡着了,压着方子。山药悄悄过来,想看他写的方子,一挪,宋莲生醒了。

宋莲生:哪儿不舒服?

山药:宋大夫,是我。

宋莲生:山药啊,什么事?

山药:宋大夫,上次你救无双姐开的方子我想看看。

宋莲生:看它有什么用?

山药:宋大夫,山药也不小了,也有一些想法了。总之这种讨女人喜欢的方子,山药学学有好处。

宋莲生:刘青啊。

刘青:哎。

宋莲生:给山药拿一天的中黄解丹。

山药:干吗呀?

宋莲生:消消你的火气,什么都想学了,先把《汤头歌》给我背十遍。还到这儿偷方子来了。女人之心哪是方剂就能束缚得住的?背。

九芝堂后院。

宋莲生亲自端了熬好的药,从前堂出来。

宋莲生:平生最惬意之事,莫过于为所喜欢之人医病、煎药。三燕啊,药煎好了,起来吃药了。

宋莲生话音刚落,洪三燕那屋门打开了,无双夹着包袱,扶了洪三燕出来了。

无双:慢点儿,慢点儿啊。能走吗?

洪三燕:姐,我能走。

无双说给宋莲生听:要么你再在这儿住几天?

洪三燕：姐，不了，不方便。

无双好像没看见宋莲生一样：行，那咱们回家。

宋莲生：这是要到哪儿去呀？还没好利索呢，去哪儿啊？

无双：宋大夫，谢谢了，三燕觉得不方便，我接她回去了。

宋莲生：有什么不方便的？病不避医，就在这儿再吃几天药，好利索了再走吧。回头她走了，你也不来了。

无双：你惦记的可真多。三燕……

三燕：姐，我们回吧，不方便。

无双：不方便，听明白了吗？刚才你在院子里说什么来着？

宋莲生：没什么，无非医家之心情。

无双：该有心情时你没心情，不该有心情时，你心情可多了是不是？再见。

宋莲生：哎，药，喝了这碗药再走。

闻世堂内。

闻世堂自洪三燕事后，门可罗雀。伙计、吴云都没事站着，清清冷冷。如月在打算盘。

如月：何满。

何满：哎。

如月：昨天也没人来买药吗？

何满：回表小姐，连着五天了，没人进来诊病买药了。

如月明着训伙计，其实说给吴云听：要是这么五天五天地不来人，咱这药铺子改成古董店算了，一年半年卖一件东西。你们别都站在这儿了，还不上街去拉些病人进来。

吴云看书，眼也不抬：病人哪有拉进来的？又不是青楼。

如月不应他话，对伙计使眼色：人家为什么不来咱闻世堂了？

何满：说咱家的还魂丹不管用，咱闻世堂该救活的人没救活，人家九芝堂死了的人都救活了，所以不来了。

吴云把书放下，生气：人家说得没什么不对，但一例人活不代表百例人活啊。我闻世堂医过五世，自然有些好方剂、好成药。何满，你去对他们说说这个道理，闻世堂活过千人百人的事，怎么不传啊？偏偏一人没活就当天大的事了。

如月：表弟，你说的道理都不错，但很多时，街上的百姓不认你的理。人间事口口相传胜过你一车的道理，还魂丹算是要改名字了。

吴云:不改,此病无效乃是医家之过,我的过错,与药何干?他九芝堂红自有他的道理,原就有地道药材、百年成方。再加上一个宋莲生,自然如虎添翼。我吴云早晚超过他。

说完扔下书,要走。

如月:表弟好一番宏论,哎,别走。

吴云:干什么?

此时见齐大头拉着胯进来了。

如月:有病人来了。

齐大头:别跟我提九芝堂啊,谁跟我提九芝堂宋莲生我跟谁急。

何满:齐大爷,你这是为什么啊?

齐大头:就是被那个宋莲生害的。

吴云:病家请坐。

齐大头:哎,你长不长眼啊?我屁股都被打得跟烂桃似的,还坐啊?哎哟,谁他妈的发明的打屁股啊?打得你坐不能坐,躺不能躺,走不能走,卧不能卧。哎哟,疼死我了。

齐大头说着当那么多人就脱裤子:吴公子,把爷我的病治好了,九芝堂的气我给你出,咱两仇并一仇了。

九芝堂内。

劳澄正带着伙计在把药柜抽屉都拉了出来检查打扫。

劳澄:这味麦冬没晒干,撤下,山药。

山药:哎。

劳澄:山药,倘若以后非要我来查出问题,先一个受罚的是你。

山药:哎。

宋莲生正给人号脉:我也算一个。

劳澄:宋先生,没您份儿,算我管教不力。你那边管医,我这边管药,各司其责,各司其责。

宋莲生:不好,该相互监督,用连坐法。我要治不好人,山药也得跟着受罚。不这样,咱九芝堂的名声北过不了河,南过不了岭。那办着还有什么意思?

病家:宋大夫,就这间铺子在长沙已不得了了。

宋莲生:一个长沙怎么是我辈驰骋之地,所谓药店越好越不怕好,越大越不怕大,字号越老越不怕老。劳先生,咱以后就立下这规矩了,凡错有我一份儿,凡功有我半份儿。病家当付全力,医者当问良心,怎么样?

众人:好好。

病家:宋大夫,你可真是活菩萨了。

宋莲生:郎中,郎中,治病而已。山药,还有多少人候诊?

山药:十位。

宋莲生:不看了。有急症留下,没急症各位别家吧。闻世堂也不错啊,别家吧。

众人:我们哪儿也不去,就等着您看。

宋莲生:这样下去可要得罪同行了。

绣庄柴房。

无双一双缠着纱布的手正被岳宣呵护地看着。

岳宣:十指连心啊,我知道指头伤了是最疼的。

无双:也不觉得,只是当时一勒就叫起来了,以为骨头要碎了呢,汗都出来了。岳宣,你可没见到无双当时的狼狈相。

岳宣:那岂有不疼的道理? 无双小姐,你为复明之事真是尽了大力了。岳宣身陷逆境,无力回报,写了首诗读给你听听吧。

无双:好啊,好啊。你读吧,听你读诗比那宋大夫的药还管用呢。

岳宣:药怎么能与诗相比?

无双:是你写的吗? 真好,哪儿都不疼了,心里热热的。

岳宣:无双,算你为岳宣受了委屈了,这笔账岳宣记在心里了。

九芝堂内。

一个老者抱着一个骨瘦如柴的小伙子,小伙子眼现惊惧。宋莲生在诊脉。

老者:宋大夫,都十五天没睡觉了,他总说有鬼来抓他,一闭眼就叫,说几个人闹着他,他也不敢睡。宋大夫,救救命吧。

宋莲生:看过别家了吗?

老者:宋大夫,天天看,几家大夫都说是病在心了。

宋莲生:用过什么药?

老者:你看,安心丸、镇心丸、四物汤,都用过了,可是没什么用。

宋莲生:孩子脉细弱而缓,不是心病是胆病。我们九芝堂有现成的温胆汤,服之必安。我给你开个方子。

老者:谢宋大夫,这方子一改怕是就对了,要么怎么吃怎么没用呢?

绣庄无双屋内。

岳宣来看躺在床上的洪三燕,洪三燕面向里,听着岳宣说话。

岳宣:三燕,知你回来了,急急地来看你。岳宣之命、之心、之情都已付于大业,原谅岳宣无情吧。岳宣此番来长沙有使命,所以无法脱身而与三燕共赴二人天地,岳宣人虽未去,但内心煎熬,那夜无眠,成诗一首,现在为三燕一吟,算是请罪吧。

岳宣把给无双读的诗又拿出来读了一遍。

无双屋外。

无双从前边来,快步走。走到门口,听里边岳宣在吟诗,站下来听。

无双听着熟,疑惑地听着。

无双:这……这不是刚对我读的那首诗吗? 怎么?

无双屋内。

洪三燕背向里听着诗感动,泪水长流。

岳宣凛然而读着,动情。

九芝堂内。

宋莲生刚刚在看最后一个病人,砰,堂门大开。齐大头拉着胯,拄着棍,后边几个打手,挟持着完全疯癫状的王大进来了,王大又叫又跳,又吐白沫子,吓得山药等几个伙计往后退。

劳澄看着,镇静上前。

劳澄:齐大爷,您这是……

齐大头:宋莲生在哪儿呢? 宋莲生。

宋莲生正在给人看病,依然镇静地开方:你回头抓这服药吃吃,三剂好了就不用来了。

砰的一声,齐大头的手杖打在宋莲生的桌上。

齐大头:宋莲生,你聋了还是傻了? 本大爷叫你,你怎么听不见啊?

宋莲生:齐爷,您要看病,在下边候诊。您这么大呼小叫的,没人以为我聋,以为您怕别人以为你是哑巴呢。

齐大头:嘿,好嘴。说不过你。弟兄们都进来,今天咱不闹事啊,咱看病。架着我点儿,我有点儿站不住。宋莲生你能耐啊,给大爷屁股打得跟烂桃子一样,大爷我不谢谢你,算不上这长沙城的玩家子。

宋莲生:齐爷,您对我有什么怨,咱出去说。这九芝堂是个卖药的地方,冤有头债有主,有什么事儿您找我。

齐大头:好,江湖。宋莲生,你真让爷我讨厌,十分讨厌。可齐大爷人也江湖,爷我可不那么小气。打屁股的账咱慢慢算,今天爷是来看病的。

宋莲生:好啊,什么病? 伸手宋某给你诊脉。

齐大头:爷我没病,爷我有病也不敢吃你开的方子,我怕你药死我。我们翠花楼的王大病了。

齐大头话音刚落,王大挣出众人挟持,疯狂地乱跑乱跳,抓起柜台上的东西乱扔乱砸。伙计病人全吓得乱跑。

劳澄:山药,将人制住!

山药:哎。

伙计们一块儿上给制住。

齐大头:嘿嘿,宋大夫看见了吗?

宋莲生:看见了。

齐大头:宋大夫,您能耐,全长沙的杏林中人就显您能耐了。一根针把难产的孩子给接出来了,几炷香把死人熏活了,您能耐大。把王大的疯病治治吧,治好了我齐大头给您传名啊。

王大像听见信号一样又来闹。

齐大头:宋大夫,能治吗?

宋莲生:能治,不想治。

齐大头:好,真江湖,弟兄们,砸他铺子。

打手们上前来就要砸。

宋莲生:等等,跟我有过节,跟铺子没关系,要砸要打咱出去。

齐大头:好,义气,走吧。

劳澄:不能走! 让他们砸,大不了砸坏了,我花钱重新置办。宋大夫,您不用怕,让他们砸。

齐大头:好,又一个义气的。让咱砸还看着干吗? 砸。

宋莲生无奈:别砸,别砸,我看,这病我看。

齐大头:要看就得看好了。一针见效不是吗? 我们这得立竿见影,一个时辰你要治不好,还有好戏看呢。

宋莲生:还用一个时辰吗? 不就想看宋某人的热闹吗? 宋某给你们热闹看。

宋莲生站起来出门。众人都跟着拥出九芝堂。

绣庄门市内。

140

无双刚听了门缝,此时心中难过,正坐着发呆。

二桃子边喊边冲进来:姐,姐,你可别出去啊。齐大头带人砸对面九芝堂来了。你可别出去,快上板。

无双站起来往外看,只见一群人拥着宋莲生从九芝堂出来了。

无双:二桃子,别上板,叫姑娘们出来。这时候了,咱……咱打不过,咱站脚助威,快去。

坡子街。

人从台阶上拥下来,齐大头还拉着胯,喊着。

齐大头:兄弟们按住了王大,让宋大夫号号脉,按住了。来看啊,宋大夫给人治病了,绣庄的姑娘们也都出来了,来看,来看啊,看宋大夫怎么给人治病。

王大乱喊乱叫,宋莲生不动声色地看着。

齐大头:按住了,让九芝堂的宋大夫给号号脉。

宋莲生:不用号,让他蹦会儿我看看。

王大像上了发条一样,跑上跑下地蹦了起来,众人躲。宋莲生向街上看去,一眼看见了一辆大车。

宋莲生走了过去:师傅,借您的车轱辘一用啊。

师傅也看热闹:用吧。

宋莲生:山药,拆轱辘。

齐大头拉着胯过来了:哎,宋大夫,让你治病,你修车干吗?

话音未落,车轮卸下。宋莲生把车轮滚到当街中央,谁也不知他要干什么。王大乱叫。宋莲生把车轮倒下,以轴立地,哗哗一转。

宋莲生:伙计们。

众伙计:有。

宋莲生:把病家绑了带过来。

王大:啊,啊,怕怕。

宋莲生:不怕,治病,一下就好。

齐大头:哎,这是干什么呀? 不行不行。

宋莲生:什么不行? 你让不让治?

王大:我不去,你想用车轮碾我。

宋莲生:伙计们,把病人架过来。

山药等冲上前,把人架住。

宋莲生:绑车轮上,给我猛转。

141

山药等人飞快地把王大绑在车轮上,转起来,越转越快。

宋莲生:不是要看热闹吗? 这叫当街治病。快转,狠转。

车轮猛转,人在车轮上。

齐大头:哎,哎,这不是治人吗? 不行。

劳澄高兴:齐爷,您可不能动啊,治不好病是你的。

只见王大被绑在车轮上被山药等人推得乱转。

王大:呀,呀,好了。我病好了! 我好了!

宋莲生:齐爷。

齐大头:哎。

宋莲生:听见了吗?

齐大头:听见了。

宋莲生:停。

众人不转了,车轮停了下来,王大边吐边说:好了,好了。

宋莲生:既然要大家看我治病,那我就当着大家伙的面问病家一句,王大,你病好了吗?

王大:好了好了,全好了。

宋莲生:这一转是不是心里憋的坏水都吐出来了?

王大:都吐了,坏水都吐了。

宋莲生:还有病吗?

王大:没有了。

无双带头喊好。众人鼓掌。

宋莲生:齐爷,人带回去吧,病好了。

齐大头:算……算你能。走。

齐大头带兄弟要走。

宋莲生:齐爷等等,诊费还没付呢。

齐大头:多少?

宋莲生:十两。

齐大头:给你。宋大夫,你能,事不算完,咱明儿见。

宋莲生:我等着你。

九芝堂内。

伙计们青衣青衫,干干净净站好了队。

山药:把帽子都戴好了,戴好了啊。别家铺子咱不管,咱九芝堂的伙计只要一下板,都得穿戴齐整了,抓药必须戴帽子,吃的东西啊。你们那头发丝、头皮屑可不能算一味药。宋大夫,宋大夫,要开门了,您请出来吧。

宋莲生边整衣服边出来。

宋莲生:来了,开门吧。

山药开门,一下惊了。一群穿黑衣的齐大头的伙计,一个一个进来了。宋莲生一看就知道不好了。有病买药的百姓也想进。

黑胡子:出去,出去,都他妈的出去,今儿宋大夫的病人我们几位包了。药我们也包了,去别家吧。

劳澄此时出来了,站在里边冷冷看着。

黑胡子:宋大夫,我看病。

宋莲生:哪儿不舒服?

黑胡子:我哪儿都不舒服。

黑胡子啪把腰里的刀一解拍在桌上,坐下。

绣庄门市内。

无双正在与来绣庄的范荷说话。

无双:范小姐,你来得正好,你是过来人啊,我想问你个事。

范荷:我也正有事想问你呢。

无双:你先问。

范荷:我不急,你先说吧。

无双:范小姐,有没有那样的事,这男子说是给你写……写了首诗,念得你呀,心里热热的,脸上红红的,手心汗汗的。

范荷:情诗。

无双:哎,就是那样的东西吧。说好了是为你写的,反过头去,他又给另一个姑娘读了,这……这叫什么事啊?

范荷:无聊。

无双:谁无聊?

范荷:此等男子最无聊。

无双:是啊,他会不会拿错了,或对其中一人说的是真话,而对另外一个说了假话?

范荷:都有可能,总之是无聊。

无双:是吗? 不无聊过日子也不知怎么过呢。

范荷:无双姐,岳宣是否在你这儿?

无双:谁? 啊,没有啊,没这个人。

范荷:无双姐,我有事找他,不是什么男女私情,我要问他大业尚未了,怎么那样没有志气地就躲进温柔乡里来了,不是我也可以,难道疆场也忘了吗?

无双:范小姐,你先别急,先我想说,我们这儿不是温柔乡,就是个绣花的绣庄,你大概把这儿当翠花楼了。再有,他也没在这儿。

范荷:我不是男子,我要是男子必上战场杀敌。

无双:好志气,范小姐,你怎么会以为岳什么人在我这儿?

范荷:他曾向我问过你。

无双:是啊,问过什么? 你跟我说说,他说我什么来着?

范荷:忘了。

九芝堂内。

黑衣瘦人坐在宋莲生面前。

宋莲生:哪儿疼?

瘦人闭目养神,坐着不动:我想想。

宋莲生:行,您想吧。

站起要走。

瘦人:宋大夫,您不能走。

宋莲生:为什么?

瘦人:您陪着我想想。

宋莲生:我他妈的陪你,到茅厕里坐坐。

劳澄:山药,今天不卖药了,关店门,走吧,走吧。今天不应诊了,都走吧,不应了。

九芝堂宋莲生屋。

宋莲生生气地在屋中铺上坐着,劳澄进屋。

劳澄:宋先生,走,湘合楼喝酒去。

宋莲生:劳先生,您还有心思喝酒啊? 我要是你啊……

劳澄:怎么样?

宋莲生:先一个让我这样的人卷铺盖走人。

劳澄:宋先生您要是句玩笑话,我只是一听;您要是认真说的,我请您把这话收回。人活在世,开店也好,设馆教书也好,天天碰的都是事,就是你在家不招灾不惹祸地坐着,你躲不开事,事出了不怕,你怕也得来。凡事有大小,有是非。劳澄开九芝堂,到今天也不是只碰到这一件事了,是非第一,对的只有坚持,错的立即改过。宋先生,咱没错,咱要是怕了,他错的就成对的

144

了,豁出去这药铺子不开了,咱也不能乱了分寸是非。

宋莲生:道理不错,你这情我拿什么还上啊?

劳澄:我为什么要你还情?我九芝堂让你这儿跟着受罪,我该还你情才对啊。走,喝酒。

闻世堂内。

生意好了,伙计忙着给柜台前的人包药。吴云一个一个在诊脉,如月在里边站着,看着高兴。

齐大头风光得意地拉着胯进来了,进来就喊。

齐大头:哈,不一样啊,就是不一样啊,这药铺子快赶上赶年集了。

齐大头进来就往吴云那儿去。根本不排队,不顾别人。

齐大头:吴公子,给我这屁股再上点儿药。

齐大头说着话当着那么多的人就要脱裤子,人见了有点儿怕。

吴云正开方子:后边排队。

齐大头脱到一半:什么?

吴云:应诊的人多,后边排队。

齐大头:应诊的人多,哈,应诊的人多了!前天来的时候,你这儿还一人没有呢。这会儿应诊的人多了是吧,好,我他妈的可知道什么叫过河拆桥了,爷爷我要让你这儿片刻之间一人没有。

齐大头说着话当众把裤子全脱了,转眼看病的人跑得一个也没有了。

吴云:你……你放肆!我……我,我要去告你。

齐大头:我放什么肆?我放五。你告我,我不怕,你告到哪儿去,我这也是看病,来看屁股。

闻世堂后屋。

吴太医正给齐大头上药。

齐大头:吴太医,麻烦您给上药,真……真有点儿不敢当呢。

吴太医:哪儿的话,病家医家全无贵贱。我那儿子不太懂事。

齐大头:嗯,生,太生猛了,他可不知道江湖是什么样。人是好人啊,人是好人,哎呀。

吴太医:疼了?

齐大头:没事,没事,您换,您换。人是好人啊。他没什么错,我是他妈的坏蛋。老太医我知道,我知道。

吴太医:齐大。

齐大头：哎。

吴太医递过来一张银票：九芝堂的事，你受累了。

齐大头：哎呀，你还客气了，你可别客气。你看那点儿事，对我齐大来说举手之劳，那我收了。

吴太医：那个宋莲生人虽轴些，但可用。

齐大头：老太医，您这是什么意思？

吴太医：倘若他能坐到敝堂来最好。

齐大头：挖人啊？放心吧，交给我了。

外边如月敲门。

吴太医：进来。

如月端果盘进，如月一进来，齐大头眼就亮了。

吴太医：见过吧？吴云的表姐。

齐大头拉人家手不放：啊，那就是我表妹了啊。表妹你好，我一辈子就缺个表妹。表妹好，表妹好。

如月：不客气。

绣室。

众姑娘转着边吟边舞，不知从哪儿弄来岳宣的诗歌。一人一句，边吟边舞。

无双进门，进门就生气。

无双：打住，打住。这是什么地方啊？把这儿当成歌舞班了是不是？要是愿意也行啊，去翠花楼啊，吟来唱去的，哪儿来的淫词浪曲啊？拿来，快拿来。

无双从二桃子手里夺了过来，一看又是那首诗：真好，可是让人动了春心了。多的话我不说了，快干活吧。

柴房内。

无双正在给岳宣面前摆好食品，岳宣还是那样正襟危坐，无双看着不太高兴。

岳宣：无双，问你件事。

无双：说吧。

岳宣：三燕为我去寻的死？

无双：不知道，那你要去问她。

岳宣演戏：再不想见她了。

146

无双有点儿希望:为什么?

岳宣:私情害人。岳宣每至一处总以胸中大志感人,同时总有些纠缠不清的事,实在不是有心所为。

无双:是啊,对对,无心插柳柳成荫是不是?

岳宣:说对了,那是因为有心栽花花不开。

无双:你吃饭吧。

岳宣:无双,听说三燕为我而伤情,我把给你的那首诗给她读了。

无双:也说是单为她写的吧?

岳宣:啊,对了。为救人,为救情……可读的时候,我想的是你。

无双:谢谢了,这一首诗还真就管用呢。谢谢,吃吧,吃着说着,我听着。

九芝堂内。

门都关了,伙计都不在了。大白天只有光线从板中漏出。

宋莲生:诗谁不会呀?我也写首诗当方子约你,宋某不来虚的,宋某来实的。月上柳梢好时间,约你出来做神仙。湘合楼上酒一桌,你我两人谈谈天。你若不来我不走,你要推辞我心不甘。好诗,好诗。实在,实在。押韵,押韵。山药,山药——

山药从里边答应着进来了:哎,哎。

宋莲生:去,把这封信给对面的二桃子,让她交给她无双姐。

山药:哎。

宋莲生:跟她说,我等着回信啊。

山药:好嘞。

宋莲生:没有回信别回来。

山药:明白了。

柴房内。

岳宣吃饭。

无双:范家小姐来找过你了。

岳宣:说什么?

无双:说你不恋疆场,恋温柔乡。

岳宣:她怎么知道我在这儿?

无双:她不知道,她猜的。岳宣,你……你……

岳宣:想让我走了是不是? 说吧。

无双:这话我说不出口,但说句实话,钱我筹不来。

岳宣:还是想让我走了,我明白了。无双,当年在南京城,我把你从那些选秀的人手中救下时,我为什么一有空就去看你啊?

无双:……

岳宣:我总想着这要是承平世界、太平天下,我就跟这样的女子成家了,生一堆孩子,过男耕女织的好日子。谁知到了现在了咱们你是你,我是我。

无双伤心:别说了,你住着吧。但这钱,我许筹起来难。

九芝堂后院。

伙计站了一排,宋莲生让他们背十九畏歌。手里拿了把扇子,一边走一边听,伙计一人一句,背错了就打。

刘青:硫黄原是火中精。

甲:朴硝一见便相争。

乙:水银莫与砒霜见。

丙:狼毒最怕密陀僧。

丁:巴豆性烈最为上。

戊:偏与,偏与……

宋莲生一扇子打下去:偏与牵牛不顺情。这么上口都记不住,你想什么呢?记住了,十八反、十九畏,医家要学,药家更要学。万一哪个大夫把药开错了,相反相恶,你抓药的就得让人验方子去。开药铺子,光药材地道,掌柜仁善,坐堂大夫脉好,这都不够,伙计得好。左手担着医家,右手担着病家,都要照顾了。规矩是立出来的,伙计是教出来的,有了好规矩、好伙计,铺子才能开长远,这铺子真要开个三五百年,你们也荣耀是不?

众人:是。

劳澄高兴地亲自端了瓜出来。

劳澄:来吃瓜,吃瓜,都来吃瓜啊。

宋莲生看着:山药怎么还没回来啊?

绣庄门口。

山药在等信,有点儿紧张,就看二桃子一扭二扭地出来了。

二桃子:哎,山药。

山药:哎,桃子姐。

二桃子:等急了吧?

山药:没有,等一天也不急。

二桃子:你回去跟宋大夫说吧,我无双姐去啊。

148

山药赶快给二桃子掏了件东西:这……这是给你买的绒花。

二桃子:我不要,我……

山药塞过来,就跑了。

二桃子:这……这叫什么呀?

绣庄无双屋。夜。

无双在屋内镜子前打扮,准备赴约。边对着镜子照边插花,突然听见外边门响。

无双悄悄起来,往门外去看,看见一个人刚刚跑走。

绣庄后院。夜。

无双赶快推门出来,看见那柴房门外有动静,于是悄悄地走了过去。

十一

绣庄后院。夜。

无双悄悄地走到柴房门前,锁挂着,已经被打开了。

无双黑暗中探头往里边看。先还看不见,过了一会儿,里边打着了火镰,点着了灯。

柴房内。夜。

岳宣穿了一身的黑夜行衣,开始往袖子中装袖箭,往腰上缠软剑。

绣庄院外。夜。

无双一看岳宣的打扮,不知他要去干什么,想问又不好,一急之下把门锁锁上了。锁上后跑回自己屋内。

湘合楼。夜。

宋莲生也穿了身新衣裳,高高兴兴地来赴约。

宋莲生:月上柳梢好时间,约你出来做神仙。你是嫦娥我是月,一飞飞入我的怀。嗯,好句子,好句子,一般的女子不听则已,一听哪还拿捏得住啊? 小二啊,诗好不好?

小二:好。

宋莲生:几更了?

小二:头更。

宋莲生:对啊,我这也饿了,怎么人还不见来呀? 先点个花生豆,烫一壶酒,我先喝着。

小二:哎。

无双屋内。夜。

无双把灯吹了,就听到柴房那边砰砰撞门。

无双听着,闭眼。门还响。

无双:这下坏了,这是要干什么去呀?

绣庄后院。夜。

柴房门口,一剑把锁砍开了。门开,岳宣一身夜行之衣静静出。悄悄走到院中,站了会儿,往无双这边门口走了走,刚要走身飞上房,门砰的一声开了。

无双:你要去哪儿?

岳宣:嘘,怎么不点灯啊? 以为你屋里没人呢。

无双:你要去哪儿?

岳宣犹豫了一下:走,屋里说。

湘合楼。夜。

宋莲生等了很久,酒也喝了五壶了,还在念诗:月上柳梢好时间,约你出来做神仙。左等右等人不到,小二喊了四五遍。小二,小二,小二。

小二:来了,来了。

宋莲生:几更了?

小二:二更半了。

宋莲生:不晚,再来一盘花生豆,上两壶酒。

小二:哎,爷你净吃花生米了。

宋莲生:客人还没到,主菜要点,要点的。

绣庄无双屋内。夜。

无双:你要去哪儿?

岳宣:实话说了吧,为了大业,我必须去劫钱。

无双:这一条街都是正经的买卖,你上哪儿劫钱去?

岳宣:岳某做的是比正经买卖伟大的事业。

无双:你这是怨我没为你筹到钱呢? 谁挣钱也不容易,你准备劫哪儿去?

岳宣:就近,对面九芝堂。

无双:不行,九芝堂更不行了。

岳宣:为什么?

无双:人家里正正经经,治病救人的地方,你的事业再要紧,我没看见。人家上次为了配伤药,差点儿一条命搭进去了。不行,我不知道还行,知道

151

了不让你去。

岳宣:我前方急于要钱。

无双:想别的法子吧,这不行。

岳宣:你是心疼那个姓宋的大夫吧？江湖术士,范荷小姐那么刚烈的人,看他的眼光也是不一样的,一个术士,剑剑不行,诗诗不会,倒是满让你们女人兴奋的。

无双:你怎么这样说话？你这样说话,就……

岳宣:怎么样？

无双:无聊。对,无聊。

湘合楼内。夜。

宋莲生:月上柳梢好时间,一人喝酒当半仙。约了她来她不来,花生豆儿好几盘。小二,小二。

小二在旁边睡着了:……哎。

宋莲生:几更了？

小二:不知道。

宋莲生:花生米再来一盘。

小二:爷,您点别的吧,一晚的花生米都让您一个人吃了,花生米没了。

宋莲生:花生米哪儿去了？

小二:花生米让您点光了。

宋莲生:行,那会账吧,我走了。她,她不来了。我,我白等了。

小二:困死我了。

宋莲生:白白地作了无数的诗了。

绣庄无双屋内。夜。

无双:我问你,刚才是谁给你开的门？

岳宣:不告诉你。

无双:是不是三燕？你不是说不想再见到她吗,她怎么会为你去开门？你们怎么约的？她怎么知道的？

岳宣:她仰慕岳宣要做的大事业,她心向东林。

无双:东林,东林,侯朝宗最后剃了头发,害死李香君,他连个青楼女子都不如,什么东林？一群只会叫喊、贪生怕死的酸腐书生。

岳宣啪一个耳光打了上来:你……你骂我可以,不可欺我之理想。

无双一个耳光还了回去,惊了,泪流下:好,打得好。我欠你的,你打我可以,你不住我这儿也罢了,但你让我知道了,你要劫正经人家的钱财我不让。要么这条命我给你,给你了吧。

二人撕扯起来。

绣庄后院。夜。

宋莲生不甘心,摸着墙过来了。正听见"给你了吧",愣住了。

宋莲生:给你了,给谁啊?

岳宣:无双,你是好姑娘,你能这样,我更敬重你。我也感谢自己,当初没看错人,但我……我万般无奈,我已是一心一意无他想。

无双:岳宣,你执着,我敬重你,你……你有情有义,像大男子,我也仰慕你。

宋莲生听着,完全沮丧了,摇头,想把听到的东西摇出去,无奈越听人家像是越亲,宋莲生退出,走。

无双:我知道我欠你的。

无双屋内。夜。

无双:命是你给的,你还记着,我也没忘,我会还你。不就是为了筹钱吗?我给你筹。五天之内,你好好等着,我给你筹齐了。

岳宣:无双,无双,不打不亲,我对你也是一片冰雪之心。

无双砰一声把门推开。

无双:当不起,你走吧。

院子里黑黑的空无一人。

九芝堂内。

宋莲生边发愣边自语,看着一个地方愣神:月上柳梢好时间……别人都是活神仙。

看门外,黑胡子、瘦子都在,想看病的人都拦下了。

宋莲生:空空等了大半夜,嫦娥没来月空圆……嗯哼,情这东西啊,活活地非把个寻常人逼成诗人不可。

齐大头拉着半胯进来了,站在宋莲生跟前。宋莲生沉浸在自己的思想中,或真或假地看不见。

齐大头拿手在他眼前晃。

齐大头:哎,哎,几天看不着人瞎了是吗? 人到了跟前都不知道?

宋莲生:哪儿不舒服?

齐大头:是问你啊还是问我啊? 宋大夫,我看着你是很有些不舒服呢。

宋莲生:说对了,你给我看看,开个方子治治。

齐大头:真明白事,得,走吧。

宋莲生:去哪儿?

齐大头:湘合楼啊,爷我请你喝酒。

宋莲生收拾了桌子。

宋莲生自语:真巧了,还是湘合楼,等半天等来这么一位。

齐大头:你说什么?

宋莲生:没什么,走。山药,支应着铺子,我出去一趟。

山药有点儿不解:哎。

绣室内。

姑娘们都在绣着花,无双从门外进来,看着姑娘们静静绣花、哼曲。无双想说的话张不开口,走了一圈出去了。这刚出去又进来了,又转了一圈,还是张不开口,要出门。

二桃子:无双姐,你有什么话尽管说,这么转来转去的,一上午转了有十几圈了,我头晕。

翠翠:是啊,我这花儿都不会绣了。

小双:针都穿不上了。

无双还是说不出口,想了想也只有说:姑娘们,想来想去,躲得了初一,躲不了十五,咱这铺子开不下去了。

众姑娘:为什么呀? 那我们上哪儿去呀?

二桃子:这开得好好的,怎么就开不下去了?

翠翠:无双姐,您这是要拿我们怎么办啊?

无双:姑娘们,没法子,实话说了吧,我无双也是没办法,但凡有办法,我也不能这么想。我缺钱了,我欠人家的,不小的数,想想只有把铺子盘给人家了。有五天的时间,你们该投亲投亲,该靠友靠友,咱们好姐妹的要散了,就这,我……我这话终于说出来了,求你们大家伙谅解我,我也是没办法。

众姑娘:我们哪儿也不去,我们哪儿也不去。

湘合楼雅间。

齐大头:宋大夫,喝酒,跟你说啊,虽说你让知府大人打了我的屁股,但我跟你没仇,跟你没仇啊。你能让知府打了我的屁股,那是你的能耐啊,凡是能耐人,我齐大头敬重,敬重。来喝酒。

宋莲生：齐爷。

齐大头：你说。

宋莲生：这么客气的话，我可说不出来。

齐大头：不用说，不用你说，想听客气话我这儿还有呢，都是场面上混的人，得知道轻重。宋大夫，这几天闲了？

宋莲生：托您的福，闲得很呢。

齐大头：骂我呢，骂我呢，装吧，还说不会说客气话，说得比谁都损。你要想闲，还能让你闲下去，让九芝堂黄了。

宋莲生：齐爷，跟宋某有过节，你朝我来，跟人家药店没关系。

齐大头：真仗义，宋先生我喜欢你，我喜欢你啊。不但我喜欢你，还有人喜欢你呢。

宋莲生：不喜欢的也不少，数不过来了。不求人喜欢，不烦我就行。

齐大头：胡子，请如月小姐进来吧。

宋莲生：哎，慢，慢，不敢。有口吃的就行了，别的不敢想了。

齐大头：坐，坐，坐你的，不是我们翠花楼的姑娘，正经的人家，闻世堂的表小姐。也不为别的，找你说事。你看你，想哪儿去了？

宋莲生：闻世堂？

帘子一挑如月进来了，打扮得真叫漂亮。宋莲生赶快站了起来。

齐大头：如月小姐啊，这是宋莲生宋大夫。我朋友啊。我这屁股就因为他给打的，不打不成交啊。这是闻世堂的如月，你们坐啊，我出去方便方便。

齐大头一使眼色，站着的胡子也跟出去了。屋里一下剩下两个人了，都不知说什么。如月偷看宋莲生，宋莲生看着花生米。

如月拿起酒壶：如月给宋先生斟酒。

宋莲生：不敢，不敢，如月小姐，这味花生米不错。

如月：宋先生，是不是觉得如月这样与先生相见有些唐突？

宋莲生：那倒没有，没有，天下事经常是无心栽柳，无心……

如月：宋先生无心，我们闻世堂可是有意呢。原本今天不该我来这儿，上有姑父，下有表弟，但两个人都不知宋先生的意思如何，所以只有我来了。宋先生，我如月快人快语，有得罪处，你多包涵。

宋莲生：没有，没有。很好，很好。

如月：我再敬宋先生一杯。

宋莲生：应该我敬了，我敬。

两人抢壶手相触，都有些脸红。

155

无双屋内。

无双正号啕大哭。

无双：我……我也是没办法啊，你们没地方去，我到时去哪儿也不知道啊。好好的铺子要关了，没办法啊，没办法。我欠人家的大情分了。我……我没办法啊。

众姑娘在外边都听见了，在敲门。

二桃子：姐，姐，别哭了。没什么大不了的，您这一哭，我们也伤心。没什么，您别哭了。

绣庄后院。

众姑娘围着无双的门口敲门劝。

二桃子：姐，散就散，您的好处我们记着呢。

翠翠：想想办法，实在要散，咱们也不能哭。

小双：找找人，姐，别哭了。

无双：你们都走吧，该干吗干吗去。我哭会儿就好了。你们别记恨我就好了，我怕你们恨我。

柴房内。

岳宣充耳不闻，只当没听见，在擦剑，哼昆腔。

湘合楼。

如月：宋先生，既然来了，那我也就不客气了，话直说了吧。闻世堂纳贤爱才，我今天来，就是代表堂内请宋先生坐坐堂。为表诚意，姑父让如月特将定金封好了。

如月把一大包银子打开，推给宋莲生看。

宋莲生看着那么多的钱，有点儿眼花：如月小姐真是大手笔。宋某人平生第一次当着位小姐谈钱。

如月：有点儿煞风景是吗？谈钱也是如月无奈，姑父年高，表弟又多在书房中，市井上的事以书本论，往往南辕北辙。如果宋先生觉得谈钱俗，谈些……别的也可以。

宋莲生：不是，不是，不是那意思。钱怎么会俗？现而今钱使到了，磨都能推着鬼跑了，钱不俗。分怎么说，有的钱能拿，有的钱不能拿。

如月：什么钱不能拿？

宋莲生：这些钱不能拿。

砰,门推开了。齐大头进。

齐大头:我在门口都听见了,宋先生,有这么如花似玉的如月小姐跟你谈,漫说给钱了,就是不给钱,你也得给面子啊?

宋莲生:两回事。

齐大头:没两回事,只有一回事。宋先生,这算是敬酒,你要是不吃,我齐大头话说在前边,这长沙城你待不下去了。九芝堂受牵连,也就毁在你手里了。

宋莲生:小二,来盘花生米。

九芝堂后院。夜。

宋莲生回来了,心里很不是滋味。一推门进屋,吓了一跳。

九芝堂宋莲生屋内。夜。

屋里没点着灯,黑黑的。屋里坐了一个人,吓了宋莲生一跳。

宋莲生:谁……呀?

无双:我……

宋莲生:黑黑的也不点灯,你是谁啊?

无双把灯捻亮了:我都听不出来? 无双。

宋莲生:嘿,稀客啊。我这些日子的命可真是犯了十八反了。想什么什么不来,不想什么什么都来了。真不敢当,劳您驾来了,无双,我可不是有情有义的大男人,你也不欠我的。昨儿个黑灯瞎火的跟人家说了一车的温情话,今儿又到我这黑灯瞎火的屋里来了。我当不起。

无双原本想找宋莲生谈谈心里话,不想这样,气了:你,你……好你个宋莲生,以为你怜香惜玉,体贴人呢,谁知你是个听墙角、不问青红皂白的小人精,我看透你了,我看透你了。

宋莲生:我小人? 我,人再小我不放人家鸽子,我人再小我不会狗揽八堆屎,脚踩一百二十八只船,我小我……

无双气疯了:你……你……你出口伤人,你气死人不偿命。你……你不是个东西,你……

无双拿东西砸过去,不断砸。劳澄、山药打着灯冲进来。

劳澄:哎,哎,这……这是怎么了? 有话好好说,这是怎么了,无双?

无双恼羞冲出:冤死我了,冤死我了! 我没活路了!

宋莲生站着,愣着。

劳澄:宋先生,好好的这是怎么了?

宋莲生:没什么。……我也说不清。

劳澄:山药,快把无双追回来。

山药:哎。

宋莲生:别追了,追回来也没什么可说的了。劳先生,您坐。

劳澄:山药,把宋先生屋子收拾一下。宋先生,咱去后堂坐会儿吧,正好,我也有话跟您说呢。

九芝堂后堂。夜。

古色古香。劳澄把灯点亮了。

劳澄:宋先生您坐,我给您沏壶茶,我这儿有上好的瓜片。

宋莲生:不忙了,劳先生不早了,有话咱们说说散吧,茶不喝了。

劳澄:宋先生,劳澄我为人处世,一向奉行一句最简单的话,前半夜想想自己,后半夜想想人家。我开铺子第一不是为钱,第二还不是为钱。钱要挣,但并不是想挣就能挣的,我愿意把铺子开得名扬四海,万代千秋。我要用一顶一的人,用最地道的药材,能看着病家一剂安康,是多么快意的事啊!这是我开九芝堂的本心。

宋莲生:劳先生,这话您不说,我也明白了。

劳澄:您听我把话说完。虽有这样的心思,但劳澄为人做事还是听其自然,用人也是来往听其自愿。宋先生,我知道闻世堂白天找了您了,我等您一句话。

宋莲生:劳先生……

劳澄:您听我把话说完。留还是去,您自便。您要是能留下,我万分欢迎。您要一定要走,我也热情欢送。

宋莲生:劳先生,不是这话。

劳澄:宋先生,话就说到这儿了,晚了,咱歇息吧。有什么话你想想,咱明天说。

九芝堂门外。

山药在下板,看见对面,二桃子伤心地也在下板。二桃子举不动,山药赶着跑了过去,帮忙。

二桃子一下就伤心了。

山药:我来,我来。不是说好了吗,以后上板下板叫我一声。姑娘家家的多不容易。

二桃子哭了:以后想上都上不成了。

山药:哎,这话怎么说的?怎么还哭了?你这是要嫁……

二桃子:呸,山药,跟你说了吧,绣庄要盘给人家了。

山药:好好的干吗盘了呀?

二桃子:不知道。

二桃子说完哭着跑回去,山药拿着板愣着。

山药:昨夜里无双姐怕是找宋先生说这事儿吧,一句话没说,哭着跑出去。

山药放下板往九芝堂跑。

九芝堂后院。

山药边跑边喊宋先生。

山药:宋先生该起了,下板开门了,该起了。宋先生,宋先生。

山药上手敲门,门自开了。

九芝堂宋莲生屋。

山药进屋一看,人没有了。再看桌上留下了一封信。

山药:不好了,宋先生走了。

九芝堂后堂。

劳澄在读宋莲生留下的信。

  劳先生,想了半夜,想通了。我还是三十六计,走为好。莲生
闲云野鹤,行止无定,原以为长沙可住,一是有私人之情在其中;二
是感念九芝堂的知遇之恩……

大道。

宋莲生蜷缩在车里,看着蓝天白云。

宋莲生:有此两情,足以使莲生有定居长沙的理由。但人生无常啊,近日因我之故,害九芝堂受地方迫害,莲生实在于心有愧。莲生再不图变,就迁害于人了。这是莲生最不愿的。

九芝堂后堂。

劳澄:那……那也不光是因为他啊,他怎么这么想?

宋莲生画外音:劳先生,这还不是最为要紧的,要紧的说出来也不怕您

笑话,莲生心仪之人,与莲生情缘两损,莲生伤心了。

绣庄门脸。

无双正站在高处一幅一幅地往下摘绣品,边摘边伤心流泪。

九芝堂后堂。

劳澄走来走去。

宋莲生画外音:这才是莲生想要走的关键。劳先生,事儿您别多想,莲生江湖惯了,莲生自有莲生的活法,再谢知遇之恩。宋莲生顿首。

劳澄停住脚步。

劳澄:山药,山药。

山药应着跑进来:哎,东家,您叫我?

劳澄:宋先生知不知道对面绣庄要盘店啊?

山药:应该不知道,我是今天一早才知道的。

劳澄:那他是错怪人家无双了吧?

山药:可不是吗?

劳澄:山药,你说宋先生该往哪边去了,东南西北?

山药:那可没说。

劳澄突然转身从抽屉里拿钱:山药,你拿上钱,收拾一下,往南追追。要是能追上宋先生,劝他回来。不管怎么说,分手也不是这么个分法。

山药:东家,干吗往南啊?

劳澄:行医诊病的,自然哪儿乱哪儿病多往哪儿去。你往南看看吧。

山药:哎。

绣庄门脸内。

无双还在一块一块地摘绣品,边摘边伤心地流泪。

门打开了,无双以为有人来买绣品。

无双:要买趁早啊,这会儿是又便宜品种又多,过些日子怕是长沙城再也没这东西了呢。

齐大头:好啊,别收拾了,我全包了。

无双一听就是齐大头:出去。包?你以为翠花楼的姐儿呢?齐爷,话说在明处,我这店要盘谁都盘,全长沙城就你一个人,恕不接待,想要我不给。

齐大头:哟哟,多大的仇啊?你这劲儿我喜欢,生动,生动啊。我问一句,那是为什么啊?

洪三燕进来了。

齐大头:哎呀,这不三燕在呢吗?三燕啊好吗?高兴着点儿高兴着点儿啊。三燕,问问你姐姐,我是怎么招她记仇了?问问。

洪三燕不理,拿东西。

无双:不用问,你要盘了这店一定没有好主意,一定要把它变成个脏地方。

齐大头:哎,你算是说对了,我打算办个翠花楼分号。三燕啊,先别急着干活儿,跟后边的姐妹们说一声啊,愿意留下的留下吧,咱们换种活法,换种活法,不绣花啊草的了,齐大爷带着你们绣锦绣前程,绣锦绣前程了啊。

无双:做梦去吧。齐爷,话说过了,正经人家我给,你不盘。

齐大头抖出字据:晚了。这房子原本就是刘财的,刘财欠我钱,把房给了我了。你要想正经地开店呢,我还是你的大东家;你要不想开店了呢,正好,我收回。押金三百两加上交了的房租,我一文不少地退还给你,你们给我卷铺盖走人。

无双:我……我,那铺子我不盘了。

齐大头:哎呀,吓死我了,吓死我了,那最好了,房钱从下月开始翻番涨了。

洪三燕一下把东西摔在地上:齐大头!

齐大头:好胆量,好,怎么着?

洪三燕:你给我出去,滚出去。

无双:拿东西砸他,给他轰出去。

一堆东西砸下来,齐大头跑出。

齐大头:闹吧,看你们能闹几天。

客栈回廊。晚。

宋莲生背着包袱,跟着店小二往自己房子里去。廊下一名女子在煎药。一副清苦样。

宋莲生跟小二走过,闻着那药,看着那目光躲闪的女子。

客栈宋莲生屋内。晚。

宋莲生进了屋后,关了门,还回头看外边。

小二把抱着的铺盖铺上了。

宋莲生:小二。

小二:爷,您说。

161

宋莲生：廊下那女子给什么人熬的药？

小二：别提了，可怜啊。好好夫妻俩，人走到这儿，都快到家了，丈夫病了，这不一剂两剂的药吃下去，病不见好，越来越重了。

宋莲生：是啊。

小二：爷，您看这屋行吗？

宋莲生：行。小二啊，我是个郎中，回头这屋可能有人来瞧病。

小二：您瞧，您瞧。

绣庄柴房。夜。

岳宣正在给来送饭的洪三燕朗诵《报任安书》。

岳宣：这么长的一篇文章，我一个字不落地都能背下来，不是岳某的记性好，是司马圣人的文气一句一句，句句铿锵，每读一遍，促你奋进。

洪三燕听着。菜已摆好了。岳宣收气，开始吃饭。

洪三燕：岳哥。

岳宣：嗯。

洪三燕：岳哥，这个世界要是只有这么个柴房大，不用说，你是一个顶天立地的大英雄。可这世界对我、对你都太大了。

岳宣：那不正是鹏程万里吗？不是更好吗？

洪三燕：不用万里，千里的路，足足地含一口气把自己放出去，说是自由，其实左右看看就无依无靠。

岳宣：三燕，你这话什么意思？难道这些日子东林理想你没听进去吗？你以为我岳宣只会在这柴房中做道场吗？

洪三燕：没那么想，话也听进去了，都在心里发光呢。但有一件事，岳哥我想跟你明说了。

岳宣：什么事？

洪三燕：前些天扔进来的那股金钗，请您还给我吧。

岳宣：你？

洪三燕：那东西原本就不是我的，这会儿这东西有更要紧的用处。您还给我吧。

岳宣：东西在，但不能还你。

洪三燕：为什么？

岳宣：不是为我，南明大业要用，现在全天下的事也没有南明事大，东西不能还你……无双知道了？

162

洪三燕:没有。

岳宣:那就不要跟她说了,也别多想了,东西虽不是你的,但说句实话,你为那件东西的执有人办了一件大好事,天大的好事。将来必有造化。

洪三燕:岳哥,我还是想要回去。

岳宣:再别想了。

客栈廊下。夜。

静静的没什么声音,一个人往窗下走。那对夫妻的窗下传来了一些说话声。

丈夫:我……我实在不想再吃这药了,吃了难受。

妻:良药苦口利于病,吃吧,吃过了好上路。

丈夫:家就这么近了,怎么就回不去了?虹,要么咱们雇辆车拉我回去吧。

妻:你这么病恹恹地回去不好,婆母又要骂我了。还是……还是治好了再走吧。

一个黑衣人悄悄地从回廊那儿过,静静地伏在两夫妻的窗下听着。

客栈宋莲生屋内。夜。

宋莲生悄悄地撩着帘子看着外边,看见了那个黑衣人。

客栈回廊。

妻把一堆药渣子倒在回廊下的垃圾中。

小二急急地从外边进来。

小二:哎,夫人倒药渣子啊?好消息,好消息。

妻:什么好消息啊?

小二:夫人,跟您说,昨儿刚住进来的新客人就是位大夫。听说方子好得不得了,这不一大早就有人找他看病呢。您不妨让他给先生看看。

妻:多少大夫都看过了,哪个不是名医呀?还在乎多一个大夫。看不看不要紧了。

小二:不一样,试试吧。我也是好心,人家可没托过我。

妻:我看算了。

夫在屋里听见了:让他看看吧。

妻:哎,听见了。

163

正赶上宋莲生从外边回来。

小二:看,宋大夫这不回来了吗? 宋大夫,您回来了。

宋莲生:啊,回来了。

小二:这有位病人,您给瞧瞧吧。夫人瞧瞧吧。

宋莲生:行,晚上吧。

十二

九芝堂内。

宋莲生、山药都不在了,劳澄在坐堂看病。

病家:劳先生,这方子开的什么药,你给我读读好吗?

劳澄:你不说,我也要给你读,甘草一钱,苏叶五分,天花粉一钱,茯苓三钱,桂枝三分。水煎服。

劳澄一眼看见对面如月、吴云进了绣庄。

劳澄:这方子专治春月伤心,头痛鼻塞。刘青抓药。

刘青:哎。

病家:劳先生,问一句多余的话,那个姓宋的大夫不在了?

劳澄:他……他走了。

病家:我没别的意思,不是说非要他看病,小灾小病的用不着挑拣大夫,大病就不同了。

劳澄看窗外应着:是啊。

绣庄门内。

如月:呀,这么一眨眼东西都摘光了啊,真快。

吴云:无双姐。

无双正在收捡东西,打算盘记账。

无双:呀,吴公子、表小姐你们来了,正好我有两幅好绣片给你留着呢,一会儿就手拿回去吧,我就不特意地送了,留着算个纪念吧。

吴云:沧海桑田,转眼怎么就这样了?

无双伤心:是啊,现在我觉得都像梦,人不能跟命争。

如月左看右看:房子进身还挺宽的啊。哎,表弟啊,你看行不行?

吴云:我看可以。

无双奇怪:可以什么啊?

吴云:店既然要盘,不如我闻世堂收过来。

无双:接着让我们开绣庄吗？那可太好了。吴公子,最起码姐妹们不用散了。

如月:无双小姐,你意会错了,接过来就不开绣庄了,我们接着开个药铺子。

吴云:当面鼓对面锣地跟他们九芝堂比个高下。如月姐,我量量进身有多宽啊,一步两步三步……

无双:别量了,你们量也白量。

吴云:这话怎讲?

如月:无双,不会不想盘给我们吧?

无双:我盘谁都无所谓,当然了盘给你们更好了,可这房子已被齐大头全买下了,由不得我了。

吴云:哎,无双,那你为什么不早说?

无双:怨我呀?是啊,我为什么不早说啊?我为什么这么蠢不长眼?

无双说完走了。

吴云:哎,无双,你好像生气了?她……她,她怎么突然又不高兴了?

如月:表弟,这你还想不明白吗?我跟着你来了,她能高兴吗?

吴云:不是这话吧,表姐,你大概多想了。

如月:有一个多想的。

客栈夫妻屋内。夜。

宋莲生正给那丈夫诊脉。

丈夫:大夫,我这病……

宋莲生:吃的什么方子?

丈夫:给大夫把方子找出来。

妻马上把方子递上了。

宋莲生:方子没什么错,药还有吗?

丈夫:有吧?

妻马上回答:吃完了。

宋莲生:那正好,那先别吃了。明天重开吧。

宋莲生总是觉得窗外有人在听。

宋莲生:歇着吧。

宋莲生站起就往外走,推门出去。

客栈回廊。夜。

宋莲生推门出来,看见回廊外一个人也没有。风吹着。

妻:大夫您回去呀?

宋莲生:不早了,明天我抽空再来。

妻:这诊费……

宋莲生:先不说诊费的事,先照顾好你夫君吧。

绣庄柴房。夜。

洪三燕在为岳宣摆食品。洪三燕精心地在放一碗汤。岳宣看着洪三燕,看见洪三燕把汤盛出了碗外。

岳宣疑神疑鬼:三燕,我们一起吃吧。

洪三燕:我吃过了。

岳宣:吃过了也不妨再一同吃一点儿啊?

洪三燕:岳哥,这么多天来,你从没邀过我一起吃饭。今天……你是怕我下毒吧?

岳宣:你下没下?

洪三燕:下了。毒不重,我想要回我的东西。

岳宣:休想。你……你竟然想下毒害我。岳宣要结果了你这不认大志大义的贱人。

岳宣一把抓住了洪三燕的头发,哗啦啦剑抽出。

无双:住手!

众姑娘:三燕,三燕。

无双:岳宣,你……你把剑收了。

岳宣:你们都退后,免得见血。

无双:要杀先杀我。还觉得不乱吗? 三燕,为什么? 这好好的怎么就又要死要活了? 你们心疼我点儿行不行? 三燕?

洪三燕:我给他饭里下了毒。

无双:下毒? 你干吗要这样? 三燕啊,你还不如把我毒死算了。

洪三燕:他欠我的东西。他欠我的,他欠我的我要要回来!

无双:他欠你什么了? 他要是欠你情,死就能还了吗? 你们谁死也不能还。

洪三燕:不能还我也要。

岳宣:一派胡言。

无双:好了,不吵了。岳宣,你把剑收起来,请求你把剑收起来。姑娘们,扶三燕回去。

众姑娘扶洪三燕回,砰的一声门关上了。屋内一时只剩下无双与岳宣。

无双:为……为什么?难道还不乱吗?你欠了她什么?

岳宣:三燕她送情我不受,她……她想与我同归于尽。

无双:死了活该。没有你招她,她会送情吗?岳宣,天天地一首诗念十遍八遍的,不是为了招人吗?岳宣,我知道这柴房很小,很寂寞。但你一口一个大志大业,你就应该以大志大业为重,你就不应该在小情小义上下功夫。下了功夫又以大志大业为名来躲,你算什么男人?

岳宣又要抽剑:我……

无双:怎么着?还要杀我吗?来杀呀!杀吧。我欠你的,我死在你手下眼都不眨。有本事你就杀了我,我清静。

岳宣:我怎么舍得杀你,无双,不说那么多了,话说明了,就是你想轰我走,我也不会走。

无双:你还没拿到银子呢,对吧?又是为大志大义,岳宣你自私。

岳宣:说对了。丈夫志四海,万里犹比邻。岳宣为大志,无双就是你骂我、损我、误解我,我也毫无悔意,志气在胸。

无双:我……我怎么会误解你?多好的男子啊。好,明天,我把钱给你,钱给你后,你请自便,我留不起了。

绣庄宿舍。夜。

众姑娘要分开了,又赶上洪三燕这事,大家一点儿办法没有,都伤心着。突然二桃子起头,开始骂宋莲生解气。边流泪边骂,打一个画了像的枕头。

二桃子:宋莲生,瞎不隆咚,人心看不透瞎治病。

翠翠:该他来时他不来,不该来时瞎嗡嗡。

小双:姑娘们有事他不管,跑出长沙躲清静。

二桃子:别让我一手抓住他,打他一个乌眼青。

翠翠:打完眼睛打鼻子,打他一个怪沙僧。

小双:打完鼻子再打脸,扇他一个胭脂红。

二桃子:大家都念,都念念。打完脸再打脑袋,打他一个钻心疼。

无双:干人家什么事儿啊?这么咒人家。好了,还不乱吗?睡觉,都睡觉吧。

二桃子:不干他事干谁事啊?该用他时人不见了,见死不救逃之夭夭,平时那么多甜言蜜语哪儿去了?臭男人。

小双:该骂。

二桃子:无双姐,你可别帮他说话了。

168

翠翠：你心里有他，他心里可没你。

众人：宋莲生瞎不隆咚，人心看不透瞎治病。该他来时他不来，不该来时瞎嗡嗡。

无双无奈自己出门了，众姑娘还在喊。无双站在夜里的门外边哭了。

客栈回廊。

宋莲生在漱口，吐水。见那妻提着篮子出门了。宋莲生看着她出了客栈，含在嘴里的水原本要吐，咽了。赶快回屋收了茶杯，又出来。

宋莲生走到那丈夫门前，一推就进门了。

客栈夫妻房。

丈夫一双病眼看着宋莲生。

宋莲生：好点儿了吗？

丈夫：大夫，没什么好坏，怕……怕不行了……

宋莲生：人想死可没那么容易，我问你一句，想不想回家？

丈夫：想。

宋莲生：再问你，是要这媳妇还是要命？

丈夫：没有命那不什么都没了，当然要命。大夫你什么意思？

宋莲生：没什么意思，那就好办了。从现在起，一、你一口药也别吃了。二、媳妇该上哪儿让她上哪儿去，你别管她了，顾命要紧。

丈夫：大夫你看出什么了？

宋莲生：别问了，早晚清楚，什么也别问了，记住了吗？

丈夫：记住了。

绣庄门脸。

齐大头拿银票出来，要与无双签合同了。

齐大头：痛快，痛快。无双嘛，就是天下无双啊。话说回来了，识时务者为俊杰，这样就对了啊，这样就好了啊。嗯，要不要留下跟我做点儿事？翠花楼的……

无双看着那些银票：你那行我做不了，齐爷。

齐大头：干吗那么生分啊？叫我大头我不忌讳，有什么话尽管说。

无双：有件事还要求你。

齐大头：哎哟，哎哟，可别用"求"这个字，咱们俩之间，那不压死我了？不客气，不客气啊。说吧。

169

无双:此事来得突然,姑娘们一时怕没有着落,宽我十天再给你腾房子。

齐大头就势拉住无双的手:没问题,给你十天,够不够啊?

无双把手抽回:够了,合同给你留下,银票我拿走了。

齐大头:拿,拿走。走吧,十天啊。

客栈回廊。

宋莲生悄悄从丈夫屋中出来,左看右看没人把门带上了。从回廊想往客栈外走,一个门一个门地走过。

突然回廊上一门打开,一只手飞快地伸出来,趁宋莲生不注意,从他身后一兜,把他兜进了屋。

客栈屋内。

宋莲生挣扎,还没容叫,被一后生和那妻合手勒着脖子拉了进来。一把菜刀架在宋莲生的脖子上了。

宋莲生:你……你们要干什么? 要干什么?

后生假装劈刀吓他。

妻:大夫,你病治得太宽了吧?

后生:治到人家的私情上了。

妻:实在没办法,想留你也留不住了。

后生:算你自己找的。

两人边说边捆。

宋莲生:果然如此,哎,轻点儿捆,轻点儿捆。本郎中给你们留了条路。

后生:什么路? 说说看。

妻:别问他,留着是祸。既然做了就不能留了,动手吧。

宋莲生:不留更是祸,是大祸。

后生:怎……怎么讲?

宋莲生:还用讲吗,想想就明白了,作奸男女药死亲夫,害死大夫,天涯海角远不远,远吧,到了那儿一样是死路。

妻:好日子,有一年不多,有一天不少,连子动手。

宋莲生:两相情好,一天多么短,含在嘴里品品也就过去了,十年八年,一辈子,不是更好吗?

妻:想过,不想了。

宋莲生:干吗不想?

妻:他不死我不能改嫁。

170

宋莲生：没人拉着你。

后生：这是你说的，他可不这么想。

宋莲生：现在不同了。

妻：你……你跟他说了？

宋莲生：不信去问他。

妻：连子看好了他，我去看看。

绣庄柴房。

无双打扮得非常正式，换了典雅的衣裳。很有形式感地给岳宣摆着小几，然后在几上摆着精美的吃食。

岳宣端正地坐着。无双双手斟酒，斟好后自己先饮了一杯。

无双：岳宣，要分手了，无双陪你吃顿饭，请吧。

岳宣：何必这么庄重？人生长久呢，又没到最后分手的时候。

无双：岳宣，你我生不逢时，要是生在平平常常的耕读人家，这饭也许要这样一天三餐吃一辈子呢。

岳宣：大道长天，还有时机。我等着呢。

无双：不想了，人生之事，不如意事常八九，尤其在"情"字上，既不要欠情，也不要欠义。还起情来，所有的美好都会变味了。甜的变苦了，香的变酸了。

岳宣：无双，你干吗说这些？后悔那年我当街救下你了？

无双：不后悔，命定的事，哪容得你后悔，只要是真的，什么都不悔，来喝酒。

岳宣：想不到情感之事，有时还……还很壮烈呢。干。

无双：岳宣，你刚悟出来吗？其实人生最壮烈的就是情感，其客观存在总有不由衷的地方，比如说你的志气和大业。算了，不说了，吃吧。

无双说着话打开包袱，把一身非常精美的绣袍展示出来了。抖开，华美无比。

无双：穿上试试吧。

岳宣：这么精美的衣裳，岳宣真是受、受……受之不起。

无双：岳宣，自与你一别，五年来无双想你的心情都一针一丝绣在里边了。长夜永日，青灯孤影，一花一朵，一叶一枝，都有无双之痴思呆想，现在想想，日子就那么绣下去，也很美好。故人有时是不能见的，旧情有时是不能现的，现在能看着你穿在身上，已不负我的一番心意。

岳宣也流泪了，上手要抱无双：无双。

171

无双双手张开了,拦住:话就到此了,不想再多说了。岳宣,钱在这儿,你拿了去立你的大志,建你的大业吧。

无双说罢把钱放在几上,站起,头也不回地出了柴房。

岳宣:无双等等,无双。

无双:你走吧,越快越好。

岳宣穿着华服,呆呆地看着放在几上的银票。

客栈夫妻房内。

宋莲生正在扶那丈夫坐起来,妻和后生都跪在地上。

宋莲生:等等,等等,我扶您起来。有什么话当面说开了。要想一块儿死也行,我这儿有砒霜;要想一起活,那咱们总得有人让一步,咱都好好活着。说吧。

丈夫:虹,没见着你们我心里明白了一半,一见着你们我心里全明白了。我现在这是没死,我要真死了也不怨你们,怨我自己,当初干吗硬把你找下了。你别哭,不是我仁义,理是这么个理,我原来不明白啊。以为情算什么,你们原先好,是你们的原来,我把你娶过来了是我的现在,两口子还不是居家过日子,所谓日久生情,谁知日久情没生倒生厌了。天底下有些事真说不明白,婚姻算是一桩。这是休书,我写好了,你们拿着上路吧。

妻与后生一起跪着。两人哭。

妻:事到了今天,话不知怎么说了,你算是大恩大德了。连子,给你哥磕头。

丈夫:哎,别谢我。要谢谢宋大夫,谢宋大夫。

妻、后生:宋大夫,谢谢您,谢谢您!

宋莲生:别谢我,别谢我,赶上了。

妻:宋大夫,说句不脸红的话,我这肚子里还有孩子,这算救了几条命了。要不是为了这孩子,我也不会想着要害人。

宋莲生:不说了,这种事只要一人让了就算解了,都不让就出人命。这事没什么对错,你们快走吧。

大道。

一辆马车在飞奔。

丈夫:宋大夫,你怎么知道那药不对?

宋莲生:闻出来了,药是一味一个味儿,辛、苦、酸都有,一味药入一种病,只有一种病不好治。

丈夫:什么病?

宋莲生:心病。

马车飞快而行。路上不断有逃难的人往相向的方向走。有的人在路边躺着死了,一些小孩哭着。

绣庄柴房。

洪三燕在柴房中站着。

岳宣走了,柴房空空的。

洪三燕站了一会儿开始翻那些柴火堆,什么也没找着。

洪三燕摔了柴火出门。

九芝堂中堂。

无双正在与劳澄告别,无双拿出九芝堂的一幅书法绣片,正送给劳澄。

无双:劳先生,这两年在你对面,没少跟您添麻烦,这是真要散了,您可别记恨我们啊。

劳澄:什么话?没帮上忙,我心里……不舒服呢。

无双:这幅字呢是姑娘们一起绣的,好不好的,您留下算个念想吧。

劳澄:谢谢,谢谢。无双,问你句话,闻世堂那天去你那儿,真是想在对面开铺子吗?

无双:话是么么说的,可铺子一定是开不成,房子归齐大头了,他要……

劳澄:开青楼。那我这铺子还怎么开啊?宁可让闻世堂开过来,好歹有个比较,长进。

无双:天不遂人愿。劳先生,那我就算告辞了。

劳澄:等等,无双,我还有句话想跟你说。宋先生负气而走,事大概也不都怨他,他不知你……

无双:不说了,人生在世,就少不了事,有顺的有不顺的,有那种南辕北辙的,无双都看开了,谁也不怨。

劳澄:也不知人去了哪儿了,山药去了南边,没找着人。

镇中客栈院中。夜。

宋莲生跟着大车进了院子,小二在前边打着灯笼。

小二:小心点儿,小心点儿,院子里都是人,车别进了,碾着人了。

宋莲生飞快地接过灯笼来照,一下看到院子里躺了满满一地的人。

宋莲生:这……这是怎么了?

小二：都是南边逃出来的难民，净是生病的。

宋莲生：怎么没个房子啊？

小二：都满了。上吐下泻的……我们掌柜的心好，让他们在院子里待着就不错了，人说死就死了，站着倒地就死了。

正说着话，有人从地上伸手来拉宋莲生的脚，喊救命。

宋莲生赶快伸手号脉，只见那手慢慢、慢慢地垂下去：坏了，坏了，这是要闹时症了，瘟疫，瘟疫。小二，小二。

小二：干吗呀？

宋莲生：快，快把有病的没病的分开了，都分开了，要么这么下去都得染上，快！

小二：哪分得开啊？

宋莲生：我来分，我来分，有病的跟我来。哎，有病的跟我来。

一时院子里，突然长出一片人来，一片呻吟声。

宋莲生举着灯笼往台阶上跑：小二，哪儿有药铺子？

小二：镇上有。

宋莲生：快让他们把清热解毒的药都送来。

小二：清热解毒什么呀？

宋莲生：板蓝根、柴胡、麦冬、甘草。

众病人：救命，救命！

宋莲生：有大夫也请过来，还有，多找石灰，往院子里撒石灰。快，快吧。

小二：这位先生，谁出钱啊？

丈夫：我出。

宋莲生走到丈夫跟前：老何，我顾不上你了，你回家养着吧，没事了。要能走，连夜走吧，这儿体弱的人不能待，一回家吃点儿清热的方子。

丈夫：宋大夫，这点儿银子您留下吧，太少了不值一谢。也不知该怎么谢您。

宋莲生：不说那个了。我留下，大兵之后必有大疫，不容情了。你快走吧，往远了走。

丈夫：那我走了，后会有期。

宋莲生：走吧，别想了，今后多做好事，活得还长呢。来，病人跟我来，把屋子腾腾，把屋子腾腾啊。

丈夫看宋莲生忙去了，上车走。

天亮了，一口大锅在熬药。宋莲生在往锅里撒草药。小二、伙计们在院子里撒石灰。人都躺在廊下了。

宋莲生边撒药边问旁边:李大夫,这病闹了几天了?

李大夫:十天左右了,都是南边难民带过来的。

宋莲生:他们这是往哪儿去呀?

李大夫:往北,长沙、岳阳。

宋莲生:坏了,不能往那儿去。那儿的人多,千万别再往人多的地方去了,那要出大事了。

李大夫:不往长沙往哪儿去呀? 咱这儿药都没有了,再说吃没吃喝没喝,可不到了长沙才能活吗?

宋莲生愣住了,放下手中的大铁勺,飞快地从怀里把钱掏了出来。

宋莲生:李大夫,这点儿钱不算什么,给你在这儿救人。

李大夫:你去哪儿?

宋莲生:我得回长沙报信。小二给我找匹马,找匹快马。

宋莲生马上跑进院中,拿了包袱出。

三湘茶社。

茶客满满。上边有坤角在唱丝弦,一片升平景象。

齐大头高兴、风光地进来了,屁股伤好了。几个人口贩子,拥着他往里走。

甲:齐爷,齐爷,我给你带来几个好的。

齐大头:会唱不会呀?

甲:会,会,丝弦、花鼓都会。

乙:齐爷,我这儿的几个都认字,都认字。

丙:会诗文。

齐大头坐下了:会诗文有什么用? 会挣钱才是好的。哎,几位,我先说好了,价我可给不高。

丙:都是百里挑一的。齐爷,您得让我们吃饭。

齐大头:吃饭? 都饿不着。百里挑一不新鲜,我知道南边下来人了。百里挑一,万里挑一的都有。记住了,现在我还给你们钱呢。再过两天,备不住往我这翠花楼怀里扎的人,我还得往外推呢。来来,带出来我看看吧,让我看看。

甲拍手:如烟进来,贵喜、和悦……都进来吧。

一个一个的少女,苦着脸都用绳连着,从茶社外进来,像卖牲口一样,让齐大头看着。正经的茶客,都站起来出去了。

齐大头：嗯,嗯,那个叫什么?

甲：艺名和悦。

齐大头：嗯,上路。过来我捏捏手。

坡子街上。

一片日常做生意景象,有买有卖的,争吵的,毫无任何不安之相。

两辆拉满了药材的大车正从街上过,后边一辆车飞快地来,宋莲生从后边车上跳下来,风尘仆仆追上去。一看药车,一把拉住了牲口。

宋莲生：老板,先别急着走。这药往哪儿拉呢?

老板：正找主儿呢。

宋莲生抽出药来看。

宋莲生：行了,两车都往九芝堂拉吧。

老板：九芝堂?刚去过了,人家不要。

宋莲生：你就说宋莲生宋大夫让留下的,去吧。

宋莲生说完又往另一辆大车那儿跑去：哎,拉药的等等。哎,等等。

两车药掉头往九芝堂去。

九芝堂内。

山药正往外轰那卖药的老板。

山药：走吧,走吧,别家吧,不是跟您说过了吗?药不收了,不收了。

老板：也不是我非要送来的,街上一个人死拉活拽的,让我把药往这儿送。我说了你们不要了,他一定让我给送来。这……这不是捣乱吗?

劳澄：那人叫什么呀?

老板：他说叫宋莲生。

山药：鬼话,宋大夫多少日子找不见了,我们还找呢。走吧,拉走。

劳澄：他人呢?

老板：又追别的药材去了。

劳澄：山药,去街上看看。

坡子街上。

宋莲生带着几大车的药往九芝堂来。

九芝堂后院。

一包一包的药材往后院卸着,宋莲生正指挥着人卸车、码药。

176

宋莲生：防风这边，黄连东墙，别乱，别乱啊！

劳澄、山药看着。

山药：东家，一时进这么多的药，要是卖不出去，咱铺子可就该关了。

劳澄：那么远地又跑回来了，必定有用，咱们干吗不信他？

山药：咱听他的，股东们到时可不听，回头来闹。

劳澄：不说了，哎，结账找我。来，我来结账。

宋莲生：啊，对，卸了车，都找东家结账去啊。

劳澄：来，来，跟我上柜上去吧。

宋莲生：山药，我那屋还……

山药：一点儿没动，还给您留着呢。

宋莲生：山药，这些日子看病的人多吗？

山药：还是平常的样，没有什么不同。您进屋吧，洗脸，水给您打了。

宋莲生屋。

宋莲生在洗脸，山药侍候着。

宋莲生：山药，对过绣庄好吗？

山药：不好。

宋莲生：怎么不好了？

山药：要散了，您再晚回来两天，人都找不见了。

宋莲生有点儿意外：……是吗？

绣庄宿舍。

姑娘们要分手了，饭都在桌上，吃不下去。

二桃子：真要走了，以后的日子都不知怎么过了，想起来就烦。

翠翠：我爹妈都死了，我舅总想卖我。我没地方去。

二桃子：三燕，你去哪儿？

洪三燕：不知道，不想那么多了，无双姐说还有三天才分手呢。哎，姑娘们，还有三天呢，不想了，想也没用。咱们高高兴兴、乐乐呵呵地过好这三天怎么样？倒是说话啊。

众姑娘：好。

洪三燕：哎，小双，我这儿还有点儿钱呢，你去打酒去，咱喝酒高兴。还有三天呢，三天可不短，大家高高兴兴的。

二桃子：好，那我再炒俩菜去，你们把好看的衣裳都换上，要高兴咱就彻底高兴了。

众姑娘：对，喝酒高兴。

洪三燕：快拿了钱去啊，小双快去买酒，回头喝了酒，咱疯闹，高兴三天。

众姑娘一下疯了：高兴三天，高兴三天。

还没买酒，先疯起来了。

闻世堂内。

如月飞快地跑了进来。

如月：快叫老太医，快。

吴云：表姐，何事慌张？

如月：要出事了。

吴云：怎么了？

如月：九芝堂趸了整车整车的药材，后院都堆满了。是药他们就收，快想办法吧。

吴太医：趸那么多药干什么呀？

如月：不知道，听说还都是清热解毒的、收敛的药。姑父，咱们是不是也收一点儿？你快拿个主意。

吴云：这也大惊小怪，我看大可不必。

吴太医：听吴云的，医家从古至今缺的是病人，争的也是病人。药材怎么会缺？除了那猴枣、牛黄、老山参不好找，清热解毒的药不是有的是吗？九芝堂他开他的铺子，闻世堂开闻世堂的，何必为他所左右？九芝堂怎么会做此怪异之事？

如月：听说那个宋莲生又回来了。

吴太医：那就对了，他虽有本事，但毕竟是江湖郎中，我看这回不是病人要吃药，是他劳澄要吃药了。

九芝堂后院。

七八名股东扯着劳澄，推来挤去地在理论。

股东甲：我……我他妈的点把火给它烧了。我，花那么多钱买一院子药，这不是要我们股东的命吗？

劳澄：好，烧。你烧，没人拦你，烧，烧吧。

股东丙：好好的买这么多药干吗？

股东乙：疯了！劳澄，你怎么连个疯子的话都信啊？什么他妈的江湖郎中，太平世界，好好的哪儿都有病了？又不是神仙，这话你也听？

股东甲：这些药到时卖不出去，下雨就霉，那可倒了霉了，赔了，赔钱了。

178

股东丙:赔钱,撤股。

股东乙:撤股。

劳澄:你们都别闹了,听我说一句,这些药买下了,有没有用,说实在话我心里也没谱,但我信得过宋先生,他大老远地回来了,他必有道理。他……

众股东:他是个浑蛋,他在哪儿呢?找出来。

股东甲:我先打死他,臭郎中。

劳澄:各位,跟他没关系,钱是我花的,真要赔了我劳澄一个人赔。

众股东:好,这是你说的,你可把账弄干净了,多一分我们不出。

劳澄:可话说回来了,真要赚了,也没有几位的份。

众股东:不眼红,不眼红。记清楚账,记清楚账。

绣庄宿舍内。

众姑娘都打扮好了,疯闹着,热闹无比。你给我画一道,她为她灌一杯。

洪三燕:来,我开个头啊,我学个公鸡叫。学完了,你们也得表演啊。喔喔喔,喔喔喔。

众姑娘:不像,不像公鸡,像母鸡,阉鸡。不像,再学,再学。学了公鸡再学母鸡。

洪三燕被众姑娘们按住了,边笑边学。

洪三燕:对了,像阉鸡。母鸡是下蛋了,下蛋了。

二桃子:哈,下蛋了。

众姑娘疯笑,更像阉鸡了。

洪三燕:学来学去都是阉鸡,和现而今的臭男人一样。宋莲生瞎不隆咚,看不透人心瞎看病。

二桃子:念错了,喝酒,这都背不下来?

众姑娘一起打着枕头一起骂着,高兴着,突然洪三燕伤心劲儿上来了。

洪三燕哭了:臭男人,没一个好东西。

这下可把人的伤心招来了,沉默,突然都哭。

众姑娘:没一个好东西。看着这么多花红柳绿的姑娘,没一个来救。

二桃子:好容易有个宋莲生,看着知道疼人,还跑了。宋莲生,你别回来,回来就揍死你。

拿起枕头朝门飞去。

门开了,宋莲生正走进来,枕头砸在脑袋落进怀,一看是写着自己名字的画像。

宋莲生:姑、姑娘们好,想……想我了吗?

众姑娘都愣了。

宋莲生:想得把我都画在枕头上了,这是谁啊?晚上还得枕着我睡觉?

众姑娘终于明白过来了,一股火发出。

二桃子:宋莲生,你可回来了。你想得我们都想不起来了。

洪三燕:姑娘们上手。

姑娘们都冲上去,连打带拥、带抱、带亲,什么都有。

宋莲生瞬间幸福得呆了,香拳、香唇在他的身上、脸上雨点般落下。

宋莲生:幸福来得太猛烈了,谁也承受不住啊。

十三

绣庄后院。夜。

宋莲生脸上带着香唇印,身上被撕扯得乱着,有点儿醉意地摇晃着,来到后院。

后院月光下,无双一身素装,手中的绣绷子垂下,正在看天上的星月,孤寂清冷,美丽忧伤。

宋莲生看着宛若图画的无双,一下站住了。

无双慢慢收回目光平静地看着他,好像他就应该在此时出现。

宋莲生:今……今天是什么日子,幸福来得太猛烈了,猛烈而且绵长,人……人约黄昏好时间,看到一位妙神仙。神仙如画我如诗,一题题在画旁边……

无双冰冷:你……怎么回来了?

宋莲生想起腻:有缘千里一线牵。

无双冰冷:无缘对面不相识。

宋莲生:有缘人终成眷属。

无双:无缘人形同陌路。

无双一眼看到宋莲生脸上的唇印:哎,哎这些东西哪儿来的? 嗯,好……好像受了一些礼遇嘛,还是自己画的?

宋莲生:我吃饱了撑的,画这个干吗? 幸福,姑娘们给的幸福。

无双:可真幸福。宋先生,你可真让人爱不够地爱。打你了吗?

宋莲生:也打了,应该打。哀其不正,怒其不爱,该打该打。香拳如雨,心如鼓,满身激荡,情如虎……爱几乎让人成了半个诗人。无双,那夜我……我因情而生怨冤屈你了。你要不要也给我印上一个?

无双:休想! 一切已成以往,对无双来说,什么都无所谓了。

宋莲生:那活着岂不很冷?

无双:你说对了。

无双说完站起要回屋。

宋莲生:哎,无双别走,我有话说。

门关了。

无双:有话在门口说吧。

宋莲生:我……我应了姑娘们了。

无双:应了什么?

宋莲生:五天之后,让绣庄重新开张。

无双砰地把门打开,看着宋莲生:宋莲生,你,别再往我们伤口上撒盐,别再往我们心上捅刀子,别再给饥饿的人画烙饼了。你走吧。

门又关上。

宋莲生:哎,画烙饼干吗? 我是给你做烙饼。

无双:好,我等着。

翠花楼大堂。

齐大头边掏着耳朵边收着姑娘们排着队往他桌上放的银元宝。

一个一个女孩子放的都是元宝,突然一位穿着破旧、一副病容的姑娘放的是一小块碎银子。

专心掏着耳朵的齐大头,一把把女子拉住了。

齐大头:春草啊,你先别走,你跟爷我沾不沾亲啊?

春草咳嗽:爷,不敢高攀,咱不沾亲。

齐大头:不对吧,很早以前认识?

春草:也不认识。

齐大头:不对吧,你再想想,一定是跟我沾亲带故吧?

春草:爷,没有。

齐大头:没有啊,没有人家怎么都掏了一个整元宝,你才拿了点儿指甲盖的碎块儿打发爷我啊?

春草:爷,春草有病,春草不招人待见,就这点儿还是从人家手里借来的呢,您多包涵吧。

齐大头:你少跟我装可怜。跟你说,吃着我的,住着我的,我这儿可不是功德堂,你不给爷挣钱,爷拉出去给你喂了野狗。来人,姑娘们看好了,这可不是爷我不讲理,是她招的,给我打。

两个杈杆上来,扯头发就要抽嘴巴。

宋莲生:哎,等会儿等会儿,别打。我可不是非踩着这点儿来的啊,赶上了……别打了,为什么? 这钱我出,谁让咱赶上呢?

宋莲生说罢,掏出一个元宝放桌上。

齐大头:打。

那两个人举手刚要打。

宋莲生:齐爷,齐爷,就当我没看见,您打您的,我没看见啊。左不过把人打死了,阎王爷那儿给二位记上一笔账,回头二位下地底下以后,小鬼判官把二位的左手、右手都给剁了,落个没胳膊没腿,那也不算什么,打吧,打吧。齐爷您呢,小鬼要给您掏耳朵就不这么掏了,伸胳膊进去把您肠子肚子掏出来晾竹竿上,给您晾干吧成一张皮了,做个鼓天天捶天天打。

齐大头:都下去吧。

众姑娘都下去了。

齐大头:宋大夫。

宋莲生:齐爷。

齐大头:你嘴皮子好,我不给你溜,你不是跑了吗?怎么属鹁鸽的,又飞回来了?

宋莲生:属……属风筝的,又给拽回来了。

齐大头:上路,谁是拽你的线儿啊?

宋莲生:齐爷,您真上路,一说就说到点子上了。来,来,附耳一听。

齐大头附耳听。

齐大头:啊呸,我翠花楼会是拽你的线儿?你来都没来过一次,我拽你什么了?这儿的姑娘哪个拽得住你呀?

宋莲生:都能拽住,都能拽住,这不是来了吗?

齐大头:你来到底要干什么?

宋莲生:让您关门。

齐大头:语出惊人,您别弄大话吓唬我,我凭什么关门?

宋莲生:瘟疫要来了,出不了三天,您这儿就收不了场了。连客人带姑娘都得死人。

齐大头:你他妈的哪是郎中啊,你快成神仙了。我这儿买卖开得这么好,你看看这人进人出的,你这不是咒我吗?

宋莲生:怎么说你也不会信,这么着吧,齐爷,三天,三天为限。要三天你这儿没关门,没让我来给您治病,收拾场子,我郎中不当了,我上翠花楼门口来给您站班当王八来。

齐大头:那用不着,你站门口人不进来了。

宋莲生:那请您示下。

齐大头:你去闻世堂坐堂去,我算一股。

宋莲生:好,一句话。

齐大头：上路，就这么定了。

宋莲生：要是事儿出了呢？

齐大头：我真信你，我给你磕头。

宋莲生：用不着，我赢了，无双绣庄归我。

齐大头：哈，我知道什么是拽你的线儿了。宋大夫，你可真多情，比我们开青楼的没见识多了，跟你说，小心别伤着。绣庄我不能输给你，我要开分号呢。

宋莲生：钱如数还你。

齐大头：如数不行，得一倍半。

宋莲生：好，写合同。

齐大头：上路，上路。王五，笔墨侍候。话说出去了，咱谁也不悔。

宋莲生：不悔。

九芝堂后院。

劳澄看着那些堆积如山的药材。伙计们往上垛药材。

劳澄：用石头压一压，用石头压一压。

山药：东家，我回来了。

劳澄：街上太平吗？

山药：书馆、茶社、坊院都去了，哪儿哪儿都跟平常一样，没见有病的。

劳澄：没病更好。大不了，我一把火把这些药都烧了。

劳澄说完回中堂。

闻世堂中堂。

宋莲生正劝吴太医和自己一起去见官，吴云、如月都在。

宋莲生：吴太医，您是这长沙城中的杏林翘楚，这事儿您不出面，谁出面啊？

吴太医：市面并无病相，我不去。

宋莲生：大兵之后必有大疫，您不去，谁还能去？

吴云啪一拍桌子：宋莲生，此事之前，我还以为你虽出身不正，倒还是个颇有医术之好大夫，现在，你是无端囤药在先，然后又制造谣言为卖药盈利在后，你……你原是个势利小人。

如月：可不是吗？囤了那么多的药材，怕卖不出去，拉老太医去见官。宋大夫，你这计可是连环带套啊。

宋莲生：从没那么想过，没那么想过。

吴太医:看见了吧?你那点聪明,妇孺皆知了。宋郎中,老夫劝你好好学艺,好好做人,治病不治病的,也不是你想治就能治的。送客。

吴云:爹,不能放他走,我要押他见官。

吴太医:那用不着吧,那可用不着。

如月:表弟,不要跟这种人一般见识。

吴云:一定要见,一定要见。

宋莲生:好啊,好啊。正想见官去,走,咱们走。

吴云犹豫了。

吴云:要见我一人见,你走吧。

翠花楼。进进出出依然热闹。

茶社中。茶客谈天说地高兴。

九芝堂后院。劳澄冒雨在苫席子盖药。

风雨把绣庄的牌子彻底掀翻了。

街上难民在屋檐之下,一人死了,家人在给他盖席子。

大批难民拥上街头。

长沙府。

吴云击鼓。

三湘茶社。

还是升平景象。突然一茶客说着说着,一下倒地。

茶客:哎呀,我冷,我冷。

众茶客:哎,哎,这是怎么了? 怎么了?

茶客甲:昨天老李也这样子就倒了,快找大夫,快找大夫。

九芝堂。

宋莲生正在给人诊病,两个衙役拿链子来锁人了。

知府大堂。

啪,惊堂木一拍。吴云立于一边,宋莲生跪着。

知府:宋莲生,你可知罪?

宋莲生:老爷,您不让我来,我也得来。

知府:宋莲生你逛药在先,然后欲放谣言卖药。这种话你还要让本官帮

185

你传出去。你可知罪?

宋莲生:老爷,您听我说。

知府:不听,我要治你的罪。

宋莲生:等等老爷,宋莲生收药为治病。无中生有才叫谣言,宋莲生预见时疫将至,绝无谣言可说……宋莲生正是从南方快马赶来的。

知府:快马怎么样? 哪儿有时疫,这不是好好的吗? 既是时疫,必有症状。我们这儿现在堂上堂下无一人染病,不是都好好的吗? 还说不是谣言,来人,上刑。

宋莲生:慢,知府大人,街上有人得了。

知府:街上我不去。本堂现站有十余人,大家都好好的,街上可不天天有人得病。吴公子,你是大夫,你说呢。

吴云:大人所言极是,街上总有人在病着,但是不是时疫另外说。

话音刚落,就见一衙役水火棍拄着地,拄不住了,砰的一声倒地。

衙役:我……我冷……我冷,我冷。

知府:怎么了? 哎,这是怎么了?

牢头:他说冷。

宋莲生:真不禁念叨,满头大汗还说冷,大人他染病了。

知府一下把嘴捂上。

知府:什么? 染病了? 快,快抬下去,抬下去。宋……宋大夫,这可怎么办? 坏了,坏了,这可怎么办?

宋莲生:不怕,我治。

知府:我没问他,老爷我……我怎么办? 本府不能病,本府管一城的事情。

宋莲生:九芝堂有现成的解毒清热汤,回头您天天喝。

知府:好,我要汤,我要喝汤。

宋莲生给那病人号脉:记住了,这儿要撒干石灰,街上难民给安置了,病死的人快下葬。大人您得安排,各药铺子组织救人……

宋莲生说完发现大堂内一点儿动静也没有了,连衙役带老爷都跑光了。只有吴云紧张地站在旁边,也捂着嘴。

宋莲生:吴公子,没事了。这你也看见了,快回药铺吧,配些清热解毒的药,救人要紧。快回吧。

吴公子也跑了,只有宋莲生一个人,回身背起躺下的衙役出门。

街上。

街上一下子人少多了,几乎看不见什么人了。偶有走路的人都在嘴上捂了个三角的白布巾子,捂着嘴疾疾地走。

宋莲生背着衙役想叫车。

宋莲生:车,马车。

车把式:哎,来了。你背的什么人?

宋莲生:病人。

车把式赶快跑了:不拉。

宋莲生:哎,怎么就不拉啊,传染不上。

宋莲生背人路过米店,看人在疯狂地抢米。宋莲生背不动了,刚在台阶上想歇着,被人一筐石灰泼在头上,那人还不住地轰他走。

住户:滚,快滚。别在我家门口待着,快滚。

宋莲生路过茶楼,人都没有了。宋莲生就这么一身白灰地背着人。

九芝堂门口。

宋莲生背着病人累得半死,终于看见九芝堂了。只见九芝堂门口人山人海,所有的人都在抢药。

山药为首的伙计们在拦着人,一个一个往里放。

山药:别挤,别挤。出来一个进去一个,出来一个进去一个。里边装不下,里边装不下。

宋莲生一身白灰放下背着的病人,大喊。

宋莲生:山药,关门,关店门。不卖药了,不卖了。

众人一听不卖了,回头看一身白石灰的宋莲生。

众人:干吗不卖了?

宋莲生:不卖了,不卖了,几位走吧,有病的给,没病的不给,这药卖光了,真来了病可怎么办? 快关门,山药快关门。

绣庄的姑娘们都出来看着。

山药:不卖了,不卖了,关门关门。

甲:你他妈的是什么人? 不卖我们药,揍他。

众人:对,揍他。

宋莲生:都别过来。我这背上可有病人,弄不好传染。

话音刚落,九芝堂门口一人没有了。

宋莲生:真他妈的灵,平时说话都凶极了,真到生死关头,全现出来了。

宋莲生又要背人走,洪三燕过来了。

洪三燕:宋先生,我给您搭把手吧。

宋莲生:三燕啊,不用,不用。别过来,怕传人。

洪三燕:三燕不怕。

宋莲生:人家都怕,你不怕?

洪三燕:您不是也不怕吗?

宋莲生:我是大夫,我得救人。

洪三燕:我不是大夫,我也想救人。来,我给您搭把手。

宋莲生:三燕,你……你可真是好姑娘。回头我给你们派药去啊。

洪三燕帮着,宋莲生背人上九芝堂。

九芝堂后院。

还是那些股东围着劳澄在叫。

股东甲:劳……劳先生,这个宝可押对了,这些药卖出去就是座金山啊。这回可是千载难逢啊,好机会,好机会。

股东乙:劳先生有远见,有远见。应当提价,提价。

股东丙:都卖了。翻五番,翻五番。

劳澄:几位,几位……几位听好了,这是治病救人的药,跟你们没关系,该怎么卖你们说了不算。

股东甲:劳先生,劳先生,别记仇,别记仇啊。听我说,我们错了,我们一切听您的,听您的。

众股东:对,我们都听您的。

股东们追着,拥着,突然山药冲进后院。

山药:东家,店门关了,药不卖了。

劳澄:关门了? 怎么回事?

山药:宋大夫回来了,不让卖了。

众股东:哎,好好的怎么不卖了? 卖,卖,这么好的时候干吗不卖了? 这不是断财路吗? 谁不让卖也不行。

宋莲生背人进来:不卖了,我不让卖了。都把药卖了没病的,回头有病的人没药吃。

股东甲:时疫过去了怎么办? 这药正在浪尖上买卖,哎,你傻啊?

众股东:你傻啊,你傻啊。

宋莲生把人放在台阶上:对,我傻。你们要是光想挣钱,到时一定挣不着钱,命还没了。山药,把我屋子收拾了,把人抬进去。

股东乙:这是什么人?

宋莲生:什么人,病人。

众股东:啊,你怎么把病人抬这儿来了? 快走。

众股东全跑了。

宋莲生:劳先生,您不怨我吧?

劳澄:人都背回来了,还有什么可怨的,治吧,治好了就有方子了。

宋莲生:我也是这意思。

劳澄:卖药不急,指望卖药暴发,毕竟不仁义。

闻世堂。

吴云、吴太医、如月都忙着。一个一个抽屉都拉出来,扣在柜台上,人还管什么药啊,是药就抢。有人抓了药就往嘴里塞。

伙计:什么你就吃?

胖财主:吴公子,给您银票,给我装,给我装。是药就装,快装。

吴云:你什么病啊? 这药得对症才行啊。

胖财主:这时还管什么病,有药就能救命,快装,等会儿没了。

如月上来一把把银票抢过来了:给这位大爷包人参、鹿茸、鹿胎膏、牛黄,开锁,是贵的都给这位爷装。

吴太医看着。

胖财主:哎,哎,都要,都要,谢谢,谢谢。救命,救命啊。

胖财主大袍子一兜,什么药材都往里装了,边哭边谢:救命啊,救命啊。

翠花楼过堂。

一个客人也没有了。众姑娘在四周围着看。

齐大头满头是汗地看着一桌子药,人参、犀角、鹿茸,什么都有。

齐大头:王……王五,这……这些药怎么吃啊?

王五:爷,我也不知道,好容易抢回来的,你对付着吃吧。

齐大头:真……真他妈的让宋莲生这小子说……说对了,真是不过三天,长沙城的人都……都他妈的开始吃药了。人人都吃咱不吃也不行呀,怎么也得吃点儿啊,不吃我的钱还没花完,死了多……多不值啊!

王五:对,得吃点儿。

齐大头:可吃什么呀?

王五:爷,爷原来吃过什么呀?

齐大头:我……我原来就吃过春药,那也不是为了治病啊,我……我吃什么呀这么一桌子,王五?

王五:哎哎,要……要么您拣贵的吃,一分钱一分货,贵的总是好东西

189

吧？您拣贵的吃。

齐大头：有理，有理。这一桌子药什么最贵？

王五：这根百年老参最贵，一百五十两银子呢。你吃这个，这可不能让人家吃了。

齐大头：对对，那可不能便宜了别人，我吃，我吃。

齐大头拿起那根老参，拿牙一咬，咔嚓咔嚓吃起来了。

齐大头：嗯好，有钱就好。病来了也不怕，咱有药。嗯，老山参一百五十两，我这一口够穷人活一年的。

街上。

街上难民很多，有病死的，有饿得要饭的。

绣庄内。

姑娘们完全不怕了，正排着队跟着洪三燕学跳舞。

洪三燕边歌边舞，轻盈美丽：江畔何人初见月，江月何年初照人……

无双也高兴地进来了，看着：二桃子，不对啊，你那云手反了，反了。大家都左手在下、右手在上地甩，你怎么右手在下了？哎，哎，翠翠，卧鱼该把腰扭过来，这样，这样啊。到底年轻，人家都怕生病，你们是怕"虚度了良辰美景"。

宋莲生拎了一桶药汤进来，山药也拎了一桶。

宋莲生：哎哟，哎哟，艳，艳，可真艳。街上的人都快下了地狱了，你们这儿还在天堂上飘呢。等会儿教教我啊。先把药喝了，咱该乐还乐，当防还得防。来来，喝药。

洪三燕：好好的喝什么药啊？不喝。

二桃子：不喝。

宋莲生：这不是治病的，是防病的，喝了吧。无双姐姐，您先带个头。

无双：要钱不要？

宋莲生：不要，提钱干吗？喝吧。

无双：我不喝。

宋莲生：怕有毒是不是，我先喝。

洪三燕：有毒的又不是没喝过。

宋莲生：哎，姑奶奶们，快喝点儿吧。你们要是病了，还不是我的事儿啊？喝啊。无双你带个头。

无双：宋先生，你心可真好，给没病的人喝药，街上那么多有病的人你怎

190

么不去管管？跟你说,给花红柳绿的献殷勤可不算善事。

宋莲生:那算什么?

无双:算自作多情。

宋莲生一下呆住了:说得真准。街上的事,想管,管不过来,人手不够。

无双:我们可以帮你啊。

洪三燕:对,我们不怕,我们可以帮你。你出方子,九芝堂出药就行。

山药心疼钱:宋大夫,咱回吧。

宋莲生:等会儿,想……想不到,姑娘们都……都是活菩萨呢。你们既然有这心,那我宋莲生还有什么说的? 山药,山药,多找桶,盛汤,让姑娘们分发去。

山药:……

二桃子:快去呀。

山药:哎,哎。

街上。

姑娘们两人抬一桶,走街串巷地在为难民分发去毒解热汤,各条街上都有难民的身影。

无双正为一名病妪喂药。

无双:老奶奶,您喝吧。

老妪:姑娘,我……我没钱。

无双:没钱不要紧,您喝吧,算九芝堂送您的,您回头给传个名吧。

老妪:哎呀,我可真是遇上活菩萨了。

另一条街。

二桃子在喂一像是有钱的男子。

二桃子:您要有钱呢您给点儿,没钱不给也行。您喝吧。

男子:姑娘,我现在没钱,有了加倍补上,您说的什么堂号?

二桃子:九芝堂,宋大夫。

男子:我记住了,宋大夫,九芝堂,只要我不死,钱一定还给你们。

另外一条街。

老者:姑娘,这是传家的玉璧。你们这么好,我要它也没用了,给了你们大善人吧。

洪三燕:大爷,这太贵重了,不能收。

老者：收下。孟子说"无恻隐之心，非人也"，你们这么善良，我拿出件东西算什么，拿着。

洪三燕接了。又有很多人往她手里放钱、放物。

洪三燕哭了：谢谢，谢谢。你们喝了药如果不好，上九芝堂找宋大夫啊。

九芝堂宋莲生屋内。

宋莲生正在给那病衙役号脉，号过脉后，马上拿笔写方子。门推开，劳澄进来。

劳澄：宋先生，人怎样？

宋莲生：汗算出透，这会儿我给他开固本养荣的方子，看来病不是太可怕，主要是寒症，方子对了，能治。

劳澄：治了这一例就有经验了，好，好。

宋莲生：劳先生，实在对不起，没借这机会让您挣着大钱，白白地往外发了些汤药。

劳澄：宋先生，咱还要怎么挣啊？人家街上给了块玉璧，那就值五车的药，漫说有这个了，没这个咱不是还挣了名了吗？你这让绣庄的姑娘们一上街……

宋莲生：她们自愿的，姑娘们境界高。

劳澄：对，就这姑娘们一上街，一时间长沙城里，就咱九芝堂的名声响了。这不是比钱还要紧吗？

宋莲生：不管怎么说，上街派的药，一时拿不回钱来。

劳澄：不那么看。表面上咱们不要钱地给人家药喝，其实反过来想，人若为善，百善而不足，他们不是还给了我们一个积善的机会吗？我倒觉着该谢人家。

宋莲生：劳先生，您能这么想，可真是善莫大焉啊。

闻世堂内。

一片狼藉，所有的药都抢光了。如月、吴云、吴太医都不敢相信地看着。

吴太医：何满。

何满：东家，您示下。

吴太医：药……药都没有了？

何满：二十年的货底子都卖光了，连个药渣子都没了。大捷，东家咱们大捷了。

吴太医：大捷个……屁，这……这是非逼着我说脏话啊。药铺子没药

192

了,还算什么药铺子?大夫没药,还治得了病吗?还算什么大夫?

如月:姑父,好在钱收回了,咱们再去进药啊。

吴云:哪里去进?现在除了九芝堂有药,哪儿还有药?没药而治不了病,咱闻世堂又算是败了。我说了,不该这么卖药。

吴太医:你少在那儿说风凉话。如月,不管多少钱,哪怕把收来的钱再花出去,想办法进些药回来。快去,快去。

吴太医刚说到这儿,范荷抱着孩子也进来了,嘴上捂着三角巾。

范荷:呀,怎么了?闻世堂也没有药了?

吴云:范荷。

范荷:吴公子,我才听到消息,家里人都说时疫极重,我……我倒不怕,只是怕这孩子到时有什么不妥。难道真的一点儿药也没有了吗?我都跑了几家药店了,你们闻世堂竟也没药了?

吴云:没有了。

范荷:可街上见到九芝堂的人让绣庄的姑娘们沿街派药,一派良行善举,看着真感人,我要没有孩子拖累,也一定会去的。那我走了。

吴云:范荷,我送你。

如月:表弟。哎,表弟。

吴太医:快想办法进药去。人家在街上派药,我们到时连亲人病了都没药治,那才叫笑话呢。快去。

如月:让我上哪儿找药去呀?刚卖空又要去买,这……这叫什么事嘛。何满,你过来。

何满:哎。

何满附耳,如月低声说着。

翠花楼大堂。

齐大头吃了一根山参,热得身上、嘴上、脸上都起了疱,光着身子在大堂中跑来跑去,边跑边拍打身上。

齐大头:热,热,热死我了,热。王五,热死我了,快,我还得脱衣服,我要脱衣服。

王五:爷,您衣服都脱光了,哪还有可脱的了,我给您扇着点儿,扇着点儿。

齐大头:哎哟,热死我了,热死了。快,快拿水浇,拿水浇。

众姑娘早备好了,一人拿了盆水,轮流过来,一个接一个地往齐大头身上浇着。姑娘们像解气一样,狠狠地泼着。

齐大头：热。不行，不行还热。

就看他满面放红光，大疱一个一个生出来，那水泼在身上像泼在热铁上一样，吱吱冒蒸气。

齐大头：啊，热死我了，不行了。快，快，找宋莲生救命。

九芝堂内。

范荷抱着孩子，宋莲生正在给小孩子诊脉。吴云在一旁站着，很尴尬。小孩轻声哭着。劳澄在一旁看着吴云没坐，给山药使眼色。

山药拿了凳子过去：吴公子，您坐。

吴云：不客气。

宋莲生看了看小孩的喉咙：范小姐，孩子体弱，你不该这么抱来抱去地在街上走来走去的，现在不好了。

范荷：宋先生，我实在不想走。谁知跑了几家药铺，连药都没有了。闻世堂这种店都没有药了，真不敢想，几天没出来，眼下怎么变成这样了？

吴云灰着脸，不说话。无双风风火火地进来。

无双：呀，都在呢。吴公子，您怎么跑到这边来了？

吴云：无双小姐，你好。

无双：范小姐也在呢，我说怎么人都来了呢？呀，怎么了？这是怎么了？孩子病了？

范荷：真是破屋偏逢连阴雨，这……这可怎么好？

宋莲生：不怕，不怕，九芝堂有药，不怕啊，你可不能哭，你一哭啊，那奶水对孩子可不好。孩子不好喂药，但也要喂。范小姐，你也要吃药，吃完了奶水喂给孩子，终归也有用的。劳先生……

劳澄：哎，您说。

宋莲生：后边腾间屋子吧。范小姐，您先别回家了，就住在九芝堂吧，早早晚晚的我好照应。

范荷：那麻烦了。

吴云不高兴，站起要走。

无双也不高兴：哎，住他们这儿多不方便啊，范小姐，咱不住这儿啊，住我们绣庄去吧，住绣庄我能照顾，姑娘们也能打个帮手，省得这儿没人跟你说话。

宋莲生：也好。

范荷：无双姐，不必了吧，还是住在宋先生这儿，我们踏实。

无双：啊，啊，也对，也对。踏实，踏实。那就住这儿吧。

194

劳澄:山药,快腾房。

无双、吴云双双生气出。

知府后院。

知府在家也绑了个三角巾,正疑神疑鬼地打摆子哆嗦。

知府:夫人,夫人,快来。

夫人挺着肚子出来:怎么了,怎么了这是?

知府:我……我是不是在发热?我发热了,快摸摸。

夫人拿手一探:发什么热了,冰凉,比我手指尖还凉呢。

知府:啊,那也不对啊。发凉出汗,这……这病就来了。啊,我发凉,我发凉,我要吃药,我要吃药。夫人给我药吃。

夫人:吃什么药啊?没病别乱吃药啊。

知府:我不吃药,我死了怎么办?你不成了寡妇了?你肚里的孩子不成了孤儿了?我要吃药,我要吃药。

夫人:你倒吃什么药啊?

知府:不管,有药吃就行。快,我要吃药。

九芝堂门口。

病人正排队诊病,突听喊声大作,齐大头杀猪般叫喊。只见打手开路,齐大头被放平在门板上,光着身子,身上脸上长满了脓疱,身体都烧红了,被打手们抬来了。

王五:让开让开,急病,急病。快让开啊,传上可不管。

齐大头:救命啊,救命啊,宋大夫救命。我不活了,活不了。救命,救命。

人群一看全吓躲着。

九芝堂内。

齐大头躺在门板上,宋莲生正在给他号脉。

齐大头:热,热。宋大夫,宋神仙,宋祖宗啊,我热,我快烧着了。救命,快救命吧,我要死了。

宋莲生:吃什么了?

齐大头:药。

宋莲生:药?你没病吃的什么药?是不是吃了百年老山参?

齐大头:你怎么知道的?宋神仙啊,你给我这火浇浇吧,我活不了了。

宋莲生:什么都想多吃多占,人家有病没药吃,你没病抢着吃药,你怎么

195

吃药这事儿上也怕自己吃亏啊?

齐大头:哎哟,我不是东西,我错了,我他妈的活该,救命,救命啊!宋神仙救命啊!

宋莲生回身去拿方菱形大针:信不信我?

齐大头:信,别走,宋祖宗别走,救命啊!宋神仙啊,我不要绣庄了,我说话算话,你救我一命,听你一辈子。

宋莲生:治病就治病,不说那个。我可不乘人之危。

宋莲生说着,一针下去,又飞快地拔起来,开始放血,齐大头身上穴位滋滋往外冒血。

齐大头:哎哟,哎哟,你这是干吗呀? 杀人了,杀人了!

宋莲生:别动,要命不要?

齐大头:要,要。

宋莲生:要命就忍着点儿,你血热得就像烧化了钢水似的,不给你放点儿,你的火哪出得来?

齐大头:嗯,放,放。

坡子街。

很多人拿了棍棒,戴了三角巾口罩,气势汹汹地往九芝堂而来。

何满:走啊,想吃药保命的跟我们走啊。

乙:九芝堂有药,九芝堂有药!

丙:抢他们去呀! 抢去呀! 想吃药保命的走啊。

众人:抢啊,抢九芝堂的药啊!

人群挥着棍子拥向九芝堂。

九芝堂内。

山药领着伙计们挨着打,顶不住逃回来了。宋莲生还在给齐大头治病。

山药:快关门,快关门。

劳澄从后边跑过来:这是怎么了?

山药:东家,不好了,街上的无赖上咱这儿抢药来了。

劳澄:快关门顶住。

外边哗哗砸门,把窗户捅破了。

十四

九芝堂内。

顶住的门窗被外边的棍棒稀里哗啦地打着。屋内山药等人奋力顶着门,支撑不住了。

劳澄:这都是什么人啊? 快报官,报官。

门要开又被顶上。

宋莲生:来不及了。

宋莲生冲上去对外喊:往后退,往后退,不往后退动家伙了。

何满:不退,不退,兄弟们砸,砸进去有药啊。

众人:砸,砸。

宋莲生左看右看没办法,一下把病着光着身子的齐大头掀了起来:齐爷,好点儿了吗?

齐大头:好多了,活神仙,你真是活神仙,好多了。

宋莲生:外边有人抢药房。

齐大头:无法无天了!

宋莲生:我得借您说个事。

齐大头:好说,救下的命是你的,干什么都行。

宋莲生:好,真上路。山药,开门。

门开了,人群刚要往里冲,宋莲生推着光着身子一身大疱的齐大头往前走,那情景一下子把抢药的人都吓住了,哗地退了下去。绣庄的姑娘们也在后边看着。

宋莲生:大白天砸明火是吧? 抢什么不好抢药吃? 没病你们吃什么药? 谁想吃药站出来……你,你,看见没有? 这就是没病吃药的下场。齐大爷,看清了吧,街面上的大人物,没病吃药吃成这样了。齐爷,您吃了什么? 跟大家说说。

齐大头:百年老山参。

宋莲生:吃得怎么样?

齐大头：差点儿活不成，烧死了。

宋莲生：听见没有？药，对症了是药，不对症了是毒，俗话说是药三分毒。齐爷您再说两句。

齐大头：我没病找病吃错药了，我活该。宋神仙，活祖宗，快给我放血，放血。

齐大头抢过针来自己扎自己。宋莲生右手打了下火镰，齐大头嘴里喷出火来了，吓得众人全后退。宋莲生再用湿手巾一捂，火灭了。

宋莲生：山药，不是有想吃药的吗？找出药来让他们吃。谁愿意吃谁吃。

山药和伙计端出药来，众人吓得再不敢要了，纷纷后退。

宋莲生一下认出何满：哎，你别走。你是闻世堂的伙计吧，你别走，你给我站住。

劳澄：宋先生，算了。乡亲们，九芝堂有药不假，九芝堂有药是为治病的，凡有病者，九芝堂倾力相救。

闻世堂吴云书房内。

如月在安慰怒气冲天的吴云。

如月：表弟，没什么可生气的。表姐我可是个过来人，男女之事啊，如果没缘啊，那就想着随缘，千万可别信缘。有缘没缘的，两好加一好就是缘。情这东西啊不是说有就有的，天天在一起没情也有情了。

吴云：我……我好恨。

如月：恨什么？

吴云：每每到该我吴云出头时，天不酬我，人不酬我，如今我自己开的药店都不酬我了。我……我吴云求爱不成，无非男女分飞也就罢了，关键，关键是我觉得自己很失败。表姐，我觉得自己很失败啊。

如月：没有，没有的事。情爱之事干吗想得那么多啊？再说，一个带了孩子的寡妇，怎么会比一个没结过婚的女人强，表弟你该迷途知返了。

九芝堂后院范荷屋内。

范荷正喂孩子吃奶，侧过身去有些似避似不避的。

宋莲生坐着瞌睡，脸上胡子没刮，一点头，醒了。看见孩子吃奶，看着盯着，范荷有些误会以为在看自己，宋莲生看得高兴了。

宋莲生：呀，能吃奶了，这烧算退了。好，这夜熬得不亏，好了，不烧了。范荷，这回算是找对方子了。

198

宋莲生兴奋之下也不顾及,伸手就要摸孩子头。范荷躲也不是,不躲也不是,只有点头。

范荷屋外。

无双原就不放心范荷住九芝堂,两天没见,借着送东西来探风。走到门口,正听见屋里两人说话。

宋莲生:你瞧这奶吃的,多香啊! 可是饿坏了。他吃药你也吃药,你的奶水里呢就算带了药了,所以孩子病了大人也得吃药,好得快啊。

无双探头探脑听着。

范荷屋内。

范荷:莲生,宋大夫。

宋莲生:哎,哎。

范荷:谢谢你又救了我们母子一命,咱们这命里真是有缘呢。看你这一夜熬的。你接过孩子去,我给你倒杯水喝。

宋莲生:不用了,孩子好了,什么也别说了,我先走了,我走了。

宋莲生推门出,一脸胡子拉碴,看阳光伸胳膊。

九芝堂后院。

宋莲生出了门就看见无双抱了个包愤怒地站在门口,看着他。

宋莲生:哎,你怎么来了? 正想找你去呢。

无双瞪着他回身就走。

宋莲生赶快跟上:哎,别急着走啊,等我刮了脸,等等。

绣庄后院。

无双到了自己的院子里了,宋莲生追了过来。

宋莲生:有什么话你说,这算什么? 一句话不说,来了又走。看见什么了?

无双:你跟着我干吗?

宋莲生:我不跟着你跟谁啊?

无双:不敢当,要我说啊,您是到了河岸边的骡子。

宋莲生:怎么讲?

无双:请回头。

宋莲生:骡子到了河边也不回头,它会水,能游。

无双:宋莲生,你……你让我怎么说你好? 好容易见你一回吧,你让我看点儿正经的好不好?

宋莲生:好。

无双:我来问你,怎么人家奶孩子你也在屋里看着啊?

宋莲生:咳,我看的是病,病不避医呀。你要是有病了,我……

砰,包袱扔他头上。

无双:你少咒我,我病了也不找你……病不避医,莲生莲生的都叫了,是没什么可避的了。

宋莲生:我是叫莲生啊,你要愿意叫,我也答应。

无双:呀呀,真把自己当香饽饽了。宋莲生,跟你说,你可没那么招人疼,你呀。

宋莲生:我。

无双:我一双手十个指头从一往下数,一二三四五六七八九十,数过了十了,哪个指头尖上都没你。

宋莲生:手指尖上没有,心尖上有就行。

无双:呸,想得美。

宋莲生:无双,听我说,你要心里没我,你就不会这么在意了,一百个人喊我莲生与你何干? 是吧? 你在乎我,我给人治病你都心里犯酸,你心里有我,可你心里也有事,你下不了决心。

宋莲生学着无双说话:宋莲生,人还不错,可也许跟了他,一生就交待了。我下不了决心。为什么下不了决心,我不知道,我不知道。

宋莲生边说边凑近了,就在无双耳边说着:无双,莲生我不着急,我等,我能等。

宋莲生说完把包袱塞还给无双,转身走了。

无双一看宋莲生走了,一下子就呆住了:他、他……他算是把我看准了……

正赶上二桃子进来。

二桃子:无双姐,什么准了啊?

无双马上收了泪:没什么,眼迷了。二桃子,把这包袱给九芝堂后院的范荷小姐送过去。

二桃子:您刚不送过去了吗?

无双:哎,你怎么那么多话啊? 让你送就快送去。

无双一下把包袱扔了过来。

翠花楼大堂。

齐大头身上被各种红的、紫的、绿的药水点花了,架着胳膊十分怪异地坐着。大堂中冷清异常。

齐大头:王五,王五。

王五:爷,您吩咐。

齐大头:怎么这么冷清啊?

王五:爷,这会儿除了药铺子热闹,哪儿都冷清了。

齐大头:姑娘们呢?

王五:怕招病,都躲在屋里不出来了。

齐大头:怕什么怕? 我都不怕,你们还怕,要怕就都给我死了算了,快把人哄出来上街拉客去。

王五:大爷,可不能啊。回头再拉进个病人来,咱翠花楼可就不保了。对面街上齐家饭馆子都烧了。

齐大头:为什么?

王五:说是他们家出了病人了,一起哄一把火烧了。

齐大头一哆嗦:真这样了? 快给我找件衣裳,我冷。

街上。

一座有病人家的院子正在被人烧着。街上的人都捂着嘴或戴着三角巾飞快地跑着。

一片萧条,街上横七竖八的,人死了没人埋。

宋莲生边走边看。

棺材铺。

胖掌柜陪着劳澄在看棺材,边用牙签剔牙边高兴地看着,满面红光。

胖掌柜:劳先生恭喜。

劳澄:喜从何来?

胖掌柜:劳先生,这会儿您当着我开棺材铺的就不用收敛了,您有钱,我也不问您借。这还不喜啊? 几百年难遇的大好时机,听说药铺里连耗子屎加干土面都卖光了。只要是个"药"字就比钱好使。发财发财。

劳澄:没病的,我们不卖。

胖掌柜:是啊,就听说你们九芝堂没卖,是不是想再押个大宝啊? 要么说您精明呢,到时可得照顾我啊。

劳澄:这些薄皮棺材多少钱一口?

胖掌柜:您使啊?

劳澄:我好好的。

胖掌柜:要是别人使我就不照顾了,二十两银子一口。

劳澄:薄皮?

胖掌柜:对。

劳澄:这不是要人命吗?

胖掌柜:时候不一样了。原来薄皮半两还得搭个小的,这会儿一百年不遇,有机会了干吗不挣啊?

劳澄:钱哪挣得完啊,挣得再多,一天也吃不了一百顿饭,一夜也睡不过十张床去。能活着以后还能挣。便宜点儿吧。

胖掌柜:好说,您干吗啊?

劳澄:街上倒卧太多了,收尸。

胖掌柜:他死他的,您活您的,管那么多干吗?

劳澄:看不下去了就要管,少要点儿吧。

胖掌柜:少不了,劳先生,您是活菩萨,我们是小鬼,我们可没修行到您那个份儿上,您也别买了,我不卖您,您请。

街上。

宋莲生正拖着死尸,往街边拖。拖不动了,敲一街门。

宋莲生:开门,开门。

门里壮年:干什么?

宋莲生:你门口死了人了,想个办法收尸吧。

门里壮年:快滚,快滚。

宋莲生:我滚了,这死人可滚不了,回头烂了传染。买口棺材给收了吧,也算积德……

宋莲生话没说完,门开处一杆长枪冲了出来。宋莲生快躲。

壮汉:再不滚小心取你命。

宋莲生:你不收尸你的命也没了。

宋莲生放了死人,壮汉把那门砰的一声又关上了。风吹街土飞扬,宋莲生看一街尸体。

九芝堂后中堂。夜。

劳澄和宋莲生在吃饭。

劳澄:有了钱也没用。

宋莲生:这话怎讲?

劳澄:棺材铺我去了,钱长了近五十倍。

宋莲生:疯了,人都死光了,他留着棺材有什么用?

劳澄:怕就怕这么下去,长沙就成了死城了。

宋莲生:总该有人管啊。

知府后堂。夜。

知府戴着口巾在摸家里坐的一排人的额头。摸一下别人的摸一下自己的,摸一下别人的摸一下自己的。

知府:不热,不热,不……

突然摸到一烧火大师傅:热。你发热了?

大师傅:老爷,刚我做饭烧火出汗了,我没病。

知府:快,来人,拉出去,拉出去。埋了,埋了。

夫人:埋什么埋? 埋了他,谁给咱做饭吃?

知府:不吃,不吃。埋了,埋了,拉出去,快,快。

夫人挥挥手:出去吧,出去吧。

厨师被拉走,还大喊没病。

夫人:你成天摸头摸脑的,没病也给我们吓病了。

知府:不摸心里不踏实。

夫人:你踏实了,我们难活了。走,走,都走。

师爷:老爷,宋大夫求见。

知府:好,宋大夫来得正好,快见,快见。

无双绣庄后院。夜。

无双举着灯往后找,洪三燕、二桃子、小双等众姑娘都跟着。

无双:能去了哪儿呢? 也不说一声,就走了。

正说着话,无双似听到柴房中有动静,嘘了一声,姑娘们都静下来。听见柴房中有呻吟之声。

无双带着姑娘们向柴房而去,猛地一拉门。

柴房内。夜。

无双举灯。众姑娘跟进来。看见桃花在柴草中病得十分厉害了。

无双:桃花,你怎么跑这儿来了?

桃花:姐姐们,你们别过来。我病了,别传给你们。

洪三燕:病了干吗不早说,躲在这儿干吗? 桃花。

桃花:我怕你们知道了,躲着我。我要好不了,死就死了,不能……传给你们。

无双:快抬我屋去。

桃花:我哪儿也不去。姐,我不怕死,就是舍不得你们。

无双:傻姑娘,还说傻话,快,去叫宋大夫。

桃花一下就昏过去了。

知府后堂。夜。

知府给了张写好的公文:好啊。本府也有此意,就交你办了。

宋莲生:大人光有公文,不行,要钱。

知府:钱没有,你想办法。宋大夫,带药来了吗?

宋莲生:带了。

知府:请给本府一观。

宋莲生:请附耳。

知府附耳上来,听着。

棺材铺。夜。

胖掌柜掌灯看着宋莲生给他看的知府公文,念出声。

胖掌柜:非常时期,当以非常之法,征用棺木一百口……

胖掌柜还没读完,哗哗就把公文撕扯起来,狠狠地扔在了宋莲生的脸上。

胖掌柜:甭拿官压我,甭拿这破纸吓唬我,我这人就是爱钱,想从我这儿抢钱,先杀了我再说。棺木一百口,不用一百口,一口就够杀我一百回的了。滚,滚蛋! 别人死了跟我没关系,想从这儿白拿走一口棺材,没门!

宋莲生:不是白拿,事过之后,照单全付,人死了没人埋,你……你这儿有这么多空棺材……

胖掌柜:不行。再说一遍,人死跟我有什么关系? 宋莲生,跟你说别想再拿什么病吓唬我,我爱财,死也得抱着钱死。

宋莲生:好,好。成全你,成全你。

宋莲生说着砰地就把那盏灯砸碎了,连着火苗子上的油往棺材上扔。

胖掌柜:啊,你、你……你这是干什么,你放火! 你敢当我面放火! 哎呀,我的棺材我的钱啊!

棺材铺外边。夜。

劳澄带了很多人在门口,都戴了白三角巾。有的拎桶,有的端水,都在等着呢。

山药:东家,怎么还没动静啊?

劳澄:说好了,只要里边一喊救火,咱们就进门抬棺材。

棺材铺里。夜。

胖掌柜:救火,救火! 着火了,救火啊! 我的棺材哟,快来人啊! 救火啊! 抢棺材啊!

胖掌柜自己把铺子门打开了,他惊讶地看着成群的人等着呢。

胖掌柜:救……救……救火! 我的棺材,快往外抢,往外抢啊。

众人一声令下,冲进来救火。一边灭着火一边往外抬棺材。

胖掌柜一下觉得奇怪。

胖掌柜:救火,救……哎,你们……哎,怎么这么快人就都来了? 哎,你们商量好的吧? 商量好了设局害我的吧? 你……你是谁,你是谁? 哎,哎,棺材往哪儿抬,往哪儿抬啊?

宋莲生:救火,快救火。掌柜的让抢棺材了,快抢啊。

胖掌柜看着那么多的棺材抬出去了,大喊:宋莲生你……你,我跟你没完。

成群的人往外一口一口地抬棺材。

街上。早晨。

一口一口的白皮棺材放着,三三两两地一街。

山坡上。

成队地抬着棺材的人在往山上走着。

街上。

街上空了。疲惫不堪的宋莲生在街上走着。

绣庄后院。

桃花一夜就病死了,装在一口棺材里。无双一人在棺材旁哭泣。

宋莲生疲惫不堪地进来,来了就跪下了。

无双收了泪:当不起。你起来吧。

宋莲生:怎么也不给我个信儿?

无双:信,你哪一天让人信过?真要求着你了,哪儿找得着你人啊?

宋莲生:我……我就在街上……

无双:哼,在街上,宋莲生,你貌似怜香惜玉,其实到了紧要关头,一分一厘也指不上。宋莲生,你知道女人在要依靠之时,而找不到依靠会怎样吗?

宋莲生:……

无双走近了:会恨,会从心里冰冷冰冷地往外恨。

宋莲生无奈地听着:人已经死了,快让人抬走吧。

无双:不用你管,你走。桃花一个那么好的姑娘转眼死了,我舍不得。

宋莲生:心疼也不是这么个心疼法。快,让人抬走。山药,快来抬人。

无双哭闹:不让你管,你管不着。你个臭男人,指不上的臭男人。不让你管,不让你管。

两人撕扯着,抢着。

宋莲生:无双,无双,听我说,人死了,我知道什么是死,我知道死让人伤心,可得入土为安。我有什么不是,我给你请罪,咱先抬人。

无双看着他,还是想哭,依靠着他哭了,大哭。

无双:不用你管,指不上你,你是臭男人。

打变为抱,正安慰时,突然外边人声喧哗,一大群人冲了进来。

牢头:长沙府传押宋莲生啊。

姑娘们加上九芝堂伙计都跟着两个衙役拥进来了。

牢头:宋大夫,棺材铺秦掌柜把您告下了,麻烦您走一趟吧。

无双:告下了,你……你这是又怎么了?你怎么总出事啊?

山药:无双姐,宋大夫昨天一夜把街上的浮尸都收了。

无双:街上的死人都收了?哎,官爷,那是干好事呢。干好事你们凭什么抓他?你们凭什么抓他?

牢头不管上来抓人。无双是自己骂可以,别人碰宋莲生不行,上手就夺。

无双:放手!凭什么抓人,凭什么抓人?给你们收了尸了,你们还抓人。放手,不能抓,不能抓。

牢头:小姐,大小姐,松手松手,都松手,就过过堂,过过堂,兴许没事了呢。交给我们了,交给我们了。

无双:不能抓,不能抓。

宋莲生被拉来扯去,突然凑到无双的耳畔说:我……我就喜欢你这率真样,一会儿骂我,一会儿疼我。等着我,一会儿就回来了。

宋莲生说完被带走了。无双呆看着。

宋莲生头也不回:山药,快把桃花埋了。

山药:哎。

大堂。

戴着口巾的知府一拍惊堂木。宋莲生、胖掌柜都跪下了。

知府:宋莲生。

宋莲生:在。

知府:秦掌柜已将你告下了。本府问你,棺材铺内可是你放火在先?

宋莲生:回大人,您先问问秦掌柜的着火时他在不在。

知府:秦掌柜,着火时,你可在场?

胖掌柜:在。

宋莲生:那就对了,他在,怎容我放火?

知府:对啊,你人在怎容他放火?

胖掌柜:大人哎,棺材板都是木头做的,他把火油一洒可不就放了火了吗?我在也没用啊。

知府:对啊,人在也没用啊。

宋莲生:大人,您问他哪儿来的火油。

知府:对,哪儿来的火油?讲。

胖掌柜:大晚上我要点灯啊。

知府:自然是要点灯的。

宋莲生:问他点灯何用。

知府:对,你点灯何用?

胖掌柜:我……我要看那公文啊。

宋莲生:公文何在?

知府:对,公文何在?

胖掌柜:我一生气给扯了。

宋莲生:大胆。

知府惊堂木一拍:大胆。这不用你教本府了,本府的公文你也敢扯。来人,打!

牢头:有。

可上手了,按住胖子就打。

绣庄厨房。

无双边流泪边炝锅炒菜。

二桃子：姐，您这是又给谁做饭啊？

无双：还能有谁啊？招灾惹事的，说不上得关多少天呢。

二桃子：无双姐，街上人都说宋大夫一夜之间做了大大的好事呢。死人都收了，还都盛了棺材了。

无双：别夸他了，这人就是你们给疼坏惯坏了。以后不能惯了……快，递我勺糖。

二桃子：姐，还用以后吗？现在就别惯了，咱不给他放糖给他放辣椒粉，好不好？

无双：别闹了，糖。

二桃子：好，糖。一勺糖，再加两滴心疼的眼泪。真是我们惯的，我们想惯也插得上手啊？

无双：别说没用的，我没为他哭。我是心疼桃花。

长沙府大堂。

胖掌柜打过了，疼：大人，我……我撕扯公文不对，可他趁着救火抢我的棺材更不对啊。您怎么不打他？

知府惊堂木拍：该打一样打，宋莲生，你可抢人家的棺材？

宋莲生：回大人，抢了。

胖掌柜：看，怎么样？

知府：你倒应了，本府鉴于公平起见，也只有一打了，打。

宋莲生：大人，等等，打不得。您听我说，棺材铺着火，不把棺材抢出来，岂不要烧了一条街，再说了，救火抢棺材，也是秦掌柜让的。

胖掌柜：我什么时候让了？

宋莲生：当时你怎么喊的？

胖掌柜：救火，往外抢棺材。

宋莲生：这不是你喊的吗？抢棺材。

胖掌柜：我是让人往外抬。

宋莲生：是啊，人家听你的是往外抬来着。大人你问问他，棺材不抬出去，现在会是什么结果？

知府：秦掌柜，本大人问你，棺材不抬出去现在会如何？

胖掌柜：回老爷，烧成灰了。

宋莲生：着啊，不但棺材烧成了灰，你一家老小也都烧成灰了。满街的乡亲们，为了救你一家，把你原来本该烧成灰的棺材抢出来，盛了街上病死的浮尸,既救了你家的火又帮你做了善事,你不谢,反而来告刁状。大人啊。

知府:哎,对啊对啊,有理有理。人家把你原本已成了灰的棺材做了善事,你还来告状,来人。

众衙役:有。

知府:再打。

胖掌柜:哎,大人别打,先别打,我那棺材可没烧成灰啊。

知府:你现在还糊涂,人家不救可不就烧成灰了吗?你就应该把那些棺材当成灰看才对,是吧。还怪人救错了,打。

胖掌柜:大人别打了,别打了,我明白了,不告了,不告了。

知府:不告了?

胖掌柜:不告了。

知府:想通了?

胖掌柜:想通了,要人家不把棺材抢出去,我也成灰了。

知府:哎,这是真想通了,退堂。

在堂下听诉讼的众人欢呼。

宋莲生:等等,大人,好事大家当有份儿,这百口棺材我也不能让秦掌柜一人全行了善了。我这儿有十两银子,愿给秦掌柜,以谢他的仁爱之心。

知府:哎,好,好,这样公平。

众人一看争着往胖掌柜那儿扔铜子:我有,我也有。

知府:好,好。我也捐啊,捐半两,半两。

众人的钱都扔在胖掌柜身上。

胖掌柜感动:谢谢,谢谢,谢谢。早知道,我涨什么价啊?谢谢。

绣室内。

众姑娘都在静心地绣活。无双在边看边说着。

无双:说是这绣庄不开,不开了,也是咱姐妹们缘分没尽,这铺子他齐大头真又退回来了。

洪三燕:咱们得谢谢人家宋大夫。姐,咱们绣幅字给他送过去吧。

无双:美得他,他有功可也有过,他功过相抵了。不是太指望他,桃花备不住这时还坐在这儿跟你们一样,就着光飞针走线呢。

洪三燕:姐,桃花的病自己拖的,不怨人宋大夫。

无双:怨他,就怨他,我跟你们说啊,男人可不能惯着。

洪三燕:姐,我们也没说要惯男人,您这是是非非的要是不问清了都怨人家,到时会把人怨跑了。

209

二桃子:那可跑不了。咱们姐姐啊嘴上是怨,心上是惯……

无双:哟,好,好,都成了谈风月的行家里手了。二桃子,你怎么知道的?

二桃子:姐妹们还记得吗?先把宋大夫好好地训了一通,真等着官家来拿人了,看咱无双姐,上手就跟衙役撕扯起来,护着宋大夫像只老母鸡护小鸡似的。

众姑娘笑。

无双:你才老母鸡呢。跟你们说,这算轻的,对自己的男人啊,我打我骂都行,别人动根指头我可决不袖手旁观。

洪三燕:自己的男人?姐,您定了宋大夫了?

众姑娘:定了吗?定了吗?

无双:哪那么容易啊,他定我也不能定啊。女人啊,没定是朵花,定了就成豆腐渣了。哼,谈风月你们差得远,学吧。

无双笑着出去。

众姑娘欢呼:噢,宋莲生,瞎不隆咚,人心看不透瞎治病。该他来时他不来,不该来时瞎嗡嗡。姑娘们有事他不管,跑出长沙躲清静。别让我一手抓住他,打他一个乌眼青。打完眼睛打鼻子,打他一个怪沙僧。打完鼻子再打脸,扇他一个胭脂红。打完脸再打脑袋,打他一个钻心疼……

知府后堂。

知府正跟宋莲生说话。

知府:宋大夫,大堂之上可算本府罩住你了吧。

宋莲生:多谢,多谢。皆大欢喜,皆大欢喜。

知府:可不是皆大欢喜吗,本府说句坦白的话啊,实在是对你爱护有加。

宋莲生有点儿困:感谢,感谢。

知府开始示意:宋大夫,宋大夫……

宋莲生:哎。

知府:本府求你的事忘了吗?

宋莲生从怀里掏出一丸药来:啊,啊,没忘,没忘,带来了,带来了。

知府一把抢过来,剥了蜡纸就要吞:哎,救命啊,三生有幸啊。

宋莲生:慢慢,大人,这药不是吃的。

知府:不吃,那是做什么的?

宋莲生:是……是看的,看的。

知府:这药是看的,看的药也能治病?

宋莲生:能。很灵,大人您每天什么也别想,就看着它,看它三五一十五天,这药自然就有变化,只要有变化你没病不会得病,有病也自然就好了。

知府:真的吗?

宋莲生:一丝都不假。大人,我告辞了。

知府看着那丸药,眼睛瞪大了:真的啊,那可真是妙丹了啊。看看也治病。

九芝堂。范荷带孩子养病屋内。

范荷正在不高兴地说着山药。

范荷:山药,本小姐可不是因为是个病家才来挑礼,这么三番五次地请宋大夫,他都不出来相见。古人说医家对病家当有割股之心,我们也不敢让他割股,复下诊怎么就不见来呢?跟你说,我们可有钱。

山药:范小姐,容我说句话,宋先生从昨天晚上抢出棺材来收了一百多具浮尸到今天,早上刚喘口气,又抓进衙门过堂去了,到现在人还没回来呢。这不闹瘟疫呢吗?您担待吧。

范荷:是吗?真这样啊,哼,他倒成了救星了。你走吧,我们孩子困了。

山药:哎。

街上。

宋莲生晃晃悠悠往回走,看一排男人在冲墙尿尿。宋莲生看着,从每个人身后走过去,边走边念叨。

宋莲生:坏了,坏了。

所有尿尿的人回头:怎么坏了?

宋莲生:这儿昨天还有三个倒卧病死在这墙根下,你们这儿拿尿一浇,病都泛起来了。等着回家得病吧。

一排尿尿的人一听都停了,都憋回去了。

众人喊:啊,不好了。你,怎么不早说?

宋莲生:你们撒尿怎么不找地方啊?那边不是有茅厕吗?随时随地就这么尿,先是不雅,再就要染病、传病。回家等着吧,病说来就来了。

众人拎了裤子一下围过来,跪下了:宋大夫救命,宋大夫救命。

宋莲生:没救了。

众人拦住不放:宋大夫救命。

宋莲生:要想救也有办法。三十天。

众人点头:记住三十天。您说。

宋莲生:每人拿个石灰桶,凡看见长沙街上有屎溺的地方,铲了,用石灰盖上。

众人：就做这事？

宋莲生：就做这事。

众人：天天做这事？

宋莲生：天天做。这叫白灰盖黑病，抢着撒，抢着盖，有人尿了也跟他说，让他照做，病就不会来。只有这么做才有救，要么没救。记住了。

众人：记住了。

齐大头正从街上过，看得清清楚楚，有人跪拜。不想闻世堂吴太医也过，也看得清清楚楚。

宋莲生：好了，快去吧。

众人起来系着裤子跑了。宋莲生走。

齐大头：这……这宋莲生真……真是成仙了，当街都有人拎着裤子给他磕头。真成仙了。

齐大头边说边看见了吴太医和如月。

齐大头：吴老爷子，您这会儿可比不过了。人家九芝堂照样门庭若市，据说还做了不少善举。你们虽说叫闻世堂，可到了现在，连点儿药味都闻不着了。

如月：齐爷，用不着说风凉话，您那翠花楼也变座空楼了吧？

齐大头：彼此，彼此，我不眼气。你们好自为之吧。

吴太医：这种人也耻笑我？真……真是吴家无能，吴家无能了。

九芝堂后院。

宋莲生晃着回来了。窗里的范荷马上有反应，高兴。

不想无双跟进了院子。

无双以为一声咳嗽这宋莲生就该回头了呢。咳了一声，宋莲生还在走。无双又咳嗽一声，这回听见了，宋莲生一下有反应了，先是站住，然后回头。宋莲生看见无双精神来了，马上往回走。

九芝堂范荷处。

范荷看着宋莲生往无双那儿迎过去了，生气。

九芝堂后院。

无双站着假装看着天气。

宋莲生迎过来：无双，想我了吧？

212

无双:啊,想得都快想不起来了。

宋莲生:真会说话,有事儿吗?

无双:没什么事。以为你又去坐监了呢,烧了两个菜,谁知你没那福气了。既然回来了,就中午吃了吧,要么也得倒了。

宋莲生:哎,我这会儿就吃,我真饿了。无双,咱一块儿吃吧,我让山药搬凳子。

无双:我可不饿。吃的时候用点儿心,吃出什么味来,告诉我啊。

宋莲生凑近了:现在不妨就告诉你,一定的是香……香的。

无双享受般地让阳光照着自己,等待。

宋莲生越来越近:一定是甜甜的,还有一些酸酸的,是眼泪。

哇——一下传出范荷孩子的大哭声,一听就是打的。又传来范荷的呵斥声。

范荷:不会好好的啊?你哭什么哭?一会儿哭一会儿笑的。

宋莲生、无双都一惊。

无双:忘了,这院里还住着病孩子呢。哎,今儿个天气可真好,我走了。

宋莲生:怎么一到这时就出事儿啊?编都编不出来。你走啊?

宋莲生也回头走。无双还是不放心,走了两步回头,这次是做给范荷看的。

无双回头叫:莲生啊。

宋莲生:哎。

无双有一半说给范荷听:好好的啊,我还等着你跟我说菜的味道呢。

宋莲生:哎。

十五

九芝堂范荷处。

宋莲生拎着无双做的菜进来了,一看范荷正在生气地收拾东西准备走。

宋莲生:呀,这是准备要走了啊?等孩子好彻底了再走吧,不急这会儿。

范荷不说话,生气伤心地收拾东西。

宋莲生:范小姐吃饭了吗?要么吃过了饭再走吧,无双炒的菜。

范荷:那可不敢吃。宋先生,感谢救命之恩。这有一只元宝,要是不够,我再差人送来。

宋莲生:用不了,范小姐,我连日都在忙,有什么照顾不到的,您一定要包涵。

范荷:已然十分感谢了。

宋莲生:我……我再看看孩子。

范荷:不劳了。

宋莲生:山药,山药,叫车送送。

山药:哎。

宋莲生回来,看着出了门的范荷:左右是做不成好人了,索性就当断则断吧。

九芝堂门口。

山药叫了车了,范荷抱着孩子出门来,急急地上车,一眼看见了花红柳绿的绣庄的姑娘们在门口笑闹着布置新开张,把无双绣庄的新匾挂了上去。

范荷一下叫住车:停车。

绣庄后院。

无双引了抱着孩子的范荷边说边进自己的屋,有点儿不知什么事:这么近便,从你有了孩子后就走动少了,来,请进,请进。二桃子沏茶。

二桃子:哎。

214

闻世堂。

药都没有了,十分冷清。吴太医在对吴云庄重说着。

吴太医:人家是一桩一桩的事做着,你这是天天地冷板凳坐着。你怎么就不抬头看看咱祖宗留下的字号,想想办法也在上边贴贴金? 你……你倒是说话啊。

吴云:爹,不是我不想。咱想的是字号,人家想的是救人,想得不一样,当然做得也就不一样。人家抬棺埋人、石灰盖路的办法,咱怎么能想出来? 人家是"善"字当头,您这儿是"利"字为先,咱们哪儿来的金往祖宗匾上贴啊?

吴太医:啊? 你个忤逆居然还要与我来谈善恶了,外人谈谈,也就谈了,你爹爹我在街上受了气,回家还要受你的口舌不成?

抽出掸子上手就要打。

如月赶快拦住:姑父,姑父千万不可,千万不可,这样更让人笑话了。

吴云:表姐,松手,让爹打,打一打好,打打都明白了。坐而论道,不如起而行善。何满,拿上石灰桶跟我上街。

吴云站起就走了。

街上。

很多人拿着石灰桶在抢着往人家的便溺上撒石灰。两人抢一泡的,一堆人抢一泡的都有。长沙城一时干净多了。

一个男子突然背墙而立。有三五个人正在找,看见了,冲了过来齐齐拎桶等在身后。

那人立墙前念念有词了几句后,回身要走。

众人看他没尿:哎,你怎么不尿?

男人:谁说我要尿了? 随地小便不干净知道吧?

众人失望,拎了石灰桶散。

吴云看着这情景,对拎桶跟着自己的何满说:果然不一样了,其实谁不爱干净啊? 关键是怨的人多,管的人少;骂的人多,行的人少。何满,看,那只狗尿了,快去。

何满还有几个人同时向一只狗跑去,把狗都吓跑了。

吴云:人就怕教化,一教便化了啊。好,好啊。

吴云给尿撒石灰。

绣庄无双屋内。

范荷在对抱着孩子的无双说:无双姐,话不妨往深了说,那年范荷自看到了孩子的父亲文同,便觉吴云一丝一毫也不如他了。

无双看着熟睡的孩子听着。

范荷:谁知范荷生来无命,可怜这孩子,他爹连一面都没见到,就过世了,范荷原想可以不嫁了,好好把孩子养大,可……可……可是……

无双:范小姐,有什么话你不用绕圈子,说吧。

范荷:可是一个女子,青灯苦影,漫漫长夜,那滋味,一分的愁就变成十分的愁了。无双姐,宋大夫几次三番救了我的命,为了范荷一句配伤药的请求,又进了监牢,几乎丧命,他……他对范荷实在是太……太恩重如山了。

无双:范小姐您可别多想,据无双所知,觉他恩重如山的女子可是有几位呢。他……他是大夫,治病救人,他应当的,咱可不能多想了。

范荷:无双姐,我既说了就让我说完,他对我与对别人不一样。

无双:有什么不一样的?

范荷:这次孩子病了,他想都不想就留我住下了。那……那屋子原来是他……他睡过的。

无双:我知道,那屋子三燕也睡过。

范荷:你听我说啊,早晚地照应,前前后后的,说句不当说的,我奶孩子他都没回避。

无双腾地站起来了,气鼓鼓的,内心话语:好,好,我说你不检点吧,你说没事,人家往心里去了。

又对范荷说:那……那也是病不避医,他看着孩子好了,那时他只把自己想成个大夫了,光高兴。范小姐,你可别……别多想。

范荷:无双姐,你……你怎么总是让我别多想啊?

无双:我……我是为你好,他宋莲生那……那个人真心的时候少,假意的时候多。再加上面上怜香惜玉,心里冷若冰霜,要紧的时候不见了,不要紧时又来了。他就是这么个人。

范荷:无双姐,我把话说明了吧。

无双:说明了好,这么累得慌。

范荷:我知道你也心仪宋大夫。

无双:我?

范荷:你不必否认。

无双:门对门的只是个熟,还只是个熟呢。

范荷一下跪下了:无双姐,求你件事。

无双:别,别这样,看吓着孩子。

范荷：无双姐，你们青春独立，机会无穷，可怜范荷我已是嫁过人的残花败柳了，机会再没那么多了，你就让让，让让吧。

无双不想让又不知说什么：不，不说那个，咱不说那个。

范荷哭：你就可怜孤儿寡母的范荷吧。

无双看不下去了，也哭了：不，不说，不说。起来起来。好，好，范荷，让让，让了。是潘安是司马相如我都让了，不就是一个宋莲生吗？起来吧，我谁都让。你说得这么可怜，让了，宋莲生我让了。

九芝堂后院范荷处。

宋莲生嘴角沾着菜饭，累得睡着了。

知府后堂。

知府端端地坐着，看着那丸药。夫人挺着肚子出。

夫人：大人，看出什么名堂来了吗？

知府：名堂倒还没看出来，时间不到吧？

夫人：我看这丸药不错。

知府：怎么讲？

夫人：先把你那怕生病的心给治好了。

知府：哎，你不说我还没想过，是啊，是啊，最近心比较定了。真是奇药，好，好好。

牢头：报。

知府：什么事？

牢头进来：大人，京城来了钦差了。

知府：哇，这么快！快，快堂上迎接，堂上迎接。快请，快请。

长沙府大堂。

钦差正在宣读圣旨，知府率所有衙役跪着。

钦差：此次长沙大疫，必有人亡，也必有善举，朕虽不可亲临抚恤黎民，然爱民之心日日难安，特传旨长沙府与举城贤达，推出杏林神医及有大德之举之药堂，朕将御笔亲书赐匾褒奖。钦此。

知府：臣领旨，吾皇万岁万岁万万岁。

钦差：长沙府啊。

知府：下官在。

钦差：这可是大事，你可得办好了。

知府:下官一定全心而为。

街上。

师爷在三湘茶社门前大声宣读圣旨,百姓跪听。

师爷:……特传旨长沙府与举城贤达,推出杏林神医及有大德之举之药堂,朕将御笔亲书赐匾褒奖。钦此。

众百姓山呼:好啊,好啊。

三湘茶社内。

众客商大议论。

客商甲:刘老板,这下要是真让皇上题了匾,那可是万代千秋的事了。

客商乙:可不是吗,那不是吃一辈子了,那是吃十辈子、百辈子了。

闻世堂。

吴太医:如月啊,吴云算指不上了,如今皇上要来赐堂号了,这可是千载难逢的机会,真要有了皇上赐的堂号,这闻世堂算在我这辈子兴旺了。

如月:是啊,可姑父,我们这回好像没有九芝堂做得风光吧。

吴太医:你这么想,我……我更无话可说了。造孽啊,眼看时机而去,祖宗留下的堂号,输给人家。真不该活到今天。这可怎么好啊?

如月:姑父,事还没定呢。九芝堂锋芒太露,是好也是坏,只要有机会,不怕翻不过来。

吴太医:怎么个翻法?

如月:峣峣者易折,皎皎者易污。不怕它风光,咱可以让它风光过了头。

吴太医:如月啊,看你的了。我……我老了,没办法了。

如月:姑父,别想那么多了,您歇着吧。

翠花楼。

一派萧条,大堂空空。

齐大头在练习用鼻子顶一支筷子。

大门响,打着瞌睡的王五下意识地应着:哎,爷,您来了,里边请。

如月带着丫头进来了:呀,可是清静啊。怎么跟我想的不一样啊?

王五:呀,太太啊。哎哟,对不住,回,请回,这可不是您来的地方,您请回,请回。

齐大头放下筷子,看清了是如月:王五你什么眼神,张嘴叫太太。如月小姐,请,里边请,蒙您不弃,能到我们这秦楼楚馆来,真是蓬荜生辉啊。

如月边走边看:平生第一次,没有进来过,书上读过,戏里看过,原来青楼是这样的。柳如是啊、李香君啊、陈师师啊原来都是从这里出去的啊。

齐大头:那是南音小班,我们这儿俗了点儿,出不来那么雅的人物,您……要是想来……

如月:齐爷,您可别盼着我到这种地方来啊。

齐大头:您还别那么说,我虽不通文墨,但查过了,自古到今,要么能喝酒的名气大……

如月:唯有饮者留其名嘛。

齐大头:对对。再就是我们这种地方,出故事出人物,什么花魁娘子啊、苏三啊、杜十娘啊,如月小姐……

如月:都是牵强附会,那些文人瞎编的,齐爷。

齐大头:如月。

如月:咱找个地方说说话。

齐大头:就这儿吧,我让他们都回避了。

九芝堂内。

宋莲生精心地在给一人诊脉,那人恐惧,一头的汗。

山药在给看病的人发单子:几位,皇上要题匾了,几位给我们传传名啊,给……

宋莲生:山药,这是看病买药的地方,别弄这没用的事。

山药:哎。

宋莲生:先生,您没病,好好的。

先生:宋大夫,说……说句心里话。我……我也知道自己没病,可我怕……怕自己有病了,这一怕啊病就来了,我每天晚上睡不着觉,睡着一会儿就惊醒了,一头的汗。白天脑子也从这怕得病里拔不出来。有时我……我真想干脆得了病算了,要么这么下去没病死,倒让病吓死了。宋大夫,我受不了了,您干脆让我把这病得了吧,那倒轻松了。

宋莲生边听着边看着窗外,姑娘们坐在绣庄门口一针一针地绣着活,边绣边唱,一派平和。

宋莲生:哪儿有这话,大夫是治病的,大夫岂能让人得病?

宋莲生说着,往候诊的一排人中喊去:谁是怕得病的,都站起来。

人们几乎都站起来了,只一个老人没站起来,但慢慢拄着棍子也站起来了,咳嗽着。

宋莲生：都是没病怕病的。

众人：吃不下，睡不着。

宋莲生：正常，事儿没来，坐卧不安；事儿真来了，就踏实了，都这样吗？

众人：啊。

宋莲生：不要紧的，你们往外看，站门口往外看，看绣庄的门口，看那些一门心思专注地在春光下绣活儿的姑娘们，哼哼唱唱的一天什么也不想。一针一针地把时光就绣过去了，时光变成花朵绣出来了，骄啊躁啊，烦啊急啊，就都被针线绣得平和了，绣安静了。好不好？

众人：看着是好。

宋莲生：今天我给你们开个方子，每个人去对面买块描好了样的绣片，回家绣花去。病不病的我不管你们，只管一门心思绣花，跟你们说，可有期限，五天之后，把活儿交过来，我要验看。不交活儿的，有病我也不给治了。去吧。

男人：这能治病吗？

宋莲生：保管几位再也不会吃不下睡不着了，请吧。

众人回头就去了：哎，哎。

转眼从窗里看，绣庄门口就排了队了。

姑娘们先还疑惑，然后一张一张地往外卖绣片，一时忙得不亦乐乎。

二桃子跑了进来：宋大夫您让他们买的？

宋莲生：啊，卖吧。

宋莲生看着高兴。

身后劳澄说话了：宋大夫，您不让本堂挣钱也就罢了，您自己的诊费也不挣了吗？你心疼绣庄，也没有这么心疼法的。

宋莲生：劳先生，对不住，您听我说，是药三分毒，我就不给这些没病怕病的人开安神静心的方子了，绣花去，一绣心就不惊了，也就不怕了。劳先生，真是对不住，又挡了您挣钱的路了。

劳澄：玩笑话，别当真，这些日子挣得不少了。但宋先生，我有句话想跟您说明了。

宋莲生：您说。

劳澄：这次圣上要给堂号题匾事，有关千秋万代，您……您可要多多帮忙啊。再说我们做得实在也是很好很好的了，要题也该是给我们题，对不对？

宋莲生：好，好。劳先生，有当然好，没有其实也无所谓。

劳澄：宋先生，劳某在这事儿上不能免俗，这会儿，病人没有了，我有几句话想跟您一叙,咱后堂吧。

宋莲生:好。

无双绣庄门口。

众病人排队在抢买绣片。众姑娘可抓住大好时机了,边向众人解释着:照着样绣啊,分色啊,一针一针的,看我这么绣,这么绣,对了,对了。

你一片我一片卖得火爆无比,忙着收钱。

一脸病容的无双听着外边热闹,出来了,一看不解。

无双:三燕,这……这是怎么了? 把咱这儿当菜场了?

洪三燕:姐,宋大夫开的方子,让这些有心病的人绣活儿,这不,咱原来描好的样子,这么会儿快卖光了。

无双:宋大夫? 嗯,好,治心病啊。好,治吧,治吧。别人的心病都能治,我这心病可没法治了,让了,我让了。

洪三燕听着觉不对:姐,姐,你怎么了?

绣庄后院。

无双:有什么大不了的,不就一个宋莲生吗? 我让,我让了。

洪三燕:姐你让什么呀?

无双:我把宋大夫让给人家了。

洪三燕:凭什么呀? 让谁了?

无双:别问了,我让了,我让了。

洪三燕:你让宋大夫? 宋大夫又不是个物件,说让就让了? 你让给了人家,怕他还舍不得你呢。再说了,你怎么不为他想想?

无双哭了:嗯。谁知他有没有这份心啊? 不检点的东西,他无心插柳,可那边柳枝都长疯了,长成篱笆了。不检点的东西,那柳枝把我这花都盖住了。不检点的东西,当大夫的不好。让了。你那儿以为在治病呢,可人家把你开的方子都当情书念了。

洪三燕:天底下哪儿有那么好让的事儿啊? 姐,别人不知道,这宋大夫,你想让还真就让不出去。不信你看着。

无双:让了。

翠花楼。

翠花楼大堂空空的。齐大头在和如月谈话。

齐大头:如月小姐,您的话不用再说了,我明白了。我问一句,我要这么

221

干了,对你们闻世堂有什么好处啊? 听说是皇上要给药铺子题什么匾了。

如月:我们不想那个,我们也挤不上去,对我们没好处,对你们翠花楼可有好处啊。您这么总是空下去,挣不着钱,不急吗?

齐大头:急,如月小姐您这主意真是急人所急了,我办。

如月:也只能您办,我走了。

齐大头:水都没喝一口,还是嫌我们这儿不干净? 其实呢……

如月:我这脑子才不干净,是吗?

齐大头:我可没那么说。

如月:齐爷,我替您说了。

齐大头:如月小姐,您啊,多亏是个女儿身。

如月:怎么讲?

齐大头:您要是个男子汉啊,这长沙城怕都压不住您。

如月:没办法,被无能的小男人逼的。我得撑着闻世堂,不能让祖宗的买卖垮了。

绣庄。

众姑娘在敲无双的门。

二桃子:姐,姐,开门,吃饭了,吃饭了。

无双:不吃。

小双:你不吃也行,那看我们吃。

无双:不看。

洪三燕:你不看我们,我们看看你。

无双:不让。

众姑娘:你不让看,我们可撞门了啊。

门还没撞,自己开了。

无双邋邋遢遢地出来:有什么好看的? 想看热闹是不是? 都去吧,姐姐我可是风里雨里过来的,想看热闹都没有了。去吧,别管我,过不了两天,我无双还是无双。我没什么的,就是这会儿有点儿难受。

众姑娘看着无双发呆。

无双:去吧,走吧,我好着呢,再没有比这会儿明白的了。去吧。

门又关上了。众姑娘看了看觉没事,往回走。没走两步,就听屋里无双又喊。

无双:让了,让了! 宋莲生我让了。

众姑娘又回头。

二桃子:都这样了,宋大夫知道不知道啊?

洪三燕:怕是不知道。

二桃子:怎么一到关键的时候他就不知道了? 找他去。

洪三燕:谁去?

二桃子:咱都去。

众姑娘:对,咱都去找他。

九芝堂后堂。

劳澄正与宋莲生说话。

宋莲生:劳先生,这事您看着办吧,生意的事我不懂,但为九芝堂好,我会出力。再有,说句多余的话,要是九芝堂的股东们真的碍手碍脚了,您又有现钱就退了他们股也行。我的事儿您不用想。

劳澄:怎么能不想呢? 你早早地挣了钱了,与无双好好地完了婚,我这当兄长的也算完成了个心愿啊。

宋莲生:我……我现在还……还是剃头挑子一头热呢。到底怎样,还……还得看无双的呢。

劳澄:差不多吧。

宋莲生:这些日子,有……有点儿门儿了。

宋莲生刚说到这儿,就听院子里的姑娘们喊。

众姑娘:宋莲生,宋莲生,出来!

宋莲生:哎,说来就来了,怎么这么多人啊? 您瞧瞧,刚说有点儿门儿,这会儿就大发了。

劳澄:不是有门,房子都有了。

外边姑娘们还在喊。

宋莲生:哎哎,来了来了。劳先生我先走了。

宋莲生刚一出去,众姑娘拉着他就跑了。

劳澄:这是怎么了? 不会出什么事儿吧?

无双绣庄无双屋内。

宋莲生被姑娘们推进来,看着伤心潦倒面目全非的无双,不认识了。

无双看着他,冷冷的。

宋莲生:无……无双啊,一天没见,你怎么这模样了?

无双:让了,让了。

宋莲生:让什么了? 什么让了? 啊?

无双:宋莲生,你别明知故问,拈花惹草你会,这会儿又装傻充愣了,看着我,我现在丑不丑?

宋莲生:你在我心里就没丑过。

无双:你再说好听的,我也不当话了,我也不打扮了,你爱怎么看我怎么看我,我反正把你让给人家了。

宋莲生:让? 让给谁了? 说呀,凭什么让我?

无双:我看他们孤儿寡母的可怜,我让了。

宋莲生:范荷对吧?

无双:哈,你可是有心了,一点就透。

宋莲生:无双,你,我跟你明说了,你要是看不上我,你明说明推托都行。我……我又不是一件东西,由着人抢也由着人让,你让了我,我还不让呢。

众人笑。宋莲生说完拉门要走。

无双哭了:嗯,你走,你走。来了,看我这伤着心呢,你不说句体己话,当着我这么多的姐妹还发脾气。早就知道你是个情薄义浅的臭男人,说的做的都是假的。你走吧,反正我让了。走吧,走。

众姑娘一听不好,都走了。

宋莲生:这叫什么事儿啊? 我要是件衣裳你让也就让了。我是个大活人,那也不是说让就能让的啊? 再说了你把我让了,干吗还哭啊?

无双一边哭一边摔东西:我……我愿意。我活该。我……我舍不得你。

绣庄后院。

众姑娘一下在院子里乐了。

洪三燕:听见了吧? 说真话了,舍不得了。我说让不出去吧,走吧,没事了,走吧。

众姑娘悄悄退。

无双绣庄无双屋内。

宋莲生看着哭着的无双,听见了后边的一句话,激动了,一下把无双抱住了。

无双:我舍不得,我舍不得。

宋莲生被后边那句话感动了,泪一下就出来了。

宋莲生:不闹了,无双,不闹了。干吗非得到这会儿才把心里话说出来? 好好的不会说呀? 干什么啊,好话非当气话说出来? 折磨人对不对? 你就是拿人心不当人心对不对?

224

无双:我不当人心当什么了？

宋莲生:拿我的心当鱼泡,气鼓了再踩破了。

无双:呀,这是怎么了？哟,哭了啊,真的哭了啊？你眼泪窝子怎么这么浅？让我看看,让我看看。第一次……

宋莲生:什么？

无双:一个男人,伏在我肩头流泪,第一次……

宋莲生要抬头。

无双:别动,靠着。

宋莲生:那鼻涕眼泪可抹你衣裳上了。

无双:抹吧,抹吧,抹了都不洗。证据,以后你想跑都跑不了了。

宋莲生:我还没跑呢,人就要给我让了。

无双:别说了,别说了,有一刻算一刻,你就这么抱着我吧。

洪三燕、二桃子在外边偷听,听到这儿听不下去了。

洪三燕:再听下去不知该说什么了,走吧。

无双屋内。

两人吻着。

无双:不能想那个,听见了吗？我这会儿还能看见范荷那双流泪的眼睛呢。孤儿寡母,他们也可怜。

宋莲生:可怜归可怜,相好归相好,挨不上。

无双:我应了人家了。

宋莲生:应什么了？

无双又伤心:把你让了。

宋莲生:就说我不让不就行了？

无双:那……那得你去说,你去把那事儿了了,再回来找我啊。我应过人家了,松手,松手。去吧,去吧,你去跟她说去。

宋莲生:明天吧,有一刻算一刻,先想这会儿吧。

无双:不行,你去吧,走。

宋莲生:无双,你手怎么那么烫啊,发烧了？

无双:没有,你先走吧,我歇歇。

无双把宋莲生推出门去,脸红。无双其实是病了。

街上。

翠花楼的妓女都被赶出来了,在街上招招摇摇地走。

一妓女看装病的王五:呀,大叔你这是怎么了?

王五:我……我身上热,怕是病了。

妓女甲:呀,可不是热吗?滚烫滚烫的。翠喜,翠喜。

翠喜:哎,来了。

妓女甲:这位大叔发烧了,快帮个忙吧。

翠喜:天下有那么多的病人,我又不是大夫,哪帮得过来呀?大叔你准备上哪儿治去呀?

王五:我……我听说九芝堂有个宋大夫不错。

妓女甲:不行,不行,去了就耽误了。翠喜,这位大叔人不错,看着怪善的,救救他吧。

翠喜:那不行,我这灵符可不能什么人都给。

这时众妓召着街市上的人都过来了。

妓女乙:这位姑娘,看这大叔病得厉害,就救他吧。我知道你有灵符。

翠喜:不行,我这也是花钱求来的。

胡同口齐大头看着众妓在演戏。

妓女先喊,然后众人喊:我们给你钱,我们给你钱,救救他吧。

翠喜:行,看你们大家的面上,拿碗水来。

早有水端了过来。翠喜飞快地将灵符点着烧化在水中:大叔您喝了吧,喝了就好了,喝了就好了。

围的人更多了。

王五:好,我喝,我喝。

只见王五一口气把水喝干了,立时见脸上的红越来越浅,越来越浅。

妓女甲:大叔还烧吗?哎不烧了,不烧了。

王五朗诵一样:啊,真灵啊!

妓女乙:什么感觉?

王五:就像一条细细的冰线从我的口中慢慢落下去,返到丹田,又冲到头顶,一下什么都好了,好了。谢姑娘救命,谢灵符救命。好了,好了。

齐大头看着王五的表演,觉得很拙劣,不忍卒观。

王五:姑娘们,再给我一道救命符吧,求你再给我一道救命符吧。

众人一听这灵,马上都追着要:给我一道吧,给我一道吧。

翠喜:没有了,没有了。

众人:我们给钱,我们给钱。

翠喜:我没有了,东山的二仙观有,二仙观求的,二仙观有。

众妓:去二仙观请灵符啊,二仙观的灵符治病啊。

众人一齐喊着,往东去了。

齐大头看完之后,觉得事儿成了,回身向胡同深处走去。

九芝堂。

宋莲生静静坐着,一个病人也没有了。探头看对面绣庄,排队买绣片的人依然很多。

山药过来了:宋先生。

宋莲生:嗯。

山药:今儿个可没人看病。

宋莲生:是啊。那不是很好吗?

山药:要是没病也真是大好事了。

宋莲生:有话明说。

山药:宋先生跟您说句话,您可别不高兴。

宋莲生:说吧。

山药:没病的都去绣庄买绣片绣花去了,有病的都去二仙观了,就咱们闲着了。您还不让我发单子传名,这御匾怕是没咱们什么事儿了。

宋莲生:去二仙观干吗?

山药:求灵符治病啊。全城都传开了。

山上二仙观。

长长地排了队,众人有病没病的都来求灵符了。人挤人拥,扶老携幼。

二仙观内。

一男一女两位老人穿着怪异装神弄鬼地在画灵符。齐大头完全一副仙官装束,一边收钱一边念念有词。

众人拥挤,花钱求符。

突然有人倒下了,齐大头马上指挥人抬到后边去。

齐大头:天灵灵,地灵灵,二仙大圣最为灵。一两银子一张符啊,买回家去显神灵啊。

哗哗的银子往里收,一张张的黄纸往外发。

九芝堂。

宋莲生:山药,给我照这张方子抓三剂药,我要出门。

227

山药:哎。

范府。范荷屋内。

宋莲生在给范荷的孩子复诊,心里有话想说。

范荷自与无双明说了之后,就觉得宋莲生是自己的人了,这会儿宋莲生一来,反觉十分不好意思了。宋莲生在为孩子看病,范荷赶快地回身照镜子拢头发。

宋莲生:文……文夫人。

范荷一愣:叫我范荷吧。

宋莲生:范荷小姐,孩子看来是好点儿了,可还得吃药。

范荷:命都是您给的,莲……莲生。

宋莲生:不敢当,叫宋大夫吧。

范荷:莲生,不单他的命是你给的,我的命也是你给的。

宋莲生:文夫人言重了。

范荷:莲生,听我把话说完,范荷一辈子除了父亲,还没一个男人对我这样恩重如山呢。你不来,我原是想去的,既然你来了,我就把话说明了吧。我们母子的命可攥在你手里呢。

宋莲生:文夫人,这话怎么讲?

范荷:话到这儿了,我就明说了。我要嫁给你,不管你嫌弃不嫌弃,我都要嫁给你。

宋莲生:文夫人,宋某荣幸之至,宋某这次来,一是为复诊,二呢,二是想明说了,我要娶的是无双。

范荷:娶她?她不会嫁你,她应过我的。

宋莲生:她应我可没应。文夫人,天下事恩是恩,义是义,情是情,爱是爱。宋某人可不愿因为一些理当的事,让情背着什么恩义在地上爬一辈子。文夫人,贸然问一句,倘若结为秦晋,咱们能吵架吗?

范荷:不能。

宋莲生:那算什么夫妻? 咱能打闹吗?

范荷:也不能。

宋莲生:那更不像夫妻了。文夫人……

范荷:咱们可以相敬如宾。

宋莲生:那样多乏味,天天拿着自己心爱的人当客人,不是宋某所想。宋某人谐趣惯了,真让我回家天天对着一位宾客,宋某不愿,宋某也不想。

范荷:不愿,不想,你说……说得真干脆,连一点儿回旋的余地都没

228

有吗?

宋莲生:文夫人,宋某实在不是什么不懂私情的人。宋某想过了,治情如治病,当断不断反被其害。话说得虽然不相合,但今天你的话也好,我的话也好,也算是一份真实之情吧,请文夫人谅解。

范荷:无双把我的话对你说了。

宋莲生:说了。

范荷:那她虽然表面应了我,可她从心里还是不让的。

宋莲生:……

范荷:你走吧,谢谢你来复诊,谢谢你说了真话。

宋莲生收拾药箱:文夫人您好自为之。

范荷:我会的,会比原来更好。你走吧,孩子要吃奶了。

宋莲生告退。

范荷呆坐。

三湘茶社。

劳澄正与几位股东理论。

劳澄:几位,合同期满,几位的股,连本带利一并璧还。

股东甲:您收好了,我们不要。

股东乙:正是药铺生意好的时候,我们可不撤股。

股东丙:劳先生,跟您说,这回闹疫病您要是按我们几位出的主意,赚的钱一定就不会只有这么一点点了。

劳澄:正因为所思所想有出入,劳某才想宁可本小利薄照自己的想法做下去,也不愿人多嘴杂地做了。几位还是将钱收回吧,趁着这次有利有润,否则真有一天经营不善,劳某怕是连几位的本也还不起了。

股东甲:不要,找中人来谈。

股东乙:对,不收。劳先生,可不是我们有钱花不出去啊,你先拎拎清楚了。

正在此时,吴太医被如月扶着进来了。

吴太医:几位好。

众人起立:吴太医好。

吴太医:千古奇闻,千古奇闻。瘟疫来了,药铺子的人都在茶馆喝茶,忙坏了的只有两家人。

股东甲:吴太医您说的是哪两家人啊?

吴太医:一个是把十年卖不动的绣样卖出去了的绣庄,一个是收银子卖黄纸的二仙观。你们这些南天北地的名医反而坐在这里喝茶,这不是千古

229

奇闻吗？绣花能治病，实在是妖医蛊惑。

劳澄立刻接话：老太医，话可不能这么说。

吴太医：啊，你也在这儿呢。我可没点你们九芝堂。你们的坐堂大夫与绣庄的绣娘有不明不白的事情，借诊病之机行盈利之事，实在给杏林丢人。我没说你啊，说的是你们的坐堂大夫。

劳澄：吴老太医，您德高望重，但说话不可不据实而言。绣花治病安神，胜似草药，若为盈利，我何不借疫病之机把百十年卖不出的陈年货底子卖个精光呢？

众人大笑。

吴太医：放肆！你这是在说谁？

如月：姑父您可别生气，咱药铺子卖药天经地义，咱们可没有勾着相好的铺子卖……春情，咱们也没有以仙观之名卖黄纸。咱们是百年的闻世堂，堂堂正正。

劳澄：有理说理，大可不必看着圣上要赐匾了，到这种地方来抢风头，压同行。绣片原本和仙观的灵符就不是一路。

吴太医：我看一路货色。诸位，老夫今日来这儿不为喝茶，是来求公道的，此事不管，天下大乱，杏林大乱。

众人：对，一定要管，一定要管。

如月：各位前辈，闻世堂出于公心，对此等恶劣之行径，书写了檄文，请诸位签字，请诸位签字。

劳澄：什么出于公心？诸位，二仙观的事可管，但要明是非。千万不要听他们的，他们是打着公心的旗号，谋私利。这是看皇上要赐下匾了，争座位了。几位，人之名乃千古之名，可不能随便就签了，三思而行。

商人甲：你不签你走，我们签。

众医商：对，我们签。

众股东还想拉劳澄坐下。

劳澄：几位东伙，看见了吧，生意不好做啊。恕不奉陪了。千古之名不可为小利而签啊，千万想想谁是公心谁是私利。

众商争着去签了。

劳澄气得冲上去撕扯：不能签，不能签。他这是为自己想害人了，为自家的利益害人。

众人推他：你不签你走，你走。

劳澄被众人连推带搡轰了出去，摔在门外。

十六

绣庄后院。无双屋内。

宋莲生在范荷那儿说了绝情的话回来,心情复杂,在无双帐外絮絮地说着。

宋莲生:平生第一次,无双,我宋莲生是平生第一次这么当着面把人家儿女私情的事给回了。那话说出来都不像我说的,不是后悔,觉得自己狠。当面鼓,对面锣,看着人家流泪也不顾及,非要把绝情的话都说完了,一句一句的像打人家脸。不是说这会儿我后悔了,悔倒不悔。只是觉得无情,无情啊,要不是男女私情,人家喜欢我该是一件多么高兴的事啊,听着呢吗?

帐子里,无双边听边流泪:嗯。

宋莲生:把帘子打起来吧,我看看你,听完了这么些的话,心疼不心疼我?

宋莲生把帘子打了起来,一眼看见的是无双脸很苍白。

宋莲生:呀,脸都给听没色了?哭了,别哭了,该笑,要么⋯⋯这边也哭,那边也哭,显得我宋莲生多不是东西似的。

无双:你本来就不是东西,要是不招那么多的事,哪至于惹那么多的人伤心?

宋莲生:哭吧,哭哭好,不哭不算情,哭吧,去火。

宋莲生说着温情地用手向无双脸上探去,无双两手握住他的手,幸福地放在自己的脸上。不料宋莲生猛地把手抬了起来。

宋莲生:怎么这么烫啊?哎,你发烧了吧?哎,发烧了。

无双把宋莲生手抓回,又贴脸上,幸福地闭着眼,喃喃地说:都两天了,烧就烧吧,发烧哪有真把你让出去要人命啊?烧吧,这会儿你就算是药了。

宋莲生:你这是不知轻重了。三燕、二桃子,快,快拿凉水来。

九芝堂药堂。

劳澄正气呼呼地大灌凉茶,喝罢重重地放下杯子:还有公理吗?为了一块匾,这是公然地要颠倒黑白了,拿咱们治病救人的事和齐大头的事比⋯⋯

231

还要联名写状子。瘟疫来了,你闻世堂比不了功,这是开始无中生有找人家过了,生拉个齐大头往你脸上抹屎。这……这宋大夫也是,非要出什么绣花的奇方子,让人钻空子。山药。

山药:东家您吩咐。

劳澄:宋大夫呢?

山药:半天没在了。

劳澄:去哪儿了?

山药:不知道。

劳澄:不知道,他去哪儿了你都不问问吗? 没一个干事的。

劳澄话刚说到这儿,宋莲生飞快地进来,完全慌神了。进来也不打招呼:山药,拉抽屉配药,我来不及写了,我报你快称。茯苓一两,芡实、山药各三两,车前子五钱,薏仁一两,甘草一钱,人参一两,五味子一钱。水煎,快。来,你抓药我看秤,快。

劳澄生气地在旁边看着:宋大夫,这是谁病了? 这么火烧了房似的?

宋莲生:无双,无双病了。

劳澄:又是无双,这可真是福无双至、祸不单行了。什么事不来是不来,要来就一起来了。

宋莲生包药的手停下:劳先生,这话什么意思?

劳澄:宋大夫,咱开方子让人买绣片的事,与二仙观齐大头发灵符一事相联,让全长沙城的医家药铺联名要告官了。

宋莲生:嘿,好,让他们告去啊,他要是告阎王爷和王母娘娘是一家子,咱听着。劳先生,咱治咱的病,不怕他们胡搅。

劳澄:怕倒是不怕,可三人成虎,就怕人家往你字号上抹屎。

宋莲生:劳先生,我是这么看啊,事来了抹屎也好贴金也罢,怨没用。这是皇上要赐匾了是吗? 医家德善第一,有匾治病,没匾也治病。

宋莲生说着拿着包好的药,飞快地出了九芝堂。劳澄及全堂的伙计站着,听着,愣着。

二仙观。

齐大头还在热闹地发着灵符,边发边收银子:天灵灵,地灵灵……求平安,拜仙灵……

王五边发着灵符边瞌睡着。

齐大头抓起敲木鱼的棒子狠命敲,王五一下精神,乱念。

齐大头小声:你他妈的真不是东西,收钱都收得你打瞌睡了,这世上你还有点儿念想没有？快精神了。

王五：天灵灵,地灵灵……花银子,买太平,一张符,请神灵……烧了喝,保准行。

二仙观外。

牢头带衙役来轰人。

二仙观内。

银子哗哗从小斗倒进大斗。齐大头看一斗银子满了,搬着往后院要走……突然,两根水火棍捅在大斗上,大斗落地,银钱撒了一地。

齐大头：什么人,大白天砸明火啊?

抬头看两队衙役,兵丁已把香客拦住了:哟,几位要灵符吗? 八折。

牢头一抖千名药家、医家联合签名大幌:齐爷,对不住了,有千名医家告你蛊惑人心,妖言惑众。您这观啊,知府大人下了谕让给封了。来呀,兄弟们动手。

众兵丁轰人,动手封银,稀里哗啦扯布。

齐大头：哎,别呀,别呀。王五,快快发给兄弟们茶水钱。快,快多给。哎,哎,都有。放下,放下。都有,也有知府大人的一份。没来得及送呢,这就送去。别扯,别扯,王五上手。

转眼间一片混乱,灵帐都扯下了,大斗大斗的钱封了,齐大头与衙役打了起来。

牢头：来人,锁了。

范府。范荷屋内。

范荷呆坐着,孩子在床里边哭着,范荷根本就听不见了。慢慢把镜子拿过来,照照自己又放下了,放了又照。孩子哭着。丫鬟春红推门冲了进来,进来就去床上抱孩子。

春红边哄孩子边说:小姐,孩子这么哭您都听不见啊,还顾得上照镜子。您这是怎么了?

范荷：哭哭好,哭哭好,天下的日子这么不遂心,他不哭干什么去啊?

春红：小姐您这是怎么了?

范荷：春红。

春红：您说。

范荷：二十年了,小姐我过的日子可不像书上写的?

春红:日子哪能像书上写的啊。日子要像书上写的那咱们不是整天价过小说了吗?

范荷:日子也不像是自己想的。

春红:更不像了,打个比方,自己想的是梦着,实在的日子是醒着,咱可别拿梦着当醒着过,咱踏踏实实地过日子吧,过日子。

范荷:不梦着过日子,那还有什么意思。

春红:小姐咱别想那么多意思了,过吧,过一天是一天。哎呀,小姐不好,孩子又烧了。

范荷:是吗? 又烧了?

春红:快看大夫,咱去看大夫吧。

范荷:大夫来过了。大夫他来了,说了一些绝情的话又走了。真狠啊,无双你……你出尔反尔不得好死。

知府大堂。

一斗一斗的白银和大堆的灵符被抬上堂来。齐大头、王五等穿着奇奇怪怪的衣服,被押了上来。

知府惊堂木一拍:堂下何人?

齐大头:小民齐大。

知府:你可知罪?

齐大头:小民不知。

知府:不知,好。干脆,十分之干脆,你干脆本府也干脆,来人,打。

人被按倒,裤子拉下了。

齐大头:慢,慢。大人,别打了,别打了,小人知罪了。

知府:知罪吗? 好,讲吧。

齐大头:老爷,小人此话不便明说。

知府:好,近前来。

齐大头提裤子上前,小声:大人,小民挣了钱了没想着大人,小民有罪。小民不是没想着您,是收钱收得来不及了,所以给大人的心意稍稍晚了。小民愿多多补上。

知府:我就那么贪财吗? 还要你这么窃窃私语的? 下去! 当官为政,本府挣的俸禄足够花了,本府可不是那种要钱不要命的短视之人,来人,打。

齐大头:慢。

知府:还要怎样?

齐大头:知府大人,小民问一句,小民不知罪也要打,知罪也要打,怎样

234

才可不打?

知府:哎,说了这么多的话,这算是问得明白的一句。跟你说,一是钱充公可以不打或少打;二是谁给你出的骗钱的主意,讲出来不打。讲。

齐大头:知府大人,钱您留下吧。谁出的主意? 您是要问主使吧,对不住,小民不能说。

知府:好,义气,有品。来人,银钱入库。你有品本老爷也不能无义,那就打你一半吧,来人,打左屁股二十大板。

衙役:嗻。

齐大头:哎,哎,有这么办案的吗,这一半怎么打啊?

街上。

齐大头左屁股伤了,一半屁股坐在茶摊上。王五从三湘茶社飞快地跑了过来。

齐大头:问出来了吗?

王五:爷,问清了,点了咱们炮的不是别人。

齐大头:是谁啊?

王五:您猜猜。

齐大头:他妈的,爷哪有工夫猜这个。

王五:就是闻世堂的吴老爷子。不但点了咱,其实听那些药商大夫们说,是借咱隔山打炮把九芝堂开方子买绣片也点了,爷您说这谁想得到啊。二仙观的主意是闻世堂出的,知府大人那儿的炮也是他们点的。

齐大头:嗯,好。我他妈的以为天底下就我一个人往外挤坏水呢。敢情,敢情这帮子抓药治病的人心更黑。

王五:爷,给闻世堂下笁篱吧。

齐大头:不急,有他们高兴的时候。

说着慢慢站起,王五扶。

王五:爷,您慢点儿。

齐大头:这屁股打得,打半边,还不如两边均着打呢。

无双屋内。

宋莲生正紧张地给无双号着脉。无双头上敷着毛巾,头上扎着银针,昏睡着。

宋莲生静心号脉,众姑娘挤了一屋子。

洪三燕:宋先生,无双姐没事吧?

235

宋莲生：药到了病没除。姑娘们都出去吧，挤在这儿于事无补。还有，三燕，快给大家熬点儿药，可……可不能再有人病了。

宋莲生说完自己往外走。

洪三燕：宋先生您干吗去？

宋莲生：我找药去。

三湘茶社。

敲锣打鼓。众药商、医家正在给吴老太医披大红花，送匾。

药商甲：吴老，吴老，这虽不是万岁爷题的匾，但这杏林魁首的称号您不接着，还有谁敢接着啊？我们大家的心意，您得领了。

药商乙：不是您出头联名，二仙观也除不了啊。

药商丙：二仙观不除，咱医家药家的银子就全让齐大头和他宋莲生的相好挣去了，您戴好了。

众人：戴好了。

劳澄坐在一边看着。

吴太医：多谢各位抬爱，所谓医者，邪不侵正，往后还是我们精诚而相携，联手而共行啊。劳先生，不是我吴某要在这么多人中拆您的台，沿用左道之医，终归不是正路。

九芝堂众股东一听这话全围了过来。

股东甲：劳先生，我要退股。

股东乙：我也要退。

众股东：我们都退。

劳澄：前些日子，让你们退，你们不退，这会儿……

股东甲：这会儿不一样了。

众股东：对，不一样了，我们退股。

劳澄：好，我退。

九芝堂药堂。

宋莲生疯了似的在拉抽屉找药，山药在旁边侍候着。

山药：宋先生，跟您说了没有了，咱们堂现在哪还有牛黄、犀角、冰片啊？前些日子刚救过两个病人，都用光了。

宋莲生：一点儿都没了吗？

山药：一点儿都没了。

宋莲生：山药你想想，你帮着想想，长沙城里这会儿哪家铺子还有这些要紧的药?

山药:要有也只有闻世堂那些大药房或许会有一些自己留用的,别的药铺都没有了。

宋莲生没听完就飞快出门。

闻世堂后院回廊。

吴云带着宋莲生快步往后院中堂走。

吴云:宋先生,药有没有我也说不准,咱到后边问问去。无双姐姐真病得那么厉害吗?

宋莲生:命在旦夕。

无双屋内。

无双在床上已昏迷了,众姑娘在一旁不断地给她换冷毛巾。

闻世堂后院回廊。

宋莲生刚拐过弯来,一下站住了。吴太医、如月带家人拦住。

吴太医:这不是宋神医吗?什么风吹得您到我这小庙里窜来窜去的,吴某真有些诚惶诚恐呢。

宋莲生:吴老前辈,宋莲生上贵堂求药来了。

吴太医:玩笑吧?我们小小的闻世堂,哪儿有您想要的药啊?人家用一车的药,也敌不上你一张小小的绣片呢。我们闻世堂可没有什么您用得上的药。您真抬举我们了,请回吧。

宋莲生跪下了:吴老前辈,这会儿您骂我什么,我都接着,救命要紧,求您几味药,犀角、牛黄、冰片。

吴太医:没有。

吴云:爹。

吴太医:吴云,你要是我儿子,这会儿你上堂应诊去。救命?我闻世堂有的命能救,有的命救不了。送客。

如月扶着吴太医回,吴云也无奈站着。宋莲生呆呆地在回廊上跪着,不知怎么办了。

九芝堂后院中堂。

劳澄无奈给所有股东发还银票。

股东甲:劳先生,我们这可不是墙倒众人推啊。

237

股东乙：我们是买卖人，风头不对了，我们得保本。

股东丙：你让那宋什么生一搅和，这圣上的匾怕是挂不上了。

股东甲：好事做了不少，最后便宜让人占了。事可不就这样吗？

劳澄边听边一个一个人地发着银票：几位，话我不想听了，理不是光凭嘴说的，钱拿好了，几位请吧，请。

无双屋内。

无双脸色苍白，静静躺着。宋莲生着急地针灸着，心里也没谱了。众姑娘在旁边围着流泪看着。气氛凝重。

宋莲生：无双，无双，不能泄气，我是莲生啊，你可不能泄气啊。撑一撑，我去想办法，我想办法去。

无双不应。众姑娘哇地哭了。

洪三燕跪下：宋先生，您……您可一定要把无双姐留住了。

二桃子：您要留不住姐，我们也不活了。

大家全跪下了。

宋莲生也流泪：别……就别添乱了，别乱了。你们都出去，我要用针，用大针了。你们出去吧，别看了。没事，没事。

闻世堂中堂。夜。

一只手拿钥匙打开了小柜的锁，是吴云正开锁想偷药。突然华灯齐亮，如月带着家人举灯笼进来了。

如月：表弟，把药放下。

吴云：我不放。

如月：把药放下，真要救人也不是这么个救法。听姐的话，把药放下。

吴云：不放。

如月：那你可就出不了这屋了。表弟，听姐说，人咱是要救的，不但要救人，还要救咱的铺子呢。把药放下，听我说，保证让你拿药去救人，但事不是这么办。啊，听姐的话，放下，放下。

吴云无奈放下。

九芝堂中堂。夜。

山药引着宋莲生急急进来。劳澄呆呆坐在黑暗中。

宋莲生：劳先生您怎么不点灯？

劳澄：这么坐着静。宋先生，无双怎样了？

宋莲生：命如游丝，今夜怕是过不去。

劳澄：人各有命，只要尽力了就好，尽力了就好。宋先生，股东的钱都退光了，铺子也命若游丝了，不管出了什么事，咱还得把九芝堂办下去。叫您来，一是想对您说一句，人不能与命争。二是我说句无情的话，无双的人命要救，可这铺子也要救。

宋莲生：这话怎么讲？

劳澄：咱们得把御赐的大匾争过来。不是为我，咱不能让这世上的公理就这么公然地黑白颠倒了。

宋莲生：劳先生，你这会儿叫我，就为这话？

劳澄：这话还小吗？还有两天就要在府堂评议了，药堂倘若没做什么好事也就罢了，可事到如今不能这么着看他们对面为盗啊，跟你说要是这匾给了闻世堂，我这口气绝对咽不下去。宋先生，这边的事，你不能一点儿也不想吧？

宋莲生：劳先生，我没什么可说的。我这会儿一说就像各说各的理了，我把人命看得比什么都要紧，不说了。信吧，咱们之间守一个"信"字吧，有这个字我什么也不想说了，我……我走了，看无双去了。

劳澄：药堂名誉事关千秋百代，救千人万人。

宋莲生：也对，您想的大，对我都一样，就是救万人也是从一人救起的，许是我没分出轻重来，我走。

劳澄呆坐着：你走吧。

绣庄门口坡子街。夜。

何满打着闻世堂的灯笼在前边引路。宋莲生在后边跟着。

宋莲生：是你家什么人叫我的？

何满：到那儿您就知道了。您看脚下。

湘合酒楼雅间。夜。

如月给宋莲生布菜：宋先生您吃啊，几天不见像是瘦了呢。

宋莲生：有什么话您说吧，恕莲生此刻心不在饭菜上，有什么话请快说吧。

吴云在旁边呆坐着。

如月：也好，话一说完您就能吃得下了。吴云今夜为救无双，偷了老太爷的钥匙想取药呢。

宋莲生：吴公子，莲生给您叩头了。

吴云坐着一动不动。

如月：宋先生，先别着急，药呢是瞒着老太医，我们一起偷出来的。不管怎么说救人要紧。

宋莲生：如月小姐，莲生代无双给您叩头了。我……我莲生借桌上的酒敬二位一杯。

如月：不急，听我说完了再喝。按理说救人应当的，宋先生，闻世堂开到今日已有三代，说心里话，支撑不易。再说句实话，这些年是日见下坡。姑父老了，表弟又太仁义，所以……来吃口菜。

宋莲生：有话您直说吧。

如月：所以此时若能更上层楼，实在是十分要紧的事。表弟，把犀角、牛黄、冰片拿出来吧。宋先生药在这儿了，你回头可以拿走。

宋莲生上手就拿：谢了。

如月：慢，话我这就说明白了，改天府堂之上评议挂匾之事，您得让我们闻世堂一让。

吴云：宋先生，这……这不是我的意思。

宋莲生愣着。

如月：宋先生，话我不多说了，您为救人我也为救人。几味药在这儿呢，咱们两便了，你可听明白了。

宋莲生：听明白了。

如月：如果有意，在这字据上按个手印吧。事成了这些救命的药我们奉送。

宋莲生：这样对九芝堂好像不公平。

吴云：就是不公平。

如月：表弟，公平不公平，还要两相情愿，他要救命，咱要救店，这不是很公平吗？咱们问问宋先生吧。宋先生您要觉得不合适，今天的话咱就当没说。

宋莲生用手蘸着印泥，一下按在纸上。

如月把药推出，宋莲生抱了药就跑了。

无双屋内。夜。

宋莲生亲自熬药，精心喂药，熬着熬着睡着了。

天亮了，一双纤手轻轻地抚摸着宋莲生汗湿的头发。宋莲生睁眼一看无双醒了，再看无双真醒了。

宋莲生：哎，醒了？

无双:我睡了多少天了?

宋莲生:哎,真醒了,不……不烧了。好了,不烧了。

无双:……问你呢,我睡了多少天了?

宋莲生:问这干吗?

无双流泪:我睡了多少天,你就有多少天没睡了是吗?

宋莲生:你梦着我醒着,总赶不上趟,咱俩真是冤家。别哭啊,病刚好,身子虚呢。

无双:跟我说你几天没睡了,瘦成这样了。像个小老头似的,让我一睁眼就看见这么个小老头,你也不怕我不喜欢你?

宋莲生:不喜欢拉倒。

无双:胆子真大了。能拉倒吗?

宋莲生:是啊,你跑不了了,我抓住你的魂了。无双,你梦里喊了我的名字,我听见了,你想跑都跑不了了。你喊我,我应了,你就别想跑了,你的魂在我手里呢。

宋莲生拉住无双的手,看无双。无双一感动,背过头去更流泪。宋莲生一看去亲无双,小心地亲到眼泪了,无双躲。

无双:……什么滋味?

宋莲生咂嘴:先……先是苦的,再是咸的,最后是甜的。

宋莲生还要亲,门被推开了。二桃子、三燕、众姑娘冲进来。宋莲生赶快正经坐下。

宋莲生:一到这会儿就来,比写的还准呢。

姑娘们看着,也不躲了。

二桃子:姐,您醒了?

宋莲生:啊,醒了,醒了,进来,看吧。

洪三燕:我说醒了吧。听见屋里有人说话了。

无双:啊,醒了。

无双挣扎着要起来,众人去扶。

二桃子:哎,姐,想吃什么我给您做去。

洪三燕:宋先生,您挪挪地方吧,要么您出去歇歇。我姐醒了,有些事做着不方便呢。哎呀,忘了,刚才九芝堂的山药来传话了,让你快去府衙上堂议匾呢。快去吧,要么该晚了。

宋莲生:是啊,晚了就不去了。

二桃子:快去吧,闻世堂也来过人呢,快去吧,这儿有我们呢。

无双:去吧,我好多了,死不了了。

知府大堂。

众药商、医家济济一堂。除吴太医坐在侧面椅上,别人都坐在地上,此时知府高坐于案前。

知府:各位长沙城的医家药家,本次评议,不仅本官听议,还有京城来的御医医监到堂听讲。请医监大人到堂啊。

牢头:请医监大人到堂啊。

医监出。众药商、医家起而行礼。

医监:众位免礼,知府大人请坐。

知府:请医监大人上座。

医监:本官就不客气了,来呀,将万岁爷圣旨悬于堂上。

话音刚落,两太监奉旨上。众人都跪下。

众人:吾皇万岁万岁万万岁。

医监:好,知府大人,本官宣布议匾之事开始。

众医席地而坐。劳澄着急地在左右找着宋莲生。

街上。

宋莲生正在香香地吃面。

山药、刘青等人在街上找他。

知府大堂。

吴太医慢慢站起。如月扶着,吴云在后立着。

吴太医:知府大人,此次时疫,闻世堂以快捷之速而出奇效之应对,实在为灭疫立了一大功。不是老夫自夸,为救黎民于水火而将药迅捷发下,得以及时以药止病,闻世堂是开了个好头的,且收效甚巨。现将长沙众同好齐献的大匾送上,以感皇恩浩荡,以表所言不虚。

大匾抬上——德冠三楚。众商鼓掌。

医监高兴:想不到万岁爷的匾还没赐呢,你们这儿倒是有人先给了啊。

某商:哎,卖药算什么,您是为病啊,还是为了卖钱啊?

喊过后底下静了,劳澄嘴里一哼,附和。

知府:嗯。御医监在此,不可乱说。

医监:可以说说嘛,既是评议,不妨畅所欲言。

知府:吴老太医听见了吗?有人以为你神速卖药是为利。

吴太医:为利?我闻世堂倘若为利,何不学某些药家囤积居奇而谋大利?

医监:有这样的药家吗？嗯。

众药商:有。

知府:哎,没听说啊,医监在此,不要乱讲,不要乱讲啊。大家说说评评就好了。多说好话,不要乱讲。

医监:果然有？报个名来。

吴太医:九芝堂。

知府:九……九芝堂？九芝堂来人了没有？回本府话,来人了没有？

劳澄站起:知府大人,医监大人,九芝堂劳澄回话。

医监:有什么话讲？

劳澄:两位大人,今日劳某到堂,说句心里话,这圣上题词赐匾之事,我九芝堂是志在必得的。九芝堂此次时疫所为,有目共睹。做的事谁都可以拿到桌子上来比比,我想没有一家药铺可以比得过。可刚坐下来听了几位所言,尤其是吴太医所言,真是大开眼界,天底下还真就有把黑的说成白的的啊！

医监:有事说事,不要感慨。啊,不要感慨。

知府:对,不要发感慨,要说感慨,本官最多。

劳澄:知府大人,那就说实的。时疫一来,急于卖药,不管症候对错,生怕错了机会,以致将陈年货底、发霉变质之害人之药一股脑儿地都卖了出去,这是医家、药家该做的吗？囤积居奇。我九芝堂好在没有追风逐波见识短浅,才会一直有药给病者治病。我想问一句,不问症患只是卖钱该是医家所为吗？及时售药,不如说你是在及时谋利。

医监:啊,说得也对啊。吃药嘛当对症。吴老太医,时疫来了,急着把药卖光了,怕是不对吧？

知府:啊,啊。是啊,是啊。

吴太医:两位大人,时疫来了,卖药终归是不错的,我闻世堂可不像他们九芝堂,借着卖药为名,卖春情。

医监眼睛一下放光了:嗯？还有这样的事吗？卖药还要卖情啊？第一次听说,说说,说说。

劳澄着急地东张西望地找宋莲生,没人。吴老太医得意。

知府:九芝堂劳澄,此话怎讲？

街边食摊。

宋莲生俯在桌上睡着了,脑袋前边有一碗面。山药跑过去了,回头一看又跑了回来。

山药:宋大夫,宋大夫。是宋大夫吧,快醒醒。您怎么在这儿睡了？上堂了,快上堂了。出事了,宋大夫快起吧,您误了大事了。误大事了,宋大夫。

宋莲生惊起:哎。

山药:您快着点儿吧,上堂了。

宋莲生:啊,上汤了? 不喝,我困了,再睡会儿。

山药:别睡了,再睡九芝堂就不好了。

宋莲生:我困,困。

知府大堂。

知府拍了一下惊堂木。医监也拍了一下惊堂木。宋莲生站着看着。

医监:宋莲生。

知府:宋莲生。

宋莲生似乎还没醒:哎,哎。

医监:你就是宋莲生啊?

宋莲生:回医监大人话,在下宋莲生。

医监:本监来后倒是听了你的不少传言呢。

宋莲生:是吗? 大人,请问都是些什么话啊?

医监:好的也有,坏的也有。

宋莲生:大人好的坏的您都别信。

医监:为什么?

宋莲生:回大人,想要听好话可以自己买,不想听的坏话别人也可以帮你买,所以好坏话都别听。

医监:那什么话可听?

宋莲生:您自己看的,自己想说的话,那是真话。

医监:哼,你……你倒有些怪见地啊。府台大人,本官听人说,时疫之时,宋莲生曾募棺埋尸,可有此事?

话音没落,底下众人说什么的都有,喊没有的很多。

医监:到底有没有? 啊,宋莲生你说。

宋莲生看着众人嘴脸,又看吴太医,看劳澄。

知府:说啊。

宋莲生:二位大人,听见了吧? 说有的不多,说没有的很多。宋某人说有,那些说没有的必是睁眼说瞎话了,宋某一张嘴哪说得过他们? 我要服了软了,跟着那些人说没有,那说有的也是睁眼说瞎话。哎,大人,您不妨让这些说了话的人都重重地拍拍自己的胸脯,小声地问一下良心,再说一遍。劳先生、吴太医除外。

医监看知府。

知府:好。拍,拍。一二。

医监:好,说。

只听满堂地拍胸脯。然后,一片寂静。

医监:有没有?再问一遍,有没有?

还是没人说话。

宋莲生:二位大人听见没有,一到考问良心时,就都不说话了。这算好的,真话不想说,假话也不想说了。好人,你们都是好人啊。二位大人,小民有个想法。这样评来评去,很伤人心,能不能长沙城中每个医家、药家都请万岁赐一块匾。

医监:玩笑,那与没赐岂不一样?

宋莲生:那小民再出个主意,那这匾,可不可以一块也不赐?

吴太医、劳澄同声:那怎么可以?

医监:听到了吗?那怎么可以?有人不答应。

宋莲生:那……是一定要赐了?

医监:一定要赐。

宋莲生:就赐一块?

医监:就赐一块。

宋莲生:那也好办。既然大家坐在这儿真话、假话、有良心的话、没良心的话都不想说了,我看也就不必再议了,议也是徒议。二位大人,小民看不如花钱买吧。您二位商量个数,说好了让那些想挂匾的竞标,出得钱多的将匾买下。

知府:也不失为一个办法。

医监:大胆!

知府:啊对,大胆放肆。

宋莲生:大人,您听我说完,卖匾的钱也不乱花,周济疫民,也不失为一件大大的善事。

医监:大胆狂徒,如此亵渎圣事。府台大人。

知府:您讲。

医监:依本官之见,九芝堂坐堂大夫如此轻薄调笑。原来本官还想为其张目,现在看赐匾一事,他们就不在其列了。

劳澄听完站起来。

知府:大人所言极是,那……

宋莲生:对,大人说得对,那就把匾给了闻世堂。

医监:你倒是大度,就听你的议报,闻世堂接匾。

宋莲生一人鼓掌:好,好,得其所哉,得其所哉。吴太医,我这儿您见了,我可是帮了你们的忙,得其所哉了。

医监:好,此事就这么办吧。

吴老太医正要站起行礼,突然堂下齐大头一拐一拐进来。

齐大头:等等大人,我有话说,我有话说。以为他妈的就你们闻世堂会要人呢?跟你们说,我齐大头可不是好惹的。

众人一下惊住了,劳澄又站下了,宋莲生倒坐下了。

知府小声与医监说话。

知府:齐大你,先以妖言惑众,现在还有什么话说,说不好,本府还要打你。

齐大头:知府大人,这回你想打也打不成了。您前些日子不是问小民,二仙观的主意是谁出的吗?今儿我当着众位面明说了吧,那主意就是闻世堂给我出的。闻世堂在长沙城挂圣匾他不配。他们是妖言惑众的罪魁。

众人大哗,宋莲生听听站起出去了。

医监惊堂木一拍:真开玩笑,开玩笑了,求匾表彰之事变为揭底之会了。府台大人,本官十分不高兴,不高兴。本官将上京面圣,赐匾一事缓议吧,缓议。退堂。

知府:退堂。

吴家愣住了。

绣庄无双屋内。

宋莲生在给无双喂粥。

宋莲生:天下事就这样,本来明明白白的事,被这些虚的名誉一搅,反而不明白了。嗯,再吃点儿。

范府院中。

范荷坐在廊下,左照右照地照着镜子。突然范荷卧室门猛地被撞开了,春红抱着孩子冲了出来。

春红:小姐,小姐!孩子,孩子!

范荷:怎么了?

春红哭:没气了。

范荷先是愣着,然后手里的镜子掉在了地上,摔碎了。

246

十七

绣庄绣室。

无双穿了一身新衣裳,众姐妹围着她。

洪三燕轻轻地嗅着鼻子:姐,您得这病吃药吃的,倒是吃出一身的清香味来了。

无双:什么话?以为姐我是朵五月的花呢?

二桃子:可不是香吗?也不看看那药是谁给配的。

洪三燕:是啊?谁给配的呀?

二桃子:哟,这你都不知道啊?姐夫,姐夫给配的呗。

洪三燕:那我可就真的不知道了,姐夫是谁啊?

二桃子:装傻吧,姐夫就是那个开药方子的,咱们姐姐哭着喊着想让也让不出去的宋莲生宋姐夫呗。

众姑娘:是啊,宋莲生,瞎不隆咚,平时说话没正经。嬉皮笑脸会讨好,配药治病变谈情。宋莲生,瞎不隆咚……

众姑娘边唱边高兴地围着打扮美丽、病好了的无双转圈。无双高兴地走着,一下冲出圈子。

无双:我可不跟你们闹了,跟你们说啊,八字还没一撇呢。

洪三燕:还没一撇呢,这一撇怎么写才算一撇啊?

无双:俗话是姐夫和小姨子没大没小,跟你们说啊,我无双总嫁不出去,就是怕你们这些小姨子太多了。你这姐夫我看不住。

众姑娘:呀,怕吃醋啊?到时让你吃个够。

众姑娘围着无双出去。洪三燕送她们出去后,自己有点儿伤感地没有出去,想起主动为宋莲生献身被拒那一幕,伤心地坐下了。

九芝堂宋莲生屋内。夜。

劳澄悄悄开门,端了食盘和一盏灯进来,食盘上有酒。进屋后看见宋莲生四仰八叉地在睡着,把东西放下,看着熟睡的宋莲生,看了一会儿,又舍不得叫醒,想想只有走。端了灯刚走到门口,宋莲生突然在身后一叫,劳澄站住了。

宋莲生:劳先生,别走,我起来了。

劳澄端灯愣住:醒了?

宋莲生:您……您这是来了有七趟了吧?

劳澄:怪了,你睡着觉怎么知道的?

宋莲生:没睡着。

劳澄:两天了都没睡着?

宋莲生:也不是,您一进来就醒了,您一出去就又睡了。

劳澄:醒了,为什么不打个招呼,害我一趟一趟地走。

宋莲生:劳先生说出来您别生气啊,醒是醒了,可觉得对不住您,对不住的话想来想去不知道怎么说,所以又睡了。

劳澄:这会儿是把要说的话想好了?

宋莲生:想得差不多了。劳先生我先给您赔个不是啊,赔不是,赔不是了。

劳澄:这个不是要这么赔我可不答应。

宋莲生:你应不应的我也赔了。您不应我也没办法。我饿了,来,咱坐下喝酒。

范荷屋内。夜。

婴儿已经死了,花团锦簇地包在了床上。范荷呆呆地看着。

范荷:春红,春红。

春红:哎,小姐。

范荷:咱孩子是怎么死的?

春红:病死的,小姐。

范荷:孩子病了,干吗不去给他治?

春红:小姐,您跟宋大夫绝交了。

范荷:不是绝交,春红,是他们绝情了,我想起来了,是他们太绝情。春红。

春红:哎。

范荷:咱们拿这死了的宝儿怎么办?

春红:小姐,咱能怎么办啊?找和尚念了经埋了呗。

范荷:春红,我可怜不可怜?埋了丈夫又要埋孩子。

春红:小姐,想开点儿吧,天底下可怜的人多呢。不是春红说您,您放着

248

好日子不过,非要往刀尖上走。

　　范荷:什么是好日子?

　　春红:吴公子那么心仪您,可您……

　　范荷:吴公子,是啊,吴公子总是让人想不起来。

　　九芝堂宋莲生屋内。夜。

　　宋莲生在与劳澄一句半句地说着话,喝着酒。

　　宋莲生:劳先生,您想想,当初时疫来了,咱们想得最多的是什么?

　　劳澄:让时疫快快地过去,过太平日子。

　　宋莲生:挣钱想过没有?

　　劳澄:来不及想。

　　宋莲生:挣名想过没有?

　　劳澄:生死都说不准呢,也来不及想。

　　宋莲生:对啊,都没想过的事,可为什么这时疫一过,却都要想了呢?钱,钱觉得没挣够;名,名觉得怎么敲锣打鼓地说你好,也都不够大,委屈着呢。

　　劳澄:事干到那儿了,自然是该得的,当仁不让。

　　宋莲生:事都做完了,能让不能让的还跟事儿有什么关系? 不错,圣上要给匾了,圣上的匾就是个尺子吗? 天底下做了事没人谢的不是多得很吗? 农民种粮食给咱吃,我没见过谁到地里去拉着人家手给人家磕头的。

　　劳澄:你没开店,你不知字号名头大小的重要啊。

　　宋莲生:名头是要紧,可我没见过拿名头能当药煎了给人治病的。咱是卖药的,咱能卖准了给人治病的药就是大名头。

　　劳澄:哎,怪了,方才你醒了说要给我赔不是的,怎么现在越听越像我要给你赔不是啊?

　　宋莲生:赔,我赔。不是我是要赔的,理也是要说的。您喝酒,劳先生您喝酒。

　　劳澄:宋先生,这是我的酒,要喝我自己会喝。你要赔不是以后得买了酒敬我才算。

　　宋莲生:买,买。这会儿先借您的酒给您赔不是。劳先生,咱还分什么你我啊?

　　劳澄:好,这话可让我逮住了,不分你我是吧? 宋大夫,说好了。我九芝堂现在股东都撤了资了,我孤家寡人没依靠了,你可别再想走的事儿了。来喝吧,我可赖上你了。来喝。

宋莲生:喝,喝,几更天了?

劳澄:今夜甭想走了,咱们喝个通宵。

宋莲生:我……我得复诊去。

劳澄:不用复了,我看见了,好好的。你这会儿复什么我也不让你去了,来喝。

宋莲生:三更了,晚了,我去去回来再喝,说好了要过去的。

劳澄:不能去,你重色轻友。

宋莲生:劳先生,那我这不是可赔得大了。

绣庄大门。夜。

砰砰地响起敲门声。二桃子披着衣裳起来,挑个灯笼,生气嘟囔。

二桃子:这么晚了,谁啊,谁啊?

何汉林:我。

二桃子:你是谁啊?

何汉林:姑娘,开了门说话吧。

无双屋内。夜。

无双揽镜自照自语:没出息,这么快病就好了。也真是的,病一好没良心的就不来了。

无双听到外边有开门说话的声音,赶快地坐着,拢头,以为宋莲生要来了,做淑女状等着。

绣庄大门口。夜。

二桃子灯笼照着,何汉林赶快一口把灯笼吹灭了。

二桃子:哎,你。

何汉林:姑娘别怕,我不是坏人。

二桃子:你不是坏人,你要干吗?

何汉林:姑娘,你是洪三燕吗?

二桃子:不是。

何汉林:麻烦您给洪三燕传个话,就说有人想见她。

二桃子:你松手,你松手啊你,你叫什么?

何汉林把帽子摘了,一副书生样:我不是坏人。

二桃子:你……你就是坏人我也不怕,我会功夫。你是三燕姐的什么人?

无双屋内。夜。

无双等这么久人还不来,出门去迎又觉不妥。头贴在门口听动静,好像外边大门又关了,生气回到床边去坐。

无双:没良心的,还不如接着病呢。

这时又起敲门声。

无双:谁啊?

二桃子:姐,您睡了吗?

无双却又拿劲:没睡,没睡。二桃子,有人想见我,你可拦着点儿啊,生人我可不见。

二桃子:姐,你想见也见不着了,人走了。

无双:走了? 谁啊?

街上。夜。

洪三燕和何汉林在街上飞快地走着,躲着兵丁。

郊外。土地庙。

油灯点亮了,何汉林引着洪三燕,这时才看清在神龛的草堆上躺着重伤的岳宣。

洪三燕忍不住哭:岳……岳哥,是你吗? 怎么这样了,你怎么这样了?

洪三燕俯下身子,拉开衣襟,看见岳宣胸口的创伤。

岳宣睁眼:三燕,对不起,这……这个样子见你。

洪三燕边伤心落泪边说着:好好的,怎么这样了,怎么这样了?

何汉林:常德一役,伤着了。

洪三燕:有……有热水吗?

何汉林:没有。

岳宣:三燕,不碍的,死就死了,就想见你一面,死就死了。

洪三燕话也不听了,哗,从衣服里子里撕下一条布来。

洪三燕:别说了,岳哥,你可挺住了,我想办法给你抓药治伤。

岳宣:三燕,不,不用。不能让人知道,人家在到处抓我呢。还有这事别跟你无双姐说。

洪三燕:为什么?

岳宣:我对不住人家,你应了我吧。别让任何人知道。

洪三燕流泪包扎:我应。

绣庄绣室。

众姑娘都在平静地绣活儿,哼着小曲,表面看没事。洪三燕更装出平静来,细细地绣着花。无双的衣裙在她身前站着,洪三燕余光看见了,故意不理。

无双:昨夜那么晚去哪儿了?

洪三燕头也不抬:看个亲戚。

无双:你不是说没亲人了吗?

洪三燕:远房的。

无双:我看也远,大半夜的让个姑娘家家的出门,他不为你着想,我们还为你着急呢。三燕,我是过来人,我跟你说一句话,天下的事可没那么简单,谁由着性子想过日子,到头来就只有撞南墙这么一条路了。

洪三燕听着,平静地用一把大剪刀剪线,像无意又似故意地那么一戳,剪子一下把胳膊划开了,血一下冲出。

无双:哎,怎么了?这是怎么了?

洪三燕:没事,剪着手了。

无双:快,快拿布,快找宋大夫。三燕,三燕你要不愿听我说话,你走,你用不着这样给我颜色看。早知这样,我还不如死了清静。

洪三燕平静地看着自己的手上流血。

翠翠跑回来:不好了,宋大夫这会儿过不来,让咱过去。

无双:他……他怎么那么忙啊?快走。

闻世堂。

齐大头捂着屁股、拄个拐刚要进来,吴太医看见了。

吴太医:给我关门。

齐大头:等等,等等。要关也关不上了,我这半拉屁股可进来了。吴老太医,齐大头是一事不求二家,哪儿出的事儿在哪儿了。人间事,都是有前因后果的。我齐大头做人从来有仇报仇,有恩报恩。二仙观的事,您别以为没事了,您以为完了我还没完呢。

如月:你没完,你没完最好。跟你说,天底下没有离不开的青楼,只有离不开的药房。再说了,我们也有不讲理的几门亲戚。你还要怎样,我们吴家陪着。

齐大头:呀,呀,好好。还是姑奶奶厉害,我还是那话,你要是个男的啊,这长沙城可是真压不住你。好啊,闻世堂能成事。老太医,闻世堂能成事。来,旁的不说了,换药,先换药。我不记仇啊,你们也别把什么事都放在心上,匾的事儿不是没缓,有缓,结在我这儿呢,到时我给你们解了。

吴太医:何满,关店门,今天不卖药了。

如月:好,齐大头,好啊,你这可真是……

齐大头:打一巴掌揉三揉对吧? 对,天底下事就这样,人和人交往也这样,分分合合,好好坏坏。该合时合,该分时分。为什么呀? 利益,"利益"两个字。有这两个字在啊,办什么事都在理上呢。吴太医、如月小姐,叫我说,二仙观的钱官家收走了的那一半,我不要了,我说不要是没法冲官家要了,但我得冲您要,还有我这半拉屁股的打不能白挨了。还有我上回在宋大夫那儿吃的亏,这回也得找回来。

吴太医:有什么话说吧。

齐大头:先换药行不行? 来先换药。

齐大头一下子把裤子又脱了。

九芝堂药堂。

宋莲生给洪三燕做了简单的包扎,正劝无双、二桃子等姑娘们回去。

宋莲生:没事了,没事了,回去啊,都回去吧。整天拿针动剪子的,免不了要伤着,回吧,回吧。姑娘们都回了啊,回吧。

无双:要回,治好了一块儿回。你这倒是治好了没有?

宋莲生:好了,好了,再上回药就没事了。揭伤裹伤的,总是血,围着这么多人不好看,不看了。

宋莲生小声对无双又说:你先回吧,我有话问她。

无双:好,走吧,姑娘们干活儿去吧。

宋莲生:走吧,走吧。干活都小心点儿啊,这得亏挨着药铺子,要不哪有这么近便。

宋莲生在门口看着姑娘们过街了,马上回身:……三燕,来,跟我到后边去一趟。

九芝堂宋莲生的屋内。

宋莲生给洪三燕倒茶,三燕平静坐着。

宋莲生:三燕,你跟我说,你这伤是无意的还是故意的?

洪三燕:无意的。

宋莲生:无意的,绣花能绣出这么大的伤来,谁信啊? 你无双姐说你昨夜出去了,她可不放心。

洪三燕:我看亲戚去了。

宋莲生：好,我不管你看谁去了,你这伤跟亲戚有没有关系？说实话,你亲戚是不是伤着了？啊,说。

洪三燕：……

宋莲生：他伤了,让他过来看伤。你用不着自己这么作践自己。

洪三燕：他不能来。

宋莲生：是不是岳宣？啊？是不是？

洪三燕：……不是。

宋莲生：三燕,是岳宣也没关系,我去看他,医者治人,只要你说实话,我去看他。

洪三燕：宋先生,话我不想再细说了,既然话都快说明了,伤药您给我配了吧。还是那句话,三燕有三燕的活法,三燕知道该怎么做,还有姐妹们那儿您什么也别说,三燕不是小孩子了,三燕自己能做主。

宋莲生：三燕,这世界可不像你想的那样。

洪三燕：宋先生,这世界不是我想那样,该是什么样？我干吗不按自己想的那样去活着,干吗要按别人告诉我的那样去活着。那样我能活一天自己吗？我来到这世界干什么来了？宋先生,再说一句,三燕不是你想的三燕,你不用教训我。配药吧,说句玩笑的话,就当你原来伤过三燕,这会儿给三燕赔情了。

宋莲生：我……我可没伤过你,要伤也是无意的。

洪三燕：无意的更伤人,宋先生您给配药吧。三燕有三燕的活法,三燕不会按你告诉我的生活,委屈地活着。您给配药吧,是枪伤,打在胸口上了,您给配药吧。

洪三燕说完站起来出去了。

宋莲生：真……真倔,也算种活法。

绣庄绣室。

众姑娘边唱曲边刺绣,无双接了洪三燕的绣活儿,边绣着边看着门口,有一眼没一眼地绣着。针扎手,刚要发作,看见洪三燕的身影晃过去了,无双别上针,站起来转一圈跟了出去。

绣庄后院。

洪三燕抱着药到后院,要进柴房藏药,一下意识到有人跟过来了。洪三燕站住了。

无双：三燕,伤看好了？

254

洪三燕:看好了。

无双:手伤了,这些日子歇歇吧,没人照顾你,搬我屋里来住吧。

洪三燕:姐,不碍的,养两天就好了。

无双:呀,配了这么多的药啊。

洪三燕:有内服的,也有外用的,宋先生说我肠胃也不好,一块儿看了。

无双:嗯,可真体贴,三燕你进柴房去干吗?

洪三燕:姐,我怕姐妹们嫌这药有味,先放在这儿吧。随用随取着方便。

无双:是啊,三燕,姐可是跟你过心的,你有事可不能瞒着姐。

洪三燕不冷不热:姐,三燕再没事了,您不用操心了。

洪三燕说完自己进了柴房,把无双闲在了院子里,无双愣着。

九芝堂药堂内。

齐大头一瘸一拐地进来了。

山药明明看见了,马上回头跟别人说话:刘青啊,快,崔府的药制好了派人送过去啊。连山,院子里晾的天麻收了啊,回头下雨。何田啊,那什么……

刘青、连山都应着。

齐大头:什么呀? 山药该是补气的吧? 可你他妈的真让爷我上火。

山药:哟,齐爷您来了,眼拙没看见您,抓药啊。来交给我了。

齐大头:抓药,我他妈的抓你,爷我来了装着看不见是不是? 是不是?

山药:哪能啊,一忙没看见您进来。来来,拐棍子交我了,我扶着您,扶着您。

宋莲生手持一册书在看,不理。

齐大头:甭扶,用不着。说是开药铺的,我看你们就手都该吃点儿石斛。

山药:怎么讲?

齐大头:先明明眼睛招子,学学认人。

一拐棍,砰,敲在宋莲生的桌子上。宋莲生还是不动。

齐大头:不但瞎还聋。宋大夫,哎,宋大夫。

宋莲生:你别叫我,我不给你看病。

齐大头:美的你,有病也不找你看啊。山药,搬个小墩过来,我这屁股只能坐一半。

宋莲生:最好,不看病,您那半个屁股也就别坐了,您请起吧。您不想见我,我也不想见你,咱们两不相看。请便。

齐大头:您不看我,可以,这个您得看看。

把宋莲生给闻世堂按过手印的字纸拿出来了。

宋莲生小声:这东西怎么跑你手里去了?

齐大头:您以为我就会开秦楼楚馆接客送客呢,大爷我还兼着催账放账呢。

宋莲生:你催你的,这账我还了。

齐大头:还了,你说还了,人家可不认。

正说到这儿,劳澄出来了,站在那里看着两人。

宋莲生怕劳澄听见,一下把书收了:行,咱找个地方说去。

三湘茶社雅间。

如月给宋莲生、齐大头斟茶。

如月:来,来喝口茶啊。我一个女人家家的,拿着个账单子去催人家不好看,恰逢齐壮士又热心,所以呢就……宋先生,这事您没觉着有什么不妥吧?

宋莲生:没觉着不妥,只是觉着想不通。

齐大头:有什么想不通的说说。

宋莲生:如月小姐,我以为那日过堂之后,闻世堂对齐……您叫他什么?

如月:齐壮士。

宋莲生:齐壮士? 叫不惯,对齐大头这样的人物该明白个一二三了,最少该记三辈子的仇,谁知你们还没三天呢,怎么又走一起去了?

如月:您不用把话说得那么酸。宋先生,两个字——利益。

齐大头:对,利益。他闻世堂搞过我,我齐大头也搞过他,搞得都吃亏了,吃过了亏总要找回来,找来找去,想来想去只有从你这儿找了。

宋莲生:从我这儿? 二位,我可不是软柿子,江湖咱走过。

齐大头:嚯,我好怕怕。

如月:宋先生,这些面上的话都不说了,圣匾题得上题不上也不说了,尽力了题不上是命。再说了题不上匾也不能怨你。那天您的戏演得我们也说不出什么来。

宋莲生:那我走。

如月:等等,事怨不着您,但这药钱您得付了。这么当紧的时候,犀角、牛黄、冰片七七八八的,就是个朋友价也不是个小数。

宋莲生:当初你可没说要钱。

齐大头:也没说不要钱啊?

宋莲生:好,吃药花钱,多少?

如月：二十两。

宋莲生：不贵。

齐大头：黄金。

宋莲生：什么？没有。

如月：宋先生，当初您求药时可没这么横。

宋莲生一把把字据抢过来了，要撕：这会儿横也不晚。

齐大头：撕吧，你不认账，那就别怪爷也不认账了，当初绣庄输给你，我现在也不认了。别以为这世上就你聪明。

宋莲生被拿住了：哎，哎，慢慢。吃人药，给人钱，应当的，等等，事我明白了，容我想想，我想想。大头，你这算把我拿住了。

齐大头拿出五根水火签，拍在桌上。

齐大头：这东西一看你就该知道了，催钱的水火签。一天给您送一根。江湖上的规矩你明白，五根送完了，爷我可就不客气了。

郊外破庙中。夜。

灯下，洪三燕在给岳宣小心地换药。岳宣疼得满头是汗。洪三燕上了药，回头扭了手巾给岳宣擦汗。何汉林在一旁狼吞虎咽地吃着东西。

岳宣缓过来一点儿，一把抓着洪三燕的手。

岳宣：三燕，我在这儿有人知道吗？

洪三燕：没人。

岳宣：伤药怎么配的？

洪三燕不说话看了一眼自己的腕子，岳宣也发现了：你把自己伤了？

洪三燕：不说这事了。

岳宣：三燕，早知现在，不如那天咱们骑着那匹马去天涯海角了。你为我死过，我欠你两辈子的……

洪三燕不动声色：岳哥，不说这些个了，现在这样挺好。来吃饭吧。

无双屋内。夜。

宋莲生在给无双号脉。

宋莲生：我问过了，三燕说那人不是岳宣，是个亲戚，再说岳宣那种男子一眼看不清，两眼还看不清吗？三燕又不傻。

无双一下把手抽出来了：你懂什么，女人就是那么可怜。被你们男人伤十次、八次，也不知道回头，只要一句好话、一滴眼泪，她的恨啊怨啊什么都忘了。女人一颗心，男人十样锦。女人啊，女人就是傻得这么可怜。

宋莲生:你也这样?

无双:对了,我就这样。

宋莲生:这么说原来的那个你也忘不了,那你还不如十样锦好呢。

无双:呸,朝三暮四,女人没有一个想那么活人的。要爱就爱一个,爱得死去活来的才对呢。

宋莲生:女人不好懂,你慢慢教教我吧。我给你开方子。

无双:我好了。

宋莲生:肝火还旺。

无双:我? 我看你今天才心绪不宁呢。

宋莲生:怎么讲?

无双:今天你脸上乐着,心里不乐。

宋莲生:啊,没有的事。

无双:你别装,你心里有事,不告诉我。莲生,没什么怕的,真有事儿来了,你要是不行了,还有我呢。

宋莲生假作高兴:是啊,是啊。这话让我乐都不知怎么乐了,我盼着这回就有事儿呢。

宋莲生一下抱过去,无双躲了。

无双:你们男人啊,就没我们女人想得干净。

宋莲生:是啊。无双,咱们彻底干净了吧,咱们俩收拾收拾从长沙走了吧。

无双:干吗说这话? 你真碰见事儿了?

宋莲生:没有,没有。没事,我说说的,只是想清静了,想清静了。

两人相拥。

无双:有事也不怕,你不能瞒着我。

范荷屋内。夜。

范荷坐在灯下,门开着,外边的和尚在念经。

范荷:春红。

春红:哎,小姐您说。

范荷:今天是最后一起经了吧?

春红:最后一起了。

范荷:后天,宝儿就要葬了。

春红:小姐,入土为安,他这也是享福去了。

范荷:咱葬哪儿啊?

258

春红:小姐您糊涂了,咱家不是有祖坟吗?

范荷:是啊。可我不想葬在那儿。

春红:那葬哪儿啊?

范荷:有一个好地方,我要把宝儿葬在那儿。

春红:小姐,别想了,晚了,您睡吧,别想了。

九芝堂。

宋莲生正在给患者诊病写方子:肾虚肝旺,我呀先给您泄肝火,然后再补肾气啊。

患者:啊,可不肝火旺吗?无缘无故总发脾气。你开吧,我吃药。

劳澄从外边进来,看着还那么多病人,小声叫山药往后走。

九芝堂后院。

劳澄:山药,宋大夫这些日子一天看多少病人啊?

山药:有多少看多少。

劳澄:不是说一天看十位吗?

山药:这些日子没数了,东家,这样好啊。这些天咱铺子药卖得可是平时的好几倍啊。

劳澄:知道了,你回吧。

翠花楼。

齐大头挖耳朵。桌上放着五根黑白两色的签子。

齐大头:王五啊。

王五:哎,爷您吩咐。

齐大头:给九芝堂宋大夫送根签子去。记住了这儿有五根水火签,咱是一天送一根,五根都送完了,找街上的弟兄们,咱们可就有买卖干了。他不给钱就得给命。命不想给,咱就收绣庄。去吧。

王五:哎,明白了。

王五拿一根走了。

九芝堂后院中堂。

劳澄把签子一下拍在桌上了。跟宋莲生说话。

劳澄:你不用瞒我了,这水火签别人不知道,我还不知道,这是催银子要债的,说吧,欠了人家多少钱,还让人逼到这份儿上了,你没有我还。

259

宋莲生:没有,您别管了,有事我盯着。

劳澄:好,我再问一遍,你要再说没有,我就不管了,欠了多少钱?

宋莲生:劳先生,您不知道也罢。

劳澄:说吧。

宋莲生:二十两。

劳澄:给他。

宋莲生:黄金。

劳澄:黄金,你初来乍到的,怎么会欠人这么多的钱?

宋莲生:劳先生,人活在世,讲理不成,不讲理也不成;笨了不成,聪明了也不成。种瓜得瓜,因果相报,你以机巧治人,反过来人家也会治你。

劳澄:怎么欠人家的钱?

宋莲生:给无双配的药钱。

劳澄:无双知道了?

宋莲生:千万别让她知道。

劳澄:要是他们讹人,不给他。

宋莲生:不给不行,让人拿住了。您别管了,大不了……

劳澄:再跑一回?

宋莲生:那不好玩了,劳先生,人不能重复地过日子。舍不得跑了,心里有人了,再跑就真进了江湖了。这事太大,最多我不在您这儿坐堂了。

劳澄:宋先生,说这话你见外了,钱的事别急,有数就好,我帮你找。不是为了留你在我这儿看病,不为这个。人活着有个知心的朋友不易。我想办法,完了事了,你不在我这儿坐堂了,我一句话都不说。碰见事儿了,你不跟我说就是见外,你跟我说了,我不办也是见外。

宋莲生:劳先生,您别往心里去。没什么,过一天是一天,这世上的事没有过不去的,都能过去,谢谢您。我去前边看病了。

劳澄:你去吧。

九芝堂门口。

劳澄边整理衣裳边出来了。山药飞快地跑了出来。

山药:东家您出去啊?

劳澄:我去三湘茶社,你找刘青他们分头把原来的几家老股东都找到茶社去,就说劳先生有话说。

山药:哎。

劳澄:等等,人找着了,经意不经意地让他们到铺子里去看看咱的买卖。

260

先给他们亮个底,明白吗?

山药:明白了。

劳澄:快去吧。

知府内衙。

知府还盯着那个药丸看着,突见那药丸拱啊拱的拱出一条小虫来。

知府:啊,啊。夫人,夫人。

夫人怀着孕,托着肚子出来:哎呀,怎么了? 大呼小叫的。

知府:怪了,怪了。你这儿还没生呢,这药倒是生出虫子来了。

夫人:哎呀,快扔了扔了,真恶心啊。

知府掰开一闻:啊,都臭了。

夫人:你整天拿着看,还有不臭的。这十五天看得你眼珠子都快掉出来了,快扔了吧。

知府:怪啊,这也治病吗? 夫人,你说这宋大夫给我开的这丸药是治病啊,还是玩笑本府啊?

夫人:这还不明白,还用问吗? 拿你耍着玩儿呢。

知府:真这样吗?

夫人:那还会假? 天底下有吃药治病的,没听说过整天看个大药丸子治病的。

知府把药扔在地上踩了:嗯,有理有理,说得有理。宋莲生,你耍机巧,耍过头了吧。

三湘茶社。

劳澄把众股东又集在一起了,想筹资帮宋。

劳澄:几位刚才过药堂怕是都见了吧,门庭若市。

股东甲:我们看了两天了,是不错,劳掌柜您好好的买卖开着,跟我们说这话干吗呀? 咱们可是撤伙了。

股东乙:别这么说,劳掌柜想着咱们老朋友呢吧?

劳澄:事摆这儿了,话也不妨明说了吧,我这买卖想做大还是短钱。

股东丙:好办,咱想到一块儿去了,劳掌柜,还是老章程,文书、银票我们都带来了,你不找我们,我们还想找你呢。来,来,几位咱还是做一条船的渡客吧。

股东乙:可不是想到一块儿去了? 来吧几位,咱趁着心气这么齐,今天就把这文书签了吧。

股东甲:慢着点儿,劳掌柜的说短钱了,咱们正好有闲钱,看着是两好归一好了,但合同得变变,现在得一年九分的利,比原来要多三分。

劳澄:几位,钱不是没地方找去,我这是……

股东乙:八分不能让了。

劳澄:好,好吧。

股东甲还是有点儿疑:巧啊。劳掌柜,说句不贴心的话啊,您这可是有点儿让我们抢钱的意思啊。买卖这么好还短钱? 劳先生,这要有个钱花不到正地方,我们可不答应。

劳澄:行,都写上,都写上。

九芝堂内。

王五拿着水火签大摇大摆地进来了,一眼看见宋莲生没在。

王五:哎,有嘴喘气的应一声啊。

山药:您什么病?

王五:你才有病呢。

山药:没病啊 ,喘气外边喘去。我这儿不侍候。

王五:小子,风光啊,我不理你。宋大夫哪儿去了?

山药:没给您看着。

王五:横是吧? 开药铺的就比开青楼的横是吧? 我不跟你计较。

王五说着拿出水火签一伸:看见没有,回头交给他啊。

说完拍在桌子上走了。

九芝堂门口。

王五刚一走,水火签子扔出来了。

王五:哎,你小子耍浑是不是?

山药:什么玩意儿,拿走。

王五:哎,不讲理是不是,我还就不信了。

山药:别往跟前靠啊,回头当药给您熬了。

王五:什么药?

山药:王八乌龟顺气丸。

王五:你小子骂人。

山药:骂你是轻的。

三湘茶社。

正说着,王五几位朋友进来了,王五手里拿着水火签。劳澄一看,想躲。

劳澄:几位,咱换个地方吧,这儿太杂。

股东甲:嘿,这不是就要签了吗? 还换什么地方呀,签吧。

王五过来了:呀,劳掌柜的,在那儿? 最好了,省得我去了。烦您把这水火签给宋大夫带过去,跟您说还有一天了。我们爷说了,五天到了,不找他算账,我们上绣庄闹去,非把绣庄闹关张了算。得,麻烦您了。

王五啪地把水火签扔在茶桌上。劳澄一下尴尬了。众股东听得真真的,先还愣着,突然急急地把银票抢了回去,揣进怀里。

股东甲:劳先生,您这是欠人钱了,要使我们的钱还啊? 我说怎么开着好好的买卖,让我们得利呢?

股东乙:敢情欠了人家大钱了。欠了多少?

劳澄:……

股东丙:得,回头见了。祖宗有灵啊,差点儿上当。

几人抓了银票,撂下话就走。

劳澄:几位先别走,听我说,听我说啊。九芝堂这么好的买卖,就是欠了钱也能还上。哎,听我说说。

人飞快地走了,水火签在桌上。

劳澄呆呆坐着。

绣庄绣室。

洪三燕拎了个食盒,手还绑着绷带,飘飘地从绣室门口一闪而过。无双说在绣活儿,其实一直看着。一看洪三燕过去了,马上起来,边起边叫。

无双:二桃子,二桃子。

绣庄走廊。

二桃子听见叫从后院跑过来了。

无双:人又走了,你怎么不看着点儿?

二桃子:走了吗? 我刚上茅房了。

无双:去吧,跟着点儿,不是为别的,实在不放心,看看到底是什么人啊。

街上。

洪三燕拎了食盒在街上走。

洪三燕快步走着。二桃子在车旁、车后躲着跟着,洪三燕像是没发现一样地快步走着。拐过街去,洪三燕在前面走,二桃子在后面跟着。洪三燕突然不见了,二桃子着急追了过去,左看右看找不着。洪三燕的声音在她身后响起了。

洪三燕:二桃子,你干吗跟着我?

二桃子:谁……谁跟你了。

洪三燕:没跟着你这是找什么呢?

二桃子:我,找……找,我直说了吧,我就跟着你了怎么着? 你这么鬼鬼祟祟一天一天地往外跑,知道姐妹们有多操心啊。跟着你怎么了,跟着你是心疼你。你走吧,我……我这回还明着跟了。你去哪儿,我去哪儿。

洪三燕:桃子姐,姐妹们的心我知道。你回去吧,回去吧。我没事,放心吧,我没事。

二桃子:我不回去,你跟我说是给谁送的饭,是不是那个岳宣?

洪三燕:不是,你回吧。桃子姐,三燕都是死过的人了,还有什么怕的?你回去跟无双姐说一声,三燕水里火里地摔打出来就成人了,回去吧,桃子。

二桃子:三燕,你……你别想那么多了,心收收吧。咱来这世上了,给咱什么样的日月,咱就得怎么过,别受不了委屈了,咱天生不就是来受委屈的吗? 三燕,你总这样,姐妹们怕呢。

洪三燕也哭了:桃子,回去吧,我明白,我明白姐妹们的心。没几天了,我不会对不起你们。回吧,我去去就来。别跟着我了,我去去就来。

二桃子流泪站在街上。

十八

绣庄后院。

无双边绣边跟宋莲生说话,边说边抹泪。

无双:我是真腻了,操心操够了,真有一天,她们都跟秋天的小燕儿似的飞走了,我念阿弥陀佛。

宋莲生:那咱把绣庄关了吧。

无双一下变脸:关?好好的你说这干吗?

宋莲生:没什么,怕你累着。怕你心不往我身上使了。

无双:现在要是关了绣庄,我一半的心就算成灰了。

宋莲生:那一半呢?

无双:那一半也没在你身上。二桃子,怎么这么快就回来了?人呢?

二桃子:无双姐,没跟住。

无双:哟,怎么还哭了?

二桃子:姐,咱不跟了,随她去吧。

无双:这是怎么了?

二桃子:她有她的理,劝不住了,随她去吧。

宋莲生:就是,随她去吧。得,我也走了。

无双:哎,等等。你好像有什么话没说呢。

宋莲生:没事,没事,一切随它去吧。

郊外庙外。

岳宣被洪三燕照顾得病好多了。正在拿一枝树枝在庙外,绑着一只胳膊在练剑,奔走生风,脚上带土,极为英武。

郊外庙内。

洪三燕在庙内窗后悄悄地看着舞着剑的岳宣,洪三燕有前次的经验,再有想法也不说了,看着,心里不是滋味。

郊外庙外。

岳宣练了一头汗,一个收式收了功。正闭目静心时,感觉到洪三燕挎篮正从身边过,一把拉住。

岳宣:三燕,先别急着走,坐下说会儿话吧。

洪三燕:出来时候大了,该回去了。

岳宣:不回去了。

洪三燕:你说什么?

岳宣:三燕,我知你的心根本就不在绣庄,别回去了,咱们今夜一起走吧。

洪三燕悲喜交加,矛盾:怕……怕不合适吧?

岳宣:我想好了,咱们一起走,远远的,天涯海角,远远地走,咱俩近近地手拉着手,往远了走。

洪三燕:岳哥,你可想好了再说,我不能误了你的大志向。

岳宣:三燕,志向要是儿女之情都能误的,就不是大志向了。咱走吧,三燕,咱走了还能干大事。

洪三燕:岳哥,你这话是真的?

岳宣:真的。

洪三燕:三燕想都不敢想。

岳宣:三燕,我对不起你一回,不能对不起你第二回了。咱走,汉林来了咱就走。

郊外庙中。

二人事毕。

洪三燕:岳哥,人要是就这么永远也不醒来多好。

岳宣:不想醒就不醒了。

洪三燕:想不醒,可天不听你的,它总会亮。

岳宣:三燕,咱一起走。

洪三燕:岳哥,你再想想。

岳宣一下把洪三燕那只还裹着绷带的伤手拉了过来:想好了,早想好了。你为了我岳宣命都不顾了,天底下这样的女子还不该托付吗?三燕,我的命是你的,我要拿两辈子还你。

洪三燕:别说那么多了,岳哥,情这东西可不能勉强,你要因为我救了你,觉欠我了,这……这我可承受不住。

岳宣:咱们什么也不为,为的是眼睛对眼睛这么真真切切地相望着的一份真情。三燕,看我吧,没什么怕的,你是我的了,我也是你的。

洪三燕感动相拥:岳哥,你让我做了个梦,你让我大白天做了个梦。

岳宣:三燕,别这么说,路还长呢,咱一块儿走吧。等晚上汉林来了咱就走。

洪三燕哭了:岳哥,你等等我,我回绣庄收拾了,马上回来。

岳宣:非要回去吗?

洪三燕:姐妹们那儿,三燕总要有个交代。

岳宣:那快去快回。

翠花楼。

一群打手都黑衣打扮,佩刀拿棍地收拾好了。齐大头穿上黑衣,非常有形式感地照着镜子。

齐大头拿起最后一根水火签:兄弟们。

众打手:有。

齐大头:今儿是有山蹚山,有海平海了。我齐某人最讲规矩,今儿个这根水火签只要一送出去,他宋莲生有钱还钱最好,咱抱拳行礼还是朋友,他要是不还,哥儿几个……

众打手:怎么样?

齐大头:那咱就得卖把子力气说道说道了。

众打手:齐爷放心。

齐大头:好了,走着。

街上。

范荷死了的儿子出殡,吹吹打打执事在前。范荷走在一个小小的棺材前。纸钱扬着。

街上。

洪三燕拎着空了的盒子往回走,高兴地走得飞快。

九芝堂后中堂。

劳澄和宋莲生默默坐着。

劳澄:谁知那么巧,文书都要签了,那个王五进来了。宋先生,这么一大笔数目,一时我也没了主意了。

宋莲生:不想了,大不了……

劳澄:他要收了绣庄让他们收了算了,去跟无双说说。

宋莲生:去过了,说不出口。绣庄是无双一半的命。

劳澄:那……怎么办?

宋莲生:是事躲不过,看他什么阵势来再说吧。劳先生,让你一起着急了,对不住了。

劳澄:这时候了,你可别再说那见外的话了。

绣庄门口。

洪三燕急急地走回来了,进门往后边去。

绣庄后院。

洪三燕把食盒放在厨房里了,还在掸土。无双进来了。

无双:三燕,回来了。

洪三燕:啊,姐,我回来了。

无双:你亲戚好点儿了吗?

洪三燕:好多了。

无双:你等会儿到我屋里来,我有话跟你说。

洪三燕:姐,我也正好有话跟你说呢。

无双:那最好了,我等着你。

街上。

范荷带着出殡的队伍走到绣庄这儿来了。风吹纸钱满天飞。到了坡子街上,两边的路人都出来看,绣庄的姑娘们也都出门来看了。九芝堂的伙计们也出来了。

范荷带着出殡的队伍在绣庄门口停下了。

姑娘们着急:怎么停这儿了,快往前抬啊,往前抬啊。

范荷不理,去后边的小棺材那儿把棺材打开了,深情地抱着宝儿的白布包往绣庄门口走。众姑娘大惊,叫着往后跑。

绣庄后院。无双屋内。

无双与洪三燕两两相对。

无双:三燕,是你先说还是我先说啊?

洪三燕:您……先说吧……

无双刚要开口,就听院子里二桃子差了音地喊着:无双姐,不好了,范家小姐抱着死孩子来了。

无双、洪三燕一愣,推门冲出。

街上。

齐大头带着众打手也在飞快走着。

九芝堂门口。

已是人山人海。宋莲生惊讶地从九芝堂出来,看着整条街上,人山人海,出殡的看热闹的都在,把街挤死了。宋莲生想往前挤,人家不让。

宋莲生:让我进去,让我进去。

绣庄门口。

范荷抱着死孩子,无双从绣庄里跑出来了,洪三燕在后,众姐妹又怕又伤心地竭力躲着抱着死孩子的范荷。范荷到哪儿,哪儿惊叫。

无双缓慢地走近范荷:范荷妹妹,你来了?你这是要干什么?

范荷:无双,孩子死了。

无双:听……听说了,那会儿我正病着。

范荷:死了,该埋了。

无双:对,入土为安。二桃子,快找根白绫子,范荷妹妹,我跟着你出殡去。咱一块儿走。

范荷:不劳您跟着了。

无双:跟……跟着吧,算份情义。姐妹们,来,今天不干活儿了,没事的都跟着,都跟着了。

范荷:不用,哪儿也不用去了,我,我就把宝儿埋在你绣庄门口吧。就埋这儿了。

众家人拿着镐锹冲出来就刨。众姑娘惊叫躲。

无双:别刨,别刨。听我说,听我说。

春红:上手。

范安等一堆家奴拿着锹镐就在绣庄门口刨起来。

无双:等等,等等。范荷妹妹,有事儿说事,你不能埋这儿,不能,你……你这是为什么?

范荷:你问我吗?

无双:问你。

范荷:妹妹,妹妹,你叫得可真亲啊,那我就回你一声无双姐。

269

无双：哎。

范荷：你问我为什么，我也想问你为什么。你答应我的事儿，为什么出尔反尔？你应下的话为什么不算话了？无双，你害我一个宦门之女，害我一个自幼读书的豪门贤淑被人家冷落，被人家抢白，被人家弃之如敝屣了……为什么要埋这儿，就为这还不应该吗？

宋莲生正往里挤，一听这两句话，又往出挤。被看热闹的人抢白。

看客：你倒是出去还是进去啊？

宋莲生：出……出去。

范荷：我信你话了，无双姐，我打扮，我向往，我等着，我觉着终归上天不会对我这么个苦人一条路都不给吧？我信你了，无双姐，可我信错了。你对我没说真话，你到最后让我连救自己骨肉的心都没了，你让我的宝儿就那么不知不觉地死了，让我看大夫的勇气都没了，你让我的心碎了。

齐大头带着人从东边过来了，看这么多人，要往里挤，没一个让的。几个打手扎头往里冲，都被人墙弹了回去，摔在地上。

宋莲生刚要挤出来，一看齐大头举着水火签又往回挤。

无双：范荷妹妹，事……事跟你想的不一样。姐姐我要说有一点儿错，就是错在没悟出情这东西，不是一个人的事。我……我应了，可人家不应。这事岂是咱俩就能说定的？

范荷：你又何曾真心应过？

无双：你……你要这么说，姐姐我……我可委屈。我……我说不清了。

范荷：你又何曾真心应过，咱们不妨当面对证。

宋莲生一听这又往外挤。

众人：你这人怎么回事？挤来挤去的。

宋莲生：对不起丢东西了，我丢东西了。

范荷：咱们把宋先生叫来吧。

宋莲生蹲下了。

无双：咱们的事叫人家干什么？范荷妹妹，天底下就是情这事不能勉强。回吧，这么多人看着，你该埋哪儿埋哪儿，姐姐我陪着你去，姐姐我陪着你哭。

范荷：我哪儿也不去，就埋你家门口。来，动手。

众家奴又开始刨，绣庄的姐妹们哭了。无双看着急了。

无双：好，你非要埋我也不拦着了，来拿镐我给你刨。

无双说着话抢镐。众姐妹冲上前去劝。

无双：刨吧，我给你刨，我给你刨。

姐妹们劝,家人们锹镐举着一片大乱。

人群中,齐大头高扬着手举着水火签,看见了宋莲生。

齐大头:宋莲生,你别躲,我这根签再给你,你就没跑了。弟兄们往里挤,你别躲,你别躲。哎,挤住他。

两人在人海中隔不远,挤着。这时看见衙役从西边也往里挤。

无双抓住镐尖一抢,镐头砸在她自己的头上,一下就头破血流了,慢慢倒下。众姐妹惊惧地围过来。上千人叹息。无双头破血流倒地,血和泥土溅起。看热闹的人群忽地散了开去。

蹲在地上的宋莲生露了出来,要去看无双,齐大头等也向他冲来。

宋莲生往无双那儿冲过去,突然链子一勒,宋莲生被勒住了,牢头带着衙役从西边也挤到了。

牢头:宋大夫,对不住了。府台下签子拘您了。

宋莲生想往里挤去看无双:让我看看去,让我看看去。这儿伤着人了,伤着人了。我是大夫,让我看看去。

齐大头:站住。你还往哪儿跑啊?

牢头:齐爷,您这也跟着裹乱呢。

齐大头:他欠我钱,我发他水火签。

牢头:您那水火签不好使了,我先使水火棍吧。小的们,拦了,府台办案,闲杂人等散开了,拘宋莲生到堂啊。

几个人水火棍一拦,把宋莲生拦在里边了,链子一拉要走。

牢头:宋大夫,对不住了,您走一趟吧。

宋莲生:等等,等等。我看看里边怎么了。

齐大头:差爷,我这水火签,我得按道上的规矩给他签子。

牢头:爱哪儿给哪儿给去,人我带走了。走。

宋莲生一步三回头地被拉走了:无双,无双。

洪三燕抱着头破了的无双。众姐妹们跟着。

洪三燕:好,埋吧,你们真想要埋哪儿,跟我们说好了。连我们一块儿埋了。

众姐妹:对,一起埋了。

春红:小姐,闹够了,咱走吧。

范荷:无双姐,话我说完了,事儿我也闹够了,好,我走了。

郊外庙内。夜。

何汉林找的马车在外边等着。岳宣在庙内急急地把火灭了。

何汉林：岳兄，走吧。人不能信，尤其女人不能信，再信怕出事儿了。

岳宣：再……再等会儿吧。说好了，等她一起走的。

何汉林：她答应了？

岳宣：答应了。

何汉林：女孩子的话怎么可信？

岳宣：那什么人的话可信？

何汉林：岳兄，你这是怎么了？关键时刻倒成了个怨妇了。宏图大业忘了吗？儿女情长终归如敝屣，当弃则弃。

岳宣：汉林兄，在几天前，我也是这么想的。可现在恕我说句没志气的话，宏图大业有时虚妄得很，压迫得很，也勉强得很。真到了要紧的关头，是我们看作敝屣的女子，救了我的命。

何汉林：真想不到，救你一命就把你的心救小了，志气救没了。岳兄，你的命也不是你的，是南明的。岳兄，再等你一刻钟，你再不走，我们走。

何汉林说完气呼呼地出了庙门。

无双屋内。夜。

洪三燕、劳澄、山药及众姐妹在忙着给无双包头换药。

劳澄：三燕，抱住你姐的头，有点儿疼，有一点点疼啊。

劳澄用盐和酒杀伤口，无双疼得叫。众姐妹回头不敢看。

洪三燕：忍忍，姐忍忍。

劳澄：快。山药，伤药。

山药赶快拿药粉，劳澄往伤口上撒。

劳澄：山药，再去把那安神止痛的方子给煎上。

二桃子：给我吧。

无双：宋大夫在哪儿？哎，三燕，宋大夫在哪儿？

洪三燕：宋大夫，没看着人。

劳澄：出诊了，出急诊了。

无双：急诊。最好了，今天这事要是他碰上了，可不好脱身。急诊好，老天有眼，没让他碰上，没……

洪三燕：姐，不说了，他一会儿就回来了，你睡吧。翠翠你换换我。

翠翠：哎。

牢内。夜。

牢头正跟宋莲生喝酒。

牢头:宋大夫,您说您有多悬,今儿个是三起事上归到一起了。官家的、情家的、道上的,都冲您来了,您说您那时要是归到那两起儿去都不好办吧?

宋莲生:对,进来好,进来好。进来踏实,有酒喝。哎,无双那边……

牢头:没事,没事,打听了,砸破了皮了。

宋莲生:破皮了?

牢头:破不了相,头发根子底下破的,看不见。放心吧。来喝酒,喝酒。

宋莲生:破不破相倒不是要紧的,这会儿不在一起,心里觉得不落忍。这事说跟我有关系,其实没什么关系。但也不是完全没关系,说不清。

牢头:男女的事,可不是说不清吗,忍忍就过去了,男女呀不在一起是宝,总在一起是草。惦记着好,惦记着好。

宋莲生:是这话啊,那齐……齐大头那边呢?

牢头:您这么半天了没听见啊?听,这不是在门口闹呢吗。

牢门口。夜。

齐大头光着膀子,板带扎着,威风地在众黑衣打手的火把下耍着。众打手打着火把一排站着。

齐大头:哪儿那么巧,编的吧? 这最后一根签子,要送出去了,他小子出了这么多事,我就不信我送不出去了。跟你们说,齐爷我是最讲规矩的,这根签子我送不到他手里,我不问他要钱,一分钱不要。可今天你们要是不让我把签子送到了,来,闻闻……

齐大头说着把一只拳头伸到狱卒鼻下:有没有铁锈味?

狱卒不动声色。

齐大头:啊? 有没有铁锈味?

狱卒:怎么闻怎么是馊了的肉包子味。

齐大头:嘿,小子拱火,气死我了。让我进去,让我进去。

众狱卒:齐爷,不行。上边有吩咐,不让您进,您回吧。

绣庄门口。夜。

洪三燕拎了个包袱急急地出来了。

夜色很浓,洪三燕犹豫了一下刚要跑进黑夜,被跟出来的二桃子叫住了。

二桃子:三燕姐,您……

洪三燕:啊,二桃子,我出去有点儿事。

二桃子:不回来了,是吗?

洪三燕:不知道。二桃子,你回去吧。

二桃子:看你这样,拿着包,像是不想回来了。要是真不想回来了,留句话,你走吧。现在这么乱,要是我,我也走了,绣庄里太乱了。

洪三燕:二桃子,我不是因为绣庄的事。

二桃子:你走吧,无双姐正伤着,不用跟她说了,你走吧。

洪三燕一下抱住二桃子:二桃子,你别说了,你别说了。我不能再犹豫了,你别说了。别让我再犹豫了,我的心都不知该怎么放了。二桃子,好妹妹,让姐再挣扎一回吧。姐内心也苦,苦得不知该怎么办呢。别说了,我走了。

二桃子哭着回身:你走吧,走吧,想着点儿我们。

郊外庙中。夜。

岳宣在屋内正襟危坐着。一支火把在柱子上插着。岳宣的人影在晃动。何汉林进来了。

何汉林:还要等吗?

岳宣:……

何汉林:好,你等吧,我们走了。

岳宣突然站起,就着火光哗的一下把长衫的里襟扯下一条,一把把何汉林身上的剑抽了出来。何汉林先还惊,再一看,岳宣用剑轻割手指,血出。

何汉林:你这是要做什么?

岳宣在白绫上写了几个血字:等你不来。

岳宣写完从怀里摸出根簪子,一下钉在木柱上。

岳宣:走吧。

郊外庙外。夜。

岳宣和何汉林上了等着的马车,飞快奔去。草丛中洪三燕死命地抱着包袱,捂着嘴,忍着不让自己哭出来。

郊外庙中。夜。

洪三燕哭着进来了,火把还燃着,看见那旁边白绫子上边的几个字:等你不来。

洪三燕把那血写的字取了下来,眼泪流着。

洪三燕自语：等你不来，等你不来。岳哥，有你这一等，三燕知足了。原谅我吧，绣庄里正出事，我不能这么搁下事跟你走了，你走吧，后会有期。

牢内。

牢头正给宋莲生披枷戴镣，像仆人给主子穿衣一样。

宋莲生：崔头，为什么拿我，问出来了吗？

牢头：宋大夫，师爷问了两回都没问出来。想不出什么事来呀。您想想，吃了您开的方子，知府太太有了身孕了。他该谢您才对啊，谁知您怎么得罪他了？抬抬手，抬抬手。

宋莲生：坏了。

牢头：怎么了？

宋莲生：想起来了。

牢头：想起什么来了？

宋莲生：怕是我那丸药出了事儿了。

牢头：事儿大吗？

宋莲生：不大不小正好。

牢头：怎么叫正好啊。

宋莲生：崔头，这回我得以一化三了，要么这关过不去了。好，好。

牢头：都这样了，您还喊好呢。

闻世堂中堂。

齐大头正在表演式地说着，如月和吴太医听着。

齐大头：全长沙的人都挤到坡子街上去了，人山人海啊。我就剩一根签没发出去了，这还了得。远远地一个跟头我就翻到人头上，蜻蜓点水，沙沙如风扫荷叶一般，就奔宋莲生的脑袋去了。眼看到了，他也瞧见我了，想跑，那他哪能跑得了？我一个蛟龙探海，直奔他就飞过去了，这水火签就要送到他手里了。哗，谁想到一条大链子一下把他锁住了。想不到吧？官家也正拿他。一看官家拿他，我赶快收脚啊，太快了，脚一蹬，哪想到在人头上呢，蹭掉了十几个人的头皮。你们想吧，啊，他宋莲生是什么东西。

吴云正好进来。

齐大头：范家小姐要在绣庄门口埋死孩子这与他有关，欠咱药钱与他有关，得罪了知府大人与他有关。一时三事，你说说，他是个省油的灯吗？真可惜晚了一点儿，让官差给拿了。

吴云：范荷小姐的孩子死了？

如月、吴太医刚想制止齐大头说话。

齐大头：啊？你还不知道呢？全长沙城怕是也只有你一个人蒙在鼓里了。书生不出门啊，什么事都不知道。

吴云木呆呆地又走了出去。

如月：齐壮士，宋莲生被官家抓了，这银子怕是要不回来了。

齐大头：一定要回来。

吴太医：要不回来也不要紧，让他宋莲生出九芝堂，出长沙城，钱不要了。

齐大头：那怎么可以？我损失的钱呢？

如月：闻世堂赔你。

齐大头：那就好说了，那太好了。那这事还用我费那么大力气吗？立刻就办了。

知府大堂。

知府拿起惊堂木啪一拍，掉地上了。正掉在宋莲生脚下，宋莲生戴着链子给知府捡起来，恭敬送上。

知府接到惊堂木又拍了一下。

知府：宋莲生，你可知罪？

宋莲生：知罪。

知府：知道就好。所犯何罪，讲。

宋莲生：误会。

知府：误会？误会是什么罪？本府还没说你什么事儿呢，你就知道误会了，可见你是做贼心虚。来人。

众衙役：有。

知府：给本府打。

宋莲生：慢，大人息怒，大人息怒。

知府：息怒？不打这怒是息不了的。

宋莲生：大人，打是一定要打的，见官哪有不挨打的，请老爷附耳。

知府：少来。附耳，附耳，你到堂上总是与本府咬耳朵，像有什么不可说之话一样。今日有话明说。

宋莲生：那……那，终归不是明说的话。大人，有些话我说也就说了，但是实在与您不便。小民说两个谜语，当个闷儿破破，破着破着误会就解了，好不好？

知府：好啊，本府前朝恩科进士，怎么会怕一两条小谜语，策论骈文都作

276

过了。讲,讲。

宋莲生:那我就说了啊,高高山上一棵草,采回家来用布绞。勺子舀到瓷碗里,嘴里苦来脸上笑。

知府:什么粗俗俚语,拿笔来。

宋莲生:大人我再说一遍。

知府:用不着,本大人过耳不忘。第一句是高高山上一棵草,你要打什么?

宋莲生:打一字。您记住了啊?

知府:四句歪诗会记不住,高高山上一棵草(写了草字头),采回家来用布绞(又写了一个绞丝旁),勺子舀到瓷碗里(又写了一个勺),嘴里苦来脸上笑。黄口小儿把戏,药字,这等把戏也要让本府来猜吗?

宋莲生:哎哟,大人果然敏捷,果然敏捷。见识了,见识了。知府大人谜解了,误会也就烟消云散了吧?

知府:宋莲生你别以为全天下就你聪明,谜猜出来了,但本府嘴里没苦,脸上也没笑。本府极为震怒,极为震怒。既开了猜谜的头,本府也出个谜给你说说本大人的心情。

宋莲生:好啊,好啊,这样好玩。哎,大家都怪累的,坐下,坐下啊。

宋莲生指挥衙役都坐下了,众人都坐了,板子也放下了。

知府摇头晃脑:三月醒来五月狂,肉身披了花衣裳。一旦爬出蜡口外,你说猖狂不猖狂。猜。猜中了说对了,本府不打你,也不关你,放你回家。啊,你别谢我,本府就这么仁义。

宋莲生:那小民就猜猜,三月醒来五月狂,肉身披了花衣裳,大人是花生吧?

知府:啊呸,终归是江湖郎中,胸无点墨。本府想不打你也不行了,来人,打。

宋莲生:大人,还没说完呢,是虫,药虫子。

知府:为什么是虫,蒙的不算,细细说来。说。

宋莲生:三月醒来正好是惊蛰,您是说虫子醒了。五月狂,是羽化了,肉身披上花衣裳了。一旦爬出蜜蜡口,那是药里生虫了。哎,哎,药里一生虫病也就好了。你说猖狂不猖狂,就是问那个病啊,看你还猖狂不猖狂了。大人您的谜好,您这谜让小民一下就把误会解了,是吧,大人药虫好啊,药虫出而病情消。大人对吗?

知府:强词夺理,强词而夺理,明明是骗本府,还有这么多话说……来人,打。

宋莲生：冤枉，大人，不能打，退一万步就算小民蒙骗您了，小民不拿一丸药骗您，您这十几天的瘟疫的日子怎么过？虫子出来您的病不是好了吗？不骗您，您还不得急死，怕死？大人，骗其实也是一味药，一味管用的大药。

知府：好，果然是骗。本府还没打你，你倒承认了。你胆敢骗本府，好，好，药的事不说了，打还是要打。

宋莲生：不能打，不骗你心病难了。

知府：说……说的也不是没理。但你在这大堂上说了骗本府，本府很没面子，不打你怎么下堂？还是要打。

宋莲生：说了要附耳的，是你逼小民明说的。你不能打我。

知府：我……我还是想打。

宋莲生：您没理。

知府：那也想打。没理我找理，也要打。

堂下击鼓。

知府：听见没有，来事了。堂下何人击鼓？

牢头：回老爷，有人告宋莲生欠账不还。

知府：好，好，这可不是大人我非要打你啊。有人来了，快快宣上来，哈，宋莲生你运气不好，有人找你算账来了。带上堂来。

齐大头：小民齐大给知府大人请安啊。

知府：嗯，来得好。有话快讲，本府与你做主。

无双绣庄后院。

柴房中有动静。二桃子带领着众姑娘们，举着各样的工具正对着柴房的门一步步逼近。突然柴房门一响，众人冲上去要打。洪三燕边拢着头发边出来了。

洪三燕：别打，是我。

二桃子：三燕啊，哎哟，吓死人了。以为里边进了什么东西呢。三燕，你……你怎么在这儿过夜了？你没走啊？

洪三燕：没……没走。

二桃子：太好了，无双姐，无双姐，三燕没走，昨夜里回来了，住柴房了，三燕没走。

二桃子边喊边往无双屋内跑去。洪三燕看着姐妹们。

众姐妹：三燕姐，你没走可太好了。

洪三燕故意笑着：我也没说要走啊。这二桃子，我说的就是给人送东西去了，没说要走，真走我能不跟大家说一声吗？

小红：那你干吗住柴房啊？

278

洪三燕:回来晚了,怕搅了你们的觉。

二桃子从无双屋内出来:三燕姐,来,跟无双姐说说话吧。

众姑娘:快去吧,姐可不好了。

洪三燕:哎,姐妹们,我先去了。

范府回廊。

范荷静静地在回廊下坐着,闭目晒太阳,人经过大事了,反而变得平静了。一个人影罩住了她,她睁眼,看见了满脸同情的吴云。

范荷:吴公子,您来了。

吴云:范荷,恕吴云整日不出门,不闻市井之事,你逢此大难,我竟一点儿也不知道。吴云这儿给您请罪了。

范荷听着,眯着眼,接了一句题外的话:太阳真好。

吴云:什么?

范荷:我说太阳真好。

吴云:你……你看着还……

范荷:我很好,吴公子,人生事,没经过灾难时,说苦无非只是一个字,经过了,这个字竟说不出来了。一是说不清;二是怎么说也说不全了,索性不说了。什么叫苦啊,不知道了,苦过了有太阳照着你,软软地贴着你,一层一层地把你冻结的心给暖过来,又觉不那么苦了。太阳真好。吴公子来了也好,坐吧。

吴云有点儿不知所以地坐下。

范荷:谢谢你还能来看我。是为了看……病吧?我差点儿忘了你是个大夫。

吴云:看人。

范荷:看人,看我吗?哼,真体贴,我都不想看自己了,以为这天下除了太阳还在亲近,一切都离我而去了呢。吴公子,自与你退婚之后,我就像做了一场接着一场的大梦,与文同的激情跌宕,对复明大业之冲动理想……然后是夫妻生死,再后是生孩子的痛苦,然后又是母子两重天。几年把一辈子的事都过了,我退了你的婚后,真像在做一个由不得自己的梦。

吴云:这会儿梦该醒了。

范荷:醒了也不好。

吴云:有什么不好?

范荷:没做梦时的自己丢了,找不回来了。我都让人不认识了,吴公子,我是不是变得很厉害?

吴云:范荷,你在吴云心中不会变,你在我这儿也没丢。真要觉得丢了,

279

那咱们拉起手来,一起往回找吧。能找着多少,是多少。

范荷:吴公子,你真好,这会儿你像半个太阳了。人家都是拉着手往前过日子,你却要拉着我的手往回过日子,丢了的日子怎能找回来啊?

吴云:能,只要有心哪有找不回来的?

范荷看着吴云,吴云拉着范荷的手唐突要亲,正赶上春红出来。

春红:哎呀,没看见没看见,天好呢,真好。水果忘了,哎,你们坐着啊,我拿水果去。

春红这边还不好意思,范荷、吴云这儿根本就不管了。两人眼睛都没分开。

牢内。

宋莲生过了堂下来,生气地边走边说:哎,崔头,您说我能应吗? 有这么判的吗? 我是欠了闻世堂药钱了,我慢慢还啊。凭什么让我三天之内出九芝堂,出长沙城?

牢头:宋先生,这不是明摆着的吗? 钱不钱的人家不当回事,你这人啊,人家是怕了。

宋莲生:怕? 他,他妈的怕得还不够。这一准儿又是闻世堂的主意。崔头您别给我解链子,我不出去,我不出去。

牢头:宋先生,您这可不讲理了。老爷说把您放了,不打不关,三天之内出长沙城。我不能不按老爷的吩咐办啊,你还是出去吧,还有三天呢,三天之内想办法去啊。宋大夫,人不能太出头,就是做好事了也不能太出头,太出头了遭行里人恨。

宋莲生:做好事也不成?

牢头:那说你是沽名钓誉。

宋莲生:不出头呢?

牢头:你不出头也不行。

宋莲生:怎么讲?

牢头:你不出头还遭行里人踩呢。

宋莲生:可不是吗,治病救人的行当,自己的心都放不正呢,救什么人? 轰我宋莲生走没关系,他保不齐还得来个李莲生、张莲生呢。

牢头:不花心思长本事,光想着轰人踩人。

宋莲生:崔头,你算说对了,人啊,这双眼睛看不正的多,看正了难。崔头,我想了,还是不能出去。

牢头:为什么啊?

宋莲生:我出去了不知该怎么跟朋友说这话。九芝堂不管了,无双也不见了,这话能说出口吗? 我在这里边再想想,成吗?

牢头:您这人就是怪,都放了您了,还不走,成吧,您愿意待着就待着吧。就当现在给您放了啊。

宋莲生:哎,不给您找事,跟弟兄们说说,这事别顺嘴说出去。您回吧。

十九

山坡。

宋莲生披枷戴锁给押到一个十里亭边上了。

牢头:宋先生,到了地方了,得,我给您取了,您走吧。

宋莲生:哎,我去哪儿啊? 崔头,有这么判的吗? 我是欠了闻世堂药钱了,我慢慢还啊,凭什么把我赶出长沙城?

牢头:宋先生这不是明摆着的吗? 钱不钱的人家不当回事。你这人啊,人家是怕了。不但人家怕,府台大人都怕了。

宋莲生:怕,他,他妈的怕得还不够。崔头您别给我解链子,我得回长沙,我得回去。

牢头:宋先生,您这可不讲理了。老爷说把您放了,不打不关出长沙,我不能不按老爷的吩咐办啊。您还是出去吧。打这儿算啊,您往别处走我不管您了,您只要往回走,那可别怪我们哥几个。

宋莲生:行,行,我不给你们找事,那我总得跟朋友说一声啊。

牢头:宋先生,咱是朋友,说也行,您在这儿等着,人我们给您叫去。叫谁您说吧。

宋莲生:别急我想想。

无双屋内。

洪三燕小心地在给无双换药。

洪三燕:姐,疼不疼?

无双:疼,不光这儿疼,心疼。三燕,这些日子我一直在想,我……我是不是真就对不住范家小姐了,实话说吧,我心里可比皮肉疼多了。

洪三燕:姐,情这东西是命,没有什么对得住对不住的,你对得住她,就该对不住自己了,也对不住人家宋先生了。

无双:是啊,一个"情"字对不住的人可真多。三燕,我这会儿不是因为头伤难看了不想出门,就是头没伤,让我出门,我都出不去了。

洪三燕:姐,你怕什么?

无双:范荷来闹过了,全长沙城的人都知道了,那无双绣庄的无双为情把人家的孩子逼死了。我真没脸出门了。

洪三燕:姐,事是这样,你拿它当事,人家就更拿它当事;你要不拿它当事,谁还能拿你怎么样?姐,该干吗干吗,别想那么多了。想想当初你是怎么劝我的。

无双:三燕,宋先生这几天怎么没来看我啊?

洪三燕:出急诊了。

无双:急诊? 三燕,什么事瞒着我呢吧?

洪三燕:实说了吧,他又给关牢里了。

无双:好,他可真会躲,他一到关键时候就往那里边跑。好,真是个好依靠。为什么呀?

洪三燕:说是欠人家钱了。

山坡亭子。

劳澄和宋莲生在喝着酒,山坡上衙役也在喝着。

宋莲生:劳先生,无双那儿怎么样?

劳澄:下午见了,伤倒是不碍,心里难受呢。市井的话传得没边了。说她因情害死人家孩子了。

宋莲生:越有事,我是越不在她身边。这下可好,想见也见不着了。

劳澄:宋先生,那你,以后怎么办?

宋莲生:劳先生,莲生正想跟您商量呢。九芝堂的事没有以后了,来,喝酒。

劳澄:无双那儿呢? 你们总得见上一面吧?

宋莲生:不见了,长痛不如短痛。这才叫有缘没分呢。不跟她说吧,慢慢地也就忘了。

劳澄:你要往哪儿去,总得跟我说一句呀?

宋莲生:往东,往西,往北……我也不知道。

劳澄拿出银子:宋先生,山不转水转。就当你去休假了,你不想见,我也不多说了,这点儿银子你路上用。记住了九芝堂给你留着堂位呢。还有,你千万在城外住几天,等我有了实信你再走。

宋莲生:什么实信?

劳澄:我现在也说不清,你等等吧。来,喝酒。

闻世堂。

如月躲在屏风后边,看着坐堂的吴云。

吴云满脸一派春光,正给人解病:此方用参芪以补大气,加之麦冬、五味则肺金以固,三剂下来看看吧,必有大效。

患者:吴公子谢您,谢您。

吴云:不用谢。何满,老客人了,给打个折吧。

何满:哎,少东家,知道了。

如月看着,叫旁边的何满:何满啊。

何满:大小姐。

如月:你家公子这些天像是大地回春了一样,怎么像换了一个人似的?

何满:天气暖和了。

如月:什么天气暖和了?人变了跟天气暖和有什么关系?你家公子每日看了病都去什么地方?

何满:我也不知道。

如月:你没跟着吗?

何满:跟是跟了,每次都跟不住。

如月:笨东西,跟你说,今晚上再跟不住,你就别在府里待着了。

街上。夜。

吴云快步走着,何满在后边跟着。

吴云站住,何满赶快回头。

吴云:何满。

何满:哎。

吴云:你跟我干吗?

何满:少爷,不是何满想跟着的,是表小姐让的,说要再不知道您上哪儿去了,轰我出府。

吴云:好,借你的嘴让他们知道。跟他们说我在范荷小姐那儿,过不了多久,我们就要成婚了,去吧。

何满:哎。

范荷屋内。夜。

范荷经过风雨人安静多了,静心地摆了几个小菜,正在为吴云倒酒摆筷子。吴云高兴地坐着。

范荷:吴公子,来吧。

吴云:范荷,这样的情景,这些年来,多少次了,梦里出现过,醒了就不敢想了。这会儿就是我端着杯子,也以为是假的。刚才我偷偷地自己掐了自己几下,疼啊。疼得高兴,睁开眼睛看你还在这儿,真是不知该说什么好。说句私心的话,真该谢这些年来你不顺的命啊。

范荷:倒是真话,虽不中听但是真话。你这么一说,我还有什么说的?按理说,经过这些事了,多少女子啊都遁入空门了。不是没想过,想过了,可有你在不是很好吗? 这么一间小小的房子把门关上,不也就是心静的空门吗?

吴云:是啊,门一关,烦恼都关在门外了。

范荷:来,坐近点儿,其实这么想想倒应该谢谢无双呢。她不让倒把我让出一片天来了。

两人相拥。

无双屋内。

无双跟劳澄争执着:劳先生,您别劝我了,我说什么也得走了。

劳澄:我就那么一说,你可别当真,你走了,这么个铺子交给谁啊?

无双:交给三燕了。劳先生,不是听了你的话才想走的,想了几天了,我一定要出门。

劳澄其实是计:瞧,我一句话,倒让你出门了。我问你往哪儿走啊?

无双:回南京老家,回老家,我心里有件事多少年没解开呢。我回老家去。

劳澄:我问一句你可别多心啊,什么时候走啊?

无双:越快越好,恨不得现在就走呢。

闻世堂中堂。夜。

吴太医:孽障,孽障,快让何满叫人、备轿、点灯,我要去范府抓他回来。我要抓他回来。

如月:姑父,别上火,别上火。事儿都出了,想想,想想。

吴太医:还有什么可想的,他范家人毁婚在前,结婚生子在后。现在搞得夫死子亡,哎,你吴云一个新新鲜鲜的公子,倒给人家送上门去了。这……这真是吴门不幸啊,吴门不幸。如月,我丢不起这个脸,快叫人去,一定把他弄回来,快去。

如月:姑父,您坐,您坐。事情您放心吧,绝不会有结果,不会让他们有结果的。我去,我去。快扶老太爷回房,快去。

吴太医:闻世堂完了,闻世堂毁了,闻世堂毁了啊。

大道。

宋莲生搭着一辆马车,正高兴地读着:出门往东过五湖,心上之人正踟蹰。南京是家成大业,莲生无双在半途。哎,哎,这劳先生真有办法。老哥,老哥,这是往东还是往西啊?

老板:往北。

宋莲生:错了,咱往东,咱往东啊。

老板:往北再往东不是去南京吗?坐好了吧。

范府大门口。

闻世堂的伙计,以何满为首砰砰地敲门。如月的轿子在人群后边。

范安开门出来:干什么,干什么?

何满:干什么,找我家公子。

范安:去,去,都后退。你家公子又不是个物件,他有脚有腿,他想回去了,自然回去,还用找吗?都走。

何满:我家公子不是物件,你家小姐倒是个物件呢,你家小姐是个勾人的钩子。兄弟们进府抢人。

众人往里拥。

范安:好小子,犯横。来啊,给我打,打坏了算我的。

身后家人也冲出来,两边打。轿内如月掀帘子看着。

正打时春红出来了,大喊一声:住手。

两边人住手,范荷静静出。

范荷:什么人? 这望族门户也是你们撒野的地方?

何满:大小姐,我们是闻世堂的伙计,奉府上之命,找我家公子。

范荷:找你家公子? 一人一口,一句话就行了,干吗来了这么多人? 还拳脚相加的。

春红:仗着你们家开着药铺子是不是? 打坏了好治啊?

范荷:范安关门。

如月看到这儿,听不下去了,从轿中钻出:哎,等等,等等。范家小姐,门不能关,跟您说,我们家吴云不出来,家里老太医就要气死了。人命关天,你们情不情的事我们不管,现在你得让他回家尽孝去。

如月边说边往府里闯,范荷一下把如月拦住:如月姐,这门我们可还没让您进呢。

如月:范荷妹妹,您不让我进就不进,把我表弟放出来,这门我不进去。

范荷:他若不想出来呢?

如月:那就对不起了,就是龙潭虎穴我也得闯了。何满你们回去吧,都是大户人家,出不了事。

如月说完昂首往大门中进了。

春红想拦:哎,哎。

范荷:别拦了,让她进。

范府中堂。

吴云坐着,范荷坐着,如月也坐着。三人无话。

如月:表弟,有僻静的地方吗? 我有话跟你单独说。

吴云:没什么避人的,有话你说吧。

如月:姑父病了,躺在床上了。

吴云:您好好照顾吧。

如月:什么话? 表弟,你让外人听听这是什么话。姑父是为你而病的,别人哪能照顾?

吴云:我很好,干吗要为我而病? 这是我一生最好的时候,你们这些亲人反倒不高兴了。我没去杀人、放火,我高兴着呢。从小到大,只要我高兴的时候,你们不是生气,就是生病。二十余年,我听话听够了。表姐,我现在不想听了,您回去吧。

如月:闻世堂等着你支撑呢。

吴云:我在那儿多余。

如月:这话怎么讲?

吴云:这次时疫来了,闻世堂干的什么我还不清楚吗? 我要在那儿,不但多余还碍事。我有我的想法,我不回去了。你走吧。

如月一下哭了:哎哟,我管不了了,我不管了。亲父子都两条心,我一个外人不管了,管不了了。

如月说完招呼也不打,哭着往外就走。

春红:您走啊。我送送你。

如月:谁也不多余啊,我多余啊。

如月哭着走出中堂。如月一走,两人静着,如月的哭声越来越远。

范荷:吴云,该回家,还要回家看看,气话只是说说。

两人沉静着。吴云一直愣神不说话,然后笑了起来。

范荷:你笑什么?

吴云:范荷,憋在心里这么多年的话,今天让我说出来了。我觉得真的很高兴,高兴。

范荷:是啊。

吴云:真是很好。我想喝酒。

范荷:那……那就喝。

吴云:喝。

酒馆。

宋莲生桌上菜都上好了,总往门口看。看着门口目不转睛,吃着饭。小二觉得怪,也在他身后跟着往门口看,什么也没有。

宋莲生边看边夹菜吃,差点儿送到鼻子里去。小二赶快拿手巾给他擦:哎,哎,没见过您这路客人啊,吃饭看门口,瞧,吃鼻子里去了吧。

宋莲生:是啊,还真能吃进鼻子里去。小二。

小二:您说。

宋莲生:您这南来北往的人多,看没看见一个美艳无比的女客过去呀?

小二:有。

宋莲生:是啊,往哪边了?

小二:您问哪一个?

宋莲生:还有几个啊?

小二:美艳无比的女客每天得过好几十个。

宋莲生:我那个叫无双。

小二:都天下无双。瞧,又来了。哎,小姐里边请,里边请。

宋莲生站起看,不是。

宋莲生:小二啊,我知道您这每天过去的人多,美艳无双的也多。我就打听有没有叫着叫着名叫出无双来的女人呀?

小二:无双啊,还有个二桃子呢。

宋莲生:哎,对啊。无双、二桃子,这下对了,可问着了。

小二干着活儿:那个二桃子好看。前些日子人从这儿过了。两三天,三五天前,说不清了。过去了。

宋莲生:那就对了,太好了,我就怕走的不是一条路。谢谢,谢谢了。谢您了。

宋莲生一看小二总歪着嘴,一咧一咧的:你脖子后边长疔了?

小二还往后歪嘴:你怎么知道的?

宋莲生:疼得歪嘴了。来,来我给你开个方子啊,吃三服药就好了。不

288

要诊费,送你了。

小二:您是大夫?

宋莲生:啊。

小二:那算又等着了,林管家,哎,林管家,又来个大夫。

话音刚落,从后边哗地出来一个锦衣管家和一群黑衣家丁。宋莲生正开着方子,抬头一看吓一跳:哎,这……这是……这是干吗?几位爷,要钱没有,要人没用,一个野郎中而已。

林管家:真是郎中啊,小的们快给大夫磕头。

众人:大夫吉祥。

宋莲生:干吗呀?干吗呀这是?起来,起来。怎么这么重的礼啊?受不起,受不起。

林管家:请大夫就诊。

宋莲生:哎,不行,我要赶路。哎,我刚打听出人了,我要赶路。

林管家:先请您救命吧。

众人也不管了,抬起宋莲生就走。

宋莲生:哎,我自己的命都快没了,正找人呢。

林家庄。新娘华丽的房中。

林庄主加夫人、太夫人,加上丫鬟一片,在宋莲生身后流着泪,看着。宋莲生静心号着新娘的脉,新娘美艳年轻,宋莲生号着脉认真地:……死了?

众人:是死了。

宋莲生:已经死了?

众人:知道,您给救活了吧,求您救活了吧。

宋莲生:死人怎可救活?我又不是神仙。

众人:你一定给救活了吧,要么我们也不活了。

众人把宋莲生推到新娘头前。宋莲生突然见新娘捯了一口气。

宋莲生:嘘,静静,怎……怎么死的?

林庄主:结婚结得好好的,刚一入洞房,没多久就气绝了。新郎官也吓跑了。

宋莲生:就是在这屋里出的事?

林庄主:就是在这屋里。

宋莲生鼻子嗅:是啊,你们都出去,快都出去。

林庄主:出去,出去。

宋莲生:把窗开开,快把门窗开开。

林家庄。无双暂住房内。

二桃子和无双正忙着给白色的袍子绣花。

二桃子：无双姐。

无双：……嗯。

二桃子：您说有这样的吗？两天前还让咱绣大红吉庆的红衫呢，今天就改绣白袍了。您说是不是出了什么事儿了？要不是为了挣点儿盘缠才不给他们绣呢。

无双：总不致刚结婚就死人了吧？

二桃子：要是这样可惨了。

无双：天黑了，点灯吧。

林家庄。新娘华丽的房中。夜。

红烛点着了，宋莲生一人和新娘在一屋。宋莲生在屋子中那些送的堆得高高的礼品中找着……

除了珠宝，有各种各样名贵的中药。宋莲生一件一件看着，牛黄、狗宝、鹿茸、麝香，宋莲生一嗅，一翻到麝香，一股冲鼻子的香味冲了上来。宋莲生找了个绸布单子，把那些名贵中药赶快往里一倒，飞快地包上。

宋莲生：快来人。

门口众人都冲了进来，林庄主为首。

宋莲生：洞房里怎么能放这么多中药？

林庄主：都是人家送的贵重礼品，就堆在这儿了。

宋莲生：洞房怎能入麝香，快远远包走。快，把门窗关上。

门窗关上了。宋莲生又去新娘那儿看。

林庄主：大夫，有救吗？

宋莲生：林庄主，原本死了的人，你让我救，我救救看吧。庄主啊，想你女儿必是闻到了麝香闭气而厥，能不能救，只有一招了。

林庄主：什么招，您说。

宋莲生：您家里有粪池吗？

林庄主：一千多亩地呢，哪儿能没粪池？

宋莲生：好，快让人担十桶大粪来这屋。

林庄主：干……干吗？

宋莲生：救人。

林家庄。无双绣活处。夜。

290

无双正绣着活儿。

二桃子推门进来:姐,真的死人了。这会儿又打着火把往家里挑粪呢,臭死了。

无双:嗯,真臭,快关门吧,不管那么多,绣得了活儿,拿了盘缠走人。

新娘屋内。夜。

十个粪桶在屋内排列好了,宋莲生指挥着十个家人在搅着粪……宋莲生系了个三角巾捂了嘴,指挥着十人炒菜一样干着,臭得人都捏鼻子。

新娘屋外,众人打了火把,一闻都捏鼻子后退,臭死了。

宋莲生拉开三角巾一嗅,熏得够呛:嗯,好臭。

又赶到新娘那儿去,把新娘扶了起来。众家人一看都停手了。

宋莲生:别停,搅,快搅。

宋莲生看那新娘突然要挹气,憋得挹不出来。宋莲生看准时机砰地一拍背,哇,新娘气通了。一下通了,又拍一下气再通了。污血吐出。通了就叫了,叫了就哭了。

宋莲生:好,叫,叫。哭吧,哭吧。搅,搅,别停。

屋外众人原躲得远远的,一听哭叫,都拥进屋来,欢呼:哎呀,活了,活了,活过来了,上天有眼啊,上天有眼。

家人还在努力搅粪。

中堂家宴。夜。

所有的酒杯都杵到宋莲生的胸前。

众人:神医,神仙,您喝您喝。

宋莲生有点儿高了:可别这么说,小姐命大,命不该绝,命不该绝。

林庄主:命不该绝? 碰不上您早就死了,宋大夫谢您,谢您。我这儿以酒代头给您磕了,给您磕了。

宋莲生:千万别,应当的,也不是什么新方,自古如此。粪汁看似污秽,但去毒、通窍;麝香倒是名贵药材,但有人只要一嗅必然闭气。世间百物好坏不是一成不变的,此为一例呀。天地万物,生生相克,明白这事,病也就好治了。

林庄主:死了的您都给救活了,您还不是神仙吗? 真是神仙,神仙。来喝酒。

众人:喝,喝。

新娘房中。夜。

新娘醒了,正吃着母亲喂的银耳汤,喝一口看一眼周围,喝一口看一眼:娘。

娘:哎,哎。

新娘:怎么有点儿不好的味啊?

娘:来来漱口,漱口。

新娘:娘,他在哪儿呢?

娘:谁啊?

新娘:他。

娘:他是谁啊?

新娘:新郎啊。

娘:新郎,他跑……了。

太夫人:嗯哼。

新娘:跑了?娘,那我可不干,那我可不干了。

太夫人:没跑,没跑。害羞了,害羞了。躲起来了,躲起来了。叫去,快叫去,快去叫去。

娘小声:妈,我哪儿叫去啊?

太夫人:不管,快找一个来救急。快去,这别好容易活过来,又死过去。

中堂家宴。夜。

宋莲生完全醉了,大发感慨:人生之事啊,有时就那样,好好坏坏,好坏相克。您看我现在这儿风光着呢吗,备不住一会儿就出事了。您看着一会儿出了事了吧,备不住过会儿又好了。好好坏坏,坏坏好好。来之前,我啊正伤心,正伤心着呢。

林家庄无双屋内。夜。

无双终于把活儿赶出来了,边折边与二桃子说:累坏了。要不是为这几个盘缠,可不这么点灯熬油地做活了,二桃子送去吧。

二桃子:哎,我这就去。

中堂家宴。夜。

听话的当儿,林管家仓促跑进来了,坐在桌后和林庄主嘀咕。

林管家:庄主,没别的招儿了,庄子里外人就他一个,先让穿了衣裳应应急吧。

林庄主：那……那不合适吧？

林管家：又不是坏事，做个样，咱小姐那么漂亮，要一般人求之不得呢。

林庄主：怕他……要是以假做真了，也不妥啊。

林管家：再灌两杯，什么都不知了。哎，来，来，神医圣人，您再喝一杯，再喝一杯吧。

宋莲生：不喝了，还得赶路。

管家一使眼色，就有人给他穿红袍。

宋莲生：呀，这是干什么呀？还穿红挂绿的，我又没中状元。

林管家：送您的衣裳，送您的衣裳。穿着玩的，穿着玩的。

宋莲生：怎么跟新郎官似的，我喝高了吧，当新郎我还早点儿，还早点儿啊。

林庄主：啊，好玩，玩笑。

宋莲生：玩笑，玩笑行。

庄园院中。夜。

林管家等架着宋莲生，往新房走。

宋莲生：早点儿，还早点儿啊，人我还没找着呢。

正赶上二桃子交了活儿回来，打个对面。二桃子靠墙而立，低头。

宋莲生：人一找着，我就结婚，到时几位都来，都来啊。我要穿比这还红的。

众人：都来，都来，我们都来。

二桃子抬头一看，这不宋莲生吗？拐过去了，二桃子看，那宋莲生正让人扶着小便，众人扶着。

宋莲生：尿完咱再走，尿完再走。我的媳妇在哪儿？在哪儿？

二桃子回头就跑。

林家庄无双屋内。夜。

二桃子边喘边说：听得真真的，喝多了，还叫媳妇呢。他不是宋先生是谁？

无双：宋莲生？不会吧。他……他这么会儿，大老远地跑这儿当新郎来了？

二桃子：听说新娘漂亮呢。

无双：漂亮就更没谱了，漂亮的谁嫁给他啊？听错了吧？哪儿那么巧就遇上了？不会，再说他跟我说了那么多的疯话。

293

二桃子：哟，您还想他呢？别想了，人家的了。

无双：不会。

二桃子：不会您自己看去，反正新房也不远。

无双不说话，收拾东西：你，活交了？

二桃子：交了。

无双：钱给了？

二桃子：给了，您看看去。

无双：不去，要真是他也没什么不好。

二桃子：这会儿您怎么又说这话了？那您呢？

无双：我？我……我还是我。

无双哭了，摔东西，收包袱。

洞房窗外园中。夜。

窗内可以看见盖着盖头的新娘和扮成新郎的宋莲生坐着，宋莲生醉得总要倒下去。一倒新娘就给他扶正了，一倒就扶正了。

宋莲生：喝多了，坐不住了，这么着好玩，这么着好玩。

窗外园内树后无双、二桃子看着。无双生气。

二桃子：姐，看清了吗？

无双：看清了。

二桃子：姐，咱放把火给他点了。

无双：他喝多了，玩呢。

二桃子：姐，看见了，您帮他说话，不行我问他去。

无双拉住：别去了，走吧。

洞房内。夜。

宋莲生还东倒西歪，新娘终于忍不住了，把盖头拉了下来。新娘扶住宋莲生一看。

新娘：哇……娘，他不是张生，他不是新郎。我不干。

范荷屋内。夜。

吴云和范荷呆坐着，有一句没一句的。

范荷：伙计来说什么？

吴云：说父亲病重了，日夜昏迷了。

范荷：是啊？心里放不下了吧？

294

吴云：毕竟是生养我的亲爹，再怎么着也……

范荷：吴云，你回去吧，你回去吧。

吴云：范荷，要去我也是去去就回来。范荷你可别多想。

范荷：经的事多了，再不多想了。你回去应当的，现在就走，我让范安送你。

吴云：晚了，大半夜的，明天吧。

范荷：走吧，知道你的心已走了。话说清楚了就好了，走吧，吴云。

吴云：哎。

范荷：范荷经过这么多事了，这件事，不管什么时候心不会变，你……你可别负了我。

吴云：怎么会呢？再不会了。那种日子再没有了。

范荷：范荷是个苦人，你可千万不能有负于我。范荷再禁不住了，范荷等你快回来。

吴云：我去去就回来。

两人相拥而哭。

林家庄破柴房。

宋莲生还是一身新郎的衣裳，喝多了四仰八叉地躺在草堆上，旁边有牲口吃草。几只手上来正剥他的衣裳，剥醒了。

宋莲生：哎，怎么着？抢啊？

林管家：宋大夫，昨儿您喝醉了，玩玩闹闹，非在这儿歇着不可，就应了您了。

宋莲生：曜，还是新人的衣裳了？

林管家：你非要玩笑，穿就穿了。

宋莲生：结婚了？

林管家：啊，假的，假的。

宋莲生：是啊。假的也不好，这要真让我相好的见了，怕是要出大事。林管家，我不是酒没醒说大话，我宋莲生还是有些招女孩子喜欢呢。麻烦多，我这人啊麻烦多。

林管家：看出来了，看出来了。宋神医，您救了我家小姐一命，这是诊费，有多没少，算个心意，想住您住两天，不想住您就走。

宋莲生：这么多，我拿一半吧。拿一半吧，钱多了路上招事。

林管家：要么您拿银票。

宋莲生：啊，银票好，一半银票，一半银子，那……那我就不客气了。

林管家:您拿着,您拿着。

大道。

车内二桃子一摸无双的头。

二桃子:呀,姐,你发烧了。

无双:绣活儿赶急了,有……有点儿热。

二桃子:什么绣活儿赶急了? 为那个没良心的宋莲生,气上火了。

无双:不……不是,我才不为他呢。

二桃子:还不是呢。姐,为这么个负心人不值得。老板快点儿,我姐病
了,前边找店住下。快点儿,快啊。

老板:好啦。

马车飞驰。

二十

无双绣庄后院。

洪三燕从原无双住的那屋冲了出来,蹲在墙根底下吐着。翠翠从前边过来,拿着绣活儿正要问话,有点儿惊讶地看着。

翠翠:三燕姐,怎么了? 吃坏东西了?

洪三燕:啊,没事,吃杂了。

翠翠拍背:吐吐就好了。

洪三燕:翠翠,有事吗?

翠翠:秦家喜事的活儿,和合二仙,绣明的还是暗的?

洪三燕:绣暗的,荷花荷叶就行了,绣明的两个人物太显了,绣暗的。

洪三燕刚说到这儿又要回去吐。

翠翠:姐,您……您得看看大夫了,我给您叫劳先生去。

洪三燕:不用,不用,吐干净就好了。你别去,千万别去。要去我自己去。

绣庄门口。

山药从九芝堂门里出来倒药抽屉末子。洪三燕边拿掸子抽着身上的土,边往这边看。

洪三燕:山药,山药。

山药:哎,哎。燕子姐,正想问您呢,二桃子她们有信吗?

洪三燕:来过一回信,说在半道上呢,走得慢。

山药:没……没说别的?

洪三燕:人太多问不过来,最后一句问大家好来着。

山药:是呀,那就好。

洪三燕:堂上看病的人还多吗?

山药:不多,闲着呢。

洪三燕:行,待会儿我过去啊。

九芝堂内。

劳澄在给洪三燕诊脉。

洪三燕有些警觉地看着堂上人来人往的客人,紧张。

劳澄:三燕,你要是方便跟我去后堂吧,有些话儿这儿不好说。

洪三燕怕人疑自己找台阶,大声地:哎,总没过来了,我上后边给你量量那幔子的尺寸去啊。

其实满堂的人没有一个在看着她,都在忙着,她自己找话,边往后走边说着。

九芝堂中堂。

劳澄在给洪三燕倒茶。洪三燕心里已明白一二地等着。

劳澄:多久身上没来了?

洪三燕:两个月了。

劳澄:三燕,我……我这话不知该怎么说,你有喜了。

洪三燕猛地又干呕,要吐。

劳澄上来拍背:吐吧,吐吧,就吐这儿吧。吐大夫身上都应该的,吐吧。从现在起干活儿得小心点儿了。

洪三燕:劳先生,您诊出来了,我也不想说什么了。这孩子我不想要,您给想想办法吧。

劳澄:这事儿我可办不了。

洪三燕:劳先生,您先听我说,无双姐临走时把店交给我了,我要是不好好地撑下去对不起她,也对不起众姐妹。我一个姑娘家家的,没嫁人就有了身孕了,让别人说话。如果只是说三燕,三燕倒不怕,怕人家连带着说绣庄不干净,负了无双姐的托付和姐妹们的情感。

劳澄:我问你,男家是谁?

洪三燕:您不知道也就不知道了。

劳澄:不知道没关系,有人就成,奉子成婚。无双不在,我给你做媒,快着把事办了,堵人家嘴,孩子也留下了。男家是谁,我去说去。

洪三燕跪下:找不着了。劳先生,您开个方子吧,我把孩子做了。求您了,求您了。

劳澄:三燕,别这样,别这样。不是这话,我是大夫不假,可我从不做这事。起来吧,想想,再想想,还没到山穷水尽的时候呢。咱再想想,起来吧。

洪三燕:可恨他宋莲生也不在。

劳澄:别那么想,他在这事也不见得能做。三燕起来,再想想旁的法子,再想想。

闻世堂中堂。

吴太医正襟危坐在太师椅上,如月在一旁侍候着。吴云从厢房出,招呼不打,站了一会儿,要去中堂。如月赶快推吴太医肩一下。

吴太医看见了:哪儿去?

吴云:吴云给父亲大人请安,您既然没大碍了,吴云要去范府。

吴太医:哪儿也不能去。

吴云不理,径直往门口走。

吴太医:站住!

吴云:儿子大了,儿子有儿子的事。

吴太医:吴云,你走吧,你前脚走,我,你的亲爹,立时三刻就把自己拍死在你面前。

如月飞快地递了一包猪血包,吴太医砰一拍头,血流如注,俯在旁边八仙桌上。吴云刚出门,一听响回头一看,吴太医血流如注。

吴云:爹,爹。

如月一推,吴太医顺势从椅上出溜下来。

如月:姑父,姑父,您怎么能这样啊! 您怎么能这样啊!

吴云:爹,爹。

如月怕吴云过来:你……你别过来。这样大逆不孝要逼死亲爹吗?你别过来。你逼得自己的爹要撞死了,你禽兽不如。

吴云:我看看,我看看。爹,爹,让我看看。

如月:你没爹了。你心里只有范家小姐,你没爹。何满,何满,你快找人抬老爷,快找人。

吴云:爹,爹,让我看看,让我看看。

吴云被家人拉走了。

范府廊下。

鸟语花香。范荷在绣着花,一针一针地,阳光照着。一个身影遮住了她,范荷绣着不抬头。

春红:小姐,饭得了,该吃饭了。

范荷:再绣了这几针吧。……春红,坐下。吴公子走了有几天了?

春红:五天了。

范荷:没有信儿吧?

299

春红：没有。

范荷：没有就对了，一定是家里出了事儿了。

春红：您怎么知道的？啊，小姐，您怎么知道的？

范荷：出什么事儿了？

春红：听说老太医头撞了桌子了。

范荷：这回吴公子可难出来了。

春红：小姐，您不急吗？

范荷：不急。吴公子从我与他订婚、退婚，再到我结婚，后来又亡夫亡子，到这会儿有五年了吧？五年经了那么多的事，他都没变心，他走了五天，我干吗要着急？

春红：小姐您说得在理，可他……他……他要是故意地来，我瞎说啊。

范荷：你说什么？他等了五年就是想今天来报回仇吗？再往我一身的伤口上撒回盐吗？那……那他也是应当的。这盐啊全天下就是他撒才有理，我才会知道疼。他要真撒盐，我疼我忍着。春红吃饭。

春红：回头我去闻世堂看看。

范荷：哪儿也别去。吃饭。

闻世堂内。

吴云正接待着同窗好友田友三。

吴云：友三你坐，你坐。

田友三：这么大的一座药堂，整日跟这些中药打交道，你那些诗书啊、大志啊，怕是都被熏没了吧？春天花开了你不知道，秋天叶黄了你也不知道，吴兄，你可是比读书时老成了呢。

吴云：友三兄，让你说着了，原来的少儿志向，都磨没有了。想咱们那时登高而赋诗，叹古而伤今，那感觉多激荡，现在都没有了。想想年轻好吧，年轻真好。

田友三：说是你家出事了？

吴云：没什么大事，吴云这一生活得束缚。

田友三：嫂夫人在吗？请出来见一见吧。

吴云：友三你开我玩笑了，吴云现在还只身一人。

田友三：一人？玩笑了吧？你这么大家业，这么英武倜傥会没有夫人？什么样的女子才入你的法眼啊？

吴云：友三，不说这事了，我有一事求你。

田友三：什么事？

300

吴云:这么大个家,一个人也托付不了,我现在想出门都不行。请你把这封信带到范府吧。

田友三:好,好,我做传书的红叶了,好。

正说到这儿,田友三刚要走,洪三燕急急地进来了。有心事的洪三燕,自有一种别样风情。洪三燕一进来,田友三就不走了,眼睛就放光了。

洪三燕有点儿不好意思地走近吴云:吴公子。

吴云:哎,三燕啊,有事儿吗?

田友三看着走近。洪三燕原想来寻打胎药,一瞧还有一帅公子,马上不说了。

洪三燕:啊,没什么事,正好送货过来看看。您这有客,我就不打扰了,您忙吧,我走了。

吴云:有事说吧,不是什么外人,我的同窗好友。

田友三:在下田友三。敢问小姐芳名?

洪三燕:小女子洪三燕。

田友三:幸会。

洪三燕:幸会。……吴公子您忙吧,我告辞了。

闻世堂大门口。

洪三燕好容易下定决心来了又什么都没说,仓皇而去。田友三在她身后从药堂出来,贪恋地看着她背影。洪三燕无意回头看见了,更加仓皇而行。田友三追了两步,看看手中的信向相反处走了。

闻世堂中堂。

吴云正跟田友三说家里事。

吴云:什么人接的信?

田友三:一个门子出来接了。

吴云:是范安,没回信吗?

田友三:啊,没有。

吴云:友三,有时我真觉得人生在世了然无趣,了然无趣。活一天就要活一天的无奈。何满,拿酒来。友三兄,你可听我说话了?

田友三:啊,听了,听了。云兄,我想你这事啊,是你自己没有把事情做好。天下那么多的女子,十步之内必有芳草,你干吗非……非……她叫什么?

吴云:范荷。

田友三:对呀,干吗非范荷不动心啊?

301

吴云:漫说十步之内了,全天下我只见了一棵芳草,其他芳草我看不见。

田友三:既如此,该把老父与范荷的关系搞好啊。干吗让他们成敌人?

吴云:如果就两方或还好办。

田友三:哎,还有第三方啊。云兄,你说的眼中没有其他女人啊。还有一方是谁?是不是今天来的那个洪三燕?

吴云:挨不上,不说了,喝酒。

田友三:等等,云兄,我有事,求你帮我。

吴云:什么事?

田友三:云兄,我漂荡至今,也……也是孤身一人。我实话说了吧,今天,今天我看上来找你的那个女孩子了。

吴云:哪个女孩子?

田友三:看你真是眼中没旁人了,就是那个小女子洪三燕。

吴云:三燕啊,她不行。

田友三:哎,你……你,你看你。

吴云:友三,她入过风尘。

田友三:风尘?那怕什么?范家小姐不是一样嫁过人吗?

吴云:哎,她怎么可以跟范荷比?

田友三:在你那儿不能比,在我这儿就能比,洪三燕天下第一。

吴云:你什么眼光?

田友三:你不用管我的眼光,你帮不帮忙吧?

吴云:只要你愿意。来喝酒。

田友三:应了,喝。

大道。雨。

宋莲生坐在车篷中都淋湿了。

老板:哎,老客啊,雨太大了,咱找个小店先歇了吧?

宋莲生:这离南京还有多远啊?

老板:还有好几天的路呢。

宋莲生:好,歇吧。

上下楼有天井的店大堂。

宋莲生正在大堂里绞湿衣裳的水,然后哗哗抖着衣裳。

小二:这位爷,您几位啊?

宋莲生:就我一人。

小二:您是单住啊还是伙住啊?

宋莲生:单住怎么算? 伙住怎么算?

小二:单住三十文一天,伙住十文。饭菜单算。

刚说到这儿,楼上二桃子出来洗杯子泼水,这往下一泼一看,宋莲生也正好往上看。两人都看见了,愣住了。

宋莲生:哎,二……二桃子。

宋莲生也不管什么住不住了,披上拧干的衣裳就往楼上跑:二桃子。哎,二桃子。

小店楼上回廊。

宋莲生边披湿衣裳边冲上楼来,高兴。

宋莲生:二桃子,二桃子。可找着了,可让我找着了。

宋莲生跑上来却看见二桃子顺着回廊跑进一屋,砰,把门关上了。

宋莲生跑到那扇门口,边敲门边喊:二桃子是我,是我宋莲生,是我! 开门啊是我,宋莲生。二桃子,开开门,我可追了你们一路了,快开门,我有话说。

回廊所有的门都开了,都是大汉模样的。

众人:你有什么话说啊? 跟你说再砸门,我们对你可不客气了。

宋莲生举着的手在空中停着,一看那么多大汉,悄悄往下缩,一身的湿衣裳缩着坐下了。

宋莲生:无双、二桃子,开门吧,我追你们一路了,好容易碰上了,有什么话咱说说吧。

小店无双屋门内。

二桃子用顶门杠顶着门,贴着门边听着。

二桃子:姐,你听听这还会错。

无双:他不是当了新郎了吗? 那晚上咱看见的不是他?

二桃子:怎么会不是? 姐,你可不能自己骗自己啊。

无双:那……那他怎么跑这儿来了?

二桃子:那谁知道。

无双:要么咱把门开开问问他?

二桃子:不开。他要是跟人结了婚,又跑出来,就更不是东西了。不开。

宋莲生一直在外边说着:有什么话咱开开门说行吗? 我这是淋了雨了,湿衣裳还没换呢,我……阿……阿嚏。

小店楼上回廊。

宋莲生打喷嚏。旁边的门开了,一大汉带一小娼出门。宋莲生蹲在门口赶快不作声,大汉小娼过去了。

宋莲生蹲在门口等着。又要打喷嚏,赶快捂嘴起来走。

小店无双屋门内。

二桃子、无双贴门听着。

无双:怎么没声了?

二桃子:怕是走了。

无双:走就走了,没他一样过,更好,心静。

二桃子:姐,你烧退了吗?

无双:不知道,怕是这一急,退了。

二桃子:这宋莲生在你心里头还真是药呢。

无双:什么话。

楼下。

小二:您这是碰着熟人了? 这么大喊大叫的。

宋莲生:没有,认错了。小二,楼上单住的房子,我要了。

小二:给您钥匙。

宋莲生:小二,刚楼上有个女客说让你送开水去呢。

小二:啊,是吗? 行,是不是那个叫二桃子的?

宋莲生:不知道。

小二:我这就去,这就去。

小店无双屋内。

没人敲门反而空落了,无双和二桃子安静着。

无双:怕是赌气走了吧? 也不容易,追了这么多天了。

二桃子:还有他赌气的份儿啊? 走了最好。

敲门声又起。

二桃子:姐,没走。谁呀?

小二的声音:小姐,开水,开水来了。

二桃子:姐来了,还装店小二呢,不理他。

小二:小姐,开水。

无双:是小二吧,二桃子开吗?

二桃子:我先问他几个人。小二哥。

小二:哎,哎。

二桃子:你送水来了,几个人啊?

小店楼上回廊。

小二色眯眯:就我一人,嘿嘿,就我一个人。

旁边单间门里宋莲生半个脸探出来了。小二根本不知道。二桃子开门,门一开,宋莲生飞快地从旁边客房中冲了出来,二桃子想拦,拦不住了。

二桃子:姐,姐,拦不住了。

小二:哎,你……你。

宋莲生:二桃子,你别拦我了,无双,无双。

小店无双屋内。

宋莲生冲进来了,湿衣裳滴着水。无双一下用被子把头蒙上了。

小二:哎,你想干什么? 跟你说我可是练家子。

宋莲生:无双,天不负有心人,我可赶上你了。

无双捂着被子:你走吧,我不想见你。

小二:出去。

宋莲生回身把小二推出门,把门顶上了。小二挣扎。

宋莲生:你不想见就捂着被子,听着,我把话说了。

小二狂砸门。

宋莲生:二桃子你也出去吧,我有话跟你姐说。

宋莲生拉开顶门杠,小二撞进来了,二桃子一拦。

二桃子:走,出去吧,这没咱的事儿了。

二桃子推小二出门,把门关了。

小店楼下大堂。夜。

二桃子独对一盏灯看着,愣着。

小二给她披衣裳:冷了吧,披上点儿。

二桃子:什么话啊,说了这么半天了。

小二:来,喝茶。

二桃子:不喝了,这么会儿都喝两壶了。

小二:那我给你做点儿吃的。

二桃子:不吃,没胃口。

小店无双屋内。

宋莲生：无双，多余的话我不想说了，你出长沙是觉对不住范荷，我出长沙是没有办法，官判的，不想跟你说是因为怕连累你，怕你跟着操心。

无双：那钱是为了救我欠下的？

宋莲生：也不能那么说，我招人家忌恨了，他们什么办法都会想出来。无双，范荷的事，你心里也用不着有愧。

无双：人家孩子死了，我没脸待下去了，那一刻我真心疼她。

宋莲生：谁心疼我？无双，我追了一路了。你看衣裳湿了又干了，干了又湿了，你不心疼我吗？

无双：你？宋莲生？你……你都跟别人结婚了，我凭什么心疼你？

宋莲生：我？我结婚了？

门猛地推开了，二桃子进来：姐，别怨我在外边偷听啊，我怕你心疼又上了他当。宋莲生，你可不是结婚了吗？结了婚了，还来这儿谈什么情？

宋莲生：我……我结婚了？我怎么不知道？

二桃子：姐，听见了吗？哪儿有句实话啊。得亏咱看见了，你看他装得多像。宋莲生，我问你，你去没去过一个叫林家庄的庄子？

宋莲生：去过。

二桃子：好。你去人家庄子干什么？

宋莲生：人死了，救人。

二桃子：后来呢？

宋莲生：人又活了，还是救人。

二桃子：怎么救的？

宋莲生：当新郎。人家新郎吓跑了，我就顶上了。

无双：还是结了婚了。

宋莲生：我是个大夫，加上喝醉了，那时我不顶谁顶啊？那时救过来的人要寻死觅活了，那我就算是一味救人命的药了。我没退路啊。

无双：当大夫真好。

宋莲生：这话怎么讲？

无双：做新郎都算是一味药。宋莲生，我没病。你请出去。

宋莲生：我有病。

二桃子：我们可不是药。事清楚了，您请吧。

宋莲生：等等，等等，这事你们怎么知道的？那时你们也在？

二桃子：对了。

宋莲生：在，干吗不认我？

无双：没法认，你正当药呢。

二桃子：真认了我们也成药了。

宋莲生：什么药？

二桃子：枪药，炸死你。

宋莲生：好，好。我苦苦找了一个多月了，见了我面，你们都不认我，你……你们哪怕是枪药，炸我一下也好，你们不认我，你们好狠。

宋莲生蹲下哭了。无双、二桃子看着。宋莲生呜呜哭，无双抽出汗巾子递给二桃子。

二桃子：宋先生，宋先生，我们可没见过男子汉大豆腐流眼泪，您擦擦吧。

宋莲生：不擦。

无双：呀，你要怎么样？你都当了新郎了，还要我们上去认你，我们一肚子委屈还没处发呢，你倒挑起我们的不是了。二桃子，别理他，让他伤心去。

二桃子：跟你说宋莲生，看了你那样，我姐病得都发烧了。你这会儿倒会哭了，要哭我们更会哭。

宋莲生：哎，不哭了，都不哭了，发……发烧了呀。发了烧了，让……让我摸摸。

宋莲生说着一伸手摸到额头上了：我……我可真是味药。

二桃子：什么药？

宋莲生：苏合香。那边治病，这边就招病。

无双一下把他手打开：美得你，我看你是独活，成不了双。

宋莲生：那你就是五加皮，咱们一块儿熬了，吃了去风湿。

二桃子：可见你是大夫了，说疯话都拿药来比对。

宋莲生：赶上了，二桃子啊。

二桃子：不用你吩咐，我出去。

宋莲生：没别的意思，我饿了。

坡子街上。

田友三风流倜傥、华服锦扇正往绣庄而来。

绣庄门市内。

洪三燕接了无双后，把个门市收拾得清洁、雅致。正把一炷香点着了，小心放在案上。看着香发呆还没回身时，听后边吟诗的声音。

307

田友三:啊,蝴蝶飞疑去,波涛折转无。良工今岂有,为尔一长吁……果然是个清洁雅致的地方。

洪三燕:先生您来了,有时兴的绣片、花样,您看看吧。

洪三燕自顾忙活着,田友三不错目地看着她。

田友三:三燕小姐,咱们见过。

洪三燕头也不抬,收拾着东西:是吗?每天的人来客往,见的人多呢。

田友三:咱们不是在这儿见的。

洪三燕瞪了一眼:那又怎样?

田友三:我……我是闻世堂吴云吴公子的同窗。

洪三燕拿出一沓绣片:好啊。看看,选一幅吧。

田友三不看别处,看着洪三燕,随便拿了一张:就这幅吧。

洪三燕:好,纹银五钱,给您包上。

田友三掏钱:好,好,包上吧。

吴府书房。

田友三正与吴云喝酒,大发牢骚。

田友三:哎,就是这个样啊,东西一包递给我,把钱收了,多余的话一句都没有。我满心的话,满眼的情,一时三刻倒倒不出来,放没处放。就那么灰溜溜地出来了。云兄,你说这让人有多么失落,没见时想得美美的,真见了怎么千山万水隔得那么远啊?

吴云:让你不要沾吧。

田友三:怎么了?

吴云:情还没谈呢,就受伤了。

田友三:从没这么伤过。心向往之,不得其门而入,从她那儿出来,一时间天底下的女人,不知为什么唯觉得她好了。

吴云:明白了吧?

田友三:明白什么?

吴云:我对范荷之一片痴心。

田友三:明白了。可还是不一样,你与范家小姐,现在是人家心定了,你却在这儿陪我喝酒。我哪有你那福分。

吴云伤心:友三兄你好毒,一句话就扎在我心尖上了。我不知该怎么办,这边有老父亲,那边有心上人。鱼和熊掌不可兼得,看看只有一死。

田友三:千万别。云兄,事总有化解的法子,说我的事,你别往你那儿连。再想吧,再想吧。来咱约好了,不可言败。情场嘛与战场一样,人生,人生嘛,也只有这样才有趣。这……这就是乐趣。我现在真是豪情满怀啊。喝。

　　吴云:喝。

　　范府中堂。
　　范荷百无聊赖,看着自己原本熟悉的家,看着挂的画,摸着椅上的尘土。春红在旁边候着。
　　范荷:春红,我前些日子还盼着他回信儿呢,这些日子,怎么觉得他在那几天像是根本就不存在似的,他没来过。
　　春红:小姐您想哪儿去了。
　　范荷:像梦里边的梦,隔着好几层呢。
　　春红:人活着怕就是一个梦。
　　范荷:春红,我爹出门多久了?
　　春红:快半年了。
　　范荷:趁爹不在,我……我出家吧?
　　春红:小姐,那可不敢乱想,再说咱这样……
　　范荷:什么样?
　　春红:就现在这样,咱们……
　　范荷:跟出家没什么两样是吗? 你说得也对,就差一部佛经、三炷香了。春红,把佛经请出来,咱们就在家出家了吧。要么日子可怎么挨。
　　春红:好。读经好,读阿弥陀佛,心就平和了。

　　小店门口。
　　无双边送宋莲生出来,边嘱咐。
　　无双:这是快到家了,我倒不急了,绸啊布的别买,买点儿老人能吃的,软的、鲜的就行。补药买点儿。别买太多了。
　　宋莲生:放心吧,这事我能办。
　　无双:见着见不着还不知道呢。莲生你快去快回吧。人要是真不在了,我还活什么意思。
　　宋莲生:可别多想了。二桃子,陪你姐回去,我去去就来啊。
　　二桃子:哎。

　　街上。
　　粗汉打扮的顺治,晴天打了把油布伞在左拐右拐地怪怪地走着,像是后边有人跟着他似的,左躲右躲地在人堆里走,边藏边跑。

小街。

宋莲生买了大包小包的食品正在胡同里抱着往回走。

打着伞的顺治跑了过来不由分说:哎,伙计,帮帮忙,你打着伞往前跑,快。东西我帮你抱着。

顺治说着把伞一下递到宋莲生的手上,眨眼间抱了宋莲生的东西就要往岔路口跑。

宋莲生:哎,哎,你干什么?

顺治:听我的快跑,不然出人命。

话音未落,他向岔路一拐,转眼没了。宋莲生回过味来刚要追,一眼见胡同口来人了,无奈打着伞只有往前走。长长的胡同,宋莲生往前走,后边有人就跟上来了,宋莲生觉不妙,打着伞往胡同口跑去。后边人猛追。

胡同口外街上。

宋莲生跑出胡同跑了两步,转过弯来,把伞一收扔了,假装没事人一样,蹲下看人家卖小金鱼。

从胡同口跟出来的人,左看右看,找不着伞也找不着人了。他们看看宋莲生,宋莲生抬头看着他们笑着,然后低头看鱼。

那些人走了。

胡同内。

顺治坐一台阶上,正吃着宋莲生买的那些吃食。这个吃两口扔了,那个吃两口扔了。宋莲生走过来,看着顺治在吃自己买的东西,气得一时说不出话来了。

宋莲生:你,你……

顺治:回来了? 江南的点心不好吃,没京城里的大八件、小八件瓷实。

宋莲生:是啊,不好吃是吗? 谁让你吃了,谁让你吃了? 跟你说,你是谁我也不怕你,耍个破伞让人家给你挡事,这又吃了我的点心匣子。五两银子啊,你吃了给爷我买去。

顺治:什么大不了的事,这么大喊大叫的? 给,赔你。

掏出张银票给宋莲生。顺治站起来,那些精美的点心都掉在地上了。

宋莲生:赔多少?

顺治:五百。

宋莲生:五百,我没钱找你。

顺治:给你了,找什么。吃你点儿点心看你急的。

宋莲生:嘿,嘿,五百了不起啊,以为爷没见过钱呢。跟你说钱多一分不要你的。走,跟我买东西去,买了东西,钱还你。钱多牛气是吧? 有理是吧? 跟你说这要是赃钱可不要。

顺治:赃钱? 赃官才使赃钱呢,我怎么会有赃钱? 我问你,你姓字名谁?

宋莲生拿了银票就走:你打听不着。走,跟上。跟不上钱我可不还你了啊。

顺治:哎,哎,你这人,说好了给你的,你还酸文假醋的。好,走,走。

街上。

宋莲生可逮着顺治的钱了,可劲儿花……一盒一盒地买好的,顺治帮他抱着,越来越多。

顺治:哎,我可没吃你那么多啊。

宋莲生:那不管,吃一盒赔十盒。

顺治:你这人也怪,给你钱不要,非这么着,真小气。

小店门口。

宋莲生空手进店门就喊:无双、二桃子快接把手,东西买回来了。

两人应声而出,一看宋莲生空着手。

无双:大呼小叫的,东西在哪儿呢?

宋莲生:进来吧。

先是进一堆盒子、包,顺治慢慢地抱着比头还高的点心包颤颤巍巍地进来了。

无双:干吗买这么多呀?

宋莲生:礼多人不怪,多了好。我这是头一次啊,你又那么久没回来了,街坊四邻也得送啊,礼多人不怪。多了好,多了不亏礼。

无双:这抱东西的是谁啊? 伙……伙计?

宋莲生边说边进店:臭力巴。甭多问,把东西接了让他走。

无双:哎,桃子卸东西。买这么多,拿着也麻烦啊。

二桃子:哎,低点儿,低点儿,你那么高我怎么拿啊? 低点儿。

顺治挡住了头什么也看不见,慢慢下蹲,让人拿。

小店无双屋内。

宋莲生进屋喝水,然后掏出余下的银子来,数了数,又留下一些,其余卷齐了,出屋。

宋莲生自语:这么多钱一准不是好来的,他不好来,我好花。

小店院中。

宋莲生一出来先看到二桃子和无双笑得前仰后合的,再看顺治边洗着脸边自来熟地跟两个女人说着。

顺治学陕西话:到头来他在金殿上把头磕出血了,也没说清楚,生把状元郎唐善玉说成烫山芋了。

两个女人笑着。

无双:你这人还怪逗的,见面就说笑话,一点儿也不认生。

宋莲生过来塞还钱:哎,你怎么还不走啊? 快走,快走。走吧。

顺治:说好了给你了,我不要了。你们去哪儿啊?

无双:南京。

顺治:哎,我也去南京,咱们搭个伴吧。

宋莲生:不行,不行。跟你说不行啊,谁知你是干吗的,快走。

二桃子:你要跟着我们也行,那可得干活儿。

顺治:点心匣子我抱了。

无双:哟,你这人怪实诚的,叫什么呀?

顺治:福……大福子。

无双:大福子,好,怎么刚一见面就觉得你蛮熟的。多大了?

顺治:……

二桃子:怪投缘的。来,手巾给我吧。

宋莲生上来拉无双,到一边去。

宋莲生:不行,谁知他什么人啊?

无双:我看不像坏人,一块儿走怕什么的,多一个人还多一个帮手呢。

宋莲生:无双,这……你们这可不检点了。

无双:吃醋了? 你越吃醋,我越高兴。大福子,把东西搬屋里去啊,明天咱一起走。

顺治:哎。

无双瞪宋莲生:怎么着?

宋莲生:不怎么着,我……我就喜欢你这劲。

二十一

绣庄门市。

洪三燕还是那么冷冰冰地给田友三拿货:原价五钱,打了八折,东西您收好了吧。

田友三:为什么给我打八折?

洪三燕:你总来。

田友三:为什么我总是要来? 我为什么总来,你知道吗?

洪三燕:先生还选什么?

洪三燕回身拿拂尘轻轻地拂着土。

田友三:我……还想,我还要……

洪三燕:慢慢想吧。

洪三燕撩帘子进里屋。

绣庄门口。

田友三气呼呼地出了绣庄门,往哪儿走都不知道了。往东走,越走越气,站住又往回走……快到绣庄门口了,看见一个路人,也不多说,把买了的东西给人家,又进绣庄。

九芝堂门里。

众伙计都往对面绣庄看着,劳澄奇怪也过来看。

劳澄:这是怎么了,对门唱戏了?

山药:东家,您来了。您也看看,快,看见了吧,就这俊书生,每天得到绣庄去三趟,每趟来时都高高兴兴地来,买了东西气呼呼地走。出了绣庄,买的东西也不要,都送人了。送完了再进去。

劳澄:嗯,春心闹的。可是这么闹法的人不多。他这是看上谁了?

山药:三燕姐。

劳澄:三燕呀,干活儿吧,干活儿吧,怕是没什么结果。

313

绣庄门市内。

门市中一人没有。

田友三一个人在门市中生气等洪三燕,气得不知该说什么。突然听见帘子里一种干呕的声音。刚一听还有点儿不知所以,再一听有点儿紧张,再听洪三燕痛苦之声,忍不住了,冲了进去。

绣庄门市里间。

田友三冲进来,一看洪三燕正在痛苦地干呕着。洪三燕一见他,赶快摆手让他出去,可是自己又止不住地要吐。

田友三:你……你这是怎么了? 三燕,你……你病了? 说话啊,病了?

洪三燕:出……你出去。

洪三燕站起来要推,却没忍住吐在人家的袍子上了:哎呀,对不起,对不起。

田友三:没事,没事。三燕,没事,你吐,你吐吧。病了吧? 是不是病了?

洪三燕:没有,您别管了,田公子您走吧,再别来了。你怎么想的我知道,千万再别来了,你走吧。

田友三:这是怎么了? 吐吐吧,我走不出去。三燕,你这是怎么了?

洪三燕:田公子,对不起,弄脏你的衣裳了。跟你明说了吧,我怀孕了。你别再来了。

田友三:什么?

小店。宋莲生房内。夜。

顺治大声地打着呼噜睡着了。宋莲生在对面床上坐着,实在受不了了。坐了好一会儿,下床过去。

宋莲生:哎,醒醒,醒醒。

顺治惊起:何事惊慌?

宋莲生:何事惊慌? 还撇上戏词了。睡觉的事,跟你说,你这呼噜赶上放炮了,从今往后只要你跟着我,晚上等我睡着了你再睡。听见没有,我没睡着,你不许睡。

宋莲生说着生把顺治拉起来了,让顺治坐着:坐着,知道了吗? 不许睡啊。我先睡,睡了你再睡。

宋莲生回到自己床上平躺下想睡,闭眼惬意,还没几秒钟那边又打呼噜了。

宋莲生:让你等会儿睡,怎么又睡了?

宋莲生爬起来一看,顺治坐着睡着了,气得把顺治给拉下床:好,你是真能耐啊,坐着也能睡啊。我让你睡,下床,下床,靠墙站着。冷是不? 我不欺负你,我不欺负人,给你披上被子,披上,站好了。听好了,我睡着了,你再睡。

宋莲生说着自己也冷了,赶快要往床上钻。这回更好了,刚回头那边站着的顺治就打上呼噜了。

宋莲生:哎哟,这算什么事呀,要死人的,这一宿闹的,天亮了,看啊,天亮了。

一个枕头打过去。

山野小吃棚。

无双、二桃子、宋莲生加上顺治正在打尖。宋莲生睡着了,一个茅草在他鼻孔里扫。宋莲生打着呼噜,一盘香菜又在他鼻下熏,醒了。

无双端着菜:怎么那么困啊? 你可睡了一路了啊。

宋莲生:啊,你问他。

顺治正襟危坐准备吃饭。

无双:大福子,你打呼噜吧?

宋莲生:打呼噜,哪是打呼噜啊,那是打雷。

二桃子:是吗?

顺治:从没人说我打呼噜。

宋莲生:没人说你打呼噜? 站着都睡着了。我一夜都没合眼。

无双:大福子,没人跟你说你打呼噜吗?

顺治:从来没有。

二桃子:那你总是一个人睡吧?

顺治:一屋子人。

宋莲生:大车店。

顺治:我睡他们不睡。

宋莲生:庙里呀,泥菩萨啊。还你睡人家不睡,你可真威风。

顺治不理了,拿筷子吃饭:我威风的时候你没见过,就这么几味菜吗?

无双:不够吗?

顺治拿起筷子吃:差强人意。

顺治刚要吃,突然看大路上有官家模样人骑马而过,一下拿袖子遮脸。

无双:官差来了。

宋莲生:怕什么,我对付。

官差甲:干什么的?

宋莲生:差爷,回家赶路的。

官差甲:是一起的吗?

无双:啊,我们四人是一起的。

官差甲:一起的,哪儿来的?

宋莲生:长沙。

官差甲:长沙来的? 那得跟我们走一趟了。别吃了,走吧。

无双:哎,我们可都是良民,有一路上的关票。

官差甲:有关票也不行。车上行李都是你们的吧?

二桃子:都是。

官差甲:走一趟吧。

宋莲生拿钱:二位爷,急着赶路呢,急着赶路呢。这点小意思,二位喝茶。

官差乙接钱:啊,是啊,那什么,兄弟,人家既有一路的关票,那就让人吃了饭快走吧。别招事啊,咱走吧。

顺治先还遮脸,一看怒,筷子一拍:把钱放下。

宋莲生:哎。

官差乙:你说什么?

顺治:把钱放下再走。

官差乙:小子,你吃了熊心豹子胆了?

顺治:大清关票不管用,给你钱就行了啊? 把钱放下! 你吃着大清的俸禄,干着苟且的勾当,你把钱放下还好说,不放钱,不能走。

官差甲:哎,小子,你从石头缝里蹦出来的,不识时务啊。

顺治:好狗才,看谁不识时务。

顺治上手就要打,无双、二桃子扑上去就劝。

无双:不能打,不能打。掉脑袋,掉脑袋的事,不能打。

顺治:别拉我,我要治治这些狗才。

宋莲生:官爷,快走,官爷快走。他不懂事,别跟他一般见识。快走,快走。他是生棒槌不懂事,快走,快走。

顺治抡拳要追打两人,两人仓皇上马跑了。

山路。

宋莲生、无双的马车在路上走着。顺治在车后跟着走。

无双探头:莲生停停吧,他这么总跟着也不是个事。怪累的,让他坐会

316

儿车吧。

宋莲生:你心疼他,他回头可给你惹事。

无双:停车。原来就是人家对。这事是咱看惯了,不觉什么,人家看不下去了当然要管。桃子,下车把大福子接过来。

二桃子高兴下车:哎。

二桃子向顺治跑去,车停了等。

夜店饭桌。夜。

四人准备吃饭。顺治拿起筷子,就把菜拨到自己碗里去,什么好吃拨什么。

宋莲生:等等。好几天了,我不愿说你就是了。哪有你这么吃饭的? 一到桌上谁也不顾,见好吃的就往自己碗里拨。起来,起来呀,把这菜拨回去。

二桃子觉宋莲生太过分:哎,下回改了不就成了。

无双一把把二桃子拉住,意思也是让顺治把菜拨回去。顺治站起来,只好把挑的菜往回拨。

无双:大福子,你在家总一个人吃饭吧?

顺治:嗯,不香。

无双:一个人吃饭可不是不香吗?

顺治:也不光是一人,我一个人吃,他们都看着。

宋莲生:哟,哟,又来了,听听又来了。你什么人啊? 睡觉人看着,吃饭人也看着。你是玉皇大帝下凡呀? 真是的,早说了这人不靠谱。

无双:不说了,吃吧。不是宋先生挑你礼,吃饭是得讲个规矩,吃的时候要让让别人,要么别人吃了你再跟着吃。他这也是为你好,不然你将来出门在外要吃亏。

顺治帝王之语气:知道了。

宋莲生:行了,吃吧。

顺治:几位先吃吧。是这样吗?

无双、二桃子:您先吃,您先吃吧。对了。

宋莲生:哎,这显得多亲近啊。

闻世堂。吴云书房。夜。

田友三边流泪边说着。吴云、如月都陪着。

田友三:其实我早该知道的,我是学医的,我会不知道,可当时就没往那儿想。她一说,怀孕了,我头嗡的一下,一片漆黑。

如月:来,喝口汤药吧。友三啊,我也随着吴云叫你一声弟了啊。你们这都是怎么了?放着好好的姑娘不找,喜欢的要么是寡妇,要么是怀了人家的孩子不清不楚的女子,还真动心动意的。要我说,天下这么大,不用看太远,就近处看看找找,不是没有合适的。

吴云:表姐,天晚了。

如月:我不能走,我不在这儿把握着,谁知你们能想到哪儿去啊?

田友三:云兄,我想好了。

吴云:怎么想的?

田友三:人生之事,情这事最难参透。既然心仪于她,就该不管不顾一往无前,否则还叫什么喜欢?我喜欢三燕这人,那一切与这人有关系的我都该喜欢呀。怀了别人的孩子算什么?怀了别人的孩子也算我的,这样才有境界,才不输古人啊。

如月:哎,娶人是要过日子的,又不是要过传奇佳话。

吴云:友三兄,今天你这一番话算跟我想到一起去了。这才叫真心实爱,只要相爱,其他可以不顾及。

田友三起来:云兄,在这儿说话徒费口舌,何不就着月色,你陪我再去绣庄一访三燕,以吐心曲。

吴云:果然好主意。走。

如月:等等,这么晚了哪儿也不能去。

吴云:表姐,你让开吧,不晚就不是佳话了。我现在没办法,不能一走了之,是因为有老父亲在堂上,被你拿住了,友三跟我可不一样。

田友三:走吧,快走。

两人飞快出门。

如月尴尬地站在那儿:这……这是怎么了?现而今男人眼睛都瞎了。不行,无论如何,这事儿不能让他们成了。

推门出。

翠花楼。夜。

大堂上歌舞升平,人来人往。齐大头坐在门口太师椅上,高兴地看着热闹景象。

王五:爷,这些日子生意好哎。

齐大头:人啊就他妈的那么回事,得病那会儿的事又都忘了,这刚好一点儿又都往这儿跑了。王五,看好了,别有逃单子不给钱的啊。

王五:爷,看着呢,一个跑不了。哎,怎么进来又出去了?进来了就别出去了,该乐乐,没带钱先欠着啊。哟,这不是闻世堂的姑奶奶吗?

如月:嘘,别声张,我要见你家爷。

王五:那不在那儿坐着呢吗?

齐大头正高兴地看着歌舞。

如月:齐壮士。

齐大头:谁啊?

如月:我。

齐大头伸手一撩斗篷帽:呀,如月啊,有事儿吗?

如月:齐壮士,有件事咱找个僻静地方说说吧。

齐大头:好。

如月:齐壮士,上回给你补的银子……

齐大头:都收到了,一个也不少。闻世堂办事地道。

绣庄门市。夜。

洪三燕面上冰冷,内心感动地在听着,田友三和吴云在自己面前说话。

田友三:三燕,多余的话我不想说了,我知道,你一天一天地对我冷,其实对我好呢,是怕伤我的心呢。其实按常理,你的处境正是想有依靠之时,放在常人那儿何不就投怀送抱,有了归宿了,可……可你怕我伤着,怕我吃亏,一天一天地冷着我,让我走,让我离开,让我断了念头。你哪知道,你越是这样,友三越觉得天下就只有你好,越想你,越离不开你了。

田友三说着说着哭了,洪三燕也哭了。

吴云轻轻出门。

绣庄门口。夜。

吴云独自在绣庄门口站着,看天,想起自己的事,突然往范荷那儿去。

绣庄内。夜。

田友三:三燕,问句不该问的话,那孩子的爹现在何处?

洪三燕:不知道。

田友三:你是不是在等他?

洪三燕流泪,点头。

田友三:好,你等他,我等你。

洪三燕:田公子。

田友三:三燕,多的话我一句也不说了,我也是学医的,明天起我到九芝堂来坐堂,什么时候他等不来了,我就算等到头了,三燕你嫁我好吗?

洪三燕哭泣:田公子,你何必这样?

田友三:三燕,人要想过得轰轰烈烈不容易,有了机会就该往轰轰烈烈那儿过,于情上也该如此。三燕,我田友三真的心仪于你,此心可对天表。

洪三燕:只怕三燕对不起田公子的一片真心。

田友三:不说那些,不说那些,这么活着坦荡、快意。

范府回廊。夜。

春红打着灯笼正接吴云快步走,走着走着吴云慢了下来。

吴云:春红,我……我就先不去了,口信你给传了吧,就说吴云还是原来的吴云,也望范荷还是原来的范荷,虽暂不在一起,心不变。人我今天不见了。再对小姐说,吴云天生是一软弱的人,无奈家中老父尚在,情孝不能两全,只能如此了,我……我先回了。

春红:哎,吴公子,吴公子,都到这儿了,你又回啊? 你可让人怎么说你好呀? 小姐天天等你,见一面吧。

吴云:不……不见了。跟小姐说,有无限的将来。

春红:将来,那今夜你干吗来了?

吴云:就着夜色,不知不觉就来了,梦一样,到这儿又醒了。春红,对不住,我走了,我走了。

绣庄门口。夜。

洪三燕打了个灯笼送田友三。

田友三:三燕,别送了,夜晚风寒,再说让人见了不好。

洪三燕:田公子,三燕从不怕别人闲话,三燕谢田公子一片玉壶冰心。

田友三:三燕回吧,说定了我等。

小店。夜。

宋莲生睡着了。顺治在靠墙睡着,狠狠地打了个喷嚏。

宋莲生吓得从床上惊起:干什么呀,打呼噜还嫌不够啊,还放雷。

顺治不理,吸溜着鼻子。

宋莲生赶快下了床,一摸头:不好,发烧了,快,床上睡去。

宋莲生扶顺治上床。

大生堂药铺。

一张药方子拍在药堂柜上,宋莲生带着病了的顺治在抓药。

宋莲生:哎,有人支客没有? 怎么来了人没人应声啊? 这是做买卖吗?

掌柜:干什么呀?

宋莲生:干什么? 抓药。

顺治吸溜着鼻涕。

掌柜拿起看:谁开的方子?

宋莲生:我开的。

掌柜:不行,要抓药得本堂大夫开方子。

宋莲生:没听说过,天底下除了你家的大夫是大夫,别的大夫就不是大夫吗? 你要这样,我可拉着病人见官去。

掌柜:你爱见谁见谁,这儿就是这规矩。哎,胡大夫,东西你一件也不能拿走啊,全给我留下。

胡大夫:崔掌柜,我在这儿坐了半年的堂,该付钱了,您一分钱不给我,借机说我开错了方子,轰我走。这些东西是我自己的,我当然要拿走,难道你不给钱,还要抢我不成?

掌柜:抢? 抢你是轻的,没抓你去见官,算便宜你了。谁让你给人开错方子呢。

胡大夫:我怎么开错方子了? 明明你这药堂的药有假,不治病反害人。

掌柜:好,你还嘴硬。来人啊,拉出去扔街上。

伙计:有。

宋莲生:哎,等等,等等。

顺治:宋先生,您说过不惹事的,咱走吧。

宋莲生:不惹事? 那得看什么事。这位掌柜的,话不是我非得听的啊,你们说话我听见了,怎么着? 人家辛辛苦苦给你坐了半年堂,你不给人家钱,还要让人家把东西留下?

掌柜:他开错方子了。

宋莲生:你这人啊,一会儿说抓药得找本堂大夫,一会儿又说你们这儿的大夫方子开错了,一听你就是心没长正。什么方子开错了,拿过来我瞧。

掌柜:你算干什么的?

宋莲生:干什么的? 就是管你这路欺负人、给医坛杏林丢人的药家。

顺治:宋先生,咱还赶路呢,走吧。

宋莲生:不走。你病了,先坐下,看看我怎么管闲事。

胡大夫把药方递给了宋莲生。

宋莲生:人参、熟地、白术、山茱萸、肉桂、黄连。是不是治心肾不交、烦

321

躁、夜不能寝的方子？

胡大夫：绝了，这位先生，你真是大夫，一看就明白了，正是治这病的。

宋莲生：这方子哪儿有错？自古就有。

宋莲生蹿进柜台，一把推开伙计，把人参抽屉拉了出来，哗，扣在柜台上。崔掌柜看着。

宋莲生：这是人参吗？这是他妈的小萝卜。这是黄芪吗？这是树根。这是黄连啊？一点儿也不苦，全他妈的是假的。

这时从后边咯吧咯吧地捏着拳头出来一个大肚武师，武师后又出来几个黑衣人。

掌柜：胡大夫，你还不走吗？

胡大夫害怕，拿了包就走。

顺治突然站起，拦住胡大夫，小声：这位大夫，他正为你出头，你要就这么走了，怕不合适吧？

胡大夫：您没看见，他们后边有地痞。哎，不是，我胆小很厉害的，跑吧。

宋莲生：有地痞怎么样？你越怕他们，他们越欺负你。

武师：说得对，人怕我们欺负，人不怕我们也欺负。

宋莲生飞快地从柜台下蹦出来了：不怕，不怕。这真是买药买出炮仗来了，炸了，不怕。都长着一对胳膊一颗头，谁怕谁啊。

一下蹿到顺治跟前，小声：大福子，你……你有两下打没有？

顺治：告诉你别惹事，你不听。

宋莲生：少废话，你能不能打？

顺治摇头：不……会。

宋莲生在空场走武步：好……好，你不会，那就看我的了，不指望你了。我身为大夫，最见不得这种原该治病救人却变成害人的勾当了。来吧。

宋莲生说罢抄起东西就砸，乱砸。武师带人上手，宋莲生握了个铜臼、铜杵抡了起来，边抡边喊。顺治坐着看着。

宋莲生冲进人群中，武师一让，抓住手臂一个大泼脚，宋莲生飞起，一下子摔在地上，只见众打手拳脚雨点般落下。

顺治看着，胡大夫抱着包直抖。

武师脚踩宋莲生的头：看不惯是吗？

宋莲生硬气：啊，对。

武师：这会儿还看得惯看不惯？

宋莲生：看不惯，打死我也看不惯。

武师：小的们，火候不够啊。再打，打。

322

武师说着在宋莲生脸上狠踩一脚。

话音刚落,顺治抹了下鼻子:欺人太甚,爷看不惯了。

顺治飞身上前,稀里哗啦打,一拳一个,打得那些人人仰马翻。武师怎么摔的宋莲生,顺治怎么摔武师。一大泼脚武师飞起,重重落在地上,顺治把宋莲生扶了起来。

顺治:宋先生,您站稳了,他刚才用哪只脚踩您的脸来着?

宋莲生:左……左脚。

顺治:受累,您这会儿也用左脚踩他。

宋莲生一脚踩住,还碾了几下。掌柜刚要跑,被顺治一把拉住了:宋先生,您还有什么话说吗?

宋莲生:把柜中的假药,全给我掏出来,去后院点了。快去,把大夫的诊费结了。

胡大夫:谢谢,谢谢。

掌柜忙掏银票:哎,结,结。胡大夫,您收好。

顺治:听好了,你们这些人心坏了,不能给人治病了,该治你们了,心术不正。从今天起,药铺子关了,要敢再开,我点你的房子。听清了吗?

掌柜、武师:听清了。

顺治:大声点儿。

武师、掌柜:听清了。

顺治:宋先生,要是没事了,您受累把脚拿下,咱回吧。

胡大夫把门开开,请宋大夫出门。

宋莲生临走狠狠踩一脚,拍拍手大摇大摆地出门。胡大夫跟在后面,顺治最后吸着鼻子走。屋内没一人敢动。

小店。

四人正要吃饭。无双小心地给宋莲生脸上的伤上药。

无双:疼吗?

宋莲生:不疼。先不用上了,先听我说啊。嘿,多少人啊?二十多口子,一水的腱子肉,翻胸脯的练家子。我早看好了,抄起那个铜杵、铜臼,抢着就冲进去了。风车拳,知道风车拳吗?呜呜吹风似的打得那些人全倒了。我一人甩脚就踩住那个武师的脸了。我问,"你还看得惯看不惯?"

顺治:这句好像是武师问你的话。

宋莲生:噢,对对,是他踩着我的脸问的。

无双:什么? 你这脸是让人踩的?

宋莲生:不是,大福子你别打岔好不好?我哪能让人踩脸啊?我踩他。他用左脚踩我,我也用左脚踩他。

二桃子:还是让人踩过了。大福子,你干吗来着?你怎么一点儿也没伤着?

宋莲生:他不行。吸鼻涕装病,没用。

顺治:阿嚏,我伤风了。

无双:行了,不说了,吃饭。男人啊,一说到打架的事儿上,十句有八句是假的,比谈情说爱的假话还多呢,听个热闹吧,吃饭。

宋莲生:等等,我还没说完呢,那行,晚上再说,先吃饭。

宋莲生刚一张嘴咬东西,觉不对:坏了,牙掉了。

二桃子:还吹呢,牙都吹掉了。

九芝堂。

屏风后,山药正跟劳澄看着在堂前等着的田友三,小声嘀咕着。

山药:来了有一会儿了。先说找掌柜的,我问找掌柜的干吗,他说要来坐堂。

劳澄:他干吗要来咱这儿坐堂啊?

山药:东家,您忘了,咱这儿对面就是绣庄啊。

劳澄:这是又要来一个宋莲生啊。咱九芝堂真好风水。

劳澄说完话,出去。

劳澄:这位先生,对不起让您久等了。

田友三:啊,东家吗?不才田友三,不请自来地想在您这儿坐堂。

劳澄:田先生,我们这儿规矩可多。

田友三:一切遵守。

劳澄:好。既来了,那就先试试吧。

田友三:谢掌柜,就坐这儿吧。

劳澄:这儿不能坐,给您重搭张桌子,这儿得留着。山药,搭桌子。

旅店内。夜。

顺治趴着,宋莲生在给他扎针,治伤风。

宋莲生:看着你个儿挺大,挺结实的,一点儿不顶用,稍一着风,就流鼻涕了。

顺治:这些天站着睡觉冻着了。

宋莲生:哎,你还有理了,我一夜一夜没睡着过,我还没说话呢。

顺治:哎哟。

宋莲生:怎么了?

顺治:疼。

宋莲生:疼就对了。再吸吸鼻子看气通没通。

顺治一吸鼻子:嗯,通了。这针还真灵啊。

宋莲生:什么话? 这可不是吹的啊,不管你得什么病,只要抓的药对,必定药到病除,没药不要紧,扎针、刮痧也一样见效。

顺治边穿衣服边说:见识了,您不是吹牛,您说的都是实话。

宋莲生:大福子,什么意思? 记仇是不是? 有话直说,打架那档子事我是吹牛了。跟你说,在女人面前,你得让着点儿我。帮衬,帮衬知道吗? 要是真说我挨打了,我……我怕她们心疼。再说,你把人打跑了,那不是让哥哥我很没有面子吗? 这事抢了你的功,你得理解。

顺治穿好衣服之后,燃着了三炷香,恭敬地插在香炉里。

顺治:宋先生,原来我觉得你这人只是个浮皮潦草的老油条,江湖跑惯了,没有主见,只有油滑和机巧。可今日白天一事不管如何,倒让我见识了一个新鲜的你,打虽不会打,但敢坚持,这实在不易。你这人倒是有可退让与不可退让之准则。女人追得颇为滑稽,但又不失趣味,诚意颇为可嘉。

宋莲生:大福子,一时怎么说出这么一堆文绉绉的话来了,让人不敢认你了。放松,放松啊,放松点儿自然。我这人好处有,坏处也有,我知道。

顺治:宋先生,我细想了想,还是不该嫌弃你,咱们就着这三炷香,共结金兰,拜个把兄弟吧。

宋莲生:少来这套,你不嫌弃我,我还嫌弃你呢。拜把子结兄弟干什么? 好明着沾我光是不是? 谁知你干吗的,从第一天起,我就不喜欢你,看着挺憨厚的,其实你……你……

顺治:我怎么样?

宋莲生:你有点儿让人摸不透。

顺治:摸不透不好吗?

宋莲生:不好。大福子,你现在就告诉我你是干什么的,我再想想咱能不能拜把子结兄弟。

顺治:我不能说。

宋莲生:连干什么的都不跟我说,还结什么兄弟? 不结。

顺治:我虽不说,但早晚你会知道。

宋莲生:你要是个贼,那我知道也晚了,我现在就想知道。

顺治:这会儿不能说。

325

宋莲生:好,不说算了。看,香灭了,这兄弟算结不成了。结不成就不结了,睡觉吧。

顺治:宋先生,你错过了一次大好的机会,可以说是唯一的一次。明天就到南京了,咱们就此别过了。

南京街上。

无双埋怨宋莲生:他要跟你结个兄弟,你就跟他结了呗,看着又不像坏人。这可好,走了一路,一早上醒了人没了,还怪不习惯的。是不是二桃子?先一条是这些点心就没人拿了。

二桃子:可不是吗。

宋莲生:我跟他结了兄弟,你好多个小叔子是吗?

无双:看看,又来了。莲生,跟你说,咱俩的事成不成还两说着呢。要是能见着我爹我娘,他们点头认你了,我才能应。要是我爹我娘不在了,咱们就回长沙去再说。这两条你不应我,我什么也不应你。

宋莲生:应,那有什么不应的,我都应。哎,鼓楼到了。快了吧?

无双:呀,到了。这就到了,莲生你去问问吧。我家门前有拴马桩,有垂柳的就是。左邻姓齐,右舍姓秦。你去吧,二桃子咱在这茶座坐下,等他回信,爹妈要是还在我就去,东西别拿了,放下吧。拐过去右边第三家,人要在快回来报信。

宋莲生放下东西应了一声:哎。

小店。夜。

宋莲生边吃边说着:一听说从长沙来的,先就疑你是不是与南明有关系,要不是我回得快,那两个衙役就要抓我了。

无双边流泪边听着。

无双:人都换了?

宋莲生:左邻右舍都换了,打听不出来了,明天你去看看吧。无双,别哭了,打听不出来,总比打听出来老人不在了多个念想。改朝换代了,可不是一切都变了吗。

无双:那么远的来了,还是没消息,我真是心有不甘。要是爹娘真不在了,我这心,这辈子就算坍了。

二桃子:姐,要么咱们回长沙吧,这儿看着不太平。今儿我上街买菜,人家总是问我从哪儿来的,一听口音就不对。

宋莲生:再等两天吧,人说也是最近才这样的,说上边下来人了,说是皇上来了,所以得紧点儿。可既来了,总要弄清楚,你们就在店里待着,明天我找个药堂坐坐,边看病边向老门老户打听一下。既来了不急,看缘分吧。再说了不弄清,我也没个安生日子。

九芝堂。
田友三边给人号脉边往窗外看,劳澄、山药看着也觉不对。
病者:大夫,您……您看什么呢?
田友三一眼看见齐大头进了绣庄,一下坐不住了:您没病,不用抓药,热了多喝绿豆汤吧。
田友三根本不管了,站起来就出了九芝堂。
病者:哎,这是什么大夫啊?我拉稀泻肚还让我喝绿豆汤?哎,这不是开玩笑吗?
劳澄赶快过来:先生您别生气,我来,我给您看看。
病者:哎,他这算怎么回事啊?看病啊还是望街呀?打我进来就没看过我一眼,一直看着对门呢。

绣庄门市。
齐大头正拿着一块绣片擦鼻涕。
齐大头:三燕啊,跟爷说一声,你现在是爱喝醋啊,还是爱吃辣啊?把手伸过来,让齐爷给你号号脉,看看你肚里的孩子有几个月了,什么时候生。
一把把洪三燕的手抓住了。
洪三燕挣扎抽手:你给我出去,你给我出去。
齐大头:出去,那好啊,那爷我就上街上喊去。你个姑娘家家怀了野孩子,不要脸了。
想拉走洪三燕,洪三燕不走。
田友三冲了进来:放手。
齐大头:哟,哪儿来的啊?小白脸书生想怜香惜玉是不是?好,要怜香惜玉也成,你得有怜香惜玉的本钱啊。小子,我今天要打你个满地找牙。
齐大头上手拉田友三就出门,田友三不会打,拿扇子挡,自己的扇子一下飞起。
洪三燕:田公子,您别管这事儿了,您走,您走。您别管。
田友三:三燕,你躲起来,别出来。

绣庄门口。

田友三被齐大头推倒在街上了。如月在轿子里看着。街上九芝堂和绣庄的姑娘们都冲了出来,害怕地看着。田友三爬起来就又往上冲。齐大头上拳就打,田友三倒地,还要冲,被山药等拦住了。

田友三:你……你欺负人家女子,算什么东西。

洪三燕冲过来要看田友三的伤,齐大头一把把洪三燕拉住:欺负女子?是好女子齐爷我哪敢欺负啊,街坊们看好了,就这无双绣庄里的大姑娘,一没聘,二没嫁呢,怀了孩子了。她这无双绣庄比我那翠花楼还脏呢。她们家的绣片千万别买啊,不干净。还有这九芝堂的坐堂大夫,他不是为看病,他是为看情来了。

众人起哄。如月在人群里看着,高兴了。

田友三再忍不住了:仁者之勇,雷霆不移,啊,拼了吧!

田友三冲上前去,齐大头一拳下来正打头上,田友三挣扎着,终于倒下了。

绣庄门市。夜。

灯下,衣衫不整的洪三燕与头上缠着绷带的田友三两两相对着。

洪三燕:田公子,对不起你,让你跟着倒霉了。

田友三:应当的,可惜我不谙武功,否则今天该是我风光的一天。

洪三燕:田公子,不说了,坐下吧,再别争了。我想好了,这孩子想留也不能留了,您给我开个方子做了吧。

田友三:不做。三燕,事儿既出了,怕也没用了。这孩子虽不是我的,但有你一半,有你一半就是友三之全部。三燕,你要不嫌弃我,咱俩成了婚吧。这孩子不管谁的都算我的,这不就名正言顺了吗?

洪三燕:田公子,那多对不住你啊。

话音刚落,众姑娘和劳澄进来了。大家鼓掌。

劳澄:二位,别怨我们偷听啊。我看这事儿不错。有这样的相知相亲,再不能拒绝了。三燕,找日子定聘,下帖子结婚。你无双姐不在了,我做主。

翠翠:三燕姐,天底下能有这么个人这样地爱你,你真有福气啊。三燕姐,应了吧。

众姑娘:应了吧。

洪三燕木呆呆看着:不是我不应,只是觉着对不起田公子。

洪三燕说着跪下:田公子,我对不起你。

田友三也跪下了:没有,我没护住你。三燕,是我对不住你。

劳澄:好了,好了,都对得住。这还没结婚就对拜了。好了,起来吧。

南京某药堂。

宋莲生坐一大堂角落正给一老者看病,方才像是听老者说了什么了。

宋莲生:老先生,您原来就是住在那条街的?

老者:对啊,这不是前朝大乱逃出来的吗?

宋莲生:是啊。那您知道,那条街中间住的有户人姓应,应该的应,应家吗?

老者:怎么不知道啊?我姓秦,原来我们两家是邻居,天天要见面的。

宋莲生:哎,那我跟您打听一下,应家的老两口哪儿去了?

老者:这你可算问对人了。

小店屋内。夜。

无双盘腿坐在炕上,宋莲生坐在低矮小板凳上,二桃子在角落悄悄哭着。

宋莲生:说是这条街上的人没跑的,后来大多是被南明南逃时给杀死了。那老者边说着还边给我看了背上的刀伤,他是从死人堆里爬出来的。他说他姓秦,是你家的邻居。

无双:秦二伯?

宋莲生:对,说就住你家旁边。咱……咱爹娘被人砍死,是他亲见的。

无双:秦二伯住在哪儿?

宋莲生:这是住址,我抄下来了。还有……

无双:还有什么?说啊。

宋莲生:还有……要么你问秦二伯吧,我不说了。

无双:爹妈都不在了,有什么话还藏着掖着?快说吧。

宋莲生:秦二伯说,那天带兵来杀人的,就是原来总去你们家的岳宣。

无双:什……什么?

无双突然昏倒。

二桃子:姐,姐。

宋莲生:说了不说吧,这算是真刀子见血了。二桃子,没事,跟我学,来,掐她人中。哎,对了。叫,叫她。

二桃子:无双姐,无双姐。

宋莲生:大点儿声。

二桃子:无双姐。

无双哭出来了,抽着自己嘴巴:哎哟,恨死我了,恨死我了。

宋莲生拉住了她:打自己有什么用,要打打仇人。

二十二

范府门外。

百十名兵士冲过来,砰砰敲门。几个夹着被打得遍体是伤的何汉林上台阶。

军官:开门,开门。

范府回廊。

春红飞快地跑着,边跑边喊:小姐,小姐,不好了。官兵抄家来了,官兵抄家来了。

范荷听到喊声从自己屋中站了出来。只见春红身后,官军押着满身是伤的何汉林过来。

春红:小姐躲躲吧。

范荷不躲反向前。

军官:来人可是范荷?

范荷:我就是范荷,什么事?

军官:把人犯何汉林押上来,让他说。

范荷:汉林,你……

何汉林:嫂子,对不住了,我在岳阳造炮,事发被抓住了。嫂子,汉林对不住您,汉林实在受刑不过了,想活活不成,想死死不了。汉林对不住文同哥,对不住您,对不住南明大业。

何汉林说着,趁官兵没注意,突然冲向柱子撞死了。范荷看着,不忍,低头流泪。

军官:快,府中男丁扣下,女眷人等全部逐出。

这时春红从屋内偷卷了包袱出来。

军官:女眷快走。

范荷:这位军爷,全府上下已没有男丁了,那些都是家人,你放了他们吧。

军官:是不是家人,抓回去问明白了自有处理。听说你有孩子?

范荷:死了。

军官一把抢过春红的包袱。

春红:军爷,包点儿自己的东西出去好活人啊。

军官:什么也不能带,知足吧。快逃命吧。

春红:军爷,我们手上没钱,活不了呀。您给我吧。

军官:不行,不行。快走。

范荷从头上拔下唯一的一根金钗:春红走吧。这位军爷,念我们是官宦人家女子的面上,烦您把这位义士的尸骨好好安顿了吧,谢谢您,给您磕头了。

军官:我应你了,快走吧。快,封门,封门。

转眼府中大乱,鸡飞狗跳。范荷跪在死去的何汉林面前,满眼是泪。

春红:小姐,咱给吴公子送个信儿吧。

范荷:不送。

春红:那……那咱们去哪儿啊?

范荷:出了门再说。不行去白云庵。

闻世堂。

如月在屏风后看着,吴云在给人开方子。

如月:何满,何满,你过来。

何满:表小姐,有事儿您吩咐。

如月:现在街面上可乱了,别让少爷出门。他真要出门跟我回一声,想办法给他拦下了。

何满:表小姐,他……他可接了田公子办喜事的帖子了呢。

如月:哪儿呢?快给我拿来。

何满:来人就手交给少爷了。

如月:坏了,想个办法不让他去。

何满:那哪拦得住啊?表小姐,你这是怕什么?

如月:怕……怕他,没什么可怕的。

绣庄无双屋内。

众姑娘看着要出嫁的洪三燕,伤心着。

翠翠:三燕姐,嫁人的事说是说闹是闹,您可想好了。

小红:对,齐大头再来闹我们也不怕。

翠翠:您可不能为了我们委屈地把自己嫁了。

洪三燕:姐妹们,三燕想好了。早晚得有这么一天,再说你们友三姐夫也……也是好人。

翠翠哭:行,姐,有这话就行了,你想好了就走吧。姐,这盖头是我们姐妹们一针一线绣出来的,那我们就给您高高兴兴地盖上了,盖上了您高高兴兴地走吧。姐妹们,咱给三燕姐盖上了。

众姐妹给洪三燕盖上盖头。

闻世堂中堂。

吴云华服锦扇,拿了柄如意出来要去参加婚礼。

如月正在往一只箱子里放银票。一看吴云出来,马上草草收了。

如月:表弟,穿这么漂亮,这是干吗去呀?

吴云:友三大喜,我去应个景。

如月:哎,姑父刚还喊身子不适,你不如让何满去吧。

吴云:我刚请过安了,爹好好的。

如月:那也早去早回吧,喜酒就别喝了,早点儿回来。

吴云走了一半,突然站住:表姐,你怎么总是害怕我出门啊? 有什么事儿怕我知道吗?

如月:没有,没有。你去吧,你去吧。我是怕家里有事。

吴云:家里有你在,哪还会有事?

如月:表弟,你如月姐也不容易,你不能这么说话。

如月再一回头,吴云已走没影了。

洪三燕、田友三新租的院子。

爆竹声声,响器吹打着。众人前来贺喜。

众绣女扶着盖了盖头的三燕进院子,一副新郎打扮的田友三赶快出来迎接着。两人牵了红绸往里走。

众人欢呼,热闹无比。

司仪:吉时已到,新郎新娘拜天地了。

众人簇拥着往正房去。

司仪:一拜天地,二拜高堂,夫妻对拜啊。

街上。

吴云抱着如意过来。门口正热闹,吴云高高兴兴地进去。

新房院中。

贺喜的人特别多,都见面打着招呼。很多岳麓书院的书生和绣庄的姑娘们。吴云在人群中挤着往里走,想跟人打招呼,书生们都三三两两地说着话,一见吴云都背过头去。吴云觉奇怪,抱着个如意孤立着,好容易见一熟人。

吴云:冯兄,冯兄。

冯兄:呀,吴年兄,你也来了,真好兴致啊!

吴云:友三结婚,我怎么能不来呢?

冯兄:是啊,以为您没心情呢。

吴云:此话怎讲?

冯兄:啊,没什么,没什么,快看新人出来了。

旁边一人似乎故意说给吴云听:装什么装,跟没事人一样。

吴云抱着个如意待着,觉得人话里有话,自己又不明所以。想了想,把如意放在了收礼的桌上,自己独自出了大门。

范府大门。

大大的一对封门的封条,封在红门上。吴云呆呆看着,傻了。也不管车了,往对面茶摊上奔过去。

吴云:大爷,大爷,对门范府怎么了?

大爷:哟,您不知道啊?官家查抄了。

吴云:那家里人呢?

大爷:都散了。

吴云:小姐呢?范荷?

大爷:小姐入了白云庵了。这您都不知道,全长沙都传遍了。

吴云:白云庵?

白云庵。

范荷穿了一身补丁的衣服正在静静扫院子。院子内一人没有。突然听见外边有尼姑挡吴云的声音,先还小声,后声大。

尼姑:施主,此为尼庵,后堂不便。请回避,请回避。

吴云:我要见范家小姐,我要见范家小姐说句话,你让我进去。

尼姑:施主不方便。

范荷听过后,把扫帚静静往墙边一立,轻轻进了自己的房子。门砰的一声关上了。

吴云冲了进来：范荷，范荷，你在哪儿？范荷，你出来，我跟你说句话，跟你说句话。

白云庵范荷屋内。
朴素至极的小屋内，范荷静静地坐着，听着外边吴云在喊。
吴云：范荷，我不是东西，我才知道，我才知你家出事了。你出来我跟你说句话。我不是东西，我对不起你。
春红：还说什么说？你走吧。你算什么男人？我家小姐不想见你，你走吧。
范荷静坐静听，一动不动。吴云在外边自己打自己脸，喊着。砰，吴云拼命把门推开了，冲了进来，刚要说话。
范荷：请出去。
吴云：范荷，对不起，我刚刚知道。
范荷：你出去。
吴云：我有话跟你说。
范荷：这是尼庵，你有话到院子里去说，我听着。出去，有话你出去说。
尼姑和春红进来。
吴云：我只说一句话，你不可削发为尼。
范荷：那我又该怎样？
吴云：你尘缘未了。这尘世间还有我。
范荷：说得好，有你。有你？我怎么会到这儿来？有你？该有你的时候你在哪儿？吴云，范荷我从来做事都太过果决，但你吴云做事却太无依靠。既然你说到了尘缘，我今天就当着师父的面，把话就说明了，我范荷与你的尘缘尽了。
师父：阿弥陀佛。
春红：小姐。
吴云：等等。师父，你别听，她说的是气话，你不能信，不能信。范荷，我吴云优柔寡断，孝情两难。但吴云今天想明白了，给我一天的时间，倘若今夜我不来接你，你出家，我也出家。师父，你在这儿给做个证，你给做个证吧。
吴云说完回身走了。众女尼站在那儿，范荷静静出来，拿扫帚扫地。
师父：范荷啊，此话就算老尼代你应了，一切了断就在今夜。
范荷依然扫地。

334

闻世堂中堂。夜。

大椅子哗地劈了下来。柜门被劈开了。

如月:表弟你要干吗?你要干吗?你这不是抢吗?你要干什么?

吴云根本不听,把藏银票的小盒子搜了出来。一张、两张地数银票,数好了一拿。

吴太医被人扶来:孽障,你给我放下。

吴云不听,把剩下的银票往柜里一扔。

吴太医:孽障听见没有,你还敢抢了!给我放下!

吴云收好银票一揣,把柜门一踢,关上了。

吴云:爹爹,孩儿不孝,要告辞了。孩儿感念您将吴云拉扯长大,吴云这些年来在您的羽翼之下活得无情无义,没有一丝自己,没有一丝光彩。吴云对不起您,吴云要走了。吴云要过自己的日子去了。

吴太医:快拦下,拦下。

吴云:谁也别拦,谁拦我一头撞死。爹,我早该走了,跟您说,越想留我越留不住了,多保重。

吴云说罢转身出门。

吴太医:快,快追回来。跟他说,只要不走,干什么都行。快,快去追啊!

闻世堂大门口。夜。

吴云打了支火把出。马车早等好了。

吴云上车:白云庵。

老板:是啦。

洪三燕洞房。夜。

一片喜兴。洪三燕静静地坐着,头上盖着盖头,田友三坐在床旁的椅子上。红烛高烧,两个人也是没有话。田友三呆坐着。

洪三燕:友三,友三。

田友三:哎,哎。

洪三燕:你在呢?

田友三:在,在。

洪三燕:来,来坐,坐近点儿。

田友三走到洪三燕床边上坐下。

洪三燕:把我的盖头揭了吧。

盖头被揭开了,洪三燕看着面前的田友三,一张流泪的笑着又哭着的脸。

洪三燕:友三,你……你哭了?

田友三:高……高兴的。

洪三燕掏出手绢给田友三擦泪:友三。

田友三:哎,三燕。

洪三燕:友三,咱们是夫妻了。

田友三:对,咱们是夫妻了。三燕,我有一肚子的话想说,可不知怎么说。倒是你这句咱们是夫妻了,把想说的话都说了。三燕,我要对你好两辈子。

洪三燕一下抱住田友三哭了:友三,我让你委屈了,我对不住你。

田友三:没有,没有。三燕,咱们是夫妻了,不说那些了,我高兴,我对你好两辈子,好两辈子。

白云庵门口。夜。

吴云飞快地从车上下来了,打着火把敲门。门开,尼姑出来了。

吴云:请范家小姐上车。

话音未落,范荷、春红夹了包已经出来了。

吴云:范荷。

范荷:你要接我去哪儿?

吴云:天涯海角随你。

范荷:春红,走。

南京街上。小茶摊。

宋莲生胳膊支头睡着。无双手一推,宋莲生醒了。

宋莲生:什么事?

无双看着原来自家的院子,半天不动。

无双:莲生,看着这既熟悉又陌生的老宅子,我……在这世界上再没亲人了。

宋莲生:不是还有我呢吗? 无双,这事不能总想了,咱都坐这儿三天了,二桃子都坐跑了。无双,不是不为你伤心,你看这老院子在这儿,进出的人都不认识了,咱不看行不行? 睹物思情,越看越过不去。人一生遇见的事多了,生老病死,喜怒哀乐,哪能件件都这么投入啊? 想开点儿吧。要么越想越没有活下去的道理了,想……

无双:我就是这么想的,我凭什么活下去?

宋莲生:我知道。

无双:宋莲生,别说了,你在我心里没那么重。

宋莲生:我要慢慢地变重。无双,我这句话你别怨我小心眼,就是想着要为你爹妈报仇,你也得活下去。岳宣你恨不恨?

无双:恨。

宋莲生:好,咱们找他去。走吧。

无双:宋莲生,你……你这话算说到我心里去了。好了,我从小长到十八岁的地方,存着我一生最美好的地方,不看了,不看了。走吧。

宋莲生:咱去哪儿?

无双:收拾东西,咱们回长沙。

宋莲生:哎,这就对了。

闻世堂中堂。

柜门开着,吴太医呆呆坐着。家人都肃立,如月站着。

吴太医:钱……钱就是都没了我也不心疼,他人去哪儿了?

如月:找不着了。

吴太医:找不着了? 早知这样,干吗不让他把人家娶过来? 就是看着不高兴,那……那我不是还能落个儿子在身边吗? 这下可好了,儿子没了。我要这么大的家业干吗? 啊,如月?

如月:姑父,您……您这是埋怨我了吧? 早……早知这样,我不该来。

吴太医:我……我谁也不怨。我谁也不怨,我怨自己。我老了老了,把儿子逼跑了,我怨自己。

吴太医哗哗砸东西,如月哭着跑出门去了。

小店门口。

无双、二桃子拎着包,从店里出来,边走边说。

二桃子:小姐,那堆点心匣子,咱可没送出去。

无双:二桃子,再别提这事了,给人家秦二伯人家都不要,留下吧,谁赶上谁吃。呀,车怎么还没来啊? 这一早上叫车叫到现在了,还没来。非要催我回去,真要走了他又不急了。

二桃子:得,您先回去等等,我在门口看着,车来了再叫你啊。姐,您这些日子总是不高兴,闹脾气。

无双:就这我还没闹舒服呢。

街上。

宋莲生正在拨拉一个路边躺着的人,小声地喊着。他雇的车停在一边了。

宋莲生:大福子? 大福子? 呀,可不是大福子,刚我在车上看着像你。你这是怎么了,怎么这样了?

顺治看着街的左右:宋先生,您好。

宋莲生:好。你怎么了?

车老板:还走不走?

宋莲生:等等。大福子,你这是怎么了?

顺治说着又要吐:吃坏东西,病了。

宋莲生:吐,吐吧。说你是个草包虚大汉吧,一点儿不错。看你娇的,怎么三天两头病啊? 离了我就不成。快,快起来,我给你治治去。哎,老板子过来搭把手。遇见个朋友,病了,快先搭把手拉回客栈。

老板赶快过来,两人托起,抬到车上去了。

小店屋内。

顺治躺床上,宋莲生正在给他针灸,一根一根针扎了进去。顺治闭眼躺着,脸苍白。

无双端着水进来:我说怎么雇个车去了那么半天,敢情把人给雇过来了。

宋莲生:怪我。

无双:我可没怪你啊,问你怎么那么巧。

宋莲生:在车上边看着像他。车都过去了,我又下车了。其实不管也就不管了,又不沾亲不带故的,管不着。是不是大福子啊? 多余管你。

无双:你这人啊,办了好事,人都不说你好。嘴欠。

宋莲生:不说好就不说好,心里知道了就行。对不对大福子? 点个头,听见了点个头。

顺治没法点头,拿手敲了敲炕沿。

无双给顺治擦脸:大福子,你个没良心的,走了一路了,你跑了连招呼都不打。这回遇上了就不该管你,对不对? 啊,大福子,擦脸。

顺治有点儿感动流泪,又用手敲了敲炕沿。

无双:坏了,你给人扎哑巴了,不说话光敲炕沿。疼不疼?

顺治:疼。

无双:嗯,好,知道疼就好。你的事办好了吗?

顺治:没有。

无双:办什么事儿啊? 跟我们说说。

顺治:不能说。

宋莲生:你想说我们也得听啊? 走了一路救了你两回了,都不知你是干吗的。冤家,你再说出什么事儿来,我们还得帮你办。不听,不听。无双,别招他说话。

二桃子跑进来:姐,车老板子等急了,问还走不走啊。

无双看顺治:莲生,还能走吗?

宋莲生:大福子,我们原是要回长沙了,这又碰上你病了。看来没什么大事,我给你抓两服药,你在这儿住着吧,我们先走了啊。

顺治看顶棚,有些留恋:你们先别走吧。

无双:大福子,你还真有心,有点儿舍不得是不是? 没良心的。大福子,你一定不光是吃坏肚子了,身上哪儿还疼啊?

宋莲生:装的。

顺治:你们再待两天吧。

正说着话,无双越看越不对,一把撕开了他的衣裳,一个刀伤呈现了出来。无双、二桃子吓得不敢看。

宋莲生细看着,不高兴:瞧,来事了吧?

无双:你知道啊?

宋莲生:我知道了不管。大福子,你可真是冤家。无双,把车退了吧。大福子,我是真不想管你这事了。可我是大夫,见死不救,我做不到。二桃子,打点儿水过来。无双,对不住,咱得再待两天了。

洪三燕新家。中堂。

还是一片喜气。如月孤单地坐着。

洪三燕端着热茶进来了:如月姐喝杯水吧。

如月:呀,哪敢让您新娘子倒水啊? 你这也没雇个人啊?

洪三燕:自己都是做惯了的,还用雇什么人啊?

如月:三燕,听说你原来也是大宅门里出来的,那咱可能说上话呢。

洪三燕:原来的事,不提也罢了。

如月:是啊,对,对,不提了,不提了。

洪三燕:如月姐,你来有事儿吗?

如月:啊,有点儿事,有点儿事。一呢是恭贺你们新婚之喜;二呢我有话跟友三说说。

339

洪三燕:有什么话跟我说不行吗?

如月:也……也没什么不可以的,对友三说我更直接了。

洪三燕:行,我给您叫去。

田友三书房。

田友三等着,洪三燕进来了。

田友三:走了吗?

洪三燕:话说了,人不走,非要见你。

田友三:见我干什么? 吴云坏就坏在这表姐身上了。三燕,你去跟她说,我不见。

洪三燕:见一面也不怕,听她说什么吧。

田友三:那,你跟着我啊,咱们一起见。

洪三燕:好吧。

新房中堂。

田友三:如月表姐,有什么话您该说就快说吧。

如月其实想等洪三燕走:嗯。

田友三:三燕,坐好了,我给你找个垫子垫上啊。如月姐,你说吧,我所有的事儿是从不避夫人的,你要说就快说,不说我们就游春去了。

如月流泪:可是啊,看着是新结婚的,多美好,幸福。

田友三:嗯哼。

如月:失态,失态了,看看我给人贺喜来的,自己倒流泪了。友三啊,你……你与吴云表弟是同窗,我这儿一见你们,想得就多了点儿,对不起,对不起。

洪三燕:吴公子现在有信吗?

如月:找不着了,我姑父怨我呢。当着我的面拿拐棍子砸东西,砰砰地把名贵的瓷器都砸了,说这么大的家业留给谁。听听,这是什么话? 像是我要谋他的财似的。友三,外人毕竟是外人,你明明为他们好,出了事他一样怨你。

田友三听着,不说话。

如月:到了这样的时刻,姐姐我只有求你了。

田友三刚要答应,见洪三燕轻微一动手:哎,那要看是什么事儿了。

如月:闻世堂现在没有坐堂大夫了,你来吧。老太医喜欢你,老太医说你来了,儿子怕还能回来得快些,老太医一定要你去……友三,你来吧,姐给你跪下了。

田友三：千万别，千万别，您坐好了，坐好了。这事没什么大不了的。

说完看洪三燕，洪三燕一句话不说，上手就给如月扶起来了。

洪三燕：如月姐，我以为什么天塌地陷的事儿呢，就这事儿啊，早说早就……

如月：应了我了？

洪三燕：回了您了。友三现在九芝堂坐着呢，他有约在先了，就是他想去，也去不成啊。友三，是不是？

田友三：可不是吗，这话您早说，我早就给您回了。

如月一听没戏了，心里也苦，呆坐了一会儿：好吧，那我走了。看着你们俩真好，好好的吧。

小店宋莲生屋内。夜。

宋莲生打着呼噜睡着了。顺治悄悄起来到窗根底下去一看，只见院子里有一群拿着刀的黑衣人。

顺治把窗帘放下，悄悄到门口把门顶得更紧一点儿，悄悄把腰间剑抽了出来。正小心时，只听院子里兵器交加打起来了。顺治又去窗口看。

小店院中。夜。

黑衣人和从房上下来的黄衣人在院子中打着，黄衣人更高一筹，三个人几回合就把黑衣人杀了，杀过后，飞身上房没影了。院中留下几具尸首。

小店宋莲生屋内。

宋莲生、顺治正睡着，听外边人声喧哗，宋莲生坐起来了。

宋莲生：这算倒的什么霉啊，晚上晚上睡不好，白天白天也闹。这是怎么了？死了人了？

宋莲生拉开帘子一看，一院子官兵。只见店主正在大声诉说着。宋莲生边披衣裳边推门出去了。

小店院中。

宋莲生出来，看店东正在跟官军说着。

店东：官爷，我们家算是开了三辈子店了，从来没出过这种事啊。好好的房上下来人，一死死一片。这事不是倒霉催的吗？他死的这些人……

军官：不是你店里的客人？

店东:不是啊。我店里就几位客人,这是宋大夫。宋大夫您看看,就他们一行。还有几个熟客。您看看,还有就是女客,哪有一个能拿得动刀的?

军官:店里没住可疑的客人吗?

店东:可疑?宋大夫。

宋莲生:没有,要是有还不早就杀了,还会死这么多的旁人?军爷,怕是从房上杀杀打打地打进来了,跟这个店没关系。

店东:哎,对了。跟这个店没关系,宋大夫断得有道理。

军官:来人,先把死尸搭走。再有,小店门口设人,一应人等不得进出。

无双:哎,那可不行。我们说话要走了。

军官:事儿不清楚,谁也走不了。

众客人:哎,不行。我们得做生意啊,我们得办事啊。

军官:店东,话我已说完,此店若少一人,唯你是问。

店东:哎,这……这算什么事啊?

小店无双带套间的屋子。

四人准备吃饭。

无双生气,筷子拍在桌上:这……这算管事管出祸来了。要么这时候,我早就在回长沙的路上了。

宋莲生:无双,当着大福子,话别那么说吧。怎么还学会拍桌子了?这毛病可不好。

无双:拍了怎么样?我说的不是理吗?

宋莲生:理倒也是理,是歪理。大福子,你别当回事啊,这话不是说给你听的,你吃你的。

无双:什么歪理,你才歪呢。

宋莲生:可不是歪理吗。大福子吃你的,你无双姐,她着急气火攻心了。你别当回事,吃饭。无双,我是大夫,我能见伤不管、见死不救吗?你说说。大福子你吃你吃,就拿我们拌嘴当菜了。

无双:你管,你管到现在你连他是做什么的都不知道。你管,你以为你管的是仁义呢,这回管出祸来了。看你那仁义往哪儿放?

宋莲生:往哪儿放?往心里放。大福子吃。这女人啊就不能让着她,平时小是小非我不计较,到了这理上我宋莲生绝不妥协。跟你说无双,事赶上了,别有气往人家身上发,更别有火了就不讲理。在这事上我绝不让着你,不单现在不让着你,从今往后也不让着你。大福子,吃,吃。

二桃子:姐,别吵了,吃饭吧。

342

无双一下子把桌子掀了:不吵,不吵他更上脸了。吃什么饭? 不吃了。我……爹妈没了,我没家了,想回绣庄,又回不去了。你们不安慰我,还气我。我……我,没人心疼我,还吃饭,我连活的心都没了!

宋莲生赶快拉顺治出门。

小店宋莲生屋内。

宋莲生在给顺治换药。

宋莲生还是想套出顺治的话来,边换药边说:大福子,看见没有,你无双姐为这些事,都快疯了。疯就疯,好人就这样。我不管啊,我还得护着你。咱虽没拜把子,但也跟兄弟差不多了,是不是? 疼不疼?

顺治:好多了。

宋莲生:大福子,你到底是干什么的,这会儿没外人了,你跟哥说了,哥给你拿主意。

顺治:……

宋莲生:我问你,半夜里院子杀人跟你有没有关系? 嗯,我们住在这儿好好的,你才住一夜就天兵天将地打起来了。你说跟你有没有关系?

顺治:宋先生。

宋莲生:有关系吗?

顺治:刚才你跟无双姐是不是演戏给我看呢?

宋莲生:哎,你怎么这么说啊? 我们饿着肚子演戏给你看干吗?

顺治:我觉得你们今天有点儿拧巴了,你胆子好像突然变大了。戏演过了。

宋莲生:嘿,大福子啊,就是演戏了怎么样? 就是演戏了,那我们这份苦心你该知道了吧? 就当心疼我们,也该说了吧? 昨夜的事跟你有关系吗?

顺治:有。

宋莲生:哎呀,真有啊! 死了不少人呢。他……他们今晚还来吗?

顺治:还来。

宋莲生:真刀真枪的?

顺治:啊。

宋莲生:那咱怎么办?

顺治:他们来了,咱们走。哎哟,你轻点儿。

宋莲生:他们来了咱们……走。他们真来了,咱还往哪儿走啊?

小店院中。夜。

343

虫鸣声声,院子里很安静。

小店宋莲生屋内。夜。

黑着灯,顺治呼噜声大作。此时窗台底下,宋莲生、无双、二桃子抱着包袱,撩着窗帘往外看。

宋莲生:来了吗?

无双一下放下窗帘:来了。

二桃子:我怎么看不见啊?

宋莲生:我也没看见啊。

语音没落,铮亮的刀在窗前划过:哎呀,好嘛,真来了!

无双:快叫大福子,这时候他还能睡着了。

二桃子:大福子,大福子。

宋莲生:快叫他呀,咱这里就他有功夫。

二桃子:叫不醒。

无双:捏鼻子。

二桃子上手捏鼻子,顺治腾地起来:怎么了?

无双:小声点儿,人来了。

话音刚落,院子里兵器声大作。无双、宋莲生、二桃子缩成一团。过了一会儿,没声了。

顺治咳嗽一声,窗外马上有人小声说:爷。

顺治:回话。

黄侍卫:人除了。

顺治:把门口的人也挑了,让车候着。

黄侍卫:喳。

三人听着如坠五里雾中,宋莲生、无双、二桃子更害怕了。

顺治整衣整冠。三人缩着,看着他。

顺治:宋先生。

宋莲生:哎,大福子,您说。

顺治:东西都拿好了吗?

宋莲生:拿……拿好了。

顺治:咱们出门上车。起来吧。

宋莲生:您先,您先。

小店小院。夜。

顺治在前,宋莲生、无双、二桃子跟着。院子里有刚死的黑衣人,宋莲生险些绊倒,爬起仓皇跟上。

大道,车内。夜。
顺治正襟危坐,宋莲生、无双、二桃子挤在一起。顺治此时一言不发想着事。三人想说话又不敢说。
无双悄悄拉过宋莲生的手,在宋莲生手心写了一个字——逃。宋莲生点头明白了。

坡子街上。
齐大头摇摇晃晃地从街上过,进三湘茶社。

茶社雅间。
如月静心而坐,齐大头推门进来了。
齐大头:如月小姐,总这么偷偷摸摸的,人家看见了,会以为咱俩有事儿了啊。
如月:我都不怕,你怕什么?
齐大头:我怕,我怕街上人说我齐大头攀荣附贵,结交什么淑女,变得很怪异。其实呢,咱们什么事儿都没有。
如月:现如今,如月我混得真是不招人待见了,连……
齐大头:连我齐大头这样的人都要说点儿风凉话了,对吗? 如月小姐,齐大头是水里火里过来的人,齐大头已经没心谈情了,只会谈利益。利益知道吧,如月啊,这几番下来,你闻世堂可没给我多么大的好处。
如月从怀里掏银票,拍在桌上:这回不一样,这次您先拿钱后做事。
齐大头一下笑了:如月,不是我夸你啊。还是那句话,你要是个男的,长沙城绝对压不住你。说吧,什么事?
如月:帮着找人。
齐大头:你家吴公子?
如月:不找他。
齐大头:那找谁?
如月:找那让洪三燕怀孕的男人。都说是一个叫岳宣的。
齐大头:找他干吗?
如月:齐壮士,一是我这人看不了人家骑我头上拉屎,她一个风尘绣娘,我去给她贺礼,她根本就不拿我当人看,可是嫁了人了;二是他田友三坐在九芝堂上,让我闻世堂也不高兴了。这世界不能太安定了,安定了我就更觉孤独了。去吧,把人给找来。我就不信这天下搅不乱了,这是一半的钱,事了了,还有一半。

齐大头收银票:如月小姐,我,我跟您说句心里话啊,您……您快成个家吧。

如月:这话怎么讲?

齐大头:成了家,这世界能太平点儿。

如月:好,这世上你算半个知己。

顺治住的临时小院落。

人来人往,都是武士和便衣老头。

小偏屋内。

宋莲生伏在窗下看着:又换班了,又换班了,一时三刻没缺过人。

无双:这才叫出了虎穴又进狼窝了呢。莲生,这大福子是干什么的?

宋莲生:不知道,一早上可来了不少的人。听着像进门就磕头一样,老的少的都恭恭敬敬的。无双,他会对咱怎样啊?

二桃子在后墙抠着砖。

无双:听天由命吧,其实死也不错。

宋莲生:怎么讲?

无双:所有的烦恼都没有了。

宋莲生:所有的快乐也都没有了。不行,不能死了,什么也看不见了不好玩。

二桃子在二人说话时,一直在捣鼓墙,把一块砖抽出来了:姐,姐,这墙不厚,通了。

宋莲生:是吗? 快看看外边是什么。

二桃子:是菜地。

宋莲生:啊,真是片菜地。

三人正看,突然听外边黄侍卫的声音。

黄侍卫:宋先生,吃饭了。

三人赶快回身坐下,堵着墙洞。

黄侍卫端一小桌子进来了:呀,宋先生,吃饭了。

宋莲生:啊,又吃饭了。真快啊,还不饿呢。

黄侍卫:几位别那么拘谨。这该放松,放松。

院子里顺治:两江总督干吗吃的,抓回来立即问斩。

宋莲生:啊,放松,一直放着松呢,我们,我们闲得没事在讲故事。

无双:闹鬼的故事,怪吓人的。

黄侍卫:桌子摆在哪儿?

宋莲生:就放那儿吧。

黄侍卫:宋先生,有句话想告诫几位。

宋莲生:您说。

黄侍卫:要想跑的念头可千万别动。

宋莲生:不想,不想,从没想过。这墙多结实啊,想跑也跑不了啊。

黄侍卫:跑得再远,只要我们爷一句话,也能把你们请回来。请用吧。

宋莲生:哎,你们爷是干什么的?

黄侍卫:您还不知道呢?

宋莲生:他没跟我说啊。

黄侍卫:那我也不能跟您说,到时就知道了。

庙外后墙。夜。

一块砖、两块砖、三块砖都抠下来了,洞越来越大。宋莲生、无双、二桃子一个个钻了出来。三个人出来先蹲着看会儿,手拉着手走着。

宋莲生:无双,你们去道边等着,我找辆马车过来。

无双:小心点儿啊。

无双、二桃子小心地向道边去。宋莲生往庙外的马车摸去,解下马的缰绳,悄悄拉着马车走进黑夜。

无双、二桃子悄悄上车,宋莲生赶着车由慢而快在街上跑起来了。

二十三

九芝堂。

生意红火。山药吆喝着伙计给人抓药。

山药：老伯，您请，您请。我扶您一把，来慢着，慢着，您先在这儿坐会儿啊，来方子交给我了，交给我了。刘青。

刘青：哎。

山药：这位老伯的药你先给抓了吧。

刘青：好了。

劳澄站在中间看着。田友三正在给人看病，二目微闭，号着脉。

病者：大夫，我……

田友三：您什么也不用说，我号过脉后，我说，说对了吃药，说不对了您换别家，诊费我一文不收。是不是有的大夫说你火大？

病家：十个脉家，十个说我火重。

田友三：一到夏秋之间，就肚疼泻痢？

病者：一点儿不错。

田友三：不是火大，是湿热太盛，乃是夏伤于热，跟火没关系。

病者：是啊。田大夫，您的脉就是不一样呢。

田友三：我得给你解湿热，痢一定会止。

洪三燕拎着食盒进来了。

山药：哟，三燕嫂子，您来了，给田大夫送吃的啊？还是有家好啊，有做的有吃的，热热闹闹的……

洪三燕：没人挡着你成家。二桃子有信吗？

山药：你那儿都没信，我这儿哪有信啊？我们俩呀，好比是一味药。

洪三燕：什么药？

山药：茨实。

洪三燕：怎么讲？

山药：全是虚的，欠实在的。

众人大笑,病者也笑了:田大夫,您这儿倒挺像一家人的,高高兴兴的,来了不吃药也能治病啊。

洪三燕:那可不是吗,那您常来。呀,不对,话不能这么说,您闲了来玩啊,好像也不对。

田友三:还是少来的好。看大夫少来。

山药:这也算一味药名啊,叫王不留行。王先生,您正好姓王,病好了我们不留您,叫王不留行啊。

众人又大笑。

洪三燕:这话听着吉利。

劳澄:可是开药铺子的了,说话都跟药有关系了。

街市。

翠翠在街上边甩着手绢边高兴地走着,拿手绢的手上戴着一只大大的翠镯子。走过戴着斗笠的一个乞丐,却是岳宣。那手绢像是自己掉了,又像是无意间被那乞丐拉了一下,掉在地上了。乞丐马上起来把那手绢拾起。

岳宣低头,斗笠遮脸:小姐,手帕子掉了。

翠翠回头:呀,可不是,谢谢你啊。

翠翠伸手接手绢,伸出的手上有一只大翠镯子,根本就没感觉,一下就被递手绢的岳宣撸下了,手绢给了翠翠,可手镯却落在了岳宣的手中。翠翠浑然不知地又甩着手绢走了。

对面胡同,齐大头蹭了蹭手中的扳指出来,走到岳宣的身边,边蹭着手里的扳指边说着:卖不卖啊?

岳宣:对不起壮士,我这浑身上下没什么可卖的。

齐大头不正眼看岳宣:没问你身上的东西,问你刚刚从人家姑娘手里下下来的镯子卖不卖。

岳宣:壮士好眼力。

饭馆。

齐大头看着岳宣狼吞虎咽地吃着饭。

齐大头:不是我亲眼见,哪敢信你就是前朝南明的御前侍卫啊。

岳宣一下吃惊了:人总得活着。

齐大头:哎,这话说得好。人可不是得活着吗,甭管这话是咬牙说出来的,还是撇嘴说出来的,人就是得活着啊。慢点儿吃,不急,不够了还有。

岳宣:找我什么事?

齐大头:没什么事。

岳宣:说吧,没什么事你用不着三天都在胡同口上看着我。

齐大头:嘿,都不是寻常的主,你看见我了?

岳宣:说吧,什么事?

齐大头:三燕结婚了。

岳宣:……好事。

齐大头:嘿,好。你就没有觉得不是滋味,有点儿难受,不舒服,酸楚?

岳宣:你把岳宣我看成什么人了?

齐大头:好,好。毕竟天上地下的经历过,你能耐,冰冷。也没什么大事,你这会儿去认认她,你回绣庄吧。

岳宣:为什么?

齐大头拿出一张银票:有人请你回去搅事。

岳宣看着,接着吃饭,齐大头等着他。岳宣放下碗把银票装起来:我一般不管你们江湖上的事,可我现在缺钱。

齐大头:看得出来,来,喝一个。

绣庄门市。

翠翠正在门市边收拾边唱着曲。正回头时,看见岳宣还是那身乞丐的衣裳站在面前了。

翠翠:呀,出去,出去。几天没洗澡了?怎么身上这么味儿啊?这儿的东西当不了饭,看也不用看啊,出吧。

岳宣先不说话,后摘下斗笠:小姐,您的手腕好像空了。

翠翠愣:你是?

岳宣把手镯放在柜台上。

翠翠:呀,怎么在您这儿……呀,您……您是岳哥吧?我没认错,您是岳哥。

岳宣:实在对不起,现在我这样子有些潦倒了。

翠翠:这镯子怎么在你那儿?害得我还哭了一鼻子呢。怎么到了你的手里的?

岳宣:街上拾的,认出来是你的。

翠翠:认得是我的?岳哥,咱可没怎么说过话,我手上的镯子你……你竟能认识,真不敢想。

岳宣:翠翠。

翠翠:你还知道我叫翠翠。

350

岳宣:怎么会不知道?见过就忘不了了。我想见三燕。

翠翠:见……三燕姐,岳哥,她……她结婚了。

岳宣:我想见她。

翠翠:这儿不方便,咱有话到后边去说吧。

街上。

二桃子抱着新买的菜在人群里跑,后边有衙役追她。二桃子钻胡同跑走了。

客栈内。

宋莲生正在为无双绾线。门砰地推开了,二桃子跑了进来。

无双:这是怎么了? 风风火火的。

二桃子:姐,不好了,满街凡是口音不对的人都抓呢。我刚买了块肉,就差点儿被他们抓了。

宋莲生:天底下哪儿有这种事啊? 说话口音不对也抓。

二桃子:听街上人说,当今的皇上到了南京了,神不知鬼不觉地把这儿什么什么王的儿子给杀了,正四处抓要谋反的人呢。

无双:是啊? 那莲生咱早点儿走吧。别回不了长沙再死在路上。

宋莲生:呸,呸,不吉利。

客栈大门。

军官带衙役进。

小二:哎爷。

小二还没喊出声,就被一把推开了。

客栈内。

三人还说着话。

宋莲生:对,想起来了。耿精忠,那人叫耿精忠。

二桃子:对,就是这个人。

宋莲生:车雇不上,要雇上了咱就走。那人为什么要谋反呢?

砰的一声门开了,一队清兵站在门外。

军官:说得好。他不谋反,你要谋反。弟兄们上手绑了。

宋莲生:什么事啊? 什么事就绑人?

无双:哎,我们是良民。

军官:良民?绑了。好啊,加上这三个算是可以交差了。小姑娘,下次要跑啊,别往家跑,往远了跑我抓不着你。带走。

牢内。夜。

挤得满满的人,笼子里全满了,挤着,站着。宋莲生在人缝里蹲着。师爷拿着个本子在登记。一人被推向前。

师爷:你哪儿的人?

高安人:高安的。

师爷:叫什么?

高安人:李二狗。

师爷:这儿有亲戚吗?

高安人:我跑买卖的哪儿来的亲戚啊?我是高安的李二狗。

师爷:没亲戚保人,牢头,拉出去砍了。

牢头:哎。

所有的人一看都往后挤,不愿露出来。一笼子的人往后挤,蹲着的宋莲生一下露出来了。宋莲生站起往回挤,众人推他。宋莲生进不去了。

师爷:你,哪儿的人?你。

宋莲生索性横起来:你,你,你。谁是你啊?有名有姓的,跟你们说,我跟他们可不一样。

牢头:不一样?一会儿就让你们都一样了。哪儿的人,问你呢?

宋莲生:哪儿的人也不是,走江湖的。

师爷:那就不用问了,拉出去砍了。

宋莲生:哎,等等,等等,师爷您……您有噎嗝病,您腰不好,有病,我是大夫,能给您治。牢头,你心肺不合,也有病。

师爷:是吗,我有病也不治。拉出去砍了。

宋莲生被拉着脖子往外拉。

宋莲生:哎,我没打算造反,我是南京人,我……我有亲戚,有亲戚,我有个朋友叫大福子,叫大福子。我有亲戚,叫大福子。

宋莲生正喊着,通监牢的楼梯口一盏灯下来了,是庙里给偏房送饭的那个黄侍卫,一听大福子,再看是宋莲生。

黄侍卫:等等,谁的亲戚是大福子?

宋莲生:哎,是我,是我。我的亲戚。

黄侍卫:宋先生啊,跟你说了不让你跑,跑到天涯海角,想抓也得给你抓回来,你非要跑。那两位女客呢?

宋莲生:要杀要砍我一人受了,跟她们没关系,跟这些人也没关系。

黄侍卫:带走。

宋莲生:你们抓这些跑单帮的老百姓算什么能耐?造反的事跟他们有什么关系?要杀要剐,我一人顶了……

绣庄原无双的屋内。夜。

洪三燕和换了衣裳的岳宣坐在一起,两人默默的。

岳宣:三燕,那夜等你等到实在不能等时才走的。

洪三燕:我知道。

岳宣:你知道?

洪三燕:我去了……岳哥,原来以为你只是一句话而已,谁知你真在等……

岳宣:为什么不一起走?

洪三燕:……那时绣庄离不开。

岳宣:是啊,那就是天意了,没走也……也好。

洪三燕:……人生的事说不清,那一刻没跟着你走,其实有点儿后悔。

岳宣:三燕,南明之事,清兵加上吴三桂两边夹击,一败涂地了,汉林兄也死了。没走也好。

洪三燕:岳哥,死又怎么样?活着和死了又有什么区别?

岳宣看着三燕,想亲热,三燕先不动,而后突然开口:我嫁人了。

岳宣:我知道,好事,算有个依靠了。孩子是谁的?

洪三燕:……你的。

岳宣:他知道吗?

洪三燕:……知道。

岳宣:知道了也愿意?

洪三燕:愿意。

岳宣:你……你倒是真让人心动啊,我想见他。

洪三燕:岳哥,他是我的大恩人,你……

岳宣:放心,无非只想见他一面而已,他连孩子是我的都不在乎,我又怎么会与他计较别的事?我要见他。

凉房。夜。

水从光着身子的宋莲生头上浇了下来,宋莲生双手还被人绑着。两人边浇水边给他洗着。

宋莲生冷,哆嗦:要……要杀就杀,还……还要洗白再动手吗? 我不用洗,原来就干净的。杀吧。

黄侍卫看着他不理。

衣房。夜。

有人正给宋莲生穿华丽衣服。

宋莲生:穿这么干净干吗? 穿装裹有活着穿的吗?

黄侍卫:省得到时再换了。

宋莲生:好,好。就当我现在就死了。

黄侍卫:伸手,伸手啊。

顺治卧房。夜。

宋莲生被黄侍卫牵着悄悄地进了卧房。

宋莲生:搞什么名堂? 这么黑。

黄侍卫:嘘。

到了房内,黄侍卫把绳子解开了,悄悄而退。在黑暗中,宋莲生听着,一下听见了大福子那熟悉的打呼噜声。

宋莲生:谁啊? 谁在这儿睡着啊? 这是谁啊,这呼噜怎么这么熟啊?

宋莲生悄悄地贴近床头,仔细地看。顺治熟睡着。

宋莲生:大……大福子啊。大福子,大福子。

顺治:嗯,睡吧。

宋莲生:又让我在这儿睡,这要干什么呀? 还不如杀了我呢。

南京王殿。

百官跪拜。顺治坐于宝座上。

百官:吾皇万岁万岁万万岁。

顺治:诸位爱卿平身。

百官:谢万岁。

顺治:两江大逆事,朕以微服之身,得以探明,其罪当灭九族,念其开国之始,有功于我大清,赐以绞刑吧。

百官:万岁恩典。

顺治:诸位爱卿,朕自进关即位以来,每日临朝,无非殿上殿下,读奏折听奏言,天下是什么样都是你们口说笔写的。此番微服,虽遭非议,但朕每时每刻看的是真山、真水、真百姓、真苦难、真邪恶。朕感触颇多,感触颇多啊。

百官：万岁圣明，万岁圣明。

顺治：不看不知，看了方知这大千世界中真有恶举，也真有善行。南京府。

府尹：臣在。

顺治：你明知朕微服私行，却以未见行文、不知圣上驾到为由，几次三番派武林高人欲置朕于死地，一杀而再杀，用心何其险恶？朕不除你，难平众怒。来人，推出斩了。

南京府：臣冤枉，臣冤枉。

顺治：推出去！不临生死，不见性情。朕此番下来，普通百姓，当朕生死之关头，出手相援，救朕于水火。现在想想唯有此事使朕备感温暖，备感温暖啊……宣宋莲生、应无双、二桃子上殿。

黄侍卫：宣宋莲生、应无双、二桃子上殿啊。

宋莲生、无双、二桃子都穿着华美地上殿。大臣们都起身分成两班相让。三人飘飘而至，跪。

无双：民女应无双给万岁爷大福子请安。

侍卫：嗯哼。

顺治笑着：叫叫也无妨，朕见了你们才算是有福的。

宋莲生：小民宋莲生给万岁磕头。小民等见万岁爷，万分之有福。

无双、二桃子：万岁爷，这会儿见你一面可真不容易，光等就在殿外边等了小半天。

宋莲生：那比不了那时了，来，给万岁爷磕头。

顺治：哈，免了吧。不磕了，不磕了，宋先生。

宋莲生：小民在。

顺治：按理说呢，如果那夜你答应了，朕此时该叫你一声宋皇兄才对的。可惜朕要认你当干哥哥，你不愿意。

宋莲生：小民有眼无珠，有眼无珠。

百官跪：万岁皇恩浩荡。

顺治：没你们事了，宋先生救朕一命后，朕香都烧好了，想与他金兰结拜，谁知他看不起朕，给回了。

无双：皇上，他是真有眼无珠了，我就不那么看。我一见您就知您非同凡响，不一般。

顺治：是啊。众位爱卿，朕要与宋莲生几人后苑摆宴了，退朝。

侍卫：退朝啊。

百官:吾皇万岁万万岁。

后苑亭中。

酒宴大摆了。无双这时可完全地拿出媚劲儿了。

无双:万岁爷,当时您说您吃饭四个菜嫌少,说您吃时从来别人都看着,我还不信呢。今天一看可不这样吗,万岁爷,无双给您夹菜啊。不是无双现在说您好,乍一看就觉您不一般。十个大男人,也没活出您身上的那股子气来呀。

宋莲生有点儿醋意:嗯哼。

无双:人生之事,有悲有喜,真能传奇了不易,实在的不容易呢。谁知道呢,那几天咱们就像是一家人一样。

宋莲生:嗯哼。

无双:万岁爷,您别怪我,这会儿话多了。那会儿管你叫大福子的时候,咱还不是亲亲热热的吗?

顺治:是啊,是啊。

无双:来喝酒。不管怎么说,咱们得喝一个。来,二桃子陪陪。

宋莲生:嗯哼。

顺治:好,来,喝吧。无双、二桃子,私访之行虽只数日,但朕实在感触颇多,记忆颇深。有你二人在时真是保驾护航了。你们就留在朕身边吧。

无双、二桃子:谢主隆恩。

宋莲生:哎哟。

众人:怎么了?

宋莲生:牙疼。

顺治:宋先生,你也不用这疼那疼的了。你就留在太医院,早晚给朕诊诊脉,如何?

宋莲生:谢万岁爷,可是无双和莲生还有事没办完,留,可能想留也留不下。

顺治:你两人的婚事是吗?

无双:不是。

顺治:我看择日就办了吧。朕也好喝一杯喜酒呀。

宋莲生喜形于色:啊,好啊,好啊。无双,那咱就留下吧。

无双:大福子,结婚的事倒不要紧,我还有别的事儿呢。

顺治:什么事慢慢说,来喝酒。

356

暂居地。

无双:宋莲生,万岁爷都说要留我们在身边了,你……你是不是存心捣乱,非在那时提什么婚事啊?你可把我从小的梦给毁了。

宋莲生:行了,无双。你……你今天可真让人没法说你,没法说。可见着皇上了,可是觉得自己是个女人了,又布菜又叙旧又喝酒的,你……你不检点,你轻骨头,你轻浮。

无双:轻浮了怎么着,不检点,那得看跟谁了,他……他是当今的圣上,哪个女子从小没做过公主皇后的梦啊?连绵殿宇,衣着华美,人前人后,仆从相拥……一举手一投足都有史官给记录着,将来再青史留名,何等的风光?何等的高高在上?何等的千秋万代?我……我当然要失态,当然要轻薄一点。二桃子,对不对?

二桃子:对,对,都像张纸啊飞起来了。

宋莲生:风光可是风光呢,有多大风光就有多大悲苦。白发宫女歌听过吗?你以为到时都像戏台上演的呢,人人能成武则天呢。跟你们说,真的进来了,能见着见不着大福子还另说呢。再说了,汉家女不能入后宫,这有定规的。最多让你们到作坊里当个绣娘,天天绣龙袍、霞帔。青史?青灯苦影差不多。

无双:那……那我可不干。

宋莲生:不干了,那么媚干吗?哎,跟你们说啊,今日之御宴让宋莲生吃得十分之不高兴了。要么你们留在绣坊里算了,我走。

无双:莲生,别啊,这种时刻当什么真啊。无非试试有没有梦,梦能不能来,再说,谁……谁没个摇晃的时候啊?那么大的金殿都上了,有点儿超乎常理的梦想也不算错吧?是吧二桃子?

二桃子:像无双姐这样有一点儿想法算好的。

宋莲生:你……你呢?

二桃子:那一刻,我都想着自己封为贵妃,要生太子了。

宋莲生:你想得可真远。

二桃子:想是想了,但还是觉得那情景,没有山药在我面前实在。那种日子只能当戏过,哪能当日子过啊?

宋莲生:哎,这就对了。无双,伴君如伴虎,明白吗?那天殿上就杀了人,咱们不能多待,咱们得想办法走。

无双:是啊,热闹热闹也就算了,又不能当饭吃。要走还不如快走。

宋莲生:结了婚就走。

无双:呸,想得美。不回长沙,不报我爹妈之仇,结婚的事别提。真以为

357

我骨头轻了呢,我……我那是苦中求乐。

洪三燕新房。

中堂一张桌子,岳宣和田友三在喝酒。

田友三单纯而真性情,主动说真心话。他喝多了:从今往后,这儿就是你的家。你就是我哥,想来就来。哥,来,算友三我夺人之美,对不起你了。喝吧。

洪三燕一听不高兴,一把把杯子抢了下来:友三,你喝多了。

岳宣静看着。

田友三:我怎么会喝多了? 三燕,我娶你这事是喝多了能办的吗? 三燕,人生无常。岳哥,我与三燕姻缘而合,走到如今,好也才好了几天。说句心里话,不怕你不爱听,我真是不愿看到你再出现了,永不再现才好呢。但人间事往往如此,你不想的事,它要来还得来。

岳宣:兄弟,算我不厚道了。我喝一杯。

田友三:别。这话不能那么说,您既然来了,咱该说的话就要说透。我与三燕,现已生死相依,你就是我哥也算个外人了。再说句明白的话,三燕若真跟了你,连人带孩子都没幸福。

洪三燕:友三,你喝多了。

田友三:哎,我说得不对吗? 你说,哎,让他说,我说得对不对?

岳宣:对,当然对。……兄弟,你既然认我哥了,我就叫你一声兄弟。岳某来时,并不知你们已然成婚。知道你们成婚时,岳宣原想走的,谁知三燕又说你要见我,想想也好。有一句话我做哥哥的摆在这儿,从现在开始,以往的事都在酒外边了,你是我兄弟我是你哥哥,和三燕没关系了。我来也是你哥哥来,我走也是你哥哥走。话说到这儿……不多说了,酒我喝了。

田友三:等等,我也喝。

岳宣:好,一起喝。

闻世堂。中堂。夜。

如月让何满举着盏灯,自己要在柜子里查金银细软和银票。

如月:何满啊,吴云走的时候可是当咱老太爷的面拿的钱,他拿了多少,有数吗?

何满:五百多两。

如月:多少?

何满:五……

如月:我看账上该是少了五千多两吧?

何满:那……那就五千多两吧。

如月随手拿起一颗珠子来:何满啊,这是一颗上好的南珠,拿出去卖了就能立业,给你吧。

何满:何满不敢要。

如月:我做主给你了,拿着。

何满:表小姐,回头老太医问起来……

如月:他什么也问不出来了,他太老了。我接过这账是为闻世堂好,吴家人没有一个能撑得住的了,只有我来撑了。拿着吧,你应该的。还有,你给我配点儿药。

何满:干什么用的?

如月:杀人用的。

街上。夜。

如月的小轿在街上走着,齐大头在轿帘跟前听着。

如月拿出一张银票给齐大头:跟你说钱有,跟你说我不想看着我不喜欢的人过好日子,我也不愿看着有的药铺子比闻世堂还红火。

太医房。

众太医在斟酌给顺治开方子。

太医甲摇头晃脑:老夫今晨给万岁诊过脉了,老朽以为万岁风寒入于皮毛,肺经先受之。夫肺之窍通于鼻,肺受风寒之邪而鼻之窍不通者,隔阻肺金之气也。

太医乙:何老太医差矣,依愚之见,圣上起居颇为精心,哪儿有风寒可侵?愚以为实为温热侵肺,而夜晚咳嗽。万万不可以普通人之偶感风寒来治。

太医丙:依老夫之见,二位均差矣。圣上咳嗽乃是每日朝政话说多了,声喉疲惫所致。

太医甲:那养了三天为何不好?

太医乙:要吃泻药。

太医丙:当吃补药。

宋莲生实在听不下去了,站起来要走。

太医甲:哎,宋先生哪儿去?

宋莲生:我……我如厕,上茅房。

太医乙:你也通一些岐黄之术,说些见解再去呀。

宋莲生:几位非要听,那我就说说,依我之见,万岁爷没病。

太医丙:那谁有病?

宋莲生:你们有病。

众太医:怎么能这么说?哎,怎么这么说?有辱斯文,有辱斯文。

暂居地。

宋莲生就着壶嘴喝凉茶。无双进来。

无双:哎,你怎么整天在行宫里出出进进的,倒变得一点儿规矩也没了?

宋莲生:整天在宫里规矩来规矩去的,回家就想破破这些烂规矩呢。

宋莲生说着,索性坐下脱鞋抠脚丫。

无双:莲生,我可还没嫁你呢,你放斯文点儿。

宋莲生:斯文?斯文得快受不了了。再待下去,我没法给人家看病,人家该给我看病了。无双,咱们得走了,咱们走吧。南京再好亦非家,走。

无双:我也想走了,绣庄不知怎么样了。在这儿是吃有得吃,喝有得喝,可一点儿意思也没有。可这话怎么跟大福子说啊,他自那次见过一面,到现在想见还不好见了。

宋莲生:我想办法说。

顺治书房。

顺治看着奏章,宋莲生在门口值班看着,黄侍卫端药而来。

顺治:所上何物?

侍卫:回万岁,太医们煎的治咳嗽的药。奴才尝过了。

顺治:都快喝了一车药了,咳嗽还不好。

宋莲生:不喝也罢。

顺治:堂下何人?

宋莲生:万岁爷,宋莲生。

顺治:啊,宋先生啊。当值吗?

宋莲生:回万岁,当值。

顺治:近点儿来,近点儿,在朕的御医房可好?

宋莲生:回万岁爷,实话说吧,不好。

顺治:怎么呢?那些老夫子欺生?

宋莲生:那倒没有。

顺治:你近点儿,那为什么?

宋莲生：回万岁，他们不会治病。

顺治：玩笑话吧？都是一等一的几世医家，哪能不会治病啊？怕是朕之疾颇不好调理。

宋莲生：万岁爷，依臣之见，您没病。

顺治：那怎么总是咳嗽？

宋莲生：万岁，能不能去您的卧房看看？

顺治：你不是最怕进朕的卧房吗？

宋莲生：为治病，怕也得去。

顺治：像是你吃了多大亏似的。莲生老哥啊，朕倒是喜欢你的这种有话直说的劲儿。

顺治卧房。夜。

顺治在帐中要睡了：宋先生你真的不睡呀？

宋莲生：回万岁，不睡。

顺治：那朕先睡了。

宋莲生：万岁等等，有句话跟您说了再睡吧。

顺治：什么话？你们是不是想走了？

宋莲生：让万岁爷看出来了。

顺治：朕也想走，可往哪儿走啊？背着一个天下呢，往哪儿走也放不下。想走也行，把我这咳嗽治好了，你就走吧。跟你说我可不吃药了。

暂住地。

无双：你答应了？

宋莲生：那有什么不答应的。

无双：不吃药能治好？

宋莲生：我说了不但不吃药，连针都不扎，我就给他治了。二桃子跟你姐准备行李吧，咱要走了。

二桃子：真的？

宋莲生：真的。

无双：莲生，你这样的男人关键时还是真的让人觉着能依靠。跟你说，要是走不了，那你可吃不了兜着走了。

顺治卧房。夜。

顺治打着呼噜在咳嗽。咳着，咳着，咳得厉害了，满身是汗坐起来了，一眼看见宋莲生俯在桌上流着口水睡着了。顺治没办法,坐着喘了几下。

黄侍卫:万岁爷,吃点儿药吧。

顺治故意大声:不吃。

宋莲生一下醒了,揉眼:万……万岁,您咳醒了?

顺治:哪敢不醒啊?某些人说是来治病的,睡得倒是瓷实呢。

宋莲生:哎,您别躺下,可醒了,治病,治病。

顺治:大晚上治什么病啊?朕可不吃药。

宋莲生:不用您吃药。什么也不吃,换个枕头,换个枕头试试。倘若再咳,我就不回长沙了。

顺治:朕咳嗽,又不是枕头咳嗽,换枕头有什么用?不是一天两天了,换个枕头就能把病治了?

宋莲生把枕头换了:换换试试。睡吧。

顺治睡下,过了一会儿,马上打起了呼噜。

鸟语花香的清晨来了。宋莲生睡在桌上,顺治睡在床上香得很。

顺治醒了,坐起来:可睡了个好觉了。

突然一下看到宋莲生,抽出枕头,看着。看宋莲生还在睡,故意装咳。

宋莲生睡着说话:万岁爷,您别欺负莲生啊。我一直听着呢,后半夜您可没咳嗽,这会儿倒装起来了。好了吧?

顺治:好?说好了不用药的,你这枕头里用了药也不算。

宋莲生:没有药,就是谷糠。

顺治:那可怪了,怎么换个枕头病就好了?

宋莲生:就是枕头的病,您哪有病啊?您原来这枕头里是鸭绒、鹅毛的,睡着倒舒服,可那些细绒绒人一躺下就挤出来了,您一呼一息,那些毛毛就飞到您鼻子嘴里去了,那不咳嗽还等什么?

顺治:别说了,你一说我嗓子又痒了。就这么点儿事?

宋莲生:可不就这么点儿事吗?还用吃药?睡我的枕头保您不咳了。

顺治:嘿,这治病治国一样,找对了,还用花那么大的力气、说那么多的话?莲生啊。

宋莲生:在。

顺治:朕病好了,你……你这么能耐,我就更不想让你走了。留下吧。

宋莲生:万岁爷,您金口玉言,说了的话可不能不算。无双行李都备好了,你要不让走,说了让我吃不了兜着。

顺治:你真不心疼朕,结拜不结,挽留不留,你就没一点儿留恋?

宋莲生:有,万岁爷,您天生的气火两旺,但心肺颇弱。莲生给您留了一个方子,万一有个疾恙,不妨一试。还有,莲生那天是从牢里走过来的,有句话想了半天还是说了吧。南京一案,有罪当杀,但有些人不该杀,甚至不该抓,杀错人不好。天地人和,人命第一,还望万岁珍惜子民。

顺治不愿听:这是又教训我来了。你走吧。

宋莲生:那……那莲生就回长沙了。

顺治:回吧,回吧。

九芝堂。

自岳宣来过后,田友三说是不多心,其实每每看病都先望窗外,看对面绣庄的动静。开起方子来,有心没心的。

这会儿边号着脉边看着对面的绣庄。病人看着田友三。劳澄在远处给山药使了个眼色。山药赶快过来,慢慢地拉起田友三面前的窗帘。

田友三:哎,不能拉,不能拉。

病者:大夫,我都便秘十天了,再不能拉,我就憋死了。

田友三:没说你,说窗帘呢。山药,不能拉。

山药:田先生,这拉上帘子,不是更静吗? 省得街上乱,诊脉时心不静。

田友三:嫌我看外边了是吧? 跟你说,我诊脉还就必须往外看,不看,开不对方子。

病者:那您看吧,您看吧,千万看准了再开药啊,治病可不是小事。

正说到这儿,看对面岳宣出了绣庄往街上去,田友三急了,放下笔要走。

病者:哎,大夫您还没开方子呢。

田友三:巴豆、牛黄,吃吧。吃过了一定就通便了。

病者:你写上吧,我要方子,你给我开方子。

田友三开了方子出门。

病者:这是什么大夫啊? 这是望街呀还是望诊啊?

劳澄:这位先生您别走,方子不对我给你改改。

病者:不改,我就拿这个抓药去。

劳澄:山药,山药这些天光拿方子不抓药的人好像不少吧?

山药:可不是吗?

劳澄:那咱可得防着点儿了,别出什么别的事。

洪三燕新房。

洪三燕正静静地绣着小孩子的兜肚。一针一线绣着,突然觉得有声音,放下手中的活听了听,又没声音了,还绣。绣着绣着又像有声音,起来刚要出门,田友三撩帘子进屋里来了。洪三燕回座位接着绣不理。田友三也不理,进屋就看,然后撩两个厢房的门帘。洪三燕看着他。

洪三燕:你找什么呢?

田友三:啊,没找什么。我正好出诊路过,就先回来了。三燕,一个人在家闷不闷?

洪三燕:有花绣着还好。

田友三:咱雇个人吧。一是饭有人做了;二是省得你闷得慌。

洪三燕半天不说话,突然站起来:好吧,这样你也好放心。

田友三:三燕,我……我可是为这个家好。

洪三燕:我明白。

洪三燕说完撩帘子进里屋了。田友三呆呆坐下。

二十四

大道上。

宋莲生赶着大车,无双、二桃子全坐在车里,车正飞奔。

无双:帝王之家就是无情。

宋莲生:怎么讲?

无双:就说了一个"走"字,连送也不送送。还救过他命呢。

宋莲生:哎,无情好。真有情了,咱还走不了了。当初你不是想留下吗?

无双:少提那段,我要真留下了,这辈子要悔死。

宋莲生:女人啊,就是不知什么是虚什么是实,好虚荣。

无双:不虚荣了,还活什么心气? 女人就为心气活的。

宋莲生一眼看见前边黄侍卫带着众多的人拦道,一下就把马勒住了。

无双:怎么了?

宋莲生:坏了,不知是来送还是来拦了。无双,怕是走不了了。

马车慢慢停下。

黄侍卫:宋莲生跪接圣旨啊……

宋莲生把车停一边儿赶快往这儿奔:小民宋莲生接旨。

宋莲生一边跑一边就跪在尘埃里,无双和二桃子下车,也遥遥跪下了。

黄侍卫:奉天承运,皇帝诏曰……

闻世堂。中堂。

何满把配好的药摊给如月看。

如月:这味是什么?

何满:马兜铃。

如月:凶吗?

何满:吃一点点没事,过量了就不好了。

如月:这味呢?

何满:商陆。

如月:算是药吗?

何满:也是虎狼之药。

如月:好,包起来吧。何满,这事可别跟别人说啊。

何满:记住了。小姐,您找的人都在门口候着您呢。

如月:都来了?快,叫进来吧,叫进来。

何满上前把堂门一开:进来吧。

转眼进来一堆人,齐大头带头。

齐大头:来来,给如月小姐磕头啊。

病者:小的们给如月小姐磕头了。

如月:别磕了,看这么多人我眼晕。问你们话啊,病都看了?

齐大头:什么话,我说的还不信吗,非让他们说。

众人:都看了。

如月:方子都开了?

众人:开了。

如月:拿出来我看看。多少人啊?

病者:二十人。

如月拿出银票:好,齐壮士,咱不是为了争生意抢买卖,实在是它九芝堂的运程到了。

齐大头:如月小姐办事就办事,用不着说这些个多余的。它九芝堂就是运程没到,想让它到,它也就到了。拿来吧。

齐大头一把把银票抢过来:这么少!

如月:还有呢,等事儿了了吧。好,我回了。

齐大头:您回吧。听好了,我这儿先是给一人五两,拿了钱去府上告状啊,告下来了,还有。去吧。

众人:谢齐爷。

客栈。

宋莲生拿着圣旨看着。圣旨放下,宋莲生眼里流泪。

无双:哭什么?

宋莲生:无双,你不知道,这就算是给了咱老大老大的面子了。帝王之家为威严计,从不轻易露情,他能说"朕心向往之"就实属不易了。无双,我……原来是被长沙官家逐出长沙的,原还想着真回去了,怕……怕还不好住下呢。这回,踏踏实实地回去娶了你,咱生儿子,在九芝堂好好地做下去,也没让劳大哥白救我一回。收好了。

366

无双:我不管。圣旨一句我的话都没提,你回长沙了,我的仇谁给报啊?

宋莲生:别赌气,收好了,有我呢,我报。

九芝堂。

田友三看着对面的绣庄眼睛一错不错,突然又见岳宣出门,站起就要跟出去。

劳澄:田先生留步。

田友三:东家,我有急事。

劳澄:再有急事,容我说完了你走不迟。

田友三看着窗外无奈坐下。

劳澄:田先生,古人说"妻子好合,如鼓瑟琴",又说婚姻者福祸之机。既娶了人家就当以信为本,不信的话,福便该转祸了。

田友三:东家,友三我近日实在是心不在堂上。家中要是没事,我这算多想了;家中要有了事,我岂不要吃了大亏吗?

劳澄:那我问你,你仓仓促促地回了几次家?

田友三:记不住了。

劳澄:可有事吗?

田友三:有事,我怎么还能在这儿坐着?

劳澄:那就是没事了?

田友三:一次没事,不见得次次没事。东家,你让我走吧,晚了,怕……怕是抓不着了。东家,我也知我心不在堂上了。这样吧,过了今天我退聘不做了。这些天开错了不少方子,从今天起不再连累药堂就是了,我这会儿是一定要走了。

劳澄:你没想过人家可能是用你这事,毁咱的药堂吗?

田友三:毁不毁的,我也顾不上了,劳先生我告辞了。

田友三刚走到门口,官差带着师爷来了。

牢头:闲杂人等,一概回避。都走了!

劳澄:差爷,什么事啊?这是怎么回事?这不是要关我们买卖吗?

师爷:你说对了,九芝堂东家可在?

劳澄:我就是。

师爷:听好了,有二十多位病家给你们告了。

田友三:为什么?

师爷:乱开医方,无视人命。这是长沙府谕,我念念。近闻坡子街九芝堂请无为之行医者坐堂诊病,错开医方数额颇众,有喘而按胃病开药者,有泻而按心病开方者甚多,实在贻害病家,惹起众怒。着令九芝堂即日查封,立案待审。

劳澄:是谁告的我们? 谁告的? 方子开错了,我们都给重开过了,非拿了方子走,这不是故意害人吗? 这边搅着大夫心神不定,那边又故意来人看病,这不是成心地要害人吗?

师爷:害不害人的以后立了案再看,事现已坐实了,不关你药房不平众怒。打开门,让他们看看。

二十多个雇的人在门口站着:开的什么方子? 关了药房,关了这药房啊。关了。

田友三:等等。师爷,方子是我开的,有错是我的错,与药房没关系呀。哎,不碍人家的事,不能关药房。

师爷:府台大人让关的药房,谁敢有违? 东主听好了,药房之人速速清空,本差官封门了。

衙役:出去,出去,都出去。封门了,封门了。

伙计山药等转眼被轰着往外走。鸡飞狗跳,桌翻椅倒,转眼间柜上的药材撒了一地。

田友三:东家,我……我这是……我害了你了。

劳澄:是谁害的还不知道呢。大家先出去吧,先出去。

人轰出,封条封门。

闻世堂后院。吴太医房中。

如月端了药进来。吴太医歪在床上。

如月:姑父,来吃药了。

吴太医:你先放下。是按我开的方子煎的药吗?

如月:姑父,怕您不放心,药渣我都带来了,您看看。

一包药渣倒在吴太医面前的小几上,吴太医仔细地翻检着。

吴太医:这药怎么闻着有些刺鼻呀?

如月:药都是这味,你闻着刺鼻,我闻着还怪香的呢。要么我喝一口?

吴太医:你没病,喝什么? 怕……怕是我老了,鼻子不好使了。你喂我吧。

如月拿勺喂老太医。

闻世堂中堂。

岳宣随意地看着堂上的对联,如月风一般地出来了。

如月：哟，没说清楚，我以为吴云回来了呢。是您呀。

岳宣：九芝堂封了。

如月：是吗？这么快？

岳宣：还是你的主意好。

如月：哪是我的主意好啊，是你出出进进埋下的醋缸子好。岳壮士，男人不吃醋不好，要是真吃醋也可怕得不得了。是吗？

岳宣：不知道。

如月：不是我当着你说恭维话啊，你这人在粉黛钗环之中确有那么一股冰冷而硬朗的劲儿，见了你的女子，不动心的少。

岳宣：多谢。

如月：但对见过世面的女子来说，心动动也就动了，动过了一想，人是不错，只是飘忽得很看不透，那动了一动的心也就住了。你这是干吗来了？在街上进进出出的可不安全。

岳宣抽出一张纸：九芝堂关了，我一来是报个信；二呢给我配些伤药。

如月：伤药？多少？

岳宣：够治二百人刀枪之伤的。

如月：不管。岳宣，话我跟你说明了，事成，钱原来答应了是要给你的，伤药我们不配。

吴太医卧室。

吴太医：阿满啊。

何满：东家您说。

吴太医：吴云去了哪儿，不能就这么不闻不问了啊，你快差人去找找啊。我眼看不行了，闻世堂不能交给外姓的人啊。

何满：东家，人派下去了，还没信呢。

吴太医：阿满啊，你是十几岁跟的我啊？

何满：十三岁。

吴太医：你要是我儿子就好了，这闻世堂我给了你了。

何满一下哭起来了。

吴太医：哭什么，有什么话说。

何满：东家，我对不起你。

吴太医：怎么对不起了？别哭，说。

闻世堂。中堂。

如月悄悄往门口看:人走了吗?

女仆:走了。

如月:钱拿了吗?

女仆:没拿。

如月:快叫轿子,这种人可不能再惹了。

女仆:去哪儿啊?

如月:上长沙府衙。

女仆:去那儿干吗?

如月:问那么多干吗? 快去。

太医卧室。

何满哭着说完了:东家,我不是东西,我应了她又后悔了,但东家那药,我煎的时候都换了。

吴太医:是啊,阿满,谢谢你……我得起来,我可不能死了。阿满,这事别说破,还就这么办着。我这儿有一千两银票,你快找人,把少爷找回来,只要把少爷找回来了,咱闻世堂开不开都无所谓了。这回我算明白了,千错万错,这些年是我错了。

九江街上。

二桃子挎篮子买菜,看见前边春红和范荷的背影。二桃子挎着篮子跟上了。

春红和范荷走到一个就着门脸前开的小诊摊跟前,二桃子一眼就看见了,吴云一身破衣在给人诊病。二桃子看着,那寒酸的一个小药摊,原来那么英俊的一个公子,眼泪一下就流出来了。

客栈。

宋莲生在给无双绕线。

宋莲生:无双。

无双:说。

宋莲生:就现在这样啊,来个生人,乍一看,咱们还不就是一家子人吗?

无双:可不是吗,还不是那种新新鲜鲜刚到一起的一家人,是过得旧旧的一家人了。

宋莲生:啊,对了,索性咱从今儿个起就按一家人过日子算了。结不结婚的倒是没那么要紧。

无双:坐着别动,看着像,可成家的心没了。

宋莲生:怎么讲?

无双:一点儿新鲜劲儿都没有了,咱俩好像走着走着走过站了,熟透了。

宋莲生:这叫什么话?

无双:跟你太熟了,熟得都让人亲不起来了。一点儿新鲜的想头都没有了。

宋莲生:结婚可不就是结熟吗? 又不是吃果子非要吃新鲜的。

无双:不新鲜了,就不盼着了。莲生,我……我总是把你看成那种隔壁家里的大哥哥,怎么从来就没梦见过你呢?

宋莲生:哪天我爬进你梦里,让你梦个结实的。大哥哥有什么不好? 总比整天在街上打着幡、抬着棺材让人看戏的吴家小弟弟强吧?

二桃子进来了,进来就失魂落魄地转着。一听说吴公子又抹眼泪了。

无双:莲生,你真要娶我,就得给我带点儿新鲜的感觉来,哪怕陌生点儿也好。要么我有点儿不甘心。

宋莲生:你可别这么说,到时后悔。陌生,换种说法就是隔膜,亲近不好吗? 隔膜了好啊? 那到时还不定怎么样呢。

二桃子终于忍不住,痛哭失声了。

无双:哎,二桃子,怎么了,怎么了? 出去买个菜怎么也哭了? 钱丢了? 丢就丢了。

宋莲生:二桃子,说啊,为什么?

二桃子:我……我看见吴公子了。

宋莲生:哪个吴公子啊?

二桃子:还有哪个吴公子,闻世堂的吴公子。

无双:在哪儿呢?

二桃子:他穿着补丁衣裳在一个破门脸前摆张破桌子,给人瞧病呢。

宋莲生:好,这可真新鲜了。

无双:怎么会这样?

九江街上。

吴云摆了张破桌子在给人诊病。

对面胡同口,宋莲生、无双、二桃子在看着。

无双:这……这不是亲见的谁信啊? 家里有万贯的家业,那么大的一个闻世堂的大公子,在这儿摆野摊子给人瞧病呢。

宋莲生:摆摆也好。

无双:有点儿同情心吗?

吴云方子开好了:老伯,您先吃三服看看吧,不好再来。

老伯放下两个大铜子:好,这是诊费啊。

二桃子:诊一次病才两大枚。

吴云刚要收钱,一黑老大一手把钱按住了。

吴云:你……你们要干什么?

黑老大:干什么? 懂得规矩吗?

吴云:我……我悬壶济世,治病救人,这是天大的规矩,难道还要什么规矩不成?

黑老大咂嘴:呀呀,真酸,治病救人,本大爷就是想要你救救。从今往后十天百钱,多了不要,余下是你的,逢一逢十咱清账,咱们相安无事。

吴云:没有。

黑老大:好,有气度。小的们抄他的身,搜他的钱,砸他的桌子。

吴云:干什么? 你们干什么?

无双:真看不下去了,莲生,出……出手吧。

宋莲生:等等,看人来了。

话没落,只见范荷、春红不知何时出现了,冲了过来。

范荷:放手,放手!

黑老大:哟,还有女客呢。

范荷:要钱是吧?

黑老大:算你说对了。

话没落音,一把剪刀扎在他的两手间,老大一看直哆嗦。

黑老大:哎,怎么着? 要玩命?

范荷:把这剪子拔下来,看见我的脖子没有,你把它剪断了,把我的头卸了,再把钱拿走。

吴云:夫人。

黑老大:哎,要泼啊! 你耍泼! 小的们,动手。

范荷:来啊,不敢是不是? 你不敢我做给你看。

说罢,拔了剪子就往自己脖子上扎。

吴云、春红上手就拦住了。

范荷:别拦我,别拦我。他不敢,我敢。

这边三个人也愣了。

无双:这……这是范荷啊。

宋莲生:这可太新鲜了。

372

无双:看人家活得多有声有色。

二桃子:救命啊,出人命了。

三人冲出,宋莲生抡风车拳,黑老大等跑了。

酒馆。

宋莲生、无双、二桃子、吴云、范荷、春红六个人在饭馆高兴见面。

无双:不看不信。范荷,你甩剪子那一刻,我真不敢认你呢。

范荷:无双姐,快别这么说了。前段的事,范荷有对不住你的地方,范荷一直想找机会赔不是呢,你多见谅。

无双:哪儿的话,是我对不起你。不过这会儿,看你们俩能这样多好,说句实话我羡慕呢。

吴云:多谢无双姐姐搭救之恩,没有你哪有今天。

宋莲生:今天好吗?

范荷:今天没什么不好,来,宋先生,我原来以为嫁了你就能过这样的日子,谁想没嫁你,这样的日子也过上了。

宋莲生:就这些吗?

范荷:还能有什么?

宋莲生:这话倒说得宋某心里有点儿失落。

无双早有感觉,一边在跟吴云喝酒,一边听到这边的话,生气。脚从桌下踢过来,踢到宋莲生的脚上。宋莲生边说边躲。

范荷:年轻自有荒唐时,好在年轻是资本,禁得住你荒唐。

宋莲生:那是,那是。

吴云:在他乡能遇见家乡人真好。来,喝一杯吧。

宋莲生:来,大家喝一杯吧。

众人高兴,喝。

翠花楼。

众小姐们远远地看着坐在大堂中与齐大头谈话的岳宣。

甲:哪儿来的这么个客人,真生得齐整呢。

乙:你快出去送杯茶,看他动不动心。

齐大头:她欺人太甚。念完经了打和尚,每次都这样,答应过的钱总是不给够。岳兄,你是我找来的,现而今事办成了,九芝堂的门也封了,她不认账了。不行,这口气咽不下去。钱我去要,伤药也找她配了。

妓女茶送到。岳宣站起,端起妓女送到的茶水喝了,众姑娘看着他。

岳宣:真好香的瓜片,谢姑娘一片春心。

齐大头:走吧。

岳宣:我就不去了,我想在你这儿歇歇。

齐大头:不行,要去一起去。回来她们跑不了。

九江街上。

吴云的医摊前,范荷在旁边补衣服。大车到了跟前,宋莲生、无双、二桃子齐齐地下来了。

无双:吴公子,你们真不走啊?

宋莲生:要么咱们搭个伴吧。

范荷:谢了,现在我们很好。

吴云:只是惦记着家父老了,倘若方便,无双姐给带个口信吧。就说我们在外边很好,不用挂记。

范荷:可在九江的事千万不要对他们说啊。

无双:记住了,看着你们这么恩爱,真觉得活的法子有无数种呢。好了走了,宋大夫。

宋莲生:哎。

无双:告别吧。

宋莲生:哎,就此别过了,长沙见吧。

范荷:但愿长沙见。

闻世堂门口。

齐大头、王五等几个人从胡同里拐了过来。威风无比。岳宣在后悄悄跟着。

王五:齐爷。

齐大头:怎么了?

王五:闻世堂好像没开门。

齐大头:没开门更好,大白天砸他的门有声势,小的们,来啊。

众人:有。

齐大头:上手砸门。

众人:好啦。

众人一下冲到门口,上手就砸门。

齐大头:开门,开门。闻世堂的人,听好了,我齐大头上门要账来了,不给钱砸门了!

里边没有声音。岳宣远远地看着。

齐大头：兄弟们砸。

棍棒刚上，门开了，挎刀的官差、衙役一下冲了出来。齐大头吓得后退。

齐大头看着匾额：哎，没错啊，没错。各位差爷吉祥，我这儿请安了。

牢头：免了。弟兄们拿人。

如月从药堂走出。

齐大头：她……她欠我钱。

如月：你还欠我人呢。

齐大头：我欠你什么人？

牢头：闻世堂告你私通南明余党，相约敲诈坐商，来人，把齐大拿下。

齐大头赶快回头看，岳宣早就不在了：好你个臭女人，血口喷人！我哪儿有什么南明余党？她血口喷人，冤枉，我冤啊。

牢头：带走。

齐大头：好你闻世堂，做局害人，欠钱不还。

如月：我欠你的什么钱啊？

齐大头：九芝堂也是她给害关张的。我冤，我冤。

如月：你活该。何满，把街面扫净了，咱做咱的买卖。

何满：哎。

绣庄后院。

岳宣从后院墙中仓皇翻入时，正被从无双屋中出来的翠翠看见了，翠翠不知何人，刚要喊，岳宣上来把翠翠嘴捂住了。

岳宣：翠翠，是我。

翠翠：岳哥，你这是……

岳宣：翠翠，你岳哥有难了，快把你三燕姐给我找来。去呀。

翠翠：我不去。

岳宣：为什么？

翠翠：我三燕姐现在有了人家了，过得好好的，你有什么事别再麻烦她了。

岳宣：翠翠，你岳哥为的不是小事，是天下大事。

翠翠：你有你的天下大事，我们有我们的人间小事，你有难，在绣庄中躲躲都可以，别的我们也帮不上忙了。

岳宣：行，我待两天就走，千万别对人说我在这儿。把柴房门打开，快把柴房门打开。

翠翠拿钥匙开门。

吴太医屋内。

如月在喂吴老太医吃药。

如月：姑父，好点儿了吗？

吴太医：厉害了。

如月：医不自治，要不要找别的大夫来瞧瞧？

吴太医：先这么调理。如月啊，咱们闻世堂可靠你了。

如月流泪：姑父，你别那么说，我派人找表弟去。

吴太医：不用去。他回来了，我都不让他进家门，不用去找他，就当没这儿子了。

如月：来，再吃一口。来。

闻世堂中堂。

如月飞快地走进来，何满跟着，走进堂内一看有仆人在擦桌子，马上让他们出去。

如月：何满。

何满：表小姐，您说。

如月：那药对不对？

何满：对呀，您不是看了吗？

如月：那老太爷怎么不见一丝不好的模样，脑子清清楚楚的？

何满：表小姐，这要是常人早就不行了。老太医他大概是百草熏得久了，不入药了。

如月：何满啊，开药铺子有什么意思？跟你说，现在我是长沙城行里行外的人都得罪光了，到时闻世堂就是想开也开不下去了。何满啊，到时你跟着我走吧。

何满：哎。

如月：我让你当个管事、听差呀什么的，可比每天抓药末子强。

何满：好。

如月：问你，还有没有更厉害的？

何满：有，砒霜。

如月：用上吧。

何满：拿不出来。

如月：为什么？

376

何满:钥匙在老太医手里呢。

如月:知道了。何满,记住了,这事是你与我一起办的,要出了事,谁也跑不了。你走吧。

何满:哎。

大道。

宋莲生、无双的大车在飞驰。突然无双在车里大喊。

无双:哎,停车,停车!

宋莲生:怎么了?

无双从车里跳出来:莲生啊,咱可不能这么回去。

宋莲生:不这么回去,怎么回去?

无双:咱这么光光明明地一回去,万一真碰见岳宣,他原本就知道我回了南京,那他……他还不就跑了啊?

宋莲生:哪儿那么容易就碰到他了?

二桃子:万一他回了绣庄呢?

无双:可不是吗,咱出来这么久了,谁知家里怎么样了。不行,不能露了真身,变个样回去,变个样。

宋莲生:变什么样啊?

无双:扮上装啊。

宋莲生:扮什么呀?

无双:随便,想扮什么扮什么。再说这么回家也好玩,二桃子也扮。

二桃子:我不扮。

无双:好,你不扮,那你自己在外边待着。

洪三燕新房院中。

洪三燕坐在院中绣花,肚子有些显了。洪三燕绣着花,突然要吐,赶快捂着嘴去墙根下吐了。

洪三燕新房内中堂。

田友三在窗内看着洪三燕吐了,然后自己手扶墙站起。洪三燕站起回头往这边一看,田友三赶快闪过。洪三燕自己撑着回中堂,想来倒茶喝。田友三赶快手拿一册书坐下,假装什么也不知。洪三燕进屋自己倒茶喝。田友三假装不看。

洪三燕喝了茶坐下:友三。

田友三：嗯。

洪三燕：我最近心里闹得更凶了，你能不能帮我把把脉，抓些药吃一吃？

田友三：孕妇之事，从来如此。你要吃不了今天的苦，就不该享当时的乐。

洪三燕：这是什么话？

田友三：难道我说得不对吗？

洪三燕：说得对不对，你自己知道。友三，你的话跟原来说的可不一样了。

田友三：说得好。我……我为什么还要说一样的话？现在我的感觉不一样了。与你成婚，我田友三做得多磊落，多大度，旷古未见。可你倒好，我弃了前嫌，一心对你好，谁知你前缘未断。

洪三燕：我怎么未断？友三，见岳宣是你要见的。

田友三：是啊，都拿我当傻子了，出出进进的以为我都不知道呢。

洪三燕：友三，说话当有凭据，我洪三燕自你们吃酒那次后，再没见过不当见之人。这你最明白，你不是一天几趟地回来见了吗？查了吗？为此不是还让一座好好的九芝堂封了门吗？现在你为什么又来说这样的话？

田友三把书摔在桌上：九芝堂封门我田友三有愧，但根子在你。可怜我田友三，用情太专，属意太切，到头来落个如此下场。想到今天，这世上凡带"情"字的还有可信的吗？

洪三燕呆呆坐着：友三，你摔得好。自古便言"婚姻乃福祸之机"，福也好，祸也好，真真是难参。昨天火今日冰，昨日在床今日上房的事总有，话说得一点儿都不错。我不想争了，三燕我原就是个于生于死都疲倦了的人，谁知道一时就爱了，又一时地被爱。以为真有不计前嫌的君子呢。

洪三燕说着，一下从小抽屉里拿出把刀：实话说了吧，我刀已备好，万一有不测之人，兴无聊之事，我必以死来谢你的知遇之恩。可谁知道啊，所谓尽弃前嫌之人口中说出的是那么的不可信，可我偏偏信了。任你疑，任你怨，不想此事又迁及人家药铺。事到今天，你还要拿这话来当剑，想想还是我错了，我一生都错在想过不一样的日子上了。我有理想，这注定了我的命运不顺畅。友三，话说多了，不想再说了，我想回绣庄去了。

田友三流泪了：三燕，你哪儿也不能去。听你一说，友三觉友三错了，友三从今往后再无猜忌。三燕，有话说出来好。你这一说出来，友三就知道自己错了。不去，哪儿也不去。

洪三燕：你没什么错，我还是想走。

友三跪下：你不能走，你要走了，田友三对自己就会怀疑了。我错了，三

378

燕,你不能走。

洪三燕:好,先不说走的事,再过三天吧,我们都想想吧。想通了该怎样怎样。

绣庄门市。

无双扮了一个英俊的公子,华服锦扇,摇晃而进。

翠翠一看进来个公子,脸先红了:这位公子,倘要绣品,有满意的,我帮您选选吧。

无双看着绣片:你叫什么?

翠翠:小女子翠翠。

无双:好,有人家了吗?

翠翠正色:公子,倘选绣片,我可帮你,要说旁的话,您请出。

无双:啊对不起,对不起,你一直在门市吗?

翠翠:才来,原来的是三燕姐。

无双:哎,记起来了,绣庄都好吗?

翠翠:你看见了,好好的。

无双:那个叫三燕的呢?

翠翠:结婚嫁人了。

无双:嫁人了?坏了,嫁谁了?

翠翠:你问那么多干吗?嫁人自然嫁人了,你再问闲话,我可关门了。

无双:哎,等等,等等。我是老客户,总来总来的。

翠翠:不是看着你眼熟,早让你出去了。

无双:三燕嫁给谁了?

翠翠:不知道。

九芝堂门口。

宋莲生化装成了个老太太,正扒着门缝往被封了门的九芝堂内看,也不管封条不封条的。

劳澄:这位老婆婆,您小心点儿官家的封条,撕坏了要吃官司的。

宋莲生:吃官司怕什么,他们能拿我一个老太婆怎么样。这家药堂怎么了?

劳澄:你看见了,被封掉了。

宋莲生:怪啊,好好的药铺子怎么封了门了?

劳澄:一言难尽,您要是看病抓药,到别家吧。

379

宋莲生：就这家的药好，大夫好，东家好，我别家还不信呢。封，我让他封。

宋莲生说着上手要撕。

劳澄：哎，别撕别撕，千万别撕。我就是这家药铺的东家，让人家害了，开不成了。你请吧，请吧。

宋莲生：让谁害了，说给我听听。

劳澄：一时也说不清，您请吧。

宋莲生：哎，那个姓宋的大夫呢？

劳澄：别提了，那人靠不住，也不在了。您请吧，请吧。

客栈屋内。

无双呆呆坐着，宋莲生还是老太太模样，高兴地进来。

宋莲生：嗯，好玩，好玩，人啊打头碰面的生生认不出来，一点儿疑惑都没有。人呀都这样，对熟人不说真话，对生人都说真话，我问他原来那个宋莲生怎么样，他说人倒不错，但是靠不住，惹事不断。你说说当着我面他能这么说吗？化了装好，听真话。无双，绣庄怎样……啊，绣庄好吗？

无双：啊，好。

宋莲生：看着你像是有事儿样的。

无双：三燕结婚了。

宋莲生：嫁人了？三燕？咱俩这还没那什么呢，人家结婚了。

无双：莲生。

宋莲生：怎么了？

无双：这仇，不好报了。

宋莲生：怎么不好报？

无双：三燕要是嫁给岳宣了，那可怎么办？我真要报仇就真有顾忌了。

宋莲生：你没问问是谁？

无双：没问出来。我也有点儿怕问出来，这……这岳宣……

宋莲生：指定不是他。

无双：为什么？

宋莲生：无双啊，你以为天下的男子都像宋某这样急着想结婚呢？岳宣他才不想与人结婚呢。

无双：别瞎猜了，你……你快去问问，快去。

宋莲生：我还没吃饭呢。

无双：问实了回来吃，给你留着。

绣庄门市内。

装成老婆婆的宋莲生边选着绣片边对翠翠说着甜话。

宋莲生:真好,真好,瞧这针脚绣得多密啊,跟染的似的,我的眼神不好了,看得都这么好,我要眼神好了,看得指不定多好呢。

翠翠:谢谢婆婆夸奖。

宋莲生:我没牙了,说话你听清了吗?我说啊姑娘你可真好,比前些日子那个丫头长得还好。她嫁人走了是吧?

翠翠:您怎么知道的?

宋莲生:嫁的那个男人不好,不牢靠,听说官府抓他呢。

翠翠:你说错了,不是那个。怎么传得老太太都知道了?

宋莲生:不是那个,那是哪个?

翠翠深情地:那个好好的,谁也没娶,好好的呢,谁想抓哪儿那么好就抓着了的。

宋莲生一看翠翠眼神就不对了:还在这儿?

翠翠:啊?不,不,没有。哎,你买不买东西啊?这两天怎么竟是打听事儿的人啊,不买东西走吧。

宋莲生判断岳宣一定在绣庄。一想这下坏了,怎么办,扶着墙出门:买,买,明天我带儿子过来挑来,再买啊。坏了。

翠翠:什么坏了?

宋莲生:没什么,不好办了。

二十五

闻世堂太医房内。夜。

如月正给吴太医喂过了药。

如月：姑父，您好点儿了吗？

吴太医挥了挥手，翻了个身，朝里睡去了。身一翻一串钥匙露了出来。如月看见钥匙了，又悄声问话。

如月：姑父，您睡吧。

如月说完看吴太医不动了，悄悄地解钥匙。

宋莲生住的客栈。夜。

无双：他在绣庄里？不会吧，他就不会换个地方？

宋莲生：不换。

无双：为什么？

宋莲生：绣庄里有大姑娘，一茬一茬的都让他蒙得给做饭找钱，他换地方找我这样的，我不待见他。

无双：宋莲生，你别说风凉话，你要不管了，这事用不着你管。

宋莲生：我都管到这会儿了，哪能不管啊？管还得管。无双，人在是我猜的，实不实还不知道呢。

无双：那……那怎么办啊？莲生，你去绣庄里边再探探。

宋莲生：我啊，怎么去？再这么老太婆似的去，她们该起疑了。

二桃子：你们谁也别去了，我去吧。

无双：你……你怎么去？

二桃子：我就这么去啊。

宋莲生：人家问起来怎么说？

二桃子：就说你们不回来了，我想家自己回来了。

绣庄绣室。

众姐妹们追着二桃子进来了,说着别离。

小红:姐,你回来了,怎么一点儿也没变啊? 外边好不好啊?

翠翠:无双姐他们真不回来了?

二桃子边看着边回话:说是不回来了,我不习惯,水土不服,身上又起泡又咳嗽的,天天想回家,就自己回来了。

翠翠:走水路走旱路?

二桃子:都走了,船啊、车啊,有个长沙做生意的大爷,带着我,路上挺快的。呀,我走了这么久,怎么家里一点儿没变样啊,就跟昨天我还在似的。

众姑娘:变了,你没看出来?

二桃子:什么变了? 三燕姐呢?

众姑娘:问着了,嫁人了。

二桃子:嫁人了? 那可真是变了。这么快都嫁人了。

绣庄后院。

二桃子走到后院。翠翠跟着。

翠翠:桃子姐,无双姐真不回来了?

二桃子:不回来了。

翠翠:桃子姐,你小声点儿来,来,我跟你说个事。

翠翠小声在二桃子耳边说了一会儿,二桃子听过后假装惊讶:翠翠,是吗? 你怎么还留他啊? 这人不能留了。

翠翠:无双姐又不在,再留几天吧,他……他怪可怜见儿的。

二桃子:你愿意留留吧,我不管了,可不能动别的心思。

翠翠:没有。

二桃子:我走了,谁做饭啊?

翠翠:大家轮着做。

二桃子:我回来了,还是我做吧。

客栈。

宋莲生:这是迷药,二桃子,做饭放进去这么一小撮,人吃了就睡了。

无双手里拿了根绳子,走来走去地极像要去报仇的英雄:等他真睡了,我多余的话一句也不说了,砰一踹门,就这么一勒,仇就报了。

宋莲生:无双,你……你能行吗?

无双:不共戴天,有什么行不行的,恨不得现在就下手。

二桃子:那行,我走了。

383

柴房。

岳宣面对着翠翠:白天谁来了?

翠翠:谁也没来。

岳宣:那我怎么听见你在院子里跟谁说话。

翠翠:是小红,家里让她回去呢。岳哥,你怕什么?

岳宣:翠翠,跟你说了,绣庄要是来了人,跟我说一声,不是我怕人家,是人家怕我。

翠翠舍不得,所以骗他:谁也没回来,你就这么住着吧。岳哥,你有什么对不住无双姐的吗?

岳宣:男女之间有什么对得住对不住的,好了都对得住,不好了都对不住。你无双姐虽有爱心,但胸无大志。翠翠,情算什么,大业才是男儿当看重的。

翠翠:岳哥,你说的话我不大懂,但我佩服你。

岳宣突然觉有点儿晕。

岳宣:翠翠,这菜是谁做的?

翠翠:怎么了?

岳宣:你快跟我说谁做的。

翠翠:岳哥,实话跟你说吧,二桃子回来了。这菜是她炒的。

岳宣:坏了。

岳宣飞快地用手指头抠嘴,想吐出来,还没吐出来,站起来抽剑,手就不听使唤了。一抽,二抽,都没摸着,房子晃了,晃了。想挣扎,没劲了,砰的一声坐下,倒地睡着了。

翠翠:哎,哎,这是怎么了? 怎么了?

翠翠刚喊了几声,砰的一声门被踹开了,二桃子拿了根绳子进来了,上手就捆。

二桃子:翠翠帮忙。

翠翠:桃子姐,你这是要干什么呀?

二桃子:别问了,他不是好人,快捆上他……扶起来,捆上。

闻世堂。夜。

如月在亲自熬药,看四处没有人,把小包白粉掏出来,倒在药里。

暗处,何满扶着老太医在看着。

绣庄后无双原屋。夜。

无双呆呆坐着。

宋莲生陪着她,二桃子也在。

无双:我……无双在眼睛里、脑子里、手上不止十次百次地杀死过他了,爹妈啊,我得给你们报仇。二桃子。

二桃子:姐,捆结实了,您去吧。

无双:我去,我当然要去。我要过去等他醒了,好好地问问他。莲生,你要不要跟我一起去?

宋莲生:你要觉着方便,我就进去。可杀人我不会。

无双:胆小鬼,谁让你杀人了? 你要真动手,我还不让呢。你不用去了,你胆小,我不怕,我有仇。

无双说着,伸手在桌上拿刀,拿了两下,没拿起来,手抖。终于拿起来插在腰间。再拿了根绳子:二桃子,姐妹们都睡了吧? 别让她们知道啊,别吓着她们。莲生。

宋莲生:那……那我就在窗外等着吧。

无双:对,你就在窗外蹲着吧。完了事再叫你。

柴房内。夜。

岳宣被捆起来,平静地睡着。对面一盏灯下,无双在暗处,坐等着他,看着他。窗外,宋莲生呼呼地在窗下睡着了。

岳宣猛地睁眼,挣绳子。再看,无双拿着灯近了。

无双:别动了,先看看我是谁。

岳宣:无双,你……你回来了?

无双:回来了。岳宣,知道我从哪儿回来的吗?

岳宣:不知道。

无双:从我爹妈死的街上回来的,我说这话你明白吗?

岳宣:明白……干吗还要下药捆我,用不着。无双,自我在南京的那条街上见过你的春天之后,只要你愿意,什么时候你让我死,我都不会眨眼睛,我早就把自己交给你了,十次、百次,我要有一万条命,一万条命都是你的,何必要用绳子来捆呢。……来吧,杀吧。

无双抖动的手想拔刀,拔不出来:岳宣,虽然你我不共戴天,但……但你说的这番话,依然让我感动,可我不会动摇了,今天我必杀你。

岳宣:好啊,让你杀死,大概是我想了很久都想得到的归宿。死得其所,我愿意。可是让我临死前知道为什么好不好?

无双:为什么? 这时你还装无辜? 岳宣,你前脚让我逃走,后脚就带人将我家住的那条街上的人都杀死了。你带人将我父母杀死在当街上,你还要问为什么吗?

岳宣:我不带人去,别人也会带人去。那时的岳宣不是岳宣,那时的岳宣是人家的一只鹰犬。

无双:你不是人,你怎么下得去手。

岳宣:我是想救人才要求带人去的。可惜我去晚了,我到了街上,那么多人已经死了。我怎么办,我能救谁,我自己的命已被理想大业拿去了,我能救谁?

无双:你不是东西,你把无双美好的过去都杀没了,你不是东西,你是个大骗子。我不听你说了,我要杀了你。我要杀了你给我爹妈报仇。

岳宣:来吧。无双,把你与我有关的过去都杀死了吧,杀吧,杀完了就忘了。我等着你的刀插进我的脖子,让我的血温暖你的手,杀吧,我愿意盯着你春天般的眼睛而死去。杀吧。

刀已近了在岳宣的脖子上。岳宣青筋暴跳着。

无双哭着,刀当啷落地:我不能,我不能啊。爹妈,你们怎么生了这么个没用的孩子,我不能啊。岳宣你别动,我……我不能用刀杀你,但……但我必置你于死地……

柴房外窗下。夜。

宋莲生睡着了,二桃子推他。

二桃子:哎,宋先生,这是杀了还是没杀?

宋莲生:杀?怕是杀不成吧,又哭又闹的,要杀都死十回了。

砰!门推开,无双哭着出来了。两人赶快起,迎了上去。无双一下扑在宋莲生的怀里。

宋莲生:怎么了,怎么了?我进去看看。

无双:莲生,我……我没用,我下不了手,我怎么下不了手啊!

宋莲生:你是好人,咱都是好人。你杀不了人。

无双:可这仇我一定要报。

宋莲生:咱想别的法子吧,咱……想别的法子。

无双:我一定要报,对了,对了,你进去试试。

宋莲生:我……我也不太有力。

无双:那……那,咱……咱去报官吧。

宋莲生:这会儿晚了,咱明天吧。今天到这儿歇歇吧,歇歇吧。

无双:不歇,就这会儿去,就这会儿去。我等不及了,我不想再见着他了。

宋莲生无奈地跟着。

府衙大门口。夜。

无双这敲鼓的槌举起刚要落下,自己左手又把右手握住,收住了。

无双:莲生,莲生。

宋莲生:哎,在呢,在呢。

无双:这事,这事干吗要告官,我自己的事要自己了。我……我不告官,我若要告官就得把自己以往的事儿说出来,我……我说不出来。我……我不能告官,不能告,我还是要跟他一对一地了断。

宋莲生:那就不告了,回去。

无双:回去。

柴房。夜。

岳宣坐着,想把绳子挣脱了,拼命解着。突然听见外边开锁声,马上不动了。门开了,翠翠拎着灯进来了。

岳宣:谁?

翠翠:我,翠翠。

岳宣:翠翠,我的好翠翠。

翠翠放下灯笼就解绳子:岳哥,什么也别说了。你快走吧,趁现在没人。岳哥,我……我不管你是好人坏人了,你快走吧,远远地走,别再回头了。

岳宣:翠翠,我走,我带不走你,但我心把人带走了。翠翠,我的好翠翠,记着你岳哥。我……我缺钱。

翠翠:把这个给你,快走吧。我这个镯子家传的,给了你……路上好用。

岳宣接了镯子出门。

绣庄后院。夜。

岳宣飞快地翻了后墙跑了。翠翠拿着灯笼站在风里。

九芝堂大门口。

一个人在黎明的黑暗中,在封了门的九芝堂门口扫着地,哗哗在扫着。远处劳澄拎着一盏灯笼往这边走,边走边把灯吹灭了,哈着腰往这边看,走近了。

劳澄:那是谁呀?哎,谁在扫地呢?

只见那人听到人声，扛起扫帚飞快地跑了，劳澄追没追上。

劳澄：山药是你吧，谢谢你，咱等着重开张的那一天啊。

街上。

扛着扫帚跑着的山药，边抹着泪边跑着，一下撞在了正在逃命疾行的岳宣身上。

山药：对不起，对不起……

山药抬头一看是岳宣。岳宣什么也没说，拾起摔下的刀跑了。山药有点儿奇怪地看着。

绣庄门口。

无双突然从绣庄里冲了出来。

无双：跑了，他跑了。刚才应该告官的，这……这又让他跑了。莲生，快，快让人去找，快派人去找吧。

宋莲生：哎，哎。天亮了，他跑不远，全城都在找他呢，他跑不远。天亮了，咱先回去吧。忙一夜了，先回去吧。

宋莲生说着扶着无双往绣庄里走，一眼看见了坐在九芝堂门口的劳澄。劳澄看见宋莲生后站了起来。宋莲生没工夫打招呼，先扶着无双往回走，进了绣庄，边说边送进去。回头去见劳澄。

宋莲生：劳先生。

劳澄：宋先生，您回来了。

宋莲生：啊，回来了，这么早……

劳澄：啊，见了吧，药堂关了。

宋莲生：见了。

劳澄：每天还有人来扫地，今天我特意起个大早想见见他，刚一招呼他就跑了，怕是山药他们。

宋莲生：人也散了。

劳澄：都散了。

宋莲生：劳先生，我这儿现在腾不开身，找个时间，咱们聊聊。

劳澄：忙什么呢？

宋莲生：我……我自己都说不清，恩怨情仇，真要了起来是那么难。

劳澄：宋先生，您回来了，这官府上？

宋莲生：不怕，要怕就不回来了。对了，早晚这封条也得让他揭了，您等着吧。

二桃子:宋先生,宋先生,姐昏过去了。

宋莲生:哎,来了,来了。回见。

劳澄:回见。

长沙城门。

岳宣戴着斗笠想出城门,突见城门口对出城的人查得很严,自己的影像也高高地挂在城门口上。看了看只有回头。

岳宣往街上走,看到一些官兵在查路上的人,低头钻小胡同飞快走着。山药扛着扫帚出现了,跟着跑。刚一转过弯,岳宣不见了。

洪三燕新房院子里。

洪三燕养了几只小绒鸡,从上房端了个筐箩出来。洪三燕把筐箩里的小鸡倒在了地上,高高兴兴地看着小鸡在地上跑着。洪三燕撒着米,小鸡啄着。

左边厢房的门轻轻地开了,洪三燕无意地看了一眼,门不动了,洪三燕没有一丝的感觉,搬了把椅子坐下来看着小鸡。那扇门又动了一下。

洪三燕:咯,咯,咯,快吃快吃啊,吃多了长大下蛋给宝宝吃。

洪三燕这次清清楚楚地看到西厢房门又开了条缝,觉有点儿怪,也没风啊。刚要站起来过去,田友三在屋里喊。

田友三:三燕,等会儿去岳麓书院吧?

洪三燕:你去吧,我怕累着了,在家吧。

田友三:出去走走多好。

洪三燕:不想去,你们谈的话,我又听不懂。

田友三:那好,我去去就回来。

洪三燕觉自己是幻觉,发现厢房门又动了一下,放下活儿往厢房去想看究竟,哗地把厢房门拉开了。

洪三燕厢房内。

洪三燕进了厢房看屋内一个人都没有。往里走着,突然身后门关上了。洪三燕一回头,岳宣在关上的门口站着。洪三燕万分冷静地看着岳宣。

洪三燕:你……你怎么在这儿?

岳宣:嘘,想出城,这会儿不行,街上太乱。

洪三燕:这儿你可不能待。

岳宣:我不待在这儿,三燕,友三是大夫,能不能帮我搞些伤药?多搞点儿。

洪三燕:我现在什么也不能为你做了。

岳宣:那帮我凑点儿钱款吧。

洪三燕:钱我也没有。

岳宣:三燕,我不是来告别的,我不能白来,那我只有抢了。

洪三燕:你别这样。

岳宣威胁:三燕,岳宣怕是也走到头了,你再帮我一次吧,以后再不来找你……我知道田友三要出门,你把家里的钱凑给我吧,最后一次。

洪三燕:那……那等他走了,我给你想办法,但你不能伤他。

这时听见外边友三在叫:三燕,我的帽子在哪儿呢? 三燕。

岳宣:好,你们也别想着伤我……三燕,去吧。

洪三燕出了厢房,边说边进了堂屋。

洪三燕:就在条案的帽筒上呢。

田友三:没有。

洪三燕:你要哪顶啊?

岳宣小心地把刀掖好。

街上。

山药扛着扫帚走,碰见了准备去货栈干活的刘青。

山药:刘青,刘青。

刘青:怎么这会儿才回来?

山药:刘青,你拿着扫帚先去吧,我去客栈喝口水。

刘青:哎,快回来啊。

山药:刘青,我问你,东边胡同头一家,是田先生的家吗?

刘青:是啊,前几天不是还见他和三燕出出进进的吗? 你问这干吗?

山药:没事,你们先走吧。

洪三燕新房堂屋。

田友三:要的不是这顶,镶碧玉的那顶,边是万字不到头,是你绣的。

洪三燕:那顶在柜里呢,我给你拿去。

田友三一把拉住三燕的手:呀,手怎么这么凉啊? 看,衣裳穿少了吧? 脸也没血色呢。怎么了,不舒服了吧? 我不去了,在家陪你。

洪三燕:你去吧,我没事,怕是刚才在院子里待得长了。

洪三燕说着话,挣脱了手去柜子里拿帽子。拿了出来。

田友三:你给我戴上吧。

洪三燕:哪有女人给大男人戴帽子的?

田友三:有什么讲吗?

洪三燕:不吉利。

田友三:我才不信那个呢。偏让你戴了。

洪三燕给田友三戴帽子:友三,快去快回。

田友三:不是跟人家约好了,我就不去了。三燕,这些天我算想明白了,咱们俩好,天底下就什么都好了。咱不缺钱,你要愿意,从明天起,咱什么也不干了,一块儿把你想经的想见的写成本小说,咱按着小说写的那样过日子好不好?

洪三燕:好,只要你愿意。

田友三:咱效法李笠翁那样,唱戏写书过日子该多美好。

洪三燕流泪了:好啊,你想,咱就那么过,都高高兴兴的。

田友三:怎么还哭了?

洪三燕:没事,高兴的,你走吧。

洪三燕家西厢房。

岳宣看着外面,觉田友三怎么还没走,起疑。突然看到洪三燕送着高高兴兴的田友三出门。

田友三:就那么说定了。

洪三燕:早点儿回来。

洪三燕刚一进屋就被岳宣从身后用刀逼住了,洪三燕镇静。

岳宣:三燕,你让他报信儿去了?

洪三燕:把刀拿开。

岳宣:你让他报信去了?

洪三燕:我怎么会让他去报信?

岳宣把刀拿开了:三燕,我危在旦夕,为大业不得不防备。

洪三燕:天底下只有你的大业了,你还信谁?

岳宣:三燕,要是那夜你跟我走了,我们的日子,怕不是这样的。

洪三燕:日子过去了,那一刻也回不来了,真要那一刻还会回来,我……

岳宣:你怎样?

洪三燕:我也许还是不会跟你走。

岳宣上来想拥抱:三燕就是三燕。

洪三燕躲过:岳宣,家里的钱款都不是我的。

岳宣：我不管，我要钱。

洪三燕：我给你。但有一点。

岳宣：说吧。

洪三燕：此次过后，再不要见面了。

岳宣：好。

街上。

田友三边走边打开折扇挡着太阳等车，突然身后传来山药的声音。

山药：田先生。

田友三：哎哟，山药啊。怎么穿上短打了？差点儿没认出来。

山药：出了九芝堂了，在货栈出苦力呢。田先生您等车啊？

田友三：啊。

一辆马车跑过来了。

山药：田先生，您家里来客人了？

山药其实是有一句没一句的话，田友三都要上车了，突然觉不对。

田友三：客？……你看见什么人了？

山药：没有，许是我看错了。

车老板：去哪儿啊？

田友三：等等，山药，你说你看见谁了？

洪三燕新房中堂。

洪三燕把一个小木箱拿了出来，想打开锁却怎么也打不开。

洪三燕：要么你就连这箱子一起拿走吧。

岳宣：三燕，这怕是不方便吧，再说这箱子里是什么、有多少钱我没看见啊。

洪三燕一听这个生气，拿起手边的一个石山影，砰砰把箱子砸碎了，里边珠宝、银票都散出来。

岳宣看那么多东西：三燕你可帮了大忙了，这些东西……

洪三燕：你都拿走吧。

岳宣：你给我准备点儿吃的，吃过之后我就不打搅了，长沙我也待不住了，你无双姐姐也在到处找我呢。

洪三燕：无双姐回来了？

岳宣：不知道，不知道，我那么随口一说……我再也不想见着她了，再也不想见了。

392

绣庄柴房。

无双呆呆地坐着看着那条解开的绳子:二桃子,不问了。是有人放了他,还是他自己跑的,都不问了。他能让人给他解了绳子,跑,是他的本事。杀人这种事我都下不了手,指望天了。宋先生呢?

二桃子:说是上街买东西去了,不说等会儿要给三燕姐贺喜去吗。

无双:他倒是真有心。

街上。

宋莲生拎着买来的东西走过闻世堂。故意要往闻世堂里走,只见如月在堂里,如月早看见他了,飞快地跑了出来,拦着了。

如月:哟,这不是宋先生吗?

宋莲生:啊,不错,老没见了,您一向可好?

如月:宋先生,您胆子可真大啊。

宋莲生:胆子? 什么讲法?

如月:官家刚把您赶了出去,您这是又堂堂皇皇地回来了? 您就不怕……

宋莲生:不怕。要怕还敢这么大摇大摆地在街上走啊? 如月小姐,有话以后再说吧,我要见老太医一面。

如月:干什么?

宋莲生:见了面你就知道干什么了。

如月:你见了吴云了?

宋莲生:嘿,真让您猜着了,我进去传口信。

何满从药铺出来,边打扫东西边听见了。

如月:对不起,老太医病着,谁也不见。亲儿子来了都不见,别说传口信了。

宋莲生拎着东西干在那儿,又一队兵士跑过去。

洪三燕新房中堂。

岳宣吃过了饭,洪三燕在旁边看着他。

岳宣:三燕,我走了,记着点儿我……甭管什么时候记住我啊。

洪三燕还是感动,一下泪出来了:人啊有时努力想记,但记不住。努力想忘,怕也不用人嘱咐,忘不掉,你走吧。

岳宣上前欲拥别:三燕。

洪三燕只流泪但不再动情:你走吧。

岳宣站起来,也不回头了,飞快地往院子而去。

洪三燕在后边跟着。

洪三燕新房院中。

岳宣走到院中,向院门而去。洪三燕走到堂屋的门口站住了,看着岳宣到了大门口。岳宣轻轻把大门门闩拉开了。

岳宣一打开门傻了,门口三排兵士手中挺着长枪、短刀静静地对着门。岳宣下意识地要把门关上,关得快,枪伸进得也快,一捆枪扎了进来。

洪三燕在堂屋门口吓傻了,岳宣努力地挤着门,枪和兵士们呐喊着要往里冲。

岳宣边挤着门边喊:三燕,你……你好狠毒!

洪三燕边说着话边往大门口而去:怎么会这样? 怎么会这样?

岳宣想拼命挤住门,长枪戳着,挤不住了……

岳宣:三燕,你让你丈夫去报了信?

洪三燕:没有,我没有。

岳宣把腰里的刀抽了出来,拼命挤着门,有的枪杆被挤断了。洪三燕看着他,他看着洪三燕怒火喷涌。岳宣挤不住了,外边的长枪在他身上扎着。借着外边推门的惯力,岳宣猛地向对面的洪三燕挺刀而去。两人倒地。

门口兵士们一拥而入。田友三带着军官冲入。

洪三燕左胸中刀,被扎倒在地上,仰面而倒。大地翻转。天上的白云飘着。洪三燕看着天空中的白云,看着白云倒地。

洪三燕:岳宣,你连自己的孩子都不顾了吗? 也好,这就算去得干净了。

岳宣:三燕,你出卖我?

洪三燕:不是我。

岳宣:那是谁?

洪三燕:不知道。

兵士们围住了岳宣。

洪三燕眼睛闭上了。岳宣抱着洪三燕突然哭了。

田友三冲了过来:你放手,你放手! 你杀了她还哭! 你连自己的孩子一起杀了,你还哭! 你不是人,是禽兽,是禽兽! 三燕,三燕!

岳宣的身上也在流血,锁链锁了上来。田友三在喊着三燕。

岳宣:三燕,三燕,我对不起你。

正在这时,无双和宋莲生拎着礼跑了进来,一下看见了。

岳宣满身刀伤被带走。

洪三燕被扎死在地上。

田友三大哭不止。

岳宣被带出了院子。

无双满面无血色,扶着墙飘出了院子。

无双:三燕死了,三燕死了吗?

宋莲生:死了。

无双:三燕被我放走的岳宣杀死了……

洪三燕新房中堂。

洪三燕此刻平平地躺在门板上。

无双摸着洪三燕的脸哭着:三燕,三燕,你……你死了吗?我回来还没见上你一面,新婚的三燕啊,可怜的三燕啊,是我把你害了,是我把你害了!可怜的三燕啊,姐姐我对不起你,是我把你害了。姐姐不是东西,姐姐害了你了!

刑场。晚。

被打得血肉模糊的岳宣被绑着跪在了木桩前。

行刑官:人犯,时辰已到,你还有什么话说吗?

岳宣:死而无憾。

行刑官一挥手,刽子手刀起。

鸟雀惊飞。

远处看着的翠翠捂着嘴,忍着哭,拿着包袱跑了。

洪三燕新房内。夜。

现已改成了灵堂。洪三燕的遗像高居中央,棺木停在灵牌前,白蜡高烧。无双跪在深夜的灵堂前,神情恍惚了。

无双:莲生,莲生……

田友三:我是友三。

无双:友三啊……友三,我对不住你。我把三燕给害了。我当时为什么没把岳宣杀了,让他出来害人,我把三燕害了。友三,我对不起你。

田友三:无双姐,您可别那么说,是我不对,我不该把官兵叫来。是我害了三燕。

两人说着,相拥而泣。

角落里宋莲生也跪着,看着无双、友三越哭越亲的样子,突然更大声音地哭了。

　　宋莲生:三燕,我真是对不起你呀。你就不该来这世上,你来这世上受了多大的苦啊,你苦啊。你死了有这么多人对不起你,你说你有多委屈,你苦啊,我对不起你呀。

　　无双一听就生气了,起来拉着宋莲生出灵堂。

　　洪三燕新房院中。夜。

　　无双:宋莲生,你少说风凉话,你不愿跪着,你出去。

　　田友三追出来,看着宋莲生。

　　宋莲生:哎,你们能跪我怎么就不能跪? 你们哭我也是哭啊。

　　无双:你跪也不是真心跪,哭也不是真心哭。

　　宋莲生:无双,真心哭该是怎样的? 三燕死了,真心哭、假意哭她都听不见了,你哭你的真心,别人哭得真不真你怎么会知道? 你害的他害的,这会儿倒争起来了,你们心疼的不是三燕,是你们自己。

　　无双:好,宋莲生,我、我觉着对不住三燕的时候,你不但不安慰我,还……还说这种话。宋莲生,从今往后,你走你的,我走我的,再不来往。

　　宋莲生:哎,别别别,都是伤心伤的,累上了火了。今晚这事就算过去了。咱守灵,守灵。

　　田友三:宋先生,灵不劳您守了,您请吧。

　　田友三扶着无双一起回灵堂。宋莲生一人留在院中月光下。

　　宋莲生:哎,这……这算什么,这算是种了山药让人家刨了啊? 感……感情这事怎么这么不禁折腾啊? 不禁折腾就不是真情,你……你晾我,我……还晾你呢。

二十六

货栈。

山药、刘青原九芝堂的一大帮子伙计都在扛包,垛包。有两人抬起一包货物,山药刚要往里钻,后面宋莲生钻到麻袋下边来了。

山药:哎,谁啊?

宋莲生不理,扛着包往前走。

山药:啊,呀宋先生,宋先生啊,早知您回来了。总没见着,这您可干不了,回头压坏了。放下,放下。

宋莲生走到地方,把包一卸:好嘛,原来九芝堂的大伙计都在这儿干上力巴了。

山药:宋先生,药铺子关了,我们又不愿散,就这么卖把子力气维持着,惦记药铺子能重张呢。

宋莲生:好,人没散就好,有这么齐的心,还怕九芝堂不重张啊?

众人:宋先生,有那一天吗?

宋莲生:有,没那么一天我宋莲生显不出能耐来。

闻世堂吴老太医房中。

如月还在给老太医喂药。老太医喝一口吐半口的像是小孩吃奶一样地在玩着。

如月:姑父,姑父,好好吃药,好好吃药,您不吃药怎么能好啊?

宋莲生声到人到:老太医,她那药您别吃了,我给您带药来了。

吴老太医偏头来看。如月伸出的药差点儿洒了一被子。

如月问正进来的宋莲生:谁呀? 谁让你进来的?

何满:拦了,拦不住。

宋莲生:老太医,是我,宋莲生,认识吧? 给您带药来了。

吴太医语若游丝,几乎听不见:什么药?

宋莲生:我这药您一吃保管就好,我见着吴云了。

吴太医一听这话不要紧,完全没事人一样一下子就坐起来了。如月这会儿药碗实在拿不住了,终于掉了。

吴太医也不装了,说话声音也大了:嗯,果然是味好药。宋先生,中堂说话。

吴太医说着,趿拉着鞋也不用扶了,拉着宋莲生就往屋外走。

何满刚要开溜,一下被如月叫住了:何满。

何满:表小姐,您说。

如月:何满,咱这些日子喂他吃的是毒药还是补药? 他怎么说起来就起来了?

何满:表小姐,您看出来了,咱不能害人。

如月:何满,你……你骗我。

何满:表小姐,我不骗您就把您害了。我不骗您,您就把老太医给害死了,害死老太医,您也就没救了。表小姐,我骗您是为了救您。

如月:你……你就这么心疼我?

何满:表小姐冰雪聪明。

如月:我问你,我姑父知道吗?

何满:不全知道。

如月:你给我滚!

如月抓起东西就砸,何满跑了。如月一个人坐下来哭:我……我怎么这么命苦,连个伙计都……都敢骗我……

突然站了起来:事还没完呢,事没完。

闻世堂中堂。

这边,宋、吴两人话已说过一半了,宋莲生正给吴太医讲吴云的情况。

宋莲生:你那儿媳妇,可真不得了,一把剪子扎在那大汉手指头中间,吓得混混全跑了。

吴太医听哭了:宋……宋先生,这么说,孩子们真是受苦了,苦出来了。宋先生,谢谢你,原来老夫多有对不住你的地方,还望多多原谅。

宋莲生:老太医,别那么说,宋某做事有时太露锋芒,还望老太医见谅啊。好了,我药算送到了,我走了。太医,您记住了,吴云在九江北街上。

吴太医:记住了,记住了。来人,送客。

如月:来了,来了。我送宋先生,我送宋先生。

宋莲生:不用送。

如月:送送吧,我还有话要说呢。

闻世堂大门口。

如月把宋莲生送到闻世堂门口。

如月:宋先生,您不但能行药治病,连说句话都治了病了,真不愧神医。什么样的女人有福能嫁您啊?

宋莲生:说不上,您这样的宋某倒是消受不起。

如月:高攀不上。宋先生,你可别忘了。

宋莲生:什么事?

如月:您是被官家赶出长沙城的,您这么大摇大摆地回来,官家可还不知道呢吧? 您别太张扬了,别送着送着药,招自己一身病。

宋莲生:如月小姐,宋某张扬得还不够呢,过不了几天……

如月:怎样?

宋莲生:不但宋某要张扬,九芝堂还要重新开张。

如月:是吗? 我等着,那你就不但是神医了,简直是神仙了。不送了。

宋莲生:回见。

坡子街。绣庄门口。

宋莲生坐车上正要去三湘茶社,撩帘子一眼看见了田友三正扶着无双下轿往门里走。

宋莲生:停车,停车。

宋莲生下了车了,在街上呆呆地看着。

车老板:还走吗?

宋莲生:不走了。

绣庄门市。

二桃子正背着身掸土,宋莲生低着头进来。

二桃子:先生,来了,喜欢什么随便看看。

宋莲生:我喜欢人。

二桃子:喜欢人啊,你找错地方了。呀,宋先生啊! 到哪儿都忘不了开玩笑。

宋莲生:二桃子,盯铺子了? 这身水红的衣裳真好看。

二桃子:谢谢。宋先生,问您句话。

宋莲生:说。

二桃子:您……您怎么来得少了?

宋莲生:忙着九芝堂重张呢。二桃子,问这干吗?

二桃子:没什么,你来得少了,有的人就来得多了。

宋莲生:我看见了,正想问你呢。

二桃子:天天这么十八相送地送来送去的,怕要送出事儿来呢。宋先生,你和我姐怎么了?

宋莲生:没什么,好好的。

二桃子:那就这么由着?

宋莲生:那怎么办?

二桃子:莲生哥,您虽……虽不是那种临风玉树样的好姐夫,但比那个田先生要好多了。要我是你,就拿把刀冲进去,不砍也冲进去,把他吓跑了。莲生哥,可惜了您下了那么多的苦功夫。

宋莲生:不苦,这会儿有点儿变酸了。二桃子,情这东西不在水里火里五味瓶里煮煮,不算真情。光有爱哪儿算情啊? 二桃子,记住了,要回是她回,拿刀砍不回来。

二桃子:理挺对,可你怎么办?

宋莲生:哥也不知道,哥能治人病,自己的病治不了。不说了,不说了。你这也来客了,我走了。

知府后衙。

这回知府太太真是怀里抱了孩子了,知府完全沉迷于自己的家庭生活中。

知府穿着官服,要抱孩子:来,宝儿,抱……

夫人:把衣裳换了,大堂上穿的衣裳,不定有多少眼珠子瞪过呢。快脱了,再把宝儿吓着了。

知府:脱,脱。这官服啊,就是现在给我脱了,再不给我穿了……我一点儿都不心疼。天天抱抱孩子,看看金鱼,读读闲书,说说闲话,日子都是从自己手心长出来的,舒服。

夫人:这会儿你的日子不是从手心长出来的,是从哪儿长出来的?

知府:从屁股底下流下去的,我戴着这乌纱帽呢,我坐着知府的太师椅呢,我这脑袋得听我这屁股的。宝儿来,来抱抱。

夫人:什么话? 没当官时读书想当官,这当了官了,又想着过老百姓的日子了,不知道怎么过好了。

管家:禀报府台大人,闻世堂如月求见。

知府:不……

"见"字还未出口,那如月自己就进来了。

如月:知府大人,您不见我可以,我想看看宝儿。我这儿孩子周岁用的药啊,什么夏天用的粉啊,积食用的化食丹啊,都给您带来了。不是盼着孩子不合适,是孩子要想长大啊,这一套您少不了。还有夫人啊,我这儿给您带来了咱女人用的千金方,这方子可真是千金难求呢。

知府不冷不热:嗯,好,好。想得周到,有本府的没有?

如月:有,知府大人,我还有几句话跟您说说。

知府:公事私事?

如月:公事。

知府:我现在是最烦公事了。

如月:烦,您也得听着。

知府:书房。

知府书房。

如月说完了话看着知府。

知府:他一个郎中,走嘛他也走了,回嘛他又回来了。只要不招灾不惹事,本府这一双眼睛就闭上不看了。

如月:大人您这眼闭不上,他回来就是招事的。

知府:什么事?

如月:他要把九芝堂的封条揭了,重新开业。

知府:那他不敢,除非他疯了。官家的封条,他敢揭了? 如月啊,本府每日所办公事颇多,这种道听途说的事,不听也罢。

如月:道听途说哪儿敢跟您说啊? 您看看,这是他们满街贴的重新开业的海报子。

街上。

宋莲生带着山药在街上贴海报。

劳澄:宋先生。

宋莲生:哎。

劳澄:这海报一贴出就是满弓的箭,射出去了再收不回来了。

宋莲生:为什么要收?

劳澄:正月初九真要重张?

宋莲生:可不是真重张吗,宋莲生什么时候在正事上开过玩笑?

劳澄:那倒没有,只是你行事方法真的让人费猜疑。

宋莲生:那边,往远了去,多贴点儿。

九芝堂门口。

鞭炮齐鸣，喇叭声声。满门披彩。满街的人看着，舞南狮的也在舞着，真是热闹。绣庄的姑娘们也楼上楼下地看着，都很高兴。只是那大门还是被封条封着。

人群中突然有人高喊：宋莲生，你重开什么张？门还封着呢，逗我们玩儿呢吧？

众人：逗我们玩儿呢吧？

宋莲生上得台阶，一身新装。

宋莲生：诸位，我哪儿有这样的胆子逗大伙玩啊？别急，别急，既是官家封的门，那开这门也得等官家到场才对。官家不到，这门开起来也不那么硬气，对不对？说来就来了，看来了，来了。

大锣鸣道，知府官轿到了。人群闪开，知府带着人急急而来。

知府出轿。众人肃静。

宋莲生快步向前，劳澄跟随：不知知府大人驾到，有失远迎。小店重张，得知府大人莅临恭贺，实在不敢当得很。

知府：大胆宋莲生。谁来给你贺喜？宋莲生，你被本官逐出长沙，回来也就回来了，竟敢在本官眼皮之下，大张旗鼓要重张已被官家所封之药堂，本官岂能容你？

宋莲生：哎，大人，您这话说得好，您能来看着点儿最好了。您不看着，我揭这封条，嚼舌头的人不定又说出什么来呢。

如月她们也到了。

知府：本府话已说明，你敢揭官家封印，本府就敢拿你。小的们！

众衙役：有。

知府：刑法侍候。

众衙役抖动枷、链子、水火棍：得令。

宋莲生：哈，众位同行、邻里、主顾、乡亲都看见了吧，九芝堂重张就是不一样，除了响器鞭炮，还有刑法呢。宋莲生和九芝堂的东家伙计都是老实人，老实人不做违法的事，这封条是受了人家害贴的。今儿个害人的人啊、官啊，都逍遥着，我这就算是自己给自己出头了。

宋莲生说到这儿，已是健步到了台阶上，伸手就要去揭那封条了。手刚一搭上，全场都静了，屏息看着。宋莲生想揭又没揭，故意回头。众人看着。

宋莲生：还……还挺不好揭啊。

知府：宋莲生，此时你知罪而退，本府尚可容你；一意孤行，必治你罪。

劳澄：宋先生，你可想明白了。

宋莲生:早就想明白了。

宋莲生上手飞快。一条,两条,哗地揭下了,一团,扔了。

知府:小的们,给本府拿下。

众衙役带着刑法冲了上来。

宋莲生:慢,慢。知府大人,当着你官家撕封条,宋某就是有天大的胆子也不敢啊。但现在撕了,撕了就该有撕的道理。

知府:你,不敢也晚了,除非对本官你有圣上的国法,谅你没有,拿下。

宋莲生:等等,让您说着了。皇上的国法,话先说在前边啊,我宋莲生,加上九芝堂,可不是拉大旗做虎皮啊。皇上怎么了?皇上也得讲理,原我这九芝堂就不该关。山药。

山药:来了。

宋莲生:请圣旨。

山药:请圣旨啊。

鼓乐齐鸣。两名伙计飞快地把顺治给的圣旨请了出来,两人在宋莲生面前慢慢拉开。

官民人等多数跪下了。知府一看不好也跪了。

宋莲生:奉天承运,皇帝诏曰,有民间郎中宋莲生者,医术高超,为人忠勇。朕南京一行数次得其救驾,甚为可喜。原本留于内中,随侍左右,不想其另有大志无法强留,此回长沙重张药堂,朕得以旨意颁诏亲赐,以示褒奖。钦此。

知府:臣……臣领旨。

话音刚落,原来那匾一下就落下了,新写的金匾升了上去。

鞭炮声声,众人欢呼。

劳澄把门打开了。

九芝堂内。

众伙计冲了进去,忙着打扫,打扫一过就开张了。人山人海往里挤着来看病了。

宋莲生堂上一坐,没想到第一位上来的竟是知府大人。

知府把手伸出来,让宋莲生号脉:宋……宋大夫,药堂重张,可喜可贺,本府内衷而志喜……

宋莲生:看您的面色,您这脉就不用号了。

知府:一定要号号,一定要号号。本府若有什么做得不周的,指出来,指出来。本府吃药,养伤。

403

宋莲生:知府大人,您用不着那么想。开药铺子又不是开衙门,到我这儿来,从今天起只有医家病家,没有是非了。我这圣旨就开一次,下次我都不开了。知府大人,上回给你吃的药可还好?

知府:很好,很好,孩子都有了。宋先生,请问万岁爷龙体可安?

宋莲生:这会儿就不知道了,前几天病了,我没用药就给治好了。知府大人,我给您再开两服药,您不用客气了,后边人等着看病呢。

知府:啊,好好,很好。

闻世堂中堂。

如月风风火火地进来了。根本就不看堂上有没有人,进了门边说着话边就反过身去,开那只装了钱的柜子。边从柜子里往外拿东西,边念念叨叨地说着。

如月:这回可比不了了,人家这是圣旨带下来了,什么这个争、那个抢的赐匾啊。宋莲生就是宋莲生,人家把万岁爷的字给带下来了。依我看咱这闻世堂算到了头了。

如月抬眼无意间看见柜上的镜子,镜子里吴太医坐着,后边吴云和范荷站着,如月这可是吓了一跳了,回头一看,可不是真的。

如月看着拿出的那些珠宝和银票:都……都在呢……从太阳地里一进屋,眼睛是花的什么也没看见。啊啊,我……我是那么觉得,表弟必然地就要回来了,我想盘盘账,交差了。

范荷:账不用你盘了,回来我们已算过了,短了一万多两银子,还有这会儿齐大头在门口要账呢。你欠他什么钱,我们不知道,你去处理吧。

范荷说着走了过来,把珠宝、账本收了起来,再问如月要钥匙:把你手里的钥匙放下吧。

如月:亲的还就是亲的,我这表亲再怎么用心用力也不成,还是外人。

范荷:心当用,看怎么用。

如月:呀,真就是少奶奶了,话说得就是硬气。姑父,您帮我说句话啊。

吴太医:我帮你说,我再帮你我就死了。云儿,我累了,扶我回去。

吴云:爹,您慢点儿。

吴云一句话不说,扶着走了。

如月:姑父,姑父,您别走,您说句话啊。

范荷:话还有得说呢。你先去把堂上的齐大头的事儿处理了。闻世堂从今往后,你就不用管了。

闻世堂。

齐大头带着那二十多个原去告官的人在闻世堂里闹着。抢着一杆称药的秤在把柜台上的药都划拉到地上去了,边划拉边骂。

齐大头:寻事的时候找我们了,这会儿事过了把我们晾一边了。都说婊子无情,我看你们他妈的打着悬壶济世的幌子,连婊子还不如呢。答应给的钱不给了,大爷我还给关了这么久,不是岳宣死我还出不来呢。跟你们说,人再不出来,我们可要点房子了。

众人:对,点房子了。

众人哗哗地砸柜台,伙计们吓得都躲着。如月在屏风后听着,不敢出去。

何满:表小姐,您不出去,怕是事儿了不了。您硬气点儿,躲是躲不开了,出去吧。

如月咬咬牙冲出:住手。

齐大头:好,出来了。早说过了,不砸她不出来。如月小姐,您再不出来,就出大事儿了。

如月:什么事?

齐大头:别问,您自己知道。看看这些人,眼熟吧。要钱来了。

如月:要什么钱? 九芝堂开张了,事没办成。我给出的钱还不知朝谁要呢,要钱没有。你们走吧。

齐大头:嘿哟,都他妈的说我们要光棍子,还有比我能要的啊。好,小的们听见了吧,人家不怕再砸。

如月:砸吧,砸烂了才好呢。

齐大头:这话怎么讲?

如月:齐壮士,我表弟回来了,闻世堂的事我不管了。你砸吧,我看着。

齐大头:如月小姐,你……你可真是个人物啊。说得轻巧。如月小姐,我不光会砸还有别的招儿呢。你听好了,可别怪我们说话不好听,今天要是钱拿不着了,我们拿人。您别忘了,爷我可开着翠花楼呢。

如月一听这吓坏了,赶快往后退。

齐大头:弟兄们,上手抓人啊。

如月飞快地往后跑,众人追上去,齐大头上去就拉衣裳。药堂一片大乱。

如月哭着叫着:快,快救我,快救我!

只见何满冲上来一下子把如月给护住了。

齐大头上手就打:起开。

405

何满:欠账还钱理当的,可人你们不能动。

齐大头:好啊,闻世堂的伙计倒是怜香惜玉呢。有钱最好了,拿出来。

何满小心地从怀里掏出那颗南珠子:这颗南珠,值欠您钱的两倍,您收好了吧。

齐大头:好大的珠子。如月小姐,我齐大头事没了时是金刚,事只要了了,我就是菩萨了,该笑我也会笑,事了了啊咱两清了。你这伙计不错,那我们可就走了。

齐大头说完一招手,众喽啰跟上走了。如月吓得一下倒地。

九芝堂后宋莲生屋。夜。

桌上都是酒菜,劳澄坐着看着宋莲生。宋莲生睡着了,突然醒了,坐起来。

宋莲生一看灯下的劳澄:呀,什么时辰了?

劳澄:你睡你的吧,头更还没到呢。

宋莲生:累了,说眯一会儿的,就睡过去了。

劳澄:一天看了一百多个病人,可不是累吗。

宋莲生:大夫不能这么治病,以后每天就二十个,急诊除外,要么连……

劳澄:谈情说爱的工夫都没有了。

宋莲生:哎,劳先生,这您都给我看出来了,厉害啊。

劳澄:这么多天了,光忙着重张了,我看你绣庄可一次都没去过。

宋莲生:这就去,这就过去。早想好了,今天是一定要过去的。

劳澄:九芝堂这回多亏你,当哥哥的我早想好了,也没什么可谢你的,无论如何你们两人的事,我要给你们办了。要不然我心里不安。

宋莲生:办,办,咱谈好了就办。劳先生,您别说,这么多日子没见着人,还怪想的。

劳澄:有人想着可真好。哎,饭呢?

宋莲生:回来吃,回来吃。这会儿不饿。

九芝堂内。夜。

山药和宋莲生蹲矮身子,从门口往对门看着。

宋莲生:山药,亏了没出门,这要是出了门,正好碰上了该多尴尬啊。

山药:每天这时送回来。

门对面,只见绣庄门口田友三扶着无双往里走了。

宋莲生:每天都这样?你都看见了?

山药：上板时想躲也躲不开啊。

宋莲生：这……这送来送去的送了多少日子了，还送呢。

山药：那得七七四十九天。下了葬就不送了。

宋莲生：到了那时候，还不知谁下葬呢。山药，你说说，怎么这样了呢？不去了。

山药：宋先生，依我看，去还得去。

宋莲生：我去，我这会儿去算什么？我算什么？

山药：宋先生，要不然你好容易做的酒就该酸了。

宋莲生：哎，你说对了，早就酸了，除了醋酸，还有辛酸。山药，跟你说，我下了多大的功夫啊！

绣庄后院。夜。

圆月当空，无双和田友三还是素装，正在后院摆了张桌子，悄悄说话，深深感叹。

田友三：谁谓荼苦，其甘如荠……三燕一死，想起古人所言，友三真是肠一日而九转啊。生死两茫茫，天地各一了。想想真是伤悲。

无双：友三，我可真的对不起你。

田友三：无双，前些话我只说一半，三燕之死令人悲伤，按理说我当是这世上之最痛、最无助、最不幸的人，谁知还有比我更痛楚者。

无双：谁啊？

田友三：你呀。无双，我是肠一日而九转，你是愁肠寸寸断。我想怎样才能慰藉你的愁肠，安抚你的悲心呢？

无双：友三，你说了这么多我听不大懂的话，我虽听不周全，但我明白，你这会儿倒是心疼起我来了。说句再明白不过的话，其实你好了，我的心就一多半地不疼了。

田友三：那……那可真是，惺惺相惜了，可……可我怎么才能好起来呢？

无双：友三，事情简单，无非再赔你个媳妇。

田友三：三燕我爱，谁可代替？

无双：就我这绣庄里的姑娘们，你看上谁了，无论如何给你们撮合了。

田友三：是啊。那……那倒是真心慰藉我这已经将死之心了。全绣庄吗？

无双：全绣庄。

田友三：那我就选了。

无双：说吧，我来做主。

田友三:我选……

田友三深情欲握无双手,"你"字还没说出,前门的黑影处突发一声。

宋莲生:嗯哼。江畔何人初见月,江月何年初照人……啊,好月亮啊,好月亮。呀,真好心情,有酒有月有心……

无双:这么晚了,你来干什么?

宋莲生:明月之下,叙叙旧不是很好吗?无双啊,人死不能复生,你欠死人的债,可不欠活人的情。可别当某些人旧雨未散,新情已来是轻薄了。

无双:你说谁啊?

田友三:岂有此理!什么话?

无双:宋莲生,三燕死了,我心里难受,这儿正在追思缅怀。没请你来,你倒是不请自来了。

宋莲生:追思三燕,那好啊,要追大家一起追,要思大家一起思,干吗只你二人追啊思啊的,三燕又不是一人的三燕,我也想坐下缅怀。

田友三:三燕是我妻。

宋莲生:我认得三燕比你早。说句不恭敬的话,三燕对敝人示爱也在你先。

田友三:岂有此理!你对死人不恭。

宋莲生:你才叫不恭呢。

田友三:你……你……

众姑娘都出来看了。

宋莲生:我怎么样?

田友三:你若再不走,那我就走了,我走了。

宋莲生:走得好,这儿可没人送你。

无双:等等,这是我的绣庄。宋莲生,你给我出去。

宋莲生:我不出去,反正酒酸了索性做醋。

无双:好,你不走我们走。

田友三出绣庄,无双气回自己屋。宋莲生看着众绣女都在看着,院子里就剩自己一人了,假装气盛。

宋莲生:无双,你……你给我出来。

姑娘们觉宋莲生胆子真大,都鼓励他去推门。宋莲生推门,门早顶上了,头差点儿撞着。

宋莲生:应无双你出来,晚了是吧,晚了,姑娘们晚了,晚了都睡觉去吧,睡去吧啊。我这没事儿了,我跟你姐说几句话,说几句话,走吧,都走吧。

众姑娘:宋先生您真厉害,您再叫两声我们听听。

宋莲生:晚了,天晚了,外人听了不合适,都回去吧,该睡觉了,回去吧,回去吧啊。

宋莲生把人劝走后又回来,悄悄走到无双门口。

宋莲生声音马上不一样了:无双,无双啊。

无双:听不见。你倒是喊啊。

宋莲生:那哪敢啊?刚才不是做给人看吗。无双,开门,开门。

无双:你走吧。

宋莲生:无双,你说好了的话可不能不算。

无双:我说什么了?

宋莲生:你说了要嫁我的。这长沙也回了,岳宣也死了,你该嫁了吧?

无双:岳宣死了,三燕也被我害死了。我欠人家情了,我对不起人家了。

宋莲生:你……你说这话什么意思?你要嫁田友三?你对不起他,还对不起我呢。

无双:你多心。

宋莲生:我再不多心,就该痛心了。

无双:宋莲生,人遇悲伤之时,你不但不安慰还这样地鼠肚鸡肠,你……给我从这儿出去。我应无双再不想见你,永远不见。

宋莲生身心无着,呆呆站着。抬头望月,突然觉得很委屈,一低头泪差点儿流出来,赶快抬头忍住了,无奈往外走。没想到姑娘们都在门廊里看着呢,深表同情地看着宋莲生。

二桃子忍不住泪流出来了,悲伤念出:宋莲生,瞎不隆咚,人心看不透瞎治病。该他来时他不来,不该来时瞎嗡嗡。别让我一手抓住他,打他一个乌眼青。打完眼睛打鼻子,打他一个怪沙僧。打完鼻子再打脸,扇他一个胭脂红。打完脸再打脑袋,打他一个钻心疼……

姑娘们都伤心地念了起来,边念边流泪。

绣庄门口。夜。

宋莲生如打败了的兵一样,边念叨着边走了出来。对门九芝堂门口,山药打着个灯笼在等着宋莲生,宋莲生平平静静,念念叨叨着自己的歌谣进去了。

闻世堂中堂。

一碗一碗的药渣子扣在了如月的面前,如月腿软,自己就跪下了。

如月:姑父。

吴太医:你不要叫我姑父了,说是给我开的治病的药,什么药治病,什么药害人,我会不知道?再多亏了我有义仆何满将那些药换为良药,要么闻世堂到今天还不给你抢光了?

吴云:爹,事不在旁人,也在自己。如月姐你起来吧。

如月一听哇的一声哭了。

范荷:表姐,吴云这话可不是帮你解脱的,你不要……会错了意。你是你的错,这儿是这儿的错。

吴太医:云儿啊,你说得对。我行医多年,到了晚年为一些功名之心,心胸日益见小,目光日渐短浅。与人诟病,为己争名,现在想想实在不该。不因为此,如月,老夫早就送你去官府,告你谋财害命了。

范荷:如月表姐,磕三个头起来吧。这话你也该听明白了,闻世堂不能容你了,这有两千两银子做路费,你回家去吧。

如月磕着头流泪了。

如月:我……我谢谢姑父。

大道上。

如月一身素服,独自一人坐在车里,心里很伤感。突然看大道前,何满拿了个包在等着她。

如月:停车,停车。

车停了,如月倒不敢出来了,先在车里流泪。

何满抱了个包袱,看着如月。

何满:表小姐。

如月以为何满要跟自己走:上来吧。

何满:表小姐,何满就不上去了,何满知表小姐要走了,从绣庄给表小姐买了一身红装,表小姐您多保重吧。

如月还有优越感:上来吧。我……我……我不嫌弃你……

何满:表小姐,您冰雪聪明,何满心向往之,但实在不配,不敢多想,您走吧。

何满说完包袱一放,帘子一撩车动。如月在车里看着车动了,何满还在路边站着,看着。

车走远了。如月打开包袱看着那鲜红的衣裳,哭了。

九芝堂内。

伙计们忙着抓药,包药。一派繁荣。宋莲生在给一病家老人号脉诊病。

宋莲生:是不是不记事儿了?

老者:啊? 七十四早过了。

山药:问您是不是不记事了。

老者:啊,八十四也过了。

宋莲生:不问了,健忘耳聋乃肾水干竭之故,心属火,肾属水,虽相克但又相生,所以心必借肾以相通。现在看似心迷了,其实最要紧的是补肾水。熟地一两,山茱萸四钱,远志二钱……生枣仁五钱,柏子仁去油五钱,茯神二钱,人参三钱,菖蒲五分,白芥子三钱,吃一个月,就该好了。

正开着方子,齐大头领着一妓女春喜来了。

妓女春喜在铺子里显得格格不入,伙计们一看有点儿愣,又不看了。

齐大头:瞧瞧,瞧瞧,还得说人家宋大夫,开方子还给人读出声来呢。老爷子回家吃去吧,啊,吃完药上我们翠花楼去啊。

老者:什么,齐大头?

齐大头:咳,对,对,齐大头,齐大头。您走吧,走吧。春喜,来坐下,坐下,让宋大夫瞧瞧病。

宋莲生:怎么不好啊?

春喜:大夫,我下身长东西了。

春喜说着就要撩裙子。

宋莲生:哎,别撩。不看。

齐大头:你不看,谁给看啊?

宋莲生:奇闻之科,大庭广众之下不看。春喜啊,你叫春喜是吧?

春喜:哎。

宋莲生:得病的姑娘多吗?

春喜:还有。

宋莲生:山药,拿药箱子,上翠花楼。

齐大头:出诊啊,敢情好。看十个我这出诊费也算一回啊。还就是宋大夫好,好,请。

九芝堂门口。

春喜懂事地扶着宋莲生下台阶。

春喜:爷,您慢点儿。

齐大头后边跟着。

齐大头:车,车。

对面楼上无双正往外看,一眼就看见了。无双看着美艳妓女扶宋莲生

411

上车，一下就看不下去了。

　　绣庄。
　　无双从楼上跑下来，边跑边喊：二桃子，二桃子。你在哪儿呢？你快看，快往对面看啊。说我轻薄，有比我更轻薄的。

二十七

绣庄。

无双边喊着二桃子,边从侧门跑了进来。二桃子正收拾绣片。

二桃子:哎,怎么了?

无双:二桃子,你看见没有?

二桃子:看见什么了?

无双:走了。

二桃子:什么走了?

无双:宋莲生,前晚刚跟我吵完架,今天响天晴日的,翠花楼的姑娘就来接他走了,挎着搀着地坐车走了。二桃子,这两天我都觉着对不起他了。他可好,自己找安慰去了。男人啊,都他妈的一样。有的明着是岳宣,有的暗着是岳宣,都是岳宣。

二桃子:姐,大白天的,人家宋大夫拿着药箱子吗?

无双:他没拿,齐大头拿了。

二桃子:还是的,人家是大夫,谁病了也得去看啊,看病去了。

无双:看病?你怎么那么会为他开脱啊?二桃子,姐可有气啊。你怎么总帮宋莲生说话?

二桃子:这怎么叫帮人家说话啊。

二桃子正说着,看看窗外,叫着:山药,山药,过来一下。

山药飞快地进来了:哎,有事儿吗?见过无双姐姐。

二桃子:山药,宋先生……

无双:是去翠花楼了吧?

山药:啊。

二桃子:干什么去了?

山药:看病,出诊了。怎么了,有事儿啊?

二桃子:听见了没有?没事,你走吧。

山药:哎,那我先回去了啊。

二桃子:听见了吧,人家是看病去了。

无双:一个男大夫给大姑娘看什么病啊?

二桃子:姐,这您就不讲理了,谁也没说男大夫就不能给大姑娘看病啊。病不避医,你病的时候还不是宋大夫给看的吗?

无双:大姑娘和大姑娘可不一样呢。

二桃子:在大夫那儿都是一样的,大夫都是半个菩萨,大夫要是把病人再分个三六九等,那就不是菩萨了,离小鬼差不多了。

无双:二桃子你怎么总帮他说话?是不是看着你姐不顺眼了?

二桃子:姐,说到这儿了,我就明说了吧。人家宋先生哪儿不对了?跟着你上南京,跟着你回长沙,人家那儿刚忙过了九芝堂的事这一会儿没回头,你这边就……

无双:我怎么了我?我可没应过谁啊?我把三燕害了,我欠了人家的,我看着人可怜,恨不能变了三燕赔人家。这有错吗?到这时了他不但不给我拿主意,还把我往外推。我这还没怎么样呢,他就来抓短了,这事我能服吗?我要是服了软,结了婚还不定怎么样呢?

二桃子:姐,我说句公道话啊,不是不向着你,你欠三燕的,可不欠他田友三的。

二桃子说着来气了,摔下围裙:这点儿事你都分不清,我不跟你说了。

无双:我……我,走吧,走吧。都是我不对,都是我不对。

翠花楼大堂内。

众姑娘围着宋莲生。宋莲生看过了最后一位病姑娘,一看齐大头在一张凉椅上呼呼地睡着了,宋莲生一摆手,众姑娘跟着他往角落里去了。

宋莲生:姑娘们,怕不怕死?

众姑娘:怕。

宋莲生:想不想过寻常人的日子?

众姑娘:想。

宋莲生:那我开的方子,你们可要吃啊。再有,从今天开始别再接客了,想办法出去吧。

春喜:大头打人。

宋莲生:别怕,本大夫让他想打也打不着你们了。

齐大头翻身,宋莲生赶快回去了。

宋莲生:哎,醒醒,醒醒了。病看了,钱你得付啊。

春喜:老板给大夫诊费。

齐大头醒了:哎,看过了? 多少钱?

宋莲生:十两。

齐大头:这么多?

宋莲生:这还多? 多少人啊。

齐大头:好,好,给,给。跟你们说啊,回头我可从你们身上扣啊。敢装病不接客了,我可饶不了你们。

翠花楼门口。

王五送宋莲生出门。

王五:宋先生,给您叫车吧。

宋莲生:用不着,我溜达回去了,你回吧。

王五:那我回了。

宋莲生看王五回去,站在门口不走了,拎着药箱来回溜达,故意跟路人打招呼。

宋莲生:六子,拉货啊。

六子:宋先生,出诊啊。

宋莲生:啊,给姑娘们瞧病。

六子:哟,翠花楼的姑娘病了?

宋莲生大声:啊啊,谁没个三灾六病的,病的人多也情有可原。

马上有很多人围过来了。

六子:什么病啊?

宋莲生:问这干吗? 还怕传不上啊? 跟你说你别往这儿跑。

众人:到底什么病啊?

宋莲生:没病,没病。看我这嘴多的,说出来不是踹人买卖吗? 翠花楼的姑娘没病啊,都来玩吧。车,哎车。

说完上车跑了。众人围着,没听出所以然,有点儿空落。

甲:没病,蒙谁啊。一定传了大病了。

乙:现而今的大夫也没实话,快吧,躲远点儿。

正有人从车上下来,要进翠花楼。

甲:几位爷,还想逛呢? 快走吧,翠花楼的姑娘全病倒了,刚还搭出去俩呢,传病了。别去了,快走吧。

乙:可不是嘛,快散了。

那几个人一听,吓得赶快跑了。转眼翠花楼门口连摆摊的都没了,一时就清冷了。

街上。

宋莲生坐在车里,指挥着车慢点儿,自己往后看着。一看人群捂着嘴散了,一下高兴了。

宋莲生:走,赶快走。

车刚一启动,就看见无双坐着车从对面街上过来,无双还是一身素服。

宋莲生:哎,停停,掉头,掉头,追上那车,追那车。

宋莲生一着急自己下车,上去拉了缰绳一赶,车飞快地跟着。

无双坐在车上心里不高兴,突然宋莲生赶着车过来了,并排着。

宋莲生:无双,无双。

无双一看宋莲生,故意扭头不理。

宋莲生又赶上来:无双,无双,你……你,我找你有话说。

无双:没空,快点儿走。

宋莲生车慢了下来。正好斜刺里又插出一辆车来,跟上了无双的车。无双坐在车上听后边有大车跟着,心里其实有点儿高兴、自得。

无双:又追上来了,终归不死心,他……他要还跟着,我……就停车跟他说话吧。

前车飞快地走着,后车轰轰地跟着。无双紧张地看着前边的铺子。终于车过了那家铺子。

无双:老板停车,停车。

车停了,后边那车因没有更宽的路越过去,也只好停下了。

无双内心有些得意,故意先不回头,拢拢发,等后边宋莲生来求。听见后边车有人下车的声音,还是不回头,等着。

后车老板:哎,当不当正不正地停什么车啊?快走。

无双一惊回头,后边车上哪有什么宋莲生啊,一半死不活的老头子缩在车上。无双一下从车上站了起来往后看,哪儿还有宋莲生的影子啊。无双失落了。

九芝堂后院宋莲生屋。夜。

劳澄和宋莲生正在喝酒说话。

劳澄:莲生,感情这事玩笑不得,玩笑一开真了,就该变成赌气了。两人之间气一赌就赌成真的了。一点儿小事不化开,就给泡大了。先气堵在嗓子眼里,接着就堵在心里了,堵着堵着全身就堵死了。眼睛什么也看不明白了,好的看不清了,只看见坏的了。

宋莲生:您说的是赌气,我不是赌气,我是真气。

劳澄:哪儿来的气啊？回头我给你们个化气顺心丸。不能生气,有的事得较真,有的事就当没看见。

宋莲生:是想看不见来着,可就让你看见了。

劳澄:来,喝酒,喝酒。

宋莲生:不喝,待会儿我还得等着看他们回来呢。

劳澄:不去,听我劝不去,等三燕下了葬后再说。到那时,看他们还送不送了。这会儿喝了酒睡觉,就当什么事也不知道。不看了。

宋莲生:劳先生,有些事我心里也明白,可我……我做不到。

九芝堂。夜。

宋莲生和山药坐在关了门的门口看对面,两人边喝着酒边吃着摆在地上的花生。

山药:宋先生,你睡会儿去,等来了我叫你。

宋莲生:不用,等着。

山药:来了,来了。

宋莲生:你先看看是一人还是两人。

山药:两人。

宋莲生:我看看。

宋莲生正扒门缝往外看,看见无双回头往这边看。无双看着看着,突然生气地把自己的绣鞋脱了下来,光脚举着一只鞋冲了过来。

宋莲生、山药赶快噤声,忙躲。

砰! 无双的鞋砸在九芝堂的门上。无双捡起鞋来又砸。

无双:宋莲生,你鸡零狗碎,鼠肚鸡肠,从今往后,绝不再与你相见。

无双砸完了,把鞋穿在脚上又踹了门一脚。宋莲生和山药一声不吭地躲在门后。

田友三:无双,走吧,何必与他一般见识? 走吧,走吧。他不在又听不见。

山药一听急了,想起来喊。宋莲生一把把他嘴捂住了。两人看着无双、田友三进了绣庄。

山药:宋先生,您干吗不应他,要是我就真急了。

宋莲生:急有什么用。真该听东家的,根本就不该来看。

绣庄绣室。夜。

无双带田友三来看,众姑娘还在刺绣。田友三看着那么多的姑娘挑灯干活高兴。

田友三:来了这么多次,姑娘们的名字还没叫全呢。

无双:有机会再见呢,姑娘们,天晚了,歇歇吧,活儿一天哪能干完啊。歇吧。

众姑娘伸腰。无双往里走,田友三没跟上,看着正伸腰的小红极为心仪。

田友三:你叫什么呀?

小红:小红。

田友三:大小的小,红花的红。

小红:我不认字。

田友三:以后我教你。

无双:友三。

田友三:哎,来了。

绣庄后院。夜

无双:友三,我……我想把绣庄关了。

田友三:也好啊,省得操心。

无双:可这么多姐妹该怎么打发啊,总得给她们一个好的归宿,我才能放心啊。

田友三:让她们嫁人吧。

无双:嫁谁呀?

田友三:总有人可嫁吧。天底下只有娶不上媳妇的光棍子,哪有嫁不出去的姑娘啊?

田友三看看无双,越来越近。无双不知为什么,突然躲开了。

无双:天晚了,你走吧。

九芝堂。

宋莲生平平静静地在给人号脉,三根手指抬来抬去地按着。

宋莲生:看看舌苔。

病家伸舌。

宋莲生:晚上睡不好觉吧?

病家:坐着困得不得了,躺下就精神了。大夫,您看看我丑吗?我不是特别丑吧?说句心里话吧,我老婆跟人家走了。心里想不通,吃不下,睡不着,想死又死不成。

418

宋莲生:想开点儿,姻缘事,要有缘,还要有分,没缘没分急也没用。别想着死,往好了想想,备不住她过不下去又回来了呢。

宋莲生正说着,一眼看见山药等伙计都在大门口呆呆地看着什么。宋莲生一咳,伙计们都回来了。宋莲生不禁也张眼往外一看,只见对面绣庄里里外外地来了很多的书生,都锦衣华扇,谈谈笑笑,有进门市的,有上楼的,宋莲生看着也是一惊。

病者:话说着都明白,真到了自己身上,就想不通了。大夫你听着呢吗?

宋莲生这才回过神来,把窗上的竹帘子拉了下来,把窗子给遮上:啊,啊,大不了再找一个。

病者:不那么容易。

宋莲生:说得也是。

绣庄门市。

一派春光,很多俊后生跟柜台中的姑娘们边说着绣片边谈着闲话。

书生甲:呀,这平沙落雁的感觉真是雅得很呢。可这么小小的一幅,做什么好呢?

小双:做个手帕子啊。

书生甲:脏了擦汗岂不可惜?

无双:擦汗干吗,不会擦泪啊?

书生乙:那可真叫雅了。

书生丙:我看那幅粉的。

书生丁:你叫什么名字?

二桃子:买东西就买东西,问人家名字干吗?

书生卯:你们平时在哪儿绣活儿啊?

无双:来,来我带你们过去看啊。

绣庄绣室。

众姑娘静心地在刺绣,都打扮得漂漂亮亮的了。书生们一上来就被那种静迷住了,悄悄地走到姑娘们身后,看着姑娘们一针一线地绣着。

书生卯:真难为妹妹们了,这一丝一丝地绣着,比读书还磨性子呢。

小白:读书? 我要认字了天天读书,那怎好跟绣活儿来比?

书生卯:不认字好啊,哎,我可以教你啊。

小白:说说的吧。你们还要考功名,怎舍得花时间来教人认字?

书生寅:这是什么针法?

419

小兰:乱针法。

书生寅:呀,针乱而图画不乱,果然是妙。

无双看着这情景十分高兴。突然觉自己有点儿空落,转向门外。

绣庄走廊。

无双急急地出来,其实想找田友三。一眼看见了在大门口的二桃子一个人站在那儿嗑瓜子。

无双:二桃子,你怎么不找个人说说话啊?

二桃子一听就来气:见了酸书生没话。

无双:哎,看见田先生了吗?

二桃子:没给您看着。

无双:这孩子,不知好歹。

后院。

无双刚要进后院,突然被田友三手把手教小红写字的情景惊住了,一下就把脚收住,缩了回去。

树荫之下,田友三在教小红写字,无双躲在通后院的走廊暗处看着。

田友三:学写字先学用笔,笔拿不端正,将来字写出来都是歪的。哎,不要按得那么用力,轻一点儿,轻一点儿,哎,看这一笔写得多么自然。还有,头也要摆正啊,身子坐直……

无双在暗影里也不看了,伤感地往回走。

无双有些失落,往哪儿去哪儿都在热闹着。

无双往门市走,门市也热闹着。偌大一个绣庄像是都在谈情说爱,没她的地方了。

洪三燕灵堂。

洪三燕的遗像微笑地看着世界。无双进门来了,一个人进门后燃了三炷香,给洪三燕上香。

无双突然流泪:三燕走了好,走了清静。

翠花楼。

齐大头这儿是一个人也没有了,姑娘们都站好了,王五等几个人也站着。齐大头拿着个片刀子在拍桌子。

齐大头:你们都……都跟我说明白了,这些日子怎么就没客人来了? 一个都没了,啊……我这翠花楼快变成死人楼了。要变死人楼也好,索性咱都不活了。春喜,你跟我说说,客人怎么一下子跟约好了似的都不来了?

春喜指王五等人:爷,我们天天在屋里待着,我们怎么知道?你得问问他们。

齐大头:王五,你说说,翠花楼怎么就没人来了?

王五:爷,漫说翠花楼没人来了,翠花楼门口都没人了。

齐大头:你说什么?

翠花楼门口。

齐大头冲了出来,门口一个人也没有,连摆摊的人都没有。

齐大头:哎,哎,这是得了瘟病了?

王五:可不得了瘟病了吗,爷您想想,自宋大夫来看病起,到今天就再没来过客人。那大家伙儿可不是以为咱这儿得了瘟病了吗?

齐大头:哎,好小子,我……我他妈的找他去。

王五:爷,您找不着人家。

齐大头:我怎么找不着?

王五:咱姑娘有病,是您给人家请来的,有事也怪您。

齐大头:怪我?要不是他出的坏才怪呢?你能出,我也不能闲着。

正赶上岳麓书院的众书生从绣庄过来了,谈笑风生,手中拿着绣片,从翠花楼门口过。众姑娘看着,都围了上去。

春喜:哎,书生们,这是从哪儿来呀,成帮成伙的赶考啊?

书生甲:从绣庄子出来,不是赶考是赶情。

春喜:进来坐坐。这儿才是赶情的地方呢。

书生乙:你这儿要是绣庄子我们就进去。我们要赶情啊,也不赶卖笑的滥情。

众姑娘一听急了,都冲过去和书生对骂起来。两边人对骂,姑娘们上手就抓,齐大头也上手了。书生们仓皇逃去。

街上。

二桃子在街上走着。山药在后边跟着,突然二桃子回身迎了过去。

二桃子:山药。

山药:桃子。

二桃子:叫姐。

山药:我比你大。

二桃子:那也得叫姐。说吧,什么事?

山药:我……我能有什么事儿啊?你们绣庄都快闹翻天了。来了那么多的书生。

二桃子:他们是他们,我是我。山药,跟你说,我可跟旁的人不一样。

山药:桃子姐,那……那我就没什么事儿了。

二桃子:你先走吧,让人看见了不好看。

山药:哎。

九芝堂门口。

齐大头光着膀子在九芝堂门口台阶上,晒着。一些买药看病的一看,都不敢进来了,在街对面议论着。

齐大头闭眼晒太阳。

九芝堂内。

山药、刘青等伙计都看着。

劳澄:坐多久了?

山药:上午到现在,四个时辰了。

劳澄:为什么?

山药:说是宋大夫得罪他了。宋大夫传话说翠花楼的姑娘们都病了,弄得没人敢去了。

劳澄:让他晒吧,看他能晒多久。不行,让看病拿药的从后门走。

宋莲生出来:哎,怎么了,干吗从后门走啊?今天倒是真冷清啊。怎么了,盘账啊?

宋莲生说着话走到门口一看,齐大头背上一条青龙,在门口坐着。

宋莲生:齐爷,您这儿干吗呢?

齐大头:啊,没事,晒晒龙。

宋莲生:晒……晒晒龙?

齐大头:多好的太阳,我也不找你麻烦,我也不说你踹我买卖,我这儿晒晒龙,你忙你的。

宋莲生:您换个地方晒行吗?

齐大头:不换。就这儿太阳好,就这儿晒。你忙你的。宋莲生,你还不用过意不去,这些天我们翠花楼里长草了,你什么时候想明白了,我什么时候不晒了。

宋莲生:你们那儿长草跟我有什么关系?行,那你晒吧。

422

一老者拄着棍要往台阶上走,齐大头拦住:干吗去?

老者:我抓药。

齐大头:抓药? 别家抓去,别碍着我晒龙。

九芝堂内。

众人都没办法地看着。

宋莲生:东家,这事……

劳澄:做买卖和气生财,和气第一,黑的白的都不能得罪。不说了,山药,摆席面找人平事儿吧。

宋莲生:摆席面,干吗? 什么也不摆。劳先生,事儿由我出,事也由我了。

宋莲生一边生气地看着门外,一边想主意赶他走。一眼看见茶壶。

九芝堂门口。

看的人更多了,绣庄的姑娘们也在楼上看着。齐大头假意享受,闭眼晒太阳。

宋莲生端着茶壶出来了,也假装享受,看着天,晒太阳。

齐大头得意:你忙你的,别客气,我晒我的。龙潮了晒晒。

宋莲生:晒这么半天了,龙渴了吧。渴了喝点儿水,来,上好的洞庭春芽。

宋莲生边说边往齐大头背上的龙浇茶水:喝吧,喝吧。

齐大头一激灵:干什么? 干什么你?

宋莲生:没事,你晒你的。龙渴了,喝点儿茶。

齐大头:你怎么知道它渴了?

宋莲生:你怎么知道它不渴啊?

齐大头:好小子,你浇吧。看爷眨不眨眼。

宋莲生:跟你有什么关系? 我喂龙呢。山药,拿点儿蜂蜜来,龙要吃甜的。

山药:哎,来了。

宋莲生拿了蜂蜜就往上涂:来吃点儿蜜啊,吃点儿蜜……

又往上涂蜜。

众人大笑,齐大头咬牙撑着。

接下来,山药不断地从九芝堂拿出东西来——药酒、药水、朱砂、铜锈,各种各样的颜色都往龙身上涂着,齐大头一动不动让宋莲生折腾着。众人

423

看着都高兴地笑着,鼓掌。

山药用火钳夹着蘸了火油的火球,递出来了。宋莲生一下接过。

齐大头回头一看:哎,你要干什么?

宋莲生:你坐你的,你坐下,跟你没关系。这龙吃也吃了,喝也喝了,要戏火珠了,龙想玩了。坐下,坐下。我给龙一个火珠子玩啊。

宋莲生说着夹着火球就往齐大头背上烫去。吱的一声,白烟一冒,齐大头腾就跳起来了。

齐大头:宋莲生,你能耐,你等着!

众人大笑。

宋莲生:哎,别走啊。接着晒啊!

齐大头:宋莲生,早晚有一天你得倒霉。

宋莲生:我倒霉,我活该。

宋莲生说着就看见无双走进绣庄,刚要喊,众买药看病的已经拥进药铺:宋大夫看病,宋大夫看病。

宋莲生把手中的火球扔下,看着无双:哎,来了,来了。

绣庄后院。

田友三还在教小红写字。

田友三:一竖、一横、一竖、一横,这就是田字,田地的田,田野的田,田先生的田。

小红:呀,田先生,你的姓就是这个字啊？四四方方的真好,以后我能给您写信了。

田友三:那最好了。

小红:也能咬文嚼字地背书了。

田友三:啊,对对对。

正说着话,无双从屋里出来,视而不见地从他们身边飘过去了。

田友三:哎,无双,去哪儿?

无双:出去一趟。

田友三想想,赶快放了笔追了出去。

洪三燕灵堂。

无双流着泪正换香、换果子,田友三进来了,无双马上把泪收了。

田友三:你不换我都忘了。这些日子忙着绣庄姑娘的事,这边的供品都忘了换了。我来吧。

无双：一样的。

田友三：你说怪不怪,那么多的书生竟没有一个看上小红的。我看着姑娘怪孤单的,俗话说宁可落一群,不能落一人。一个人要是这么孤零零的回头会出事。

无双：田先生,您看得真准。

田友三：无双,姑娘们看着像都有了着落了,你呢?

无双：……

田友三：书生之中颇有些人心仪于你的,但不知你意有何属,所以轻易都不敢接近。无双,趁着这机会,嫁了吧。

无双：嫁谁?

田友三：说好了赔我一个夫人的,你当然要嫁我。

无双：当着三燕,咱不能说这个。

田友三：那总得说啊,什么时候说?

无双：日子快到了,下葬之后吧。

大道。

给洪三燕出殡的队伍长长一列。众姑娘都穿了孝了。

田友三怀抱遗像边哭边行。

坟山。

棺材已下了,众人正往棺材上下土,一锹一锹的土砸在棺材上。突然田友三大哭着,跳到坟坑里了。

田友三：三燕啊,我之爱啊,在天愿作比翼鸟,在地愿为连理枝,我随你去了吧。埋吧埋吧,你们埋吧,我不活了!

众姑娘一片哭声。

劳澄：山药、刘青,快拉上来,拉上来。

土还埋着,飞扬着,人下去把田友三推上去。

田友三大哭着。无双哭着。宋莲生看着。

突然没按住的田友三往碑上撞去,头没破人昏了。

众人惊,无双跑过去：友三,友三! 莲生,快救人,快救人!

众人回头把宋莲生让了出来。

宋莲生：来了,来了,把人放下,把人放在地上。

宋莲生小心地看着。

无双：怎么样?

425

宋莲生:没事。

无双:他都撞昏过去了,会没事?

宋莲生:无双,他的病我治不了,你能治。

无双:宋莲生,在三燕的坟前你……你竟说这种话。

宋莲生:正是在死去的三燕坟前我才要说呢。宋莲生我平日是有些谐趣,不循规蹈矩,但在死人面前,我从不做戏。田友三,你起来,你不用这么寻死觅活的。

宋莲生说着,走到洪三燕碑前:你要真伤心啊,来像我这样一下一下地把头撞出血来。

宋莲生一边说一边用头撞碑顶。碑不高,血一下流出来了。

宋莲生斜眼看着田友三:那你……你算对得起三燕。三燕死了,你还要在她的尸骨上蹦跳着演戏。三燕,你死得好,你用不着跟这些小人为伍了,你死得好。你该高兴,你轰轰烈烈的一辈子,该高兴。

无双:宋莲生,你……

宋莲生:我……我怎么样?我比这装死的田友三坦荡。现在想起来,我是真对不起三燕啊,我对不起。

宋莲生说罢,头也不回地走了。

绣庄。

绣庄里,这边书生和姑娘们嬉笑,那边无双独自在自己的房里,也不梳洗。

宋莲生头上有伤了,每诊必把帘子放下,不再看对面的情景。

无双出门,一眼又看见了田友三在教小红读书。无双看了看,退了回去。

九芝堂。

劳澄看着打下帘子专心看病的宋莲生,内心也着急。正看着,范荷、吴云双双进来了。

劳澄刚要大声打招呼,范荷嘘地止住了:劳先生,店里真就规整呢。都说您这儿好,我原没干这行,看了也不懂,现在嫁给药家了,再看就不一样了。

劳澄:吴公子,店里病人多吗?

吴云:一天也没你这会儿人多。

劳澄:那是亏了有宋先生,光指着卖药,人家谁家都能去。

426

宋莲生看见两人来了,打招呼:吴公子、吴夫人,快来,来,坐坐。

劳澄:后堂吧,后堂吧。

吴云:这儿还有病人,不去了。

众病家:没关系,我们等等,等等。

宋莲生:一会儿的事,去去就来。

九芝堂中堂。

宋莲生给吴云、范荷倒茶。

宋莲生:早知你们回来了,没得了空儿过去看你们。

吴云:宋先生,我们闻世堂险遭不测,能有今天,还多亏了您呢。我这儿给您行礼了。

吴云正说着和范荷要下跪。

宋莲生:哎,别,别。我那算什么呀?举手之劳。顺路。

范荷:回来后,一切都好了。宋先生,我们是有事来请你了。吴云你说吧。

吴云:家父说我们在外边成婚成得好,但不算,非要再办婚礼,他要跟着热闹才算。宋先生,你是我们的恩人,我们特意地来请您光临。

宋莲生:好事,好事啊。一定去,我一定去。

范荷:宋先生,您的喜酒,我们什么时候吃啊?

宋莲生:我……我……我的事就不说了。二位,帖子我收下了,我就不陪你们了,劳先生在,我去前边看病去了。

宋莲生说完走了。

范荷:劳先生,这是怎么了?

劳澄:咳,一言难尽了。

绣庄无双屋内。

范荷正对无双诉衷肠,窗外可见田友三和吴云在说话。

范荷:姻缘这事真是说不定的,我与吴云从小订的婚,后来一见了文同,婚就给退掉了,谁知这么七拐八拐还是拐到一起了。我这人从小就倔,可日子真是修炼人啊,这么多的事一经,情似没有先前那么浓了,可日子倒平稳了、好了。无双姐,友三常来吗?

无双:三燕死了,他……

范荷:看着也怪孤单的。吴云跟他是同窗,说他人倒是热情聪明。

无双:范小姐,三燕是我害死的。

427

范荷:别那么说,人各有命。

无双:她一定是我害死的,我那时要是把岳宣报了官,什么事也就没有了。

范荷:不说那些了,日子还得从今天过,往后看吧。

范荷说着把请帖拿出来:到日子去吧,你和宋大夫是我们闻世堂的救命恩人呢。

无双:不说那个,不说那个了。

坡子街上。

山药在门口扫地,正赶上二桃子从门市出来掸灰,山药拿着扫帚就扫过去了。

二桃子:哎,人家掸土你还扫土,看不见啊?

山药:湿湿的街,哪儿就扫起土来了? 你那身上没灰,我这儿也没土,桃子……姐,我有话跟你说。

二桃子:去哪儿?

山药:水边码头。

水边码头。

山药和二桃子坐在码头边上。

二桃子:咱们的事不说了,他们俩的事怎么办,你倒说话啊。

山药:生生地拉他们见面,他们俩都赌气了,一定不见。

二桃子:你家那宋先生也是,他就不会说一句软话啊? 他说一句软话,我无双姐就下了台阶了。

山药:你家无双姐也是,好好的,怎么就让那田友三插进来了,这不是明摆着要对不起人了吗?

二桃子:哎,山药,是你家宋大夫不对的啊,他一个男子汉,怎么一点儿小事都容不了啊?

山药:小事? 这种事,谁能容得下?

二桃子:哎,你……你约我出来是吵架的吧。

山药:不是,不是,桃子。

二桃子:叫姐。

山药:我比你大。

二桃子:那也叫姐。

山药:桃子姐。

428

二桃子:说吧。

山药:我想了个办法,他们俩能见上面。

二桃子:还要说上话。

山药:也能说上话。

二桃子:什么办法说吧。

山药:借……借耳朵用一用吧。

二桃子扭捏着把头伸过去了。

山药刚要说,一闻:嗯,好香。

二桃子上手就打:有话快说。

二十八

吴云屋内。夜。

吴云正算账,一杯香茶送到了他跟前。

吴云一下拉住了范荷的手:呀,好冷啊,给你焐焐。

范荷:相公,有句话想跟你说呢。

吴云:什么事? 明天大婚了,有什么话今天说还不晚。

范荷:不玩笑,我看那宋先生和无双有了隔膜了。

吴云:听友三说,那宋莲生无端地生出很多事儿来。

范荷:我倒不那么看,人家宋先生帮过咱的忙。

吴云:是啊,夫人再往远了想,他还伤过你的心呢。

范荷:不说那些了,事也不怪人家,谁都有不懂事的时候,再好的人这么下去也要形同陌路了。我想了想,明天证婚人,他俩再合适不过了。咱帮不上大忙,小忙可以帮帮。

吴云:未准就有用。

范荷:没用也算咱们有心了。

吴云:好吧,听你的。

闻世堂后院。

结婚大喜一派热闹,绣庄的姑娘们和岳麓书院的书生们也来了,乐队高奏,一派春光。

无双:李公子,什么时候喝你喜酒啊?

李公子:无双姐姐,快了。我和小双亲都定了,聘礼也下了。

小双:姐,真舍不得离开您。

无双:快别说那话,你们都有了好归宿我就踏实了。张相公,您呢?

张相公:都定下来,怕你喜酒到时喝不过来呢。

无双:喝不过来也得喝。

众人:什么时候喝您的?

430

无双:等着吧。

田友三:快了。

众人:是吗?

无双:别人说的不算,得听我的。

无双那么转着看着,根本见不到宋莲生。

长喇叭吹起来了,喜庆典礼要开始了。二桃子也生气地到处找山药。

二桃子自语:说好了要来的,怎么还不来啊?

无双:谁啊?

二桃子:没谁,我说山药呢。

无双:二桃子,你和山药……

二桃子:姐,我不喜欢书生。

无双:也好,有喜欢的就好。

民居内。

一户穷人的产妇在生产,难产。宋莲生满头大汗,终于把孩子接生出来了。产妇满头是汗,孩子大声哭着。

宋莲生:好了,大胖小子啊。可算救活了。

身着破衣的丈夫:宋先生,谢您救命之恩啊。

宋莲生:不用谢,不用谢。

宋莲生在柴房中写方子。丈夫跟出,流泪了。

宋莲生:老何啊,有了儿子该高兴才是啊,别哭啊。

丈夫:宋大夫,没您这孩子哪出得来呀?我给您磕头。

宋莲生:别别,拿这方子去九芝堂抓上几服药,就说钱从我那儿扣,月子里再不能闹病了。

山药跑进:宋大夫,怕是晚了!

宋莲生:不晚,赶上喝杯酒就得。

丈夫:看把您衣裳弄脏了,我给您洗了吧。

宋莲生:不用。生孩子是喜,结婚也是喜,带着吧。

闻世堂婚场。

司仪:请证婚人应无双受礼呀。

众人:无双姐上去呀。

应无双有点儿吃惊,但高兴地上去了。

司仪:请证婚人宋莲生受礼呀。

众人高兴起哄:噢,宋大夫,宋大夫。

根本就没人。

司仪:请证婚人宋莲生受礼呀。

二桃子:宋大夫出诊了。

田友三:哎,我来吧。

司仪赶快回头与吴云、范荷商量。范荷不动,吴云点头。无双茫然不知地往门口看着。

司仪:那就请证婚人田友三先生受礼吧。

田友三高兴地上台,无双眼光还没收回来时,见大门口宋莲生、山药跑进来了。跑进来就看见田友三拉着无双在受吴云和范荷行礼。

田友三:我们两人祝新人百年好合。

无双:祝新人步步登高。

田友三:祝新人早生贵子。

无双:祝新人白头偕老。

宋莲生看着无双和田友三,也喊了两声后,悄然而退,接生时的手还有血,袖子都没放下来。宋莲生悄悄退出去了。

二桃子挤过来问山药:怎么才来?

山药:人家生孩子难产,哪儿有准啊?

二桃子:宋先生呢?

山药:哎,刚还在呢。

新人入洞房了,众人跟着往里挤,田友三和无双落在后面。

田友三拉无双手:无双,三燕死了,你就赔给我了吧,你可是应过了的。

无双:我……我心里乱,静两天怎么样?

田友三:我知道你还恋着宋郎中呢,今天该是上天有眼,你们真是没缘分,这么好的时机他都没到,他心里怕是早没你了,一个跑江湖的,哪儿有长性。

无双还是往外看:我刚才看见他来了,好像又走了。

九芝堂。

劳澄正跟宋莲生说话:宋先生,我说句话你别不爱听。

宋莲生:莲生这些日子不爱听的话可是听得多了,说吧。

劳澄:这些日子,我看着全长沙的人,像是都在谈情说爱,只是你的面前倒是真的有些落寞呢。

宋莲生:哎,您算说对了,我也这么想呢。您真是过来人,看得准。可我这会儿,让我自己心疼自己,不会了,劳先生,事到这会儿不知该怎么办了。

劳澄:我帮帮你。

宋莲生:劳先生,这事是人能帮得的吗? 不说了。

翠花楼。

春喜与众姑娘都化妆了,化得一副病态,正说着话。

春喜:姐妹们,病都好了吗?

众妓:好得差不多了。

春喜:好,还得谢人家宋大夫,宋大夫问咱愿不愿过寻常的日子,谁不愿啊,谁不想嫁人啊。

妓女乙:看着绣庄的姑娘们,一个一个的都跟着书生们学写字、吟诗呢,谁不想那样啊?

春喜:想就好,我有个主意,大家伙这么着啊……

众妓女聚在一起小声说着。正说着,齐大头奋力地往里拉着一位客人,众姑娘赶快地散了。

齐大头:进来,进来呀。

客人捂嘴:不进了。都说你这翠花楼的姑娘全病了,我好色,可我也怕死,我怕死。

齐大头:都是胡说,胡说。进来帮个场,帮个人场。不让你白帮,姑娘们,快站好了,这哪像有病的。站好了,接客人。

客人:妈呀,怎么跟鬼似的,我走了。

齐大头:成心……成心是不是? 成心让翠花楼关张是不是? 宋莲生,宋莲生,我没饭吃了找你算账。

柴房。

无双没地方躲清静了,自己在柴房中绣着一朵荷花,边绣着边就流泪了。也不说话,一边绣花一边流泪。

田友三:无双,无双。哎小红,看见你无双姐了吗?

小红:刚回来了,不知又去哪儿了。田先生,教我认字吧。

田友三:好啊,咱去前边吧。

无双抹着泪绣着一声不吭,流泪。

九芝堂内。

山药从外边大汗淋漓地跑进来了,进来就看着宋莲生,抄笤帚扫地。

宋莲生看了一个病人,站起来要走。

山药:宋大夫,您上哪儿去呀?

宋莲生:茅房。怎么这么一头汗啊?

山药:没事,您去吧,春天了,我觉着热,觉着热。

边扫地边往对面绣庄看,打了个信号。

绣庄柴房。

无双边绣边还在抹泪,突然院子里小双大叫。

小双:不好了,不好了,二桃子病了。姐,无双姐,二桃子病了。

无双一听放下绣活儿,飞快地推门出去。

绣庄后院。

无双推门冲出一看,众姑娘都在院子中站着。

小双:姐,您在柴房待着干吗?

无双:躲清静。怎么了?

小荷:桃子姐病了。

无双麻利地擦擦脸,飞快地往自己屋中走去。

绣庄无双屋内。

推门一看二桃子躺在她床上,头上顶着毛巾,一头的汗,像是发烧了。
正哼哼地呻吟,嘴里往外吐着沫子。

无双:这是怎么了? 刚还好好的。吃坏了?

二桃子:哎哟,哎哟……

无双:二桃子你怎么了? 说。

二桃子:浑身上下头疼……哎哟。

小双:快叫大夫吧。

二桃子:不叫。

无双:为什么?

二桃子:我讨厌宋大夫。

无双:看病和讨厌有什么关系? 小双,快。快去,快去对门叫大夫,
快去。

小双:哎。

二桃子:无双姐,宋大夫来了你不能走。

无双:为什么?

434

二桃子:我轻易不得病,我病一回您不陪着我,我害怕。

无双:行,陪着你,陪着你。你们都出去吧,没什么好看的,你们一天能让我省心一会儿也成啊。都出去吧。

二桃子:姐,你刚哭了。哭什么?

无双:没什么,你躺着吧。

九芝堂门口。

山药一直在门口盯着,无双一出来,山药就明白了,抹头就往回走。

九芝堂内。

宋莲生正在给一个病人开着方子,山药回来一使眼色,劳澄明白了,马上把等着看病的人往后拦。

劳澄:几位稍微往后点儿,稍微往后点儿。

小双冲了过来:宋大夫,我家桃子姐病了,快,快。请您过去看呢。

宋莲生平心看着病:重不重?

小双:发烧了,您快去看看吧。

劳澄:那快过去看看吧。

绣庄无双屋内。

宋莲生忙着把药箱中的东西拿出来,准备给二桃子看病。无双这么多天来,第一次又这么近地见着宋莲生,看他忙着,回身倒了杯水给他。

宋莲生拿过那小脉枕,小心地放在二桃子腕下,开始给二桃子诊脉。二桃子喘着气,痛苦的样子。山药在宋莲生后边站着,无双局外人一般看着诊病的宋莲生。

宋莲生静心地诊着脉,二桃子不知为什么有点儿想笑,把头偏了过去。

宋莲生静心号脉,号过脉后:二桃子,伸舌头我看看。

二桃子终于忍不住,笑了,赶快止住:伸……伸舌头干吗?

无双:叫你伸你就伸哪,哪那么多的话。

二桃子伸出舌头。宋莲生看过舌头后,又伸手探了探二桃子的头。一句话不说,开始收拾药箱子。

二桃子、山药明白,无双不明白。

无双:这是什么病啊?

宋莲生:神经病。

无双:谁神经病?

435

宋莲生:我,行了吧。应无双,你要想让我过来跟你说话,你就大大方方地过到药房那边去请我过来说,用不着这么让人装灾弄病的把我蒙过来,耽误我看病人。

无双:谁,谁没病装病了? 谁想跟人说话蒙你过来了,你一百年一千年一万年不过来都没人想见你。

宋莲生:最好。

二桃子赶快起来:别吵了,别吵了,怨我。是我想的主意,我想装病让宋大夫过来,让你们说说话。怎么了? 我想让你们说说话行不行? 我不病他能过来吗? 我不病你能陪我吗? 我和山药想了好几天了,才想出来的主意,怎么了,见面又吵,你们就不会好好说说话吗? 啊?

二桃子说着不由痛哭起来,宋莲生、无双倒不知说什么了。二桃子擦擦眼泪,又道:要吵也行,痛快点儿,把话吵明了,别再遮遮盖盖的了。就当妹子为你们着回急了,你们领个情吧,啊! 山药,走,跟我出去。

山药:哎。

两人出门,屋里一下就静了,两人各坐一边。

宋莲生:无双,那天你脱鞋砸我门时,我在呢。

无双:我知道你在。

宋莲生:你知道我在,不知道我什么感受。

无双:鼠肚鸡肠。

宋莲生:说对了,"情"这个字能把一个整天乐乐呵呵遇大事都不着急的人,逼得鼠肚鸡肠了。你算说对了,我在你应无双面前见小了,可你就没反过来为我想想,我鼠肚鸡肠我肝肠寸断,为的是什么? 我觉得我委屈。现在说这话我不是为求你,我把话说出来了,我心里就松快了。从进长沙城的头一天我就想好了,你应无双应该是我的,应该嫁给我,我宋莲生别的事儿易变,可在情上我执着。可你呢,你看不清我宋莲生在你面前是个宝,无双你用"鼠肚鸡肠"四个字,就把我日日夜夜想你念你的情,当鱼泡给踩了,我把你当成梦……

无双:梦不是你想做就能做的,宋莲生,咱走到今天我不是没想过,我不明白怎么就走成这样了。天下对一个女子来说不该太大,可这天下太大了,我都不知该怎么应对,我想报了仇嫁你,但我没报成仇反把三燕害了,我肝肠寸断时,你不体贴我;我夜夜犹豫时,你把我往外推。你想你的,我想我的,你让我一天一天地突然觉着你远了,你怕我变心,可你怕的法儿不对。莲生,说句心里话,今天走到这儿了,也是咱俩一起走的。现在我……我这会儿一吵,倒想通了,与其就那么陌生地嫁你,不如把欠三燕的债还清了实在。想想去南京的时候,你跟我是那么熟,熟得像夫妻一样,可现在陌生起来时,又那么生,像是再也不想见面的陌路,这真要见一回面还得要让妹妹们费心。

宋莲生:无双,谁对谁错不说了,我也不想说气话了。你打算以婚嫁还人情,你这路是一定走不通,我有错我改,可你,不能就这么把话说死了。

无双:你说这话晚了。我定了。

宋莲生:怎么讲?

无双:我现在就算答应人家了。

宋莲生:好,答应了,答应了,那我就什么也不说了。我走了。

宋莲生茫然地拿了药箱子往外走了。

绣庄院中。夜。

宋莲生拿了个药箱子,走出来,一院子的姑娘们站着。一看宋莲生出来,哇的一声哭了。

宋莲生从姑娘们中间走过去。

宋莲生:不哭,不哭啊,我走了,走了。唱唱,唱唱宋莲生瞎不隆咚……宋莲生瞎不隆冬。唱啊,唱啊。

自己一边念一边回去了。

九芝堂宋莲生屋内。夜。

宋莲生面朝里睡着。

劳澄:莲生啊,两情相悦,最不可靠的就是说话,明明喜欢你,偏要跟你吵。明明去了见了面为了和解,话赶话就说出大怨气了。谈情说爱真有几天在谈情说爱啊,大多是谈怨说仇。别想了,睡一觉就过去了。

宋莲生:劳先生,道理我都懂,你走吧,我能想通。

劳澄:我不走了,我在你旁边搭个铺,我陪着你。

劳澄说着话把另张铺的铺盖打开了。

宋莲生:劳先生,你这是为什么,怕我寻短见?

劳澄:……

宋莲生:还是怕我离开长沙城,从九芝堂跑了?

劳澄:都怕,没有你九芝堂红火不起来,我舍不得你。你也别想走。

噗,灯一吹睡了。

翠花楼大堂。夜。

437

齐大头在凉椅上睡着,很静。各个角落里,妓女们都穿好了衣裳,夹好了包,从各个方向出来。

齐大头打着呼噜,睡着。春喜张了个大布口袋近前来了,突然一套,就把齐大头给罩住了。

齐大头喊:干什么,干什么?

某妓一茶壶砸上去,齐大头不喊了。姑娘们七手八脚地把齐大头一捆,扔在地上了。一把火把翠花楼一烧,大火中众姑娘都跑了。

火着着,齐大头在口袋里挣扎着,一刀把口袋割破了。

齐大头:王五,王五。快抓人,抓人。

翠花楼门口。

烧成废墟的翠花楼外边,满脸灰尘的齐大头和王五坐着,看着。

齐大头:这回好啊。

王五:怎么讲?

齐大头:干净了。

绣庄门口。

迎亲的轿子一下来了十多顶。吹打热闹着,每个轿子门口都是书生披花跟着。

鞭炮齐鸣,一派热闹。穿着漂亮的无双高兴地出来张罗着。

九芝堂内。

看病的和伙计们都到门口去看。宋莲生也把帘子打起来了,看着外边的热闹情景。

新娘子一个一个地出来了,无双衣袂飘动着,为姑娘们前前后后地忙着。田友三也跟着忙着。

宋莲生也算高兴地看着,美丽快乐的无双忙着。

宋莲生回过头来看见了,偌大的九芝堂,蹲在角落里捂着耳朵的山药。

宋莲生:山药,山药。

山药:宋大夫。

宋莲生:干吗不出去看看?

山药:不想看。

宋莲生:像场梦似的对不对?

山药:像梦里边做的梦。

宋莲生:说得对。山药,你跟二桃子……

山药:宋先生,还没定呢。

宋莲生:干吗不定?

山药:怕人家犹豫。

宋莲生:这怕什么?

山药:怕对不起人家。

宋莲生:别怕,跟我走,走啊。

宋莲生拉着山药,往堂后走。山药跟着。

九芝堂宋莲生屋。

门开了,宋莲生带着山药进来了,二桃子坐在屋里呢。

宋莲生:二桃子,人我给你带来了,有什么话你们说说吧。

二桃子:宋先生,您呢?

宋莲生:我出去看热闹去啊。人家热闹着,咱也不能太冷清了吧。你们聊吧,我走了。

绣庄门口。

热闹非凡。一顶一顶轿抬起来了,鞭炮放着,唢呐吹着。

老太甲:刘妈妈,这可好,一嫁都嫁了。多好的运气啊,还都是书生。

老太乙:是啊,咱湖南的妹子,一般男人看上啊都跑不了了。

老太甲:这得说人家无双,为了姑娘们费了不少心呢。

老太乙:听说她可还没嫁呢。

老太甲:快了,也是个书生。

老太乙:是啊?那对门的宋大夫呢?

老太甲:落空了。

九芝堂内。

外边热热闹闹,里边空空荡荡。

劳澄自己进来了,看屋里没人,叫山药。

劳澄:山药,山药。这人都哪儿去了?

劳澄走到了宋莲生的诊桌前,一下看见了一封信。情知不好,拿起来就读。

劳先生,想来想去,我还是走了。真像我跟你玩笑时说的,长沙成了我的伤心地了……回想起来,从进长沙第一天二桃子倒我一脚的药渣子算起,有两年了。这两年快把我的半辈子过完了。想想伤心都不应该,那么多的甜酸苦辣都给你了,你得感恩,得知足。我这人江湖惯了,原以为可以在长沙留下来,可天不遂人愿。说句心里的话,我是因为在乎,没法再看无双嫁人的情景。劳先生,不是我不想在九芝堂再待下去了,实在要是那情事真在窗口出现了,真到了那时,我可能自己都要心疼自己了。原谅吧,劳先生我走了……

在劳澄读信时,宋莲生出了长沙城。他在大道上拦车,在路边吃饭,下雨在树下躲雨,给路边的人诊病……

空空的绣庄楼上。
山药在给二桃子读宋莲生的信。
山药:是二桃子一坨药,把我留在长沙了,又给我留了这么多的回忆,我盼着二桃子和山药能早日完婚,没别的送的,有一百两银票算是给他们结婚的贺礼吧。
二桃子边听边哭着。

绣庄后院。
无双在树下看着信。

想来想去,还是应该给无双留下点儿东西。无双,我没跟你告个别就走了……实话说我是鼠肚鸡肠了,有点儿伤心了。闭眼睛就是你,闭眼睛就是你……闭上眼你那么近,睁开眼你那么远。你就把我当成逃走的吧。无双,咱的事算不上佳话,因为没什么结果。但对我来说,这是刻骨铭心。把大福子的圣旨留给你吧,那些日子和你在一起多像过日子啊。过不够的过日子啊。不说了,真嫁人了,也偷偷地想着点儿我,说这话有点儿不厚道了,但还是想说,记住了,你想我时,我必在想着你。

无双流泪了,手中的圣旨却一下被田友三抽走了。
田友三:呀,这东西给咱留下了。无双,这圣旨给咱们留下了。咱们该开个大药堂,好好地过日子了。小红,小红,咱们可有圣旨了,该过好日子了。无双就手的啊绣庄改药堂,地方都不用挪了。啊,好不好?

无双擦泪回头。

九芝堂内。

新的坐堂大夫来了。

刘大夫:呀,这不是有现成的桌子吗?我就坐这儿吧。

劳澄:刘先生,新桌子给您搭来了,您坐这张。

山药、刘青搭着桌子过来了。

刘大夫:这儿还有大夫?

劳澄:没有,空着,宋莲生宋大夫的桌子……指不定什么时候就回来了呢。人没在位子我得给他留着。

刘大夫:什么大夫啊,这么招您惦记?

劳澄:宋莲生,好大夫。

客栈。夜。

宋莲生按着一个人正给他灌药。一帮力巴都上手按着。

力巴:想不开吞了药了。

宋莲生:有什么想不开的,想不开就看看天,天多大啊,你那点儿事在天底下算什么,蚂蚁尿都不算。想不开呀,想不开你活该。好了,好了,吐出来就好了。

众力巴:大夫,谢谢您,谢谢您。你可救了一命了,他上有老下有小呢。

宋莲生:甭谢了,他再想不开,你们下次就揍他,狠狠揍,知道疼了,就想得开了。行了,给我拨拉块地,我睡会儿。

绣庄无双屋内。夜。

无双正在灯下静静地绣着那朵荷花,突然听见隐隐的哭声。无双静了下来,细细听着,一听声音又没有了,再绣,哭声又起了。无双确定了有哭声,放下手里的绷子,推门出去。

无双从空空的院子,到了空空的姑娘们的宿舍。又从空空的姑娘们的宿舍,跑到空空的门市……凄凉了。门市中绣品已经没有多少了,一片萧条。

无双看了看门市没有,灯照着那些空了的柜台、墙壁,伤感。

这时哭声又听见了,无双仔细辨别了一下方向,意识到是楼上绣室。

无双举着灯上楼。

绣室。夜。

无双上楼的声音让绣室一下静了下来。

无双举着灯进来。无双举灯看着，像有一个人。

无双：谁啊？谁在这儿呢？谁？小红？

小红蜷缩在一个角落里，缩着哭着。

无双：小红，怎么了？跟姐说怎么了。

小红只哭不语。

无双：快跟姐说啊。

小红：姐，没事，我哭会儿就好了。没事，您回去吧。

无双：小红，你还拿姐当不当姐。你快说，别让姐着急了，跟姐说。

小红：姐，姐，我跟您说了，您别生气，他……他不让我嫁人。

无双：他？谁不让你嫁人？

小红：田先生。

无双：他不让你嫁人，他要怎么样？

小红：他说，他说他娶您的时候，让我跟着过去。

无双：跟过去，他凭什么这么说？

小红：姐，我，对不起您了，有些事我说不出来了。

无双：明白了，我……我明白了。他……他真是不贪心，不贪，他这是要一娶娶两个啊。小红，别哭，你跟我说实话算最对得起我了，你怎么想？

小红：姐，我……我不知道。我是他的人了。

无双：明白了。小红，那就更别哭了，姐知道是什么事了。放心，姐让你高高兴兴地嫁了。

小红：姐，那你呢？

无双：小红，别问姐，姐没事，姐好着呢。回去吧，别哭了，姐委屈不了你。走吧，你先走吧。

小红站起下楼了。

绣室中只剩下无双一人和一盏灯，无双呆呆地坐着，看着往日繁华的绣室。

姑娘们说笑的声音又响起了，宋莲生，瞎不隆咚……

九芝堂内。

劳澄在给无双支银票。

劳澄：那么热热闹闹的邻居，转眼间清静了，还真有点儿不习惯呢。闹瘟疫时要不是你们教人绣活儿啊，有多少人心里静不下去呢。

无双:这是房契,劳先生,不说那些了,铺子卖给您踏实。

劳澄:买下来,我什么也不干,让它空着。

无双:您爱怎么着怎么着吧。

无双一眼看见宋莲生的桌子空着。宋莲生仿佛出现了。

劳澄:银票给您,什么时候办喜事啊?

无双:快了,快了。那我就不客气了。

劳澄:闲了来啊。

无双:哎。

路上。

宋莲生在给人用长针治病。

宋莲生在给人正骨,人站起走,给他磕头。

宋莲生在村里跑,兵追,他躲在柴火中。

有大嫂高兴地送宋莲生出门,往他手里塞鸡蛋,趁机示爱。

下雨了,下雪了。春夏秋冬,宋莲生在赶路。

小店内。

宋莲生掸着身上的白雪进来。

小二:宋大夫,雪不小呀。

宋莲生跺脚:可是不小。天下透亮了。

小二:又出诊了。

宋莲生:接了个双胞胎,一男一女。

小二:您可真造福啊。宋大夫,上楼吧,热水刚给您送上去了。

宋莲生:哎,您受累了。

小店小屋。

宋莲生进了自己的小屋。把药箱放下,拎起壶来,把热水倒在铜盆里,慢慢地洗脸,照镜子……脸上是忙过了的那种松弛,也空落。正擦脸时,听见楼下有人大声说话的声音。

小二:这么贵,大雪天让您进来就不错了,有人买可别那么要人家钱。

女人:东西好,其实就卖个本钱。

宋莲生听了听,又接着擦脸。洗完脸后,宋莲生把毛巾放好,准备拉床睡觉。或许是冥冥中的感觉,总觉得有些什么事,穿上鞋打开门往外走。

宋莲生从楼上扶着栏杆往下看着,从楼梯上下去。走到楼下的大堂,往一个摊开的大桌子前走。

宋莲生看着一幅绣好的荷花,大桌子铺了一堆的绣片,一个人还在铺着。

宋莲生:这幅荷花多少钱?

无双背影:这片不卖。

无双回头一手抢过,一下两人相互看着了。静静地、呆呆地、傻傻地、感动地看着。

宋莲生:我想要……

无双:谁都给,就不给你。

宋莲生抓过去了:不给我,怕就没人要了。

无双:宋莲生,你? 到了天涯海角都躲不开你。

宋莲生一下把无双给抱住了:等等,那就别躲了。

无双抱着绣片哭了:我可是没人要的。

宋莲生:没人要,我凑合着收了吧。

无双:宋莲生,你……还是这么欺负人。

宋莲生:不欺负不亲,你也欺负欺负我。

小二进来疑惑地看着:宋大夫,您这是?

宋莲生:嗯,治病呢,治病呢,别看。

长沙坡子街。

无双和宋莲生回来结婚了,一派热闹,九芝堂披红挂花。众姑娘、众书生,加上二桃子、山药都抱着孩子来参加婚礼了。

劳澄:吉时已到,新郎新娘入洞房啊。

宋莲生和无双拉着绣球往新房而去。所有姑娘抱着孩子都过来了。

众姑娘抱着孩子:姐姐、姐夫。

宋莲生、无双:哎。

众姑娘:你们可晚了,加把油啊。

宋莲生、无双:哎。

鼓乐齐鸣。

众姑娘歌谣起:

宋莲生,瞎不隆咚,人心看不透,光治病。该他来时他不来,不该来时瞎嗡嗡。姑娘们有事他不管,跑出长沙躲清静。别让我一手抓住他,打他一个乌眼青。打完眼睛打鼻子,打他一个怪沙僧。打完鼻子再打脸,打他一个胭脂红。打完脸再打脑袋,打他一个钻心疼……

444

图书在版编目（CIP）数据

宋莲生坐堂／邹静之著. — 北京：中国文史出版
社，2021.1

（中国专业作家作品典藏文库·邹静之卷）

ISBN 978 – 7 – 5205 – 1953 – 3

Ⅰ. ①宋… Ⅱ. ①邹… Ⅲ. ①电视文学剧本 – 中国 –
当代 Ⅳ. ①I235.2

中国版本图书馆 CIP 数据核字（2019）第 295693 号

责任编辑：牟国煜　薛未未

出版发行：**中国文史出版社**

社　　址：北京市海淀区西八里庄路 69 号院　邮编：100142

电　　话：010 – 81136606　81136602　81136603（发行部）

传　　真：010 – 81136655

印　　装：北京新华印刷有限公司

经　　销：全国新华书店

开　　本：720 × 1020　1/16

印　　张：28.25　　　字数：490 千字

版　　次：2021 年 1 月第 1 版

印　　次：2021 年 1 月第 1 次印刷

定　　价：79.80 元